Ullstein

ÜBER DAS BUCH:

»Lieber eine Handvoll Glück als ein Haufen Verstand.« Dieses alte russische Sprichwort gilt besonders in Zeiten, in denen das Schicksal des einzelnen nicht mehr von ihm selbst abhängt. In so einer Zeit spielt Barbara Noacks Roman. Er erzählt die Geschichte von Luise Hartwig und Jolande Genthin und ihrer gemeinsamen ereignisreichen Jugend. Sie lernen sich in der Schule kennen und werden Freundinnen, obwohl sie in Wesen und Charakter grundverschieden sind. Jolande weiß immer, was sie will, Luise weiß es meistens erst hinterher. Die beiden sind jung in einer schweren Zeit, die sie sich freiwillig nicht ausgesucht haben. Weil es aber ihre einzige Jugend ist, nehmen sie sich ihr Recht auf Fröhlichkeit, wann und wo immer es sich ihnen bietet. Es ist die Geschichte einer Jugend, die Barbara Noacks eigene sein könnte – und sie erzählt sie auf die unverwechselbare Weise, die ihr ein Millionenpublikum gesichert hat.
Die Geschichte der beiden ungleichen Freundinnen wird in dem Roman *Ein Stück vom Leben* (UB 20716) fortgeführt.

DIE AUTORIN:

Barbara Noack, in Berlin geboren, begann nach Studien an Universität, Kunstakademie und Modeschule eine Karriere als Autorin heiterer Geschichten und Romane. Was sich in ihren Büchern so federleicht liest, ist – so Barbara Noack – »der harten Schule in den Redaktionen bekannter Berliner Zeitungen« zu verdanken. Hinzu kommt jene Mischung von Herz, Humor und Melancholie, mit der sie, jede Oberflächlichkeit vermeidend, den direkten Weg zum Leser findet: »Ja, so war es, genau so.« Nach vielen Bestsellerromanen und zahlreichen Kindergeschichten, in die Erlebnisse mit Sohn Jan und dessen Freunden eingegangen sind, wurde sie mit *Der Bastian* auch der Liebling des Fernsehpublikums. Barbara Noack lebt heute am Starnberger See.

Lieber eine Handvoll Glück
als ein Haufen Verstand.
Russisches Sprichwort

Barbara Noack

Eine Handvoll Glück

Roman

Ullstein

ein Ullstein Buch
Nr. 23825
im Verlag Ullstein GmbH,
Frankfurt/M – Berlin

Ungekürzte Ausgabe

Umschlagentwurf:
Theodor Bayer-Eynck
Illustration: Joel Spector/
Irmeli Holmberg

Taschenbuchausgabe mit
freundlicher Genehmigung der
F. A. Herbig Verlagsbuch-
handlung GmbH, München

Printed in Germany 1996
Druck und Verarbeitung:
Ebner Ulm
ISBN 3 548 23825 4

März 1996
Gedruckt auf
alterungsbeständigem Papier
mit chlorfrei
gebleichtem Zellstoff

Von derselben Autorin
in der Reihe
der Ullstein Bücher:

Geliebtes Scheusal (40015)
Ein gewisser Herr Ypsilon (20043)
Valentine heißt man nicht (40114)
Italienreise – Liebe inbegriffen (20046)
Danziger Liebesgeschichte (23592)
Was halten Sie vom Mondschein? (40139)
. . . und flogen achtkantig aus dem
Paradies (20141)
Der Bastian (20189)
Flöhe hüten ist leichter (20216)
Ferien sind schöner (20297)
Drei sind einer zuviel (20426)
Das kommt davon,
wenn man verreist (20501)
Ein Stück vom Leben (20716)
Täglich dasselbe Theater (20834)
Der Zwillingsbruder (23818)
Eines Knaben Phantasie hat meistens
schwarze Knie/Ferien sind schöner/Auf
einmal sind sie keine Kinder mehr (23273)
Brombeerzeit (23347)

Die Deutsche Bibliothek –
CIP-Einheitsaufnahme

Noack, Barbara:
Eine Handvoll Glück : Roman /
Barbara Noack. – Ungekürzte
Ausg. – Frankfurt/M ; Berlin :
Ullstein, 1996
(Ullstein-Buch ; Nr. 23825)
ISBN 3-548-23825-4
NE: GT

1

Jeden Morgen, wenn ich darauf warte, daß der Toast nach Toast zu riechen beginnt und das Wasser für den Tee kocht, schaue ich aus dem Küchenfenster auf die Endvierziger in leuchtend bunten Trimmdichanzügen, die am Haus vorüberjoggen. Sie stoßen keuchend Dampf in die Morgenluft wie eine alte Lok aus meiner Kinderzeit; ihre Füße platschen bleiern über das Pflaster, sie können schon nicht mehr, aber sie geben nicht auf. Und wenn sie tot umfallen, sind sie wenigstens gesund gestorben.

Mein Vater, mit Ende Vierzig, hielt nicht auf Figur, sondern auf Würde. Jede Art von unnatürlicher Beschleunigung war ihm verhaßt. Er trug Bauch, das stand ihm zu, und einen Gehpelz – das Wort besagt es schon –, dazu Melone, Spazierstock und graue Gamaschen über den Schuhen. Wofür, habe ich nie begriffen, denn oben auf dem Fuß friert man am wenigsten. Mir jedenfalls wurden immer zuerst die Zehen klamm, und bis zu denen reichten die Gamaschen nicht. Vor allem habe ich nie begriffen, wie eine um zwanzig Jahre jüngere, hübsche Frau wie meine Mutter sich in so einen würdigen Herrn verlieben konnte. Aber sie sah in einem Mann wohl etwas anderes als ich, darum ist ihre Ehe auch so gutgegangen. Sie heirateten in Berlin, kurz nach Beendigung der Inflation. Auf die Hochzeitsreise wurde sie allein geschickt; mein Vater wollte nachkommen, sobald er ein geeignetes Zuhause für sie gefunden hatte – ein schwieriges Unternehmen in Anbetracht der großen Wohnungsnot. Bisher hatten beide möbliert gelebt, meine Mutter bei einer Gesangslehrerin im Hinterstübchen, mein Vater bedeutend komfortabler bei einer Dame, die sich Hoffnungen auf ihn gemacht hatte und nun Gift und Galle spuckte wegen meiner Mutter, dem jungen Ding.

Ziel der einteiligen Hochzeitsreise war das Rittergut Mayden bei Ludwigslust. »Gediegenes Herrenhaus. Ende 17. Jahrhundert. Schöne Pappelallee. Guck mal nach, Charlotte, ob das Taubenhaus noch steht.« Mein Vater hatte auf Mayden glückliche Ferien verbracht bei seinem Onkel Wilhelm, inzwischen zweiundneunzig, aber noch immer gut beisammen, zumindest seine Schrift in dem Brief zu ihrer Hochzeit, wie gestochen.

Onkel Wilhelm hatte versprochen, meine Mutter persönlich am Bahnhof in Empfang zu nehmen. Damit sie ihn auch gleich erkennen konnte, zeigte ihr mein Vater eine kartonierte Fotografie, aufgenommen anläßlich einer Familienfeier im Jahre zwölf. Vorn sitzen die Tanten, unmenschlich ernst vor lauter Würde und Rechtschaffenheit und wohl auch wegen dem angereisten Fotografen. Damals lachte man selten auf Fotografien, nicht nur wegen der Zahnlücken. Auch Kinder lachten nicht, sondern guckten wie hypnotisierte Kaninchen in die Kamera.

Hinter den Tanten standen stocksteif die männlichen Anverwandten. Zwischen all den hellen Dickschädeln mein damals noch zierlicher, schwarzlockiger, schnauzbärtiger Vater. Onkel Wilhelm mit seinen Einsneunzig überragte sie alle. Sein rundes Gesicht unter dem viel zu kleinen Hut sah aus wie das Zifferblatt einer Kirchturmuhr.

»Du wirst ihn mögen, Lotte«, sagte mein Vater zu meiner Mutter. »Kavalier der alten Schule. Unverheiratet. Ist ihm gelungen, sich erfolgreich gegen das Verkuppeltwerden mit überzähligen Gutstöchtern aus der Nachbarschaft zu wehren. Überhaupt ein Einzelgänger. Hat sich nie in die Karten schauen lassen, auch nicht von der Familie. Von der schon gar nicht. Und bitte, sag nichts gegen Bismarck, Lotte. Onkel Wilhelm war ein großer Verehrer von ihm. Hat ihm zu Lebzeiten immer Kiebitzeier zum Geburtstag geschickt.«

»Warum?« fragte ich später meine Mutter, von der ich die Geschichte ihrer seltsamen Hochzeitsreise erfahren habe. »Warum Kiebitzeier?«

Das wußte sie auch nicht genau. »Vielleicht, weil sie ihm besser schmeckten als Hühnereier.«

Sie sah Onkel Wilhelm sofort auf dem Perron stehen, als der Zug in Ludwigslust einfuhr. Er ragte noch immer über seine Mitmenschen hinaus, nur sein dicker Bauch war fort, als ob man die Luft aus ihm gelassen hätte, und sein Gesicht war noch enger um den zahnlosen Mund zusammengeschnurrt.

Er empfing sie mit formvollendetem Handkuß, anerkennend nuschelnd: »Dunnerlitjen, der Franz hat einen guten Geschmack!«, und überreichte ihr eine entblätterte Rose.

Zur Feier ihrer Ankunft hatte er seinen Bratenrock angelegt, der von oben bis unten bekleckert war und an den Kanten abgestoßen, genau wie sein schmuddeliger Umlegekragen.

Meine Mutter hatte sich während der Reise die Kutschfahrt nach Mayden vorgestellt: Rechts und links abgeerntete Felder und Wiesen unter schleierhaft weißen Herbstnebeln. Am Ende der entlaubten Pappelallee das Herrenhaus. Dicke Mamsell mit weißer, gestärkter Schürze zur Begrüßung. Kaminfeuer. Und eine schöne heiße Tasse Bouillon.

Es wartete aber keine Kutsche vorm Bahnhof. Der mürrische Hausbursche eines Gasthauses nahm ihren Koffer auf die Schulter.

Onkel Wilhelm reichte meiner Mutter den Arm. So schritten sie gravitätisch über das Kopfsteinpflaster einem Gasthaus zu, in dem er ein Zimmer für sie reserviert hatte.

Onkel Wilhelm begleitete sie bis vor ihre Tür. »Sobald du dich frisch gemacht hast, liebe Charlotte, erwarte ich dich auf Nummer Neun. Ich habe dort einen Imbiß für dich vorbereitet.« Meine Mutter machte sich frisch und begriff nicht: Warum hier? Warum fuhren sie nicht nach Mayden? Das Zimmer Nummer Neun ging zum Hof, es war eng wie ein Karzer, weil mit viel zu wuchtigen Eichenschränken vollgestellt. Das Schlimmste war der Mief. Es war der Mief eines uralten Mannes, der nichts von Waschen und Frischluft hält. Nur der Wunsch, einen guten Eindruck vor Franz' Lieblingsonkel zu machen, hielt meine Mutter davon ab, ohnmächtig hinzusacken. Onkel Wilhelm führte sie zu seinem einzigen Backensessel: Nimm Platz, liebe Charlotte.

Aus dem Wärmerohr des Ofens holte er eine Biedermeierkanne und stellte eine Blechschachtel mit versteinerten Lebkuchen auf den Tisch. Die hatte ihm eine Verwandte einmal zu Weihnachten geschickt. In welchem Jahr das gewesen war, fiel ihm nicht mehr ein, aber wenn man sie lange genug eintunkte, waren sie noch recht schmackhaft, meinte Onkel Wilhelm.

Während sie Kakao tranken und Lebkuchen einstippten, stolzierten seine Komplimente steifbeinig über den Tisch zu meiner Mutter. Er pries ihren sanften Liebreiz, fand sie jedoch zu mager: Komm, trink noch eine Tasse, Charlotte, damit du was auf die Rippen kriegst.

Meine Mutter hatte zwar vorgehabt, sich auf dem Lande ein bißchen herauszufuttern, sie hatte dabei nur nicht an klütrigen, im Rohr gewärmten Kakao gedacht.

Irgendwann – im Laufe der schleppenden Unterhaltung – grinste Onkel Wilhelm zahnlos verschmitzt: »Ich habe eine Überraschung für dich, Charlotte, aber erzähl nur ja nichts den Verwandten, vor allem nicht deiner neidischen Schwägerin Ida, sonst kommen sie angereist und wollen mich anpumpen.« Er senkte die Stimme, als ob die Verwandten bereits, in Zimmerschränken versteckt, nach seinem Vermögen geierten, und gab endlich sein großes Geheimnis preis: »Ich bin ein reicher Mann, ich könnte ganz Mecklenburg aufkaufen.«

»Oh, das freut mich für dich«, sagte sie herzlich, »aber wann fahren wir nun endlich nach Mayden?«

»Ich habe es verkauft.« Onkel Wilhelm nahm Haltung an: »Vor dir, Charlotte, sitzt ein vielfacher Billionär.«

Meine Mutter, mit der – laut Dostojewskij – »Kurzsichtigkeit einer schönen Seele« ausgerüstet, begriff noch immer nicht, bis Onkel Wilhelm sein schreckliches Unterbett anhob und ihr einen Blick auf viele, viele plattgelegene Bündel mit Inflationsgeld gewährte. Jetzt dämmerte es auch ihr.

»Wann hast du verkauft, Onkel Wilhelm?«

»Vor zwei Monaten. Den Bankern kann man ja nicht trauen, das sind alles Filous. In meinem Bett vermutet niemand das Geld, und du darfst es auch keinem sagen, Charlotte.«

»An wen hast du verkauft?« fragte sie, und er: »Schnakeberg heißt der Mensch, aus Hannover. Keine Kiste, aber liquide. Zahlte aus dem Koffer. Seinen Notar – sehr seriös, ehemaliger Herrenreiter – hatte er gleich mitgebracht. Sie haben den ganzen ollen Klumpatsch« – er meinte die hundertfünfzigjährige Einrichtung des Hauses – »mit übernommen. In Bausch und Bogen. Nur paar Möbel aus dem Comptoir habe ich behalten«, er wies auf die eichernen Riesen, die das Zimmer verdüsterten und mit ihren Ausmaßen die Platzangst in demselben förderten. »Na, Charlotte, da staunst du, was?«

Ja, da staunte Charlotte. Mit einem blassen Gefühl in den Knien fragte sie, ob sie heruntergehen und Franz telegrafieren dürfe, daß sie gut angekommen sei.

»Ja, tu das, mein Kind«, sagte Onkel Wilhelm gemütlich und zündete sich eine von den Brasilzigarren an, die sie ihm aus Berlin mitgebracht hatte.

In der Gaststube erwartete sie bereits der Wirt mit einem Bündel unbezahlter Rechnungen.

»Ist man höchste Zeit, gnä Frau, daß mal einer nach dem ollen Herrn guckt. Ich wollte schon schreiben, aber wußte ja nicht wohin, und sagen tut er ja nischt. Zwei Monate is er all hier – wenn ich geahnt hätte, was ich mir mit dem aufladen tu. Meine Schwester Mine ist schuld, die war mal Mamsell auf Mayden. Sie hat gesagt, ich muß ihn aufnehmen. Das wäre Menschenpflicht. Aber was hat Mine davon? Er ist kiebig zu ihr und läßt sie nicht in sein Zimmer zum Saubermachen. Der Gestank, gnä Frau, und nachtens rumort er – meine andern Gäste können nicht schlafen.«

»Zahlt er nicht seine Miete?« unterbrach ihn meine Mutter, auf die vielen Rechnungen weisend, die in der Wirtshand vor ihrer Nase wedelten wie ein Fächer vor einer, die ohnmächtig werden will.

»Zahlen tut er. Pünktlich auf die Minute, aber man bloß mit Inflationslappen, die nicht das Schwarze unterm Nagel wert sind. Daß wir inzwischen Rentenmark haben, geht nich mehr in seinen alten Kopp. Wenn die gnä Frau vielleicht Richtigkeit machen wollen?«

»Ich möchte ein Telegramm aufgeben«, sagte meine Mutter, »mein Mann muß sofort kommen.«

Mein Vater machte den Fehler, seine Schwester Ida zu benachrichtigen, die wiederum alarmierte die übrigen noch lebenden Verwandten. Sie reisten alle am nächsten Tag an und wollten nicht begreifen, daß der ganze große schöne Besitz dahin war, unwiderruflich dahin, für wertlose Papierfetzen verscherbelt an einen cleveren Spekulanten.

Sie jammerten und rangen die Hände und schimpften auf Wilhelm im Backenstuhl nieder. Ein Referendar aus Wolfenbüttel klagte: »Oh, hätten wir Onkel doch rechtzeitig entmündigen lassen!«

Mißtrauisch-verstört, wie verhagelt, hockte er da, langsam begreifend, daß mit seinem Billionengeschäft etwas faul sein mußte. Das volle Ausmaß seiner Wahnsinnstat erreichte sein Bewußtsein nicht, und das war gut so. In seinem zweiundneunzigjährigen, mit Hypotheken und Mißernten belasteten Landwirtsleben hatte er sich zum erstenmal zwei Monate lang als sorgenfreier Mann gefühlt. Bedürfnisse hatte er keine mehr, es genügte ihm, einmal pro Nacht sein Unterbett zu lupfen, die Billionen zu kontrollieren und sich an seinem immensen Reichtum zu freuen.

»Aber die Elbwiesen müssen doch noch da sein«, fiel Tante Ida ein. »Die gehörten ja nicht zum Gut.«

»Die Elbwiesen«, überlegte Onkel Wilhelm, »ja, die sind wohl in der Summe mit drin.«

Idas Mann, der Professor, erlitt einen Herzanfall, den nur

meine naive Mutter ernst nahm.

Das Erbe war futsch. Nur der Erbonkel war noch da. Wohin mit Onkel Wilhelm? Wo fand man so schnell für ihn einen Platz im Altersheim? Und wo sollte er inzwischen aufbewahrt werden? Der Gastwirt lehnte ab, die Verwandten lehnten ab. Niemand wollte den alten Mann.

Einzig mein Vater erinnerte sich noch an seine Jugend voller Freiheit und Abenteuer auf Mayden.

Meine Eltern holten ihre Hochzeitsnacht in knarrenden, durchgelegenen Gasthofbetten nach. Eine Hochzeitsnacht zu dritt, denn Erbonkel Wilhelm lag die ganze Zeit dabei auf ihrem Gewissen herum.

»Liebe Charlotte«, sagte mein Vater endlich im Dunkeln. »Wo es mir doch gelungen ist, eine Bleibe für uns im Grunewald zu finden – es wäre ja auch nur vorübergehend ... aber wenn du nicht willst ...«

Meine Mutter kam ihm zu Hilfe. »Ja, Franz, wir nehmen ihn mit.«

Immer die Anständigen sind die Dummen.

Mein Vater zahlte Onkel Wilhelms Schulden und die Renovierung seines Gasthofzimmers. Meine Mutter packte indessen Onkels Habseligkeiten, die noch zum Mitnehmen lohnten, in seine schäbige Reisetruhe. Dazu gehörten sein Jagdanzug, genauso bekleckert wie der Bratenrock, zwei Paar zerknitterte Zugstiefel, Familienbilder, sieben bleischwere Bücher über Otto von Bismarck, eine KPM-Fischschüssel, groß genug für einen mittleren Hai, zwei Zinnkrüge, die Biedermeier-Kakaokanne, seinen Säbel mit Portepee und natürlich die Billionen. Von denen wollte er sich partout nicht trennen. Wer weiß, vielleicht würden sie eines Tages wieder aufgewertet.

Auf der Fahrt nach Berlin, als der Zug in Neuruppin hielt, betrachtete meine Mutter beklommen das Mitbringsel von ihrer idyllischen Hochzeitsreise: Onkel Wilhelm. Er schnarchte hinter der braunen Fenstergardine, die er über seinen Schlaf gezogen hatte.

»Was machen wir mit ihm, wenn die Geheimrätin, bei der du gemietet hast, kündigt, weil sie den Onkel in ihrer Wohnung nicht haben will?« fragte sie meinen Vater.

Er wußte es auch nicht.

Die Wohnungsnot damals war katastrophal. Eigene, abgeschlossene vier Wände konnten sich nur Kapitalisten leisten. Mein Vater war kein Kapitalist. Er konnte sich schon gar nicht einen Erbonkel leisten. Ihm blieb nur die Untermiete in ehemaligen Herrschaftswohnungen übrig, deren Besitzer patriotischen Sinnes ihr Vermögen in Kriegsanleihen angelegt, ihr »Gold für Eisen« gegeben und den Rest in der Inflation verloren hatten. Nun ließen sie ihre Untermieter täglich dafür leiden, daß sie untervermieten mußten.

Die Räume, die mein Vater bei der Geheimratswitwe im Grunewald gefunden hatte, bestanden aus einem Speisezimmer 6 × 10 m im Ritterstil der Makartzeit, ein knarrender Alptraum für 24 Gäste, wenn man die Tafel auszog. Der Spiegelaufsatz des Buffets wurde rechts und links von kastellartigen Gläserschränken mit vorspringenden Altanen für Nippes gestützt. Neuschwanstein war schlicht dagegen. Jedesmal, wenn die Straßenbahn 76, vom Roseneck kommend, Richtung Wittenbergplatz und retour am Haus vorüberfuhr, entstand eine Erschütterung, die ausreichte, um das ebenso trutzige wie blödsinnige Buffet in klirrende Hysterie zu versetzen. Das Parkett ächzte bei jedem Schritt, die Stühle knarrten. Hinter der mit einem Bucharateppich verhängten Schiebetür zum angrenzenden Herrenzimmer hörte man die Geheimrätin rumoren. Unterhaltungen fanden deshalb im Flüsterton statt. In dieser anheimelnden Umgebung – auf Notbetten hinter einem chinesischen Lackparavent, der das Schlafabteil vom Rittertum abtrennte – begann der Honigmond meiner Eltern.

Onkel Wilhelm wurde im zweiten gemieteten Zimmer untergebracht, einem Biedermeiersalon. Die Geheimratswitwe hatte wider alle Befürchtungen den Onkel in ihrer Wohnung akzeptiert, weil er ein Herr von Stand war, ein Rittergutsbesitzer a. D., den sie zum Tee bitten und ihm dabei von den Glanzpunkten ihres Lebens erzählen konnte. Sogar bei Hofe hatte sie verkehrt.

Meist schlief Onkel Wilhelm, pfeifend und sägend, über ihren langatmigen Erinnerungen ein, aber das kränkte die Geheimrätin nicht. Wenn er nur dasaß – inzwischen leidlich sauber, mit geputzten Stiefeln. In ihrer beider Alter führte man sowieso keine gehaltvollen Gespräche mehr, sondern hielt Monologe über die eigene Vergangenheit. Zwischendurch tranken sie Tee, mümmelten eingeweichten Zwieback und hatten beide persönlich den Eisernen Kanzler gekannt.

Wenn ich mir diese Flitterwochen in einem Ritterzimmer mit einem soviel älteren Mann, Tür an Tür mit einer achtundachtzigjährigen Geheimrätin und einem zweiundneunzigjährigen Erbonkel, vorstelle . . . spätestens nach drei Tagen wäre ich davongelaufen. Nicht so meine Mutter. In ihr war kein Aufruhr. Sie hatte meinen Vater geheiratet, weil sie ihn von Herzen liebte, und nahm die Umständlichkeiten, die er ihr präsentierte, sanften Gemütes hin. Sie wollte ihre gutbürgerliche Ehe, und dafür war sie duldsam bis zur Selbstaufgabe.

Dann wurde sie schwanger in diesem Altersheim. Und dachte immer zielstrebiger an das Biedermeierzimmer mit der lilagestreiften Tapete und den weißen Scheitelgardinen, das Onkel Wilhelm ramponierte.

Zum erstenmal erwachte Egoismus in ihr für das werdende Kind. Ihr Kind durfte nicht in dieser Umgebung sein Dasein beginnen. Das Kind würde sich dort einen lebenslänglichen Ritterschaden holen.

»Entweder Onkel Wilhelm zieht aus, oder wir müssen uns was anderes suchen, Franz«, sagte sie zu meinem Vater und erlebte zum erstenmal seine Begabung, sich vor Entscheidungen zu drükken: Er versprach »Jaja« und begab sich auf Geschäftsreise. Im Verlaufe ihrer achtzehnjährigen Ehe würde er nie da sein, wenn dringend gebraucht. Meine Mutter mußte alle Entscheidungen allein treffen. Aber das hatte auch einen Vorteil: Sie bildete sich dadurch frühzeitig zur selbständigen Witwe.

Mein Vater ging also auf Reisen, meine Mutter ging auf Wohnungssuche. Ihr Kind sollte es sonnig und freundlich haben. Ich habe es sonnig und freundlich gekriegt. Dafür sorgte Onkel Wilhelm.

Eines Morgens, an einem 1. April, als sie auf den Markt gegangen war, legte er seinen Jagdanzug an und bat die Geheimrätin um ein Kursbuch der Eisenbahn. Nach langem Suchen fand sie eins aus dem Jahre 1912, aber das störte unseren Onkel nicht. Preußische Abfahrts- und Ankunftszeiten änderten sich seiner Meinung nach nicht, auch wenn inzwischen ein Weltkrieg stattgefunden hatte. Selbigen hatte Onkel längst aus seinem Gedächtnis verdrängt. Er wollte nach Friedrichsruh fahren, um seinem Kanzler eigenhändig zum Geburtstag zu gratulieren, wühlte im Kursbuch herum, notierte sich einen Zug, verabschiedete sich formvollendet von der Geheimrätin mit der Versicherung, übermorgen zur gemeinsamen Teestunde wieder zurückzusein. Ehe die alte

Dame, in ihre Korrespondenz vertieft, sein absurdes Vorhaben begriffen hatte, war es bereits zu spät, ihm nachzueilen und ihn einzufangen.

Onkel Wilhelm trottete zielbewußt auf sein Lebensende zu. Nach Aussagen des Chauffeurs, dessen Taxi er am Roseneck bestieg, wollte er zum Bahnhof gefahren werden.

»Zu welchem, Opa, wir haben ne janze Menge in Berlin.«

Onkel Wilhelm soll darauf ratlos geblickt haben. In Ludwigslust, wo er die meiste Zeit seines Lebens in Züge gestiegen war, hatte es ja bloß einen gegeben.

Der Taxifahrer zählte ihm geduldig einige zur Auswahl vor: »Anhalter, Lehrter, Stettiner, Schlesischer – und wie wär's mit dem Bahnhof Zoo?«

»Fahren Sie zum Zoo«, entschied Onkel Wilhelm, »aber'n bißchen Trab! Der Kanzler wartet.«

Nun wundert sich ein Berliner Taxichauffeur schon seit der Zeit, als er noch Pferdedroschke fuhr, so ziemlich über gar nichts mehr. Hauptsache, der Kunde verunreinigt die Polster nicht und zahlt.

Onkel Wilhelm wollte am Bahnhof Zoo mit Inflationsgeld zahlen, von dem er ein dickes Bündel aus seiner Manteltasche zog, aber der Chauffeur war damit nicht einverstanden.

»Opa, wenn Se mir verscheißern wollen, uff die Tour nich.« Und hielt ihn sicherheitshalber am Ärmel fest, als er verstört enteilen wollte.

Onkel ließ den Mantel sausen, es war ihm ja jedes Kleidungsstück längst drei Nummern zu weit. Der Chauffeur hielt den Ärmel in der Hand und konnte es nicht verhindern, daß Onkel Wilhelm geradewegs in den Stadtverkehr hineinflüchtete.

Ein Lieferwagen konnte leider nicht mehr bremsen.

Am nächsten Tag stand es in der BZ und im 12-Uhr-Blatt.

Der Taxifahrer drückte meiner Mutter sein Bedauern aus: »Ick hab ja schon beim Einsteigen jemerkt, daß der olle Krauter 'n bisken plemplem is. Aber wer ahnt denn so wat!«

Onkel Wilhelm starb zwei Tage später im Krankenhaus, bis zuletzt bei vollem Bewußtsein und in großer Sorge, der Kanzler könnte ihm übelnehmen, daß er, wenn er schon keine Kiebitzeier schickte, nicht persönlich zu seinem Geburtstag in Friedrichsruh angetreten war.

Meine Mutter, an seinem Krankenbett geduldig ausharrend, beruhigte ihn: »Bismarck ist dir bestimmt nicht böse. Der Kanzler ist doch lange tot.«

»So«, wunderte sich Onkel Wilhelm. »Ist er also gestorben. Wann war denn das?«

»Am 30. Juli 1898, abends zehn Uhr.« Was ihr einmal in der Schule eingedrillt worden war, das saß in ihrem Gedächtnis auf Abruf parat.

Onkel Wilhelm erschütterte diese Mitteilung sehr. Er drehte sich zur Wand. »Ich bin müde, Charlotte. Geh nach Haus.« Und als sie sich entfernte, nuschelte er hinter ihr her: »Aber bring es der Geheimrätin schonend bei.«

Die Geheimrätin erschütterte Bismarcks Tod im Jahre 1898 weit weniger als das Ableben Onkel Wilhelms.

Schließlich hatte er ihre lang verwelkte Weiblichkeit zu einer Spätblüte angeregt.

Ihr lieber teurer Freund, der Rittergutsbesitzer a. D., war viel zu früh (dreiundneunzigjährig!) von ihr gegangen und mit ihm der letzte Handkuß eines Kavaliers der alten Schule. Nun war sie auch lebensabendmüde und voller Sehnsucht nach einem stillen Damenstift.

Sie bot meinen Eltern an, ihre Fünfeinhalbzimmerwohnung zu übernehmen, sofern sie bereit waren, die Einrichtung derselben käuflich zu erwerben.

Was blieb meinem Vater anderes übrig, als einen Kredit aufzunehmen, um all die bombastischen Alpträume aus Kirschholz, Eiche und Mahagoni zu kaufen, die im Jahre 1879 für die Aussteuer der Geheimrätin von Hand angefertigt worden waren. Dazu der von ihren Großeltern ererbte Biedermeiersalon.

Nun war mein Vater zwar verschuldet, aber Hauptmieter einer geräumigen Wohnung im Grunewald, in der sich seine Lotte in Ruhe, mit zwei Stiefmütterchenbalkonen, auf ihre wichtigste Lebensaufgabe vorbereiten konnte: Mutter zu werden. Meine Mutter.

2

Alma Schippke: 24 Jahre, schwerknochig, untersetzt, ein grobes, aggressives Gesicht, die dünnen Haare im Dutt zusammengezurrt. In all ihren Zeugnissen wurde ihre Kinderliebe hervorgehoben. Das gab den Ausschlag für ihre Einstellung. Monatsgehalt 80 Mark. Das halbe Zimmer unserer Fünfeinhalbzimmerwohnung war die Mädchenkammer neben der Küche.

Alma besaß ein Kleid und einen roten Barchentunterrock, als sie zu uns kam. Meine Mutter kaufte ihr zwei blaue Hauskleider, einen Mantel und ein schwarzes Servierkleid mit weißer Rüschenschürze und passendem Häubchen. (Alma in Rüschen sah eher nach Kostümfest aus als nach Bedienung.)

Außer ihr wurde nach meiner Geburt noch eine Säuglingsschwester engagiert. Sie hielt es nur vierzehn Tage mit Alma aus. Auch die nachfolgenden jungen Mädchen, Haustöchter genannt, vergraulte sie rigoros.

Sie wurde zur Bestie, sobald jemand in mein Kinderbett griff. Gerade meine Mutter ließ sie noch an mich heran. Sieben Jahre sollte ich unter ihrer Fuchtel leiden, unter ihrem brachliegenden Gluckentrieb. Ich war der Ersatz für ihre beiden unehelichen Kinder. Den Jungen hatte ein Fischer auf der Insel Rügen adoptiert. Almas Tochter war ein halbes Jahr älter als ich, aber kleiner, weshalb sie meine Kleider erben konnte. Sie hieß Hedwig und lebte gegen Kostgeld bei der Obstpflückerin Frau Martha Böckmann in Werder.

Zur Knubberkirschenzeit nahm mich Alma mit, wenn sie Hedwig besuchte. Bereits mit vier Jahren entwickelte sich mein Suchtverhältnis zu dieser Frucht. Ich fing an und konnte nicht mehr aufhören, Kirschen in mich hineinzuschaufeln. Anschließend führte mich Alma schnauzend zum Plumpsklo im Hof, gefolgt von Frau Böckmann mit einer Rolle Toilettenpapier. Davon zählte sie drei Blatt für mich ab, weil ich »besserer Leute Kind und das so gewohnt war«. Weniger gute Leute als ich mußten sich mit Zeitungspapier, in kleine Quadrate gerissen, auf einen krummen Nagel gespießt, begnügen.

Anhand des Werderschen Klopapiers wurde mir zum erstenmal

bewußt, daß es soziale Unterschiede gibt. Bisher hatte ich mir darüber noch keine Gedanken gemacht.

Ich kriegte keine Geschwister mehr. Der Arzt hatte es meiner Mutter verboten. Somit hatten sie und Alma kein anderes Spielzeug als mich. Habe ich Alma oft gefragt, ob sie sich nicht mal mit jemand anderem beschäftigen könnte als nur mit mir, ich wollte ja schließlich auch mal meine Ruhe haben, aber nein, nichts zu machen.

Wenn schon keine Geschwister, dann wollte ich wenigstens einen Hund. Mein Vater hätte auch gern einen gehabt, er hatte früher immer einen, aber meine Mutter sagte »Gotteswillen«. Aus hygienischen Gründen.

Wenn schon keinen Hund, dann wünschte ich mir wenigstens einen Laubfrosch im Glas. Wieso einen Laubfrosch, fragte meine Mutter, warum nicht einen Kanarienvogel oder eine Schildkröte?

Weil Kanaries und Schildkröten keine Kronen wuchsen, darum. Kronen wuchsen nur Fröschen, sofern sie verwunschene Prinzen waren.

Das war der Einfluß von Grimms Märchen, die meine Mutter schon damals als Lektüre für ihr Töchterchen ablehnte, weil sie so grausam waren. Sie kaufte mir unendlich geschmackvolle, künstlerisch wertvoll illustrierte Kinderbücher mit erzieherischem Wert. Ich blätterte sie höflich durch und legte sie beiseite. Was sollte ich mit dem harmlosen Kram? Kaum hatte sie das Haus verlassen – sie war gottseidank recht oft unterwegs –, mußte Alma die fettfleckigen, eselsohrigen Brüder Grimm aus ihrem Versteck holen und las – ihr rissiger Zeigefingernagel hielt dabei die Zeile – mit leiernder, über schwierige Worte stolpernder Stimme den »Froschkönig« vor, »Aschenputtel«, »Die Gänsemagd« – das Märchen mit dem abgeschnittenen Pferdekopf, der sprechen konnte. Oh, du Falada, da du hangest . . .

Am liebsten hatten wir »Die Sterntaler« – »von wejen den villen Zaster, wo dem armen Jör vom Himmel in sein uffjehaltnes Hemde klickert. Stell dir ma vor, Mulleken, so ville Jeld wie Sterne am Himmel!«

Geld sagte mir damals gar nichts. Trotzdem stand ich mit Alma an sternklaren Abenden auf dem Balkon, wir hielten unsere Schürzen auf, aber es rührte sich nichts am Himmel. Die Sterne klebten irgendwie fest. Und meinem Laubfrosch wuchs auch keine Krone. Mal saß er oben auf der Leiter, mal unten im Glas und zweimal täglich in Almas abgearbeiteter, roter Hand, wenn sie lebende Mehlwürmer in ihn hineinstopfte.

»Bei solchem Fraß kann ja keinem Frosch eine Krone wachsen«, sagte ich, aber Alma meinte: »Von irgendwat muß det Luder doch leben.«

Einmal las sie mir Andersens »Mädchen mit den Schwefelhölzern« vor und fing an zu schimpfen: »Det soll nu'n Märchen sind? Det is jenau wie damals bei uns ßu Hause. Wir Jören mußten ooch bei Wind und Wetter Schnürsenkel vakoofen, und wenn det nich klappte, mußten wa betteln oder lange Finger machen, wir konnte ja nich mit leere Hände nach Hause kommen. Sonst setzte es Keile. Stücker neun warn wa, Mulleken, von fünf vaschiedene Väta, allet Suffköppe det, und alle hamse sich französisch vadrückt und ham Muttan und uns Bälger sitzenjelassen. Und imma ham wa Kohldampf jeschoben. Nee, det is keen Märchen, det.«

Alma liebte Märchen wie »Aschenputtel«: vom Küchenherd zum Königsthron.

Ihr Schicksal waren leider keine Königssöhne, sondern die Hausierer mit Bürsten und Ansichtskarten, die über die hintere Wendeltreppe – »Dienstbotenaufgang« – in ihr Leben wendelten und, wenn meine Eltern nicht zu Hause waren, auch in unsere Küche. Sie kriegten Klappstullen und einen Topf Kaffee und zwickten Alma zum Dank in die Röcke. Dann kreischte sie froh.

Ich wußte von Almas Hintertreppenverhältnissen, auch von den Knutschereien, wobei der Hausierer unsere Alma rückwärts über den großen, frei im Raum stehenden Küchenherd schmiß, aber ich erzählte meinen Eltern nichts davon. Ich hatte es ja gut, wenn Alma mit einem Hausierer ging, dann war sie weniger hinter meiner Sauberkeit her. Dann schrumpfte das abendliche Bad zur Katzenwäsche, weil sie nicht schnell genug zu ihrem »Rangdewuh« kommen konnte. Meistens dauerte ihre Seligkeit nicht lange. Der Bräutigam ließ sie sitzen, sobald er ihren Monatslohn in Form von Präsenten kassiert hatte und ihre Hingabe und ihr Drängen nach »Ehrlichmachen« leid war.

Er zog weiter zur nächsten einsamen Köchin und raspelte ihr dasselbe Süßholz vor, auf das schon Alma hereingefallen war. Schlimm war die Zeit nach so einem verdufteten Freier. Alma scherbelte das Meißen beim Abwaschen entzwei und giftete um sich herum.

Mein Vater meinte, nun wäre es aber genug. Man könnte sich von diesem Frauenzimmer nicht alles bieten lassen, es würde ja immer schlimmer mit ihr, und außerdem würde ich niemals anständige deutsche Grammatik lernen, solange Alma im Hause war.

Meine Mutter telefonierte darauf mit dem Arbeitsamt. An Almas freiem Mittwochnachmittag stellten sich diverse Nachfolgerinnen vor. Meine Mutter fand an jeder einen Haken – schon aus Sorge, Alma zu verlieren, denn sie war inzwischen perfekt in Haushalt und Küche und hielt ihr den Kopf, wenn sie ihre schweren Migränen hatte, sie hütete mich wie einen Augapfel, und sie war treu. Alma blieb.

Ich mochte keine Puppen. Sie waren mir zu niedlich und zu ausdruckslos mit ihren Klappaugen und den zwei Hasenzähnchen im leicht geöffneten Puppenmund. Selbst wenn ich sie verprügelte, um ihren Widerstand herauszufordern, schauten sie süß und dumm. Ich drosch auf ihre rosa Zelluloidpopos ein, bis mir die Hand weh tat. Der Puppe Ulla stopfte ich alte Münzen in den Mund, davon ging er kaputt. Ulla kam in die Puppenklinik und kriegte einen neuen Kopf. Zu jedem Fest schnitt ich ihnen die Haare ab aus Rache dafür, daß man mich zum Friseur geschleift hatte. Darauf verdrosch mich meine Mutter und Alma anschließend noch einmal. Dann bekamen die Puppen neue Perücken und neue Kleidchen mit passenden Höschen und saßen schon wieder unterm Weihnachtsbaum.

Heute wäre man gewiß mit mir zum Kinderpsychologen geeilt und hätte meine sadistischen Triebe unters Mikroskop geschoben und nach ihren Ursprüngen geforscht.

Dabei war es doch so einfach: Ich mochte keine Puppen, und ich mochte schon gar nicht eine liebe Puppenmutti sein. Als man das endlich einsah und die Ärgernisse an Hedwig verschenkt wurden, versiegte abrupt meine brutale Ader. Ich habe auch nie wieder versucht, jemandem den Mund gewaltsam mit Münzen vollzustopfen.

Almas Einfluß blieb lange Zeit stärker als der schöngeistige meiner Mutter.

Ich lernte nicht nur Küchendeutsch, sondern auch Küchengeschmack, Küchenphantasie und Küchenmelancholie.

Almas Lieder, beim Abwasch mit schriller, zittriger Stimme gesungen, gingen mir mehr ans Herz als jedes Kinderlied. »Waldesluhuhust, Waldesluhuhust, o wie einsam schlägt die Brust! Meinen Vater kenn ich nich, meine Mutter liebt mich nich, und sterben mag ich nich, bin noch so jung!«

Meistens handelten die Lieder von der Ausweglosigkeit armer, geschändeter, verjagter Dienstmädchen. Ich begriff die Texte nicht so recht, wohl aber die Schwermut in ihnen und die Einsamkeit. In einem hieß es: »Ich weiß nicht, was ich will. Ich möcht am liebsten sterben, dann wär's auf einmal still.« Das war richtig zum Weinen.

Mindestens einmal im Jahr kam Alma von ihrem Mittwochnachmittagausgang frühzeitig nach Hause und legte sich sofort aufs Bett. Ihr Stöhnen hörte man auf dem Flur, manchmal sogar bis in seinen vorderen Teil, der sich ausweitete wie eine Schlange mit einem Karnickel im Bauch und als Diele tituliert wurde. Dort hing auch das Telefon.

»Fräulein, bitte geben Sie mir sofort Hubertus 243579«, rief meine Mutter hinein. Das war die Nummer unseres Hausarztes.

Anschließend eilte sie in die Mädchenkammer und setzte sich zu Alma, die unter Ächzen auf den »verfluchten Saukerl« schimpfte, »dieses hundsgemeine Mistvieh«. »Spuckt jroße Töne, daß er mir heiraten wird – hat sein Vajnüjen – und wat hab ick? Aba ick doofe Nuß muß ja uff jede Hose rinfallen, gnä Frau, ick werd und werd nich klüger. Schad ma janischt.«

In den Schatten des Flurschrankes gedrückt, hörte ich die bekümmerte Stimme meiner Mutter »Alma« seufzen, »warum haben Sie mir nichts vorher gesagt? Diese Engelmacherinnen bringen Sie eines Tages noch um.«

Engelmacherinnen – das Wort gefiel mir. Eine Frau, die Engel macht. Mit Flügeln aus Rauschgold?

»Was sind Engelmacherinnen?« fragte ich Alma, als sie zwei Tage später schon wieder die Küche schrubbte.

Alma, den Scheuerlappen mit roten Händen über dem Eimer auswringend, sah mich erschrocken an. »Dumme Jöre, wo haste det Wort her? Haste jelauscht, wa?«

»Kannst du mich zu denen mal mitnehmen, wenn du hingehst?«

Sie schmiß ihr Wischtuch nach mir und drohte: »So wat sachste nie wieda, vastanden? Nie wieda! Sonst dreh ick dir den Kragen um!«

Einmal ging es der Alma nach dem Besuch bei einer solchen Engelmacherin so schlecht, daß meine Mutter nicht nur den Hausarzt, sondern derselbe auch noch das nächste Krankenhaus alarmierte.

Zwei Sanitäter kamen und versuchten, sie aus ihrer Mädchenkammer zu tragen, aber der Zwischenraum zwischen Bett und gegenüberliegendem Spind war zu schmal für die Bahre, so daß sie erst in der Diele zusteigen konnte. Ich sah, wie meine Mutter tröstend über Almas Haare strich, diesen dünnen, in blaßbraunen Fäden aufgelösten Dutt, und versprach, sie zu besuchen.

Sonst gingen sich die beiden aus dem Wege wie Hündinnen, die eine Beißerei vermeiden möchten. Aber wenn es hart auf hart kam, waren sie ernsthaft umeinander besorgt.

»Sagen Se bloß nischt Herr Direktor«, wimmerte Alma.

Nein, meine Mutter sagte meinem Vater nichts davon. Häuslichen Ärger hielt sie von ihm fern.

Eine Woche lang blieb Alma im Krankenhaus. Eine Woche lang war ich ihre tyrannische Liebe los. Niemand knutschte mich knallend ab, stopfte mich voll Gemüse und schrubbte mich rot.

Eine sanfte, heitere Woche ganz allein mit meiner Mutter. Ich kam früher vom Spielen heim als sonst und hörte mir ihre neueste Schallplatte aus der Operette »Liselott« an. Gustaf Gründgens und Hilde Hildebrand sangen: »Gräfin, wie sind wir beide vornehm, o Gott, wie sind wir vornehm . . .«

Meine Mutter mußte mir den Inhalt des Stückes erzählen, ich schnitt fotografierte Menschen aus alten Magazinen aus, darunter Mussolini, Geige spielend, und die Tanzkünstlerin La Jana in einem Pyjama aus gelbem Crêpe de Chine und was sonst noch in der Größe zu ihnen paßte, und spielte die Operette mit diesen Figuren auf dem Teppich nach. Gemeinsam mit meiner Mutter schaute ich mir Kunstbücher an. Klassische Malerei. Mich interessierten dabei vor allem die nackten Heiligen.

Aus dem Krankenhaus entlassen, erholte sich Alma noch eine Woche in Werder bei ihrer Tochter Hedwig. Beladen mit Obstkörben und düsteren Neuigkeiten kehrte sie zu uns zurück. Zwei davon beeindruckten mich tief. Böckmanns Willy hatte die »Motten«. Er hatte sie nicht im Kleiderschrank wie wir kürzlich, sondern in der Brust, und es handelte sich bei ihnen um Löcher in seiner Lunge.

Alma hatte immer gehofft, aus Willy und ihrer Hedwig würde

später mal ein Paar, aber nun war damit wohl nichts.

Zweite Nachricht: Was die Kusine von Hedwigs Ziehmutter ist, die kennt den Bräutjam von einem toten Frollein aus Caputh. Und nu kommt's: Wie die im Grabe lag, ist sie wieder aufgewacht und hat gegen den Sargdeckel gebummert, weil sie nämlich nicht tot, sondern bloß scheintot gewesen war.

Auf die Idee zu fragen, woher man denn gewußt hat, daß sie im Grabe wieder aufgewacht ist, wenn keiner ihr Pochen gehört hat, kam ich nicht. Logik lag mir noch fern.

Der Caputher Scheintod belastete fortan meine Phantasie so stark, daß ich nicht mehr ohne Licht einschlafen konnte. Ich kannte ja ländliche Friedhöfe mit ihren schiefen Eisenkreuzen und bröckelnden Steinen im abendlichen Nebel. Da waren sie schon oberhalb der Erde graulig genug. Aber erst unter ihrem Efeu, tief in der Erde ganz allein in einem Sarg – !!! »Lieber Gott, laß mich nie scheintot sein! Bitte, bitte nicht!«

Durch Alma erlebte ich alle größeren Unglücksfälle im Grunewald mit. Wir standen immer in der ersten Reihe der Schaulustigen, um ja nichts zu verpassen.

Am tiefsten beeindruckte mich die Villa eines Chemikers, die dank seiner Kellerexperimente in die Luft geflogen war. In den Bäumen hingen Betten und Gardinenfetzen. »So was sieht man nicht alle Tage«, versicherte mir Alma.

Als wir eine Woche später eine Frau beschauten, die sich im Ätherrausch wälzte, stand ein Junge mit rötlichen Haaren neben uns, älter als ich, schon mit Mappe. Er gefiel mir. Täglich zweimal radelte er auf seinem Schulweg an unserem Haus vorbei. Manchmal wartete ich ihn ab und produzierte mich, wenn er vorüberfuhr, er sah mich an und durch mich durch: Blöde Gans.

Von Alma, die doppelt so lange Zeit zum Einholen brauchte wie meine Mutter, aber dafür über jede Familie im Umkreis bis ins Schlafzimmer hinein orientiert war, erfuhr ich, daß er der einzige Sohn der reichen Degners war und in der schönen großen, gelben, von einem Bühnenarchitekten erfundenen Villa wohnte. Da sah ich ihn ab und zu im oberen Stock mit baumelnden Beinen im Fenster sitzen und Papierflieger segeln lassen. Zehn Jahre später, als wir uns liebten, war er bereits auf Jagdmaschinen umgestiegen.

»Sein Vater is'n feiner Mensch«, wußte Alma, »aba seine Mutter is'n Satan. Sie hat den Zaster und die Hosen an, und keiner hält et länger wie'n Vierteljahr bei sie in Stellung aus.«

Hans hieß der Junge. Nach ein paar Wochen stellte ich meine Verehrung für ihn ein, denn es war mir nicht gegeben, langfristig einer Hoffnungslosigkeit nachzuträumen.

War ich ein fröhliches Kind? Zumindest hatte ich keinen Grund, nicht fröhlich zu sein.

Es war wohl mein Mitleid, das mir das Leben so traurig machte. Ich litt mit allen – mit Blinden, Kranken, unglücklich Liebenden, mit bettelnden Kindern und herrenlosen Hunden, mit Gartenlokalen an einem verregneten Sonntag, mit der alten Blumenfrau, die ihre Veilchen nicht loswurde, und mit den Veilchen, die keiner haben wollte. Der Tag war mir verdorben, wenn ich einen Kutscher sein Pferd schlagen sah. Ich litt mit der Maus in der Falle und wohl auch darunter, daß ich anders war als meine zahlreichen Spielfreunde. Sie dachten viel blonder und blauäugiger als ich und nicht so kompliziert. Meiner Phantasie konnten sie nicht folgen. Es war wohl auch nicht die Phantasie eines behüteten Mädchens in einem mit rosa Bärchen tapezierten Kinderzimmer. Grimms Märchen, Almas trostlose Jugend und ihre Schauergeschichten hatten sie tief beeinflußt.

Eines Abends begann ich, Geschichten zu erfinden und mir halblaut vorm Einschlafen zu erzählen, wurde richtig süchtig darauf. Aber es funktionierte nur, wenn es dunkel war. Somit wurde ich wohl zum einzigen Kind im Grunewald, das nicht früh genug ins Bett gehen und das Licht löschen konnte.

Und wohl kaum ein Kind hat so schnell schreiben gelernt wie ich. Nun konnte ich meine konfusen Geschichten endlich zu Papier bringen.

Der Versuch, meine Mutter für meine Werke zu erwärmen, blieb ein einmaliger. Sie hatte so einen ganz anderen Geschmack als ich. »Kind, warum denn nur Schauermärchen? Schreib doch mal was Nettes über eine Blume oder ein Tier, zum Beispiel einen Zitronenfalter.«

Ich lehnte ihre Anregung dankend ab. Mich interessierten keine Zitronenfalter, höchstens die Motten in der Lunge eines jungen schönen Grafen.

Vor Alma dagegen hatte ich keine Scheu, meine Dramen vorzutragen. Den geflochtenen Flickenkorb auf ihren breiten, kurzen Schenkeln, Fadengitter in schüttere Sockenhacken über ihrem

Stopfpilz ziehend, hörte sie mir aus vollem Herzen zu.

Aus ihren Erzählungen und Küchenliedern kannte ich das Leben außerhalb meiner behüteten, mit rosa Bärchen tapezierten Kinderwelt – zum Beispiel den vierten Hinterhof; Almas wechselnde Väter, die am Freitag die Lohntüte versoffen, wenn Mutter nicht rechtzeitig am Fabriktor stand, um sie ihnen abzunehmen. Brüder, die der Reihe nach in der »Plötze« einsaßen. Mit vierzehn ging Alma bei einem Bäcker in Stellung und hatte zum erstenmal ein eigenes Bett für sich, das sie mit keinen Geschwistern und Schlafburschen, an die es tagsüber für ein paar Groschen vermietet wurde, teilen mußte. Mit sechzehn bekam sie ihr erstes, vaterloses Kind. Rausschmiß aus der Geborgenheit der Bäckerei, herzzerreißende Trennung von ihrem Baby. Und immer diese Sehnsucht nach einem verwunschenen Prinzen, der ihr eine ordentliche, trockene Bleibe mit Wohnküche, Spitzengardinen und Nähmaschine bescheren würde.

Für Alma erfand ich das Drama von Hulda dem Dienstmädel, das vom schönen, edlen Grafen Joachim von Harenfeld geliebt wurde. Weil aber seine Mutter, die böse Gräfin, dagegen war, flüchteten beide aus dem kalten Osten Richtung Braunschweig, wobei sie von Wölfen verfolgt wurden und sich aus den Augen verloren. Erst sollten die Wölfe das brave Kutschpferd fressen. Weil mir aber das Pferd zu leid tat und weil die Geschichte ja auch traurig enden sollte, machten sich die Wölfe an Hulda ran. Der Graf Joachim von Harenfeld wollte ihr zu Hilfe kommen, brach jedoch im Eise ein und versank tödlich.

Alma hatte mir atemlos zugehört und war zufrieden. Wenn sie schon nicht glücklich miteinander werden konnten, dann lieber alle beide tot, auch der reiche Graf, nicht bloß immer das arme Dienstmädchen. Das war Gerechtigkeit.

»Mach, dasse beede in een Jrab unterkommen, Mulleken, ja?« verlangte sie von mir und: »Mach, daß seine Mutter, det falsche Aas, ooch krepiert, aber schön langsam, damit se orntlich wat von hat.«

Alma sagte immer »Mach, daß . . .« zu mir, als ob ich der liebe Gott wäre.

Schicksale erfinden war ja auch wie Lieber-Gott-Spielen.

Ich schrieb schwarz in schwarz. Die Guten mußten sterben, die Bösen wurden dafür umgebracht. Alles Miese rächt sich im Leben.

So wollte es Alma.

Nach der letzten, lebensgefährlichen Abtreibung hatte sie die Hoffnung auf eine Aschenputtelkarriere endgültig aufgegeben und fing an, Heimatlieder zu singen: »Heimat, süße Heimat, wann werden wir uns wiedersehen?« oder: »Nach der Heimat möcht ich eilen . . .«

Was war das bloß für eine Heimat? Hatte sich der vierte Hinterhof mit Prügel und Kohldampf in ihrer Erinnerung in ein sonniges, geblümtes Familienheim verklärt? Setzte bei Alma langsam das Gedächtnis aus?

Erst später begriff ich, daß es Sehnsucht war. Alma sehnte sich nach einer ordentlichen Insel in ihrer Vergangenheit, an die sie sich klammern konnte. So schuf sie sich nachträglich »im kühlen Wiesengrunde« die »Bank am Elterngrab«.

Während ich für sie Geschichten von der verlorenen goldenen Heimat schuf – was dabei herauskam, muß noch abenteuerlicher gewesen sein als meine Liebesdramen –, fanden in unserer nächsten Umgebung einschneidende Veränderungen statt.

Innerhalb eines halben Jahres zogen vier Mieter aus. Ohne Krach und Rumoren im großen, mahagonigetäfelten Treppenhaus. Es ging alles sehr gedämpft, fast heimlich vonstatten, als ob die Räumenden die Miete nicht bezahlt oder sonstwie ein schlechtes Gewissen hätten.

Zuerst verschwand Professor Gumkowski mit seiner spindeldürren, seltsamen Frau. Solange ich denken konnte, hatten sie nie ihre vier Wände verlassen. Wir Kinder kannten sie von der Wohnungstür. Manchmal klingelten wir aus einem dummen Grund, nur damit sie öffnete und wir sie ansehen konnten.

Meine Mutter besuchte sie ab und zu. Ich schnappte auf, wie sie zu meinem Vater sagte, Frau Gumkowski sei morphiumsüchtig. Was ist Morphium, wollte ich wissen.

»Ein Mittel gegen Schmerzen, Kind, Frau Gumkowski ist sehr krank«, sagte meine Mutter.

»Eene olle polnische Schlampe isse«, erfuhr ich von Alma.

Wir warfen Kiesel auf ihren Balkon, wenn wir ihren dunklen, gebeugten Kopf über vertrockneten Blumen auftauchen sahen. Ihre morbide, kranke, süchtige Erscheinung reizte unsere gesunden Instinkte zu kleinen Brutalitäten.

Einmal erwischte mich meine Mutter beim Steinchenschmeißen und schleppte mich zu Frau Gumkowski. Sie mußte mir ihren mageren, vom Spritzen zerstochenen Arm zeigen. Meine Mutter sagte, das wären Wunden von unseren Kieseln, und ich sollte mich gefälligst entschuldigen. Nie wieder habe ich geschmissen, nie wieder. Und die anderen Kinder auch nicht.

Nun hieß es, Gumkowskis seien nach Warschau verzogen.

Horwitzens aus der zweiten Etage waren die nächsten, die unser Haus mit ausländischem Ziel verließen. Mir war es nur recht. Mit ihren Töchtern hatte ich in ständigem Krieg gelebt.

Eines Vormittags stieg dann mein bester Freund Beppo Adler mit seinem Bärchen im Rucksack und vielen, vielen Koffern in eine Taxe. Seine Mutter, eine große, bildschöne Blondine, umarmte meine Mutter zum Abschied. Beide weinten, denn sie waren Freundinnen. Adlers zogen nach Amsterdam.

Die Villa nebenan, die Manasses gehörte, leerte sich, und gegenüber, im Garten des berühmten Verlegers, fanden keine Feste mehr statt. Selbst das verwachsene Fräulein, das täglich – ein Plaid über den Schultern – zwischen den Rosenrabatten spazieren gehumpelt war, ließ sich nicht mehr sehen.

Zuletzt reisten Rosenbergs aus der dritten Etage ab. Nach New York. Der älteste Sohn war schon drüben und versuchte, für sich und seine Eltern eine neue Existenz aufzubauen. Er war Fotograf wie sein Vater, der war sogar Hoffotograf gewesen. Alle konventionellen Kinderbilder von mir im gesmokten Sonntagskleid mit Wadenstrümpfen und Spangenschuhen, die in unserer Wohnung und bei den Verwandten herumstanden, hatte der alte Rosenberg verbrochen. Seiner Frau fiel der Abschied vom Grunewald unsagbar schwer. Sie hatte auch, vom Stammbaum her, keine Veranlassung auszuwandern, aber ich hörte, wie sie zu meiner Mutter sagte: »Nach 25jähriger glücklicher Ehe kann ich meinen Dicken doch nicht allein im rücksichtslosen New York vor die Hunde gehen lassen.«

Vier von den acht Wohnungen wurden in unserem Hause frei. Neue Mieter zogen ein, lauter Erwachsene, bis auf einen Günther in meinem Alter. Er trug lange Strümpfe mit Strumpfhaltern, die aus seinen Bleylehosen hervorguckten. Ich mußte ihn verkloppen, sobald er das Pech hatte, mir zu begegnen. Ein Junge mit Strumpfhaltern und so schnell weinerlich. Immer ging er zu seiner Mutti petzen, und die kam dann zu meiner Mutter petzen, und dann mußte ich zur Strafe Klavier üben, aber ich konnte es nicht lassen. Ich schlug immer wieder zu.

Auch in meiner Klasse leerten sich die Schulbänke. Herzlieb, Irene, Eva, Ruth, Anita und die wilde Joan, die mir beim Topfschlagen mit der Kelle beinah das Nasenbein zertrümmert hatte – sie alle blieben plötzlich vom Unterricht fern. Zuerst sah es so aus, als ob sie aus Krankheitsgründen fehlten, aber sie kamen nicht wieder.

»Warum?« fragte ich meine Mutter. »Warum ziehen so viele plötzlich aus dem Grunewald? Hier ist es doch schön!«

»Das liegt an ihrer Religion«, sagte sie.

»Anita hat an unserm evangelischen Unterricht teilgenommen.«

»Trotzdem, sie sind Juden und nicht mehr in Deutschland erwünscht.«

»Bei wem nicht und warum nicht?«

»Kindchen, das versteh ich selber nicht.«

»Ich will es aber verstehen.«

Das Wort Jude hatte ich in letzter Zeit öfters gehört. Es war ein Schimpfwort.

Ich ging zu Alma in die Küche. Sie säbelte gerade Scheiben vom Knochenschinken.

»Alma, was sind Juden?«

Alma wußte es von dem Korbflechter, mit dem sie seit Wochen ging. »Man hört schlimme Sachen über ihnen. Sie verdienen den Christenmenschen det Jeld aus der Tasche und legen jeden uff't Kreuze, der nich jenau uffpaßt – jeschäftlich betrachtet. Et is allens ihre Schuld.«

»Was, Alma?«

»Na, ebend allet, wo se ihre krummen Neesen rinstecken. Die hamse von die Hexen jeerbt.«

»Hans Rosenberg und Beppo und Anita hatten aber keine krummen Nasen.«

»Ick weeß. Frau Adler sah so blond und sauba aus wie det Meechen uff de Nivea-Reklame. Aber det täuscht. Det besacht jarnischt. Manchen wächst det Böse ebend nach innen und is unsichtbar. Aber im Charakta kommts eenes Tages doch raus, da könnse machen, wasse wolln. Müssen wa Jott uff Knien danken, Mulleken, det wa Aria sind.«

»Was sind Arier?« fragte ich.

»Na, ebend keene Juden, Mohren, Polacken und Chinesen. Ebend wir, die Herrenrasse!«

»Und woran erkennt man die?«

»Ans anständje Blut. Anständjes, arisches Blut, schon von Uromas Kindesbeene an. Det will ooch der Führer.« Sie gab mir ein Stück Schinken vom Knochen, das hatte ich am liebsten, weil es ein bißchen verkommen schmeckte. Danach schob sie den Schinken in seinen Leinensack, verstaute ihn in der Speisekammer und kehrte zu meiner Ratlosigkeit zurück. »Solln wa froh sein, Mulleken, det det Jesindel freiwillig abhaut.«

Ich begriff das alles nicht. Ich war unter Juden aufgewachsen, ohne zu wissen, daß sie Juden waren. Sie waren unsere Nachbarn, unser Hausarzt, Beppo und Anita sind meine besten Freunde gewesen, ihr plötzlicher Ausfall noch nicht durch neue beste Freunde ersetzt. Und auf einmal waren sie laut Alma Gesindel.

»Schreib mal ne Jeschichte über Juden«, forderte sie mich auf.

Ich ging in mein Zimmer, holte mein Kalikoheft und schrieb: »Es war einmal ein Jude.« Aber dann fiel mir nichts zu diesem Thema ein, was Almas Herz freudig erschüttert hätte.

Eines Morgens, während der Herbstferien, hielt wieder ein leerer Möbelwagen vor unserem Haus. Ich sah ihn zufällig vom Balkon aus und überlegte, wer denn nun noch von den alten Mietern ausziehen mußte, weil er kein Herrenmensch war. Da klingelten die Ziehmänner in ihren blauweißgestreiften Hemden an unserer Wohnungstür. An unserer Tür! Also auch wir! Nein, bittebittebitte, nicht wir auch. Ich wollte nicht fort. Ich wollte im Grunewald bleiben, und warum hatten mir meine Eltern nichts gesagt? Haben Horwitzens und Adlers ihren Kindern vorher auch nichts vom Auswandern erzählt?

Und wer von meinen Eltern war kein Herrenmensch? Mein Vater mit seiner gebogenen Nase und den schwarzen Locken? Meine Mutter? Der wuchs das Böse nicht mal unsichtbar nach innen.

Weswegen mußten wir denn nun auswandern? Und wohin??

Es war niemand da, an den ich mich in meiner Not wenden konnte. Mein Vater im Büro, meine Mutter in der Stadt, und Alma hatte auch kein Ohr für meine Not.

Sie schäkerte mit den Möbelträgern.

Nun ade, du mein lieb Heimatland,
lieb Heimatland, ade!

Ich ging in mein Zimmer und holte meine vollgeschriebenen Romanhefte aus ihrem Versteck und meine liebsten Bücher aus dem Regal und etwas zum Anziehen. Während ich alles zusammenpackte, wurde im Eßzimmer das Ritterbuffet abgebaut und herausgetragen und dann der Rest und auch das bleischwere Renaissanceherrenzimmer der Geheimratswitwe. Die Träger fluchten und ächzten unter der Last.

Plötzlich stand Alma in der Tür zum Kinderzimmer und staunte: »Wat machste denn, Mulleken? Willste verreisen?«

Ich blickte Alma stumm an – Almas plumpes, breites Gesicht mit der eingedrückten Nase, die formlose Figur auf kurzen, stämmigen Beinen in Makkostrümpfen. Alma gehörte zur Herrenrasse, und ich war plötzlich ein ausgestoßenes Kind.

»Wo ist Mutti, Alma? Wann kommt sie wieder?«

»Keen blassen Schimmer. Wenn se uff Auktion is und Porzellan steigern kann, verjißt se Zeit und Raum. Dabei ham wa nu wirklich jenuch Fijuren rumstehn, die kaputt jehn, wenn man se bloß scharf ankiekt.«

In mir keimte Hoffnung. »Aber die Möbelleute?«

»Die holn die ollen Trümmer ab. Dafür kriejen wir lauter neue Sachen.«

»Dann wandern wir also nicht aus?«

Nun guckte Alma dumm. »Wie kommst'n dadruff? Haste schlecht jeträumt?«

Der Eisenring, der mein Herz umklammert hatte, zerbrach und fiel aufs Parkett, ich hopste drauf herum, lachte unbeschreiblich erleichtert und froh!

Alma fragte, ob bei mir eine Schraube locker wäre, als sie mich wie Rumpelstilzchen hüpfen sah.

Gegen Mittag kam meine Mutter von der Kunstauktion zurück. Sie hatte ein Meißen-Marcoliniservice mit Sepiamalerei erstanden, das wäre beinah zu Bruch gegangen unter meiner heftigen Umarmung. Zärtlichkeiten überschwenglicher Art waren in unserer Familie nicht üblich, aber dies war ein Ausnahmefall.

Wie leicht hätte mich der Storch damals bei Horwitzens oder Adlers oder Rosenbergs oder Gumkowskis abgeben können, anstatt bei meinen Eltern. Wie leicht hätte er sich in der Etage irren können. Dann wäre ich jetzt ein jüdisches, verbotenes Kind!

Mein Blut war vom rassischen Standpunkt aus sauber, weil meine Vorfahren, egal, ob sie menschlich etwas getaugt hatten, arisch gewesen waren. Ich durfte bleiben.

Diese halbe Stunde tiefer Verzweiflung und Ratlosigkeit, in der ich glaubte, auch wir hätten zu den Unerwünschten gezählt, die, ohne eine Straftat begangen zu haben, auf einmal nicht mehr zur anständigen, menschlichen Gesellschaft gehörten, werde ich nie vergessen. Ich begriff auf einmal, wie den Mädchen in meiner

Klasse, wie Anita und den gräßlichen Horwitzkindern und meinem Freund Beppo zumute gewesen sein muß . . . das heißt, Beppo wanderte ganz gerne aus. Erstens bewahrte es ihn vorm Sitzenbleiben, und zweitens wollte er immer Seemann werden, um die Welt kennenzulernen. Von Amsterdam war das bestimmt leichter als von Berlin aus, wie ich inzwischen auf dem Atlas festgestellt hatte.

Wenige Monate später verließ uns Alma. Sie hatte per Heiratsannonce einen Eberswalder Witwer kennengelernt, der dringend eine Putzfrau und vor allem eine neue Mutter für seine vier unmündigen Kinder suchte.

Ihre Hedwig wollte der neue Herr nicht haben. Sie blieb in Werder bei Frau Böckmann und erbte weiterhin meine Kleider.

3

Einmal im Jahr, in den Sommerferien, bin ich vollkommen glücklich.

Das ist, wenn der Personenzug, von Stendal kommend, auf der kleinen Station hält. Der Bahnhof liegt weit vom Dorf entfernt. Auf dem Perron steht mein Onkel Claus. Bestimmt gibt es in der Altmark keinen hübscheren, besser duftenden Landwirt als ihn. Und keinen phantasievolleren.

An sich sollte er nach zwei Söhnen ein Mädchen werden und wurde auch von Anfang an so erzogen.

Hinter vorgehaltener Hand – Luise, geh mal raus! – wurde zuweilen über das Schicksal seiner beiden Brüder getuschelt. Ich hörte trotzdem zu, ich hatte ja fabelhafte Ohren für das, was ich nicht hören sollte.

Unnatürlichen Todes, hörte ich, erschossen – totgesoffen – frühzeitig zerbrochen an der unmenschlichen Strenge ihres Vaters. Nur Onkel Claus, der ein Mädchen hatte werden sollen, überlebte und erbte Landwirtschaft, Getreidegeschäft und Bankhaus.

Onkel Claus sammelte Porzellan wie meine Mutter. Er war kein Jäger. Nicht mal reiten konnte er.

Für seine Nachbarn muß er eine unerschöpfliche Quelle des Klatsches gewesen sein – allein seine zwei mißglückten Versuche, sich mit jungen, gebildeten Damen zu vereinen! Beide Male kniff er einen Tag vor der Hochzeit. Dafür hielt er musischen Kontakt mit dem Dorfarzt und einem Museumsdirektor, der zuweilen anreiste.

Ich glaube, Onkel Claus war ein bißchen schwul, aber so was unvorstellbar Schlimmes kam selbstverständlich nur in der Großstadt vor, niemals in Landwirtskreisen, und schon gar nicht in unserer Familie.

Onkel Claus hatte eben ein Mädchen werden sollen, und darum war er jetzt ein bißchen weicher veranlagt. Basta. Eine dürre, schwarzgekleidete Krähe namens Tante Linau führte ihm den Haushalt. Als wir das erste Mal anreisten, wies sie uns das Zimmer zu, in dem sich sein Bruder totgesoffen hatte. Das war noch gar nicht lange her, deshalb graulte sich meine Mutter in dem Bett, in dem er gestorben war. Ich schlief auf der Chaiselongue, unter der man nach seinem Tod zahllose leere Schnapsflaschen gefunden haben soll.

Morgens beim Aufwachen höre ich Taubengurren und den Hahn krähen und Hufegetrappel auf dem Kopfsteinpflaster. Die Pferde werden aus dem Stall geführt. Kettenrasseln und das Quietschen der Deichsel beim Anspannen. Wagen rumpeln nacheinander vom Hof.

Wenig später die Stimmen der Ferienkinder. Ihre polternden Schritte in viel zu großen, geerbten Stiefeln. Jedes Jahr sind andere aus der Großstadt da zum Aufpäppeln.

Meine Mutter deckt mit dem Hausmädchen den Frühstückstisch, der einen Lindenstamm im Vorgarten wie eine weiße Halskrause umschließt. Ich hole Onkel Claus aus dem Comptoir ab und schenke ihm mein nur halb gelutschtes Bonbon.

Hand in Hand gehen wir über den Hof.

»Onkel Claus, an meinem Bett steht ein goldenes Stühlchen, wo hast du das her?«

»Ach, das hat mir die Prinzessin Linderhof geschenkt zum Dank, daß ich ihrem Lieblingsschwan einen Knoten aus dem Hals geknibbert habe.«

»Onkel Claus, an der Scheune steht oben R. W. Was bedeutet das?«

Es handelte sich um die Initialien seines verstorbenen Vaters, aber er weiß eine bessere Antwort: »Das bedeutet Richard Wagner, es ist unser Festspielhaus. Du müßtest mal hören, wenn Kutscher Laube mit seinen Harmonikas aufspielt.«

Leider spielen sie nie, wenn ich da bin. Für einen Landwirt hat Onkel Claus eine blühende Phantasie, ich glaube ihm blindlings alles. Bei Tisch darf ich neben ihm sitzen. Er tauscht sein gesprenkeltes Ei gegen mein weißes. Ich liebe ihn.

Nach dem Frühstück renne ich, gefolgt vom Dackel und den Ferienkindern, in eine unbeschreibliche Freiheit. Außer Geschichten schreiben gibt es nichts Besseres, als erfundene Geschichten in die Wirklichkeit umsetzen. Die Ferienkinder machen alles mit.

Wir verkaufen das zum Einmachen bestimmte Obst an der Dorfstraße, freunden uns mit Zigeunerkindern an und bringen sie mit ins Haus. Danach kann mich Tante Linau nicht mehr leiden.

Alles, was sie von nun an vermißt, hat die Zigeunerbrut gestohlen, und ich bin schuld.

Hoch auf dem Heuwagen durch einen trägen Mittag rumpeln, über mir unendlich viel Himmel mit schwingenden Schwalben und reifen Kirschen an den Chausseebäumen, ich brauche nur nach ihnen zu greifen. Im sonnenwarmen, duftenden Heu hin und her schaukelnd, bin ich zum erstenmal bewußt glücklich. Ich möchte nie mehr in die Stadt zurück.

Der Wagen biegt in den Hof ein. Da steht schon Onkel Claus, hübsch und jung, und breitet die Arme aus. Ich plumpse in sie hinein. Unsere Stirnen stoßen gegeneinander, wir lachen.

»So fällt Luisann vom Himmel«, sagt er. Aus meinem Vornamen Luise hat er Luisann gedichtet. Ist das nicht hübsch? Hinter ihm steht Tante Linau und murmelt: »Satansbraten!« Sie sieht mich eben anders: Die zerbrochenen Fensterscheiben im Gartenhaus. Die Schlittenfahrt in der Scheune auf Heuballen immer von oben runter und das übrige Heu uns nach. Beinah wäre Ferienkind Bruno darunter erstickt. Alles geht auf mein Konto.

Aber ich habe schon neue Ideen. Wir bauen uns zwischen den Mehlsäcken im Speicher ein Haus und werden dort übernachten.

Einen Abend lang suchen alle Gutsleute zuerst mit bloßem Auge, dann mit Laternen und Fackeln nach uns. Wir schauen aus der Dachluke zu, wie die Lichter immer weiter in die Nacht hineinschwanken und die Rufe leiser werden. Im Hof steht meine Mutter und grämt sich. Onkel Claus beschimpft seinen Dackel, der partout in den Speicher will, er weiß ja, wo wir sind.

Gegen elf Uhr werden die Mäuse munter, es knispert und huscht über den Speicher, den Ferienkindern wird bange ums Herz. Sie geben auf. Feiglinge. Aber allein übernachte ich auch nicht in dem dusteren Spuk.

Einen unwiederbringlichen Sonntag lang werde ich von Tante Linau zu Stubenarrest verdonnert. Durch die Eisengitter vor meinem Fenster sehe ich die Ferienkinder im Hof herumlungern, denn ohne meine Regie wissen sie nicht, was sie anstellen sollen. Zu essen kriege ich auch nichts. Ogott, ist so ein eingesperrter Tag lang. Tante Linau hat die Zimmerschlüssel in ihrer Schürzentasche. Alle haben Angst vor ihr, selbst meine Mutter.

Onkel Claus schleicht sich gegen Abend mit einer Schüssel voll gezuckertem Obst unter mein Fenster und reicht sie herauf. Meine

Mutter schleicht mit der Schlagsahne nach und wird von Tante Linau erwischt: »Das habe ich mir beinah gedacht! Prügel hätte deine Tochter verdient, aber nicht was Süßes! Das muß mal gesagt werden, Charlotte, wenn du dieses böse Kind nicht strenger erziehst . . .«

»Meine Luise ist gut erzogen«, begehrt meine Mutter auf. »Ich weiß auch nicht, was hier in sie gefahren ist.«

Ich weiß es selber nicht. Es muß wohl daran liegen, daß ich mich auf dem Lande so frei und glücklich fühle wie sonst nie – ein junger Hund, der vor lauter Weite und Düften und Übermut das Parieren vergißt.

Meiner Selbstentfaltung steht in Berlin meine Schüchternheit spielverderbend im Wege. Meine Phantasie hat nur auf linierten Heftseiten freien Lauf. Hier, bei Onkel Claus, lebe ich mich aus.

Aber wer kann denn ahnen, daß das, was so alles in mir drinsteckt, nichts als Mißfallen erregt, wenn es herauskommt?

Dann ist Schweineschlachtetag. Ich habe noch das herzzerreißende Gequieke vom letzten Jahr im Ohr, es war unerträglich traurig.

Im Morgengrauen schleiche ich mich aus dem Haus, öffne die Stalltür und die Koben. Damit ist das Maß voll.

Während Onkel Claus und alle Knechte über Land sind, um die Schlachtopfer einzufangen – man vergißt ja immer wieder, wie schnell Borstenvieh flitzen kann, sogar das gemästete, und was es auf seiner Flucht an Flurschaden anrichtet –, während also Onkel Claus seinen Schweinen nachwetzt, beschließt Tante Linau unsere unverzügliche Abreise. Und ich darf nie mehr wiederkommen. Meine Mutter fügt sich, zermürbt von meinen Einfällen.

Tante Linaus einbeiniger Sohn – das andere hat er verraucht, zumindest sollen an seinem Verlust die Zigaretten schuld sein – fährt uns mit dem Wagen zur weit entfernten Bahnstation. Trägt unsere Koffer auf den Perron voller Grasbüschel und sagt kühl »Adieu, Charlotte« zu meiner Mutter, zu mir gar nichts.

Nun sitzen wir im Bummelzug nach Stendal.

»Sie hätten lieber Tante Linau schlachten sollen«, heule ich aus dem Zugfenster.

Und meine Mutter: »An mir bleibt alles hängen. An meiner Erziehung! Kind, warum mußtest du mir das antun!«

»Er holt uns bestimmt zurück«, versichere ich schluchzend. »Er hat mich doch lieb. Wenn er hört, daß die alte Hexe uns verjagt hat, setzt er sich ins Auto und braust nach Stendal – es ist ja schneller als der Zug.«

In meiner Vorstellung ist Onkel Claus zu allem fähig – in meiner Vorstellung hat er auch Flügel, wenn er will.

Vielleicht möchte er uns wirklich zurückholen, aber er darf ja nicht wegen Tante Linau. Er steht nicht auf dem Bahnsteig, als wir in Stendal aussteigen und eine Stunde lang auf den Eilzug nach Berlin warten. Bis zuletzt hoffe ich noch immer . . .

Er läßt es zu, daß ich aus meinem Paradies vertrieben werde, und lädt mich nie wieder ein.

Onkel Claus wird zur ersten männlichen Enttäuschung in meinem Leben.

So.

Ich habe bisher nur von den Hartwigs und meinen ersten Lebenserfahrungen als ihre Tochter Luise erzählt. Es wird nun Zeit, von den Genthins und Jolandes Kinderjahren zu berichten bis zu dem Tag, an dem sie in meine Klasse kam und unsere lange, ereignisreiche Freundschaft begann. Denn dies ist die Geschichte unserer gemeinsamen Jugend.

4

Es begann mit einer geschenkten Theaterkarte.

Johanna Körner, Oberprimanerin, ein Garçonnetyp mit Bubikopf – so rötlich blank wie eine frisch aus ihrer Verpackung geplatzte Kastanie –, saß zum ersten Male im Parkett. Bisher kannte sie Opern- und Theateraufführungen nur aus der Vogelperspektive des »Olymp«.

Es war auch das erste Mal, daß sie eine Premiere miterlebte, mit Schwalbenschwänzen, Paillettenkleidern und Kritikerpäpsten.

Uraufgeführt wurde ein Stück von Arnold Bronnen, »Vatermord«. Grausames und Demütigendes aus dem Kleinbürgermilieu. Am Schluß bringt der Sohn den Vater um und schläft mit seiner Mutter, nachdem er sich einem homosexuellen Freund verweigert hat.

Das Stück hatte bestimmt einen Symbolgehalt und einen tieferen Sinn, der Hanna verborgen blieb. Ihre dramatische Bildung beschränkte sich auf Klassiker, dafür sorgte ihre gestrenge Mutter, Musiklehrerin an einer Steglitzer Volksschule. Vom geschenkten »Vatermord«, Reihe 12, ahnte diese nichts. Offiziell war ihre Tochter in »Carmen«, dritter Rang.

Neben Hanna saß ein Herr Mitte Dreißig mit dezentem Profil, der seine Fingerknöchel zuweilen knacken ließ, was als Unmutsäußerung, das Stück betreffend, zu werten war. Mehrmals mußte er sich bücken, um Hannas Programm aufzuheben – ein Leben lang glitt ihr alles vom Schoß.

Sie sah verlegen auf seinen gebückten Kopf mit dem aschblonden, glatt zurückgekämmten Haar, während er den Boden nach ihrem Programm abfingerte. »Oh, vielen Dank«, sagte sie und er, nach dem dritten Aufheben: »Gnädiges Fräulein, hören Sie lieber weg, das Stück ist wirklich nichts für eine junge Dame.«

Wie kam der Mensch dazu, ihr Vorschriften zu machen, und woher wußte er überhaupt, ob sie eine junge Dame sein wollte? Hanna hielt von jetzt ab das Programm mit beiden Händen fest, damit er keinen Grund mehr hatte, sie anzusprechen.

Nach dem Ende des letzten Aktes fiel das Publikum bravorufend, buhend und schlüsselpfeifend über den sich verbeugenden Autor und den Regisseur des »Vatermordes« her. Die Meinungsverschiedenheiten setzten sich beim Verlassen des Zuschauerraumes vor den Garderoben fort und wuchsen sich zu privaten Tätlichkeiten aus, die Hanna leider verpaßte, weil sie zu weit entfernt nach ihrem Mantel anstand. Erregten Augenzeugenberichten zufolge sollen sich zwei Herren geschlagen haben. Der eine hatte sich über die Sittenverderbnis des Stückes empört, über die Zerstörung aller Moralbegriffe und bürgerlichen Normen, der andere verteidigte dagegen seinen künstlerischen Wert. Darauf brüllte der erste »Judensau«, als Antwort ging sein Monokel zu Bruch. (Arnolt Bronnen widmete zehn Jahre später sein dramatisches Werk der Verherrlichung nationalsozialistischer Ideologien, so ändern sich Zeiten und Autoren.)

Der Eklat war leider vorüber, bis sich Hanna, Mantel überm Arm, zum Tatort durchgedrängelt hatte.

Dennoch war sie herrlich erregt von diesem ihrem ersten erwachsenen Abend. Premiere. Kluge, illustre Köpfe im Parkett. Ein runder Theaterskandal. Eine Schlägerei im Frack. Die Ernüchterung setzte wenig später ein, als sie ihre Manteltaschen vergebens nach dem abgezählten Fahrgeld durchsuchte. Es war nicht mehr da.

So sah sie ihr Platznachbar und Programmaufsammler im sich leerenden Foyer stehen: knabenhaft schmal im schwarzen Sonntagskleid mit Spitzenkragen – während sie immer ratloser ihre Taschen durchkämmte. Sie bezauberte ihn.

»Gnädiges Fräulein, darf ich Ihnen helfen?«

»Mein Mantelfutter hat ein Loch – mein Fahrgeld – was mach ich denn nun?«

Er stellte sich ihr als Joachim Genthin vor und fragte, ob er sie nach Hause begleiten dürfe. Hanna betrachtete ihn mißtrauisch – nein, wie ein Mädchenverführer sah er nicht aus, eher wie ein preußischer Offizier in Zivil. Um ihr letztes Mißtrauen abzubauen, ließ er seinen Wagen stehen und brachte sie in einer Taxe nach Steglitz.

Bei seiner anschließenden Werbung wählte Achim Genthin den Weg über Hannas Mutter, die Musiklehrerin. Er lud beide Damen zu Konzerten ein, führte sie danach zu Horcher oder Habel. Für Sonntag vormittag sah er Museumsbesuche vor und Spaziergänge zu dritt im Grunewald. Seine Assiette: Er stammte aus einer Bankerfamilie und war selbst Juniorpartner einer renommierten Anwaltsfirma, die unter anderem deutsche Niederlassungen amerikanischer Firmen vertrat.

Hannas Mutter schwebte in Wolken. Was für ein feiner Mensch, und diese vornehme Erscheinung! »Wenn du dir den entgehen läßt! So einen findest du nie wieder!«

Für sie war er der Märchenprinz. Und ihre Tochter hatte ihn ja auch furchtbar gern. Es würde in Hannas Leben ein spürbares Vermissen geben, wenn er plötzlich nicht mehr käme. Aber warum ging er so schonend mit ihr um? Nur Lokale für erwachsene Herrschaften, warum nicht einmal eine Künstlerkneipe oder das »Kakadu« mit mondänem Barbetrieb? Oder die Transvestiten. Sie war siebzehn und neugierig auf Schlimmes. An seiner Seite konnte ihr doch gar nichts dabei passieren.

Eines Sonntags – sie waren inzwischen per du – führte er sie bei seinen Eltern am Großen Wannsee ein. Es war alles ganz zwanglos geplant. Und betörend umständlich.

Anstatt ganz einfach mit dem Auto vor dem Haustor vorzufahren, wünschte sich der alte Genthin ein beiläufiges Zusammentreffen auf dem Seewege.

Es erschien ihm weniger verpflichtend, wenn sein Sohn mit dem von ihm erwählten Mädchen auf einer Kahnpartie am elterlichen Steg wie zufällig anlegte. Gefiel die Besagte der versammelten Familie nicht, brauchte man sie anschließend wenigstens nicht ins Haus zu bitten. (Oje, der alte Genthin! Seitdem er pensioniert war, trug er selbst in die Bügelstube Komplikationen!)

Das zufällige Anlegen am Steg war für vier Uhr nachmittags vorgesehen, dabei waren nicht die Mucken des Leihboot-Außenbordmotors einkalkuliert. Er wollte nicht. Hanna schaute interessiert zu, wie Achim vergebens mit ihm kämpfte.

Statt um vier Uhr erreichten sie den Steg rudernd so gegen Viertel vor fünf. Da stand der alte Genthin nicht mehr rein zufällig am Ufer, sondern als Mahnmal, mit der aufgeklappten Taschenuhr in der Hand. Die Obsttorte schmorte unter einer Käseglocke, wegen der Wespen, die Schlagsahne war flüssig. Achims Schwager Heinrich Bode hatte sich ins Haus verzogen. Seine Mutter und Schwester Henny, des Wartens müde, blinzelten mißgestimmt auf das Boot, das endlich – unter schleifenden Weidenarmen hindurch – den Steg erreichte.

Gleich darauf stand allen dreien die Überraschung ins Gesicht geschrieben: Mein Gott, was war diese Person jung, die da an Land sprang! Beinah noch ein Kind. Gertenschlank, kastanienbraune Knabentolle, mit dem Blick eines Welpen, der – gerade käuflich erworben – zum erstenmal sein neues Zuhause betritt, halb ängstlich, halb neugierig, mit ungewissem Wedeln.

Aber nach dem ersten Stück Obsttorte (Hannas Mutter: Vergiß ja nicht, den Kuchen zu loben!) und der Erkenntnis, daß zumindest die alten Genthins sie nicht ablehnten, gewann Hanna an Sicherheit.

Ob sie sich den Garten einmal anschauen dürfe?

Die andern blickten ihr nach.

»Sie liebt Blumen so sehr«, sagte Achim.

»Was war ihr Vater?« fragte seine Schwester Henny.

»Kunstmaler.«

»Etwa modern?«

»Nein – impressionistisch. Es hängen Bilder von ihm in ihrer Wohnung.«

»Hatte er Ausstellungen?«

»Er ist bei Verdun gefallen«, beendete Achim das Thema.

»Achgott, dieser schlimme Krieg«, seufzte seine Mutter.

»War er Offizier?« fragte Henny.

»Hör zu«, sagte Achim, »ich liebe das Mädchen, und ich werde sie heiraten, wenn sie mich nimmt.«

»Ja, wenn du meinst.« Henny sah ihren Bruder an, als ob sie das Scheitern dieser Verbindung schon jetzt vorausahnen würde.

Die Trauung fand in der Gedächtniskirche statt – der Altar über und über mit weißen Blumen und grünen Zweigen geschmückt. Hanna liebte weiße Blumen, also kriegte sie weiße Blumen, obgleich die Familie meinte, es sähe aus wie bei einem Kinderbegräbnis.

Anschließend war ein Empfang im Adlon – zweihundert geladene Gäste, die meisten fremd für Hanna Genthin. Ihre eigenen Verwandten, außer ihrer stolzen Mutter, standen ein bißchen verloren zwischen soviel Eleganz.

Sie mußte Hände schütteln – lasche, magere, behaarte, fette, sensible, Hände wie Eisenklammern, Hände voll blitzender Klunkern. Nahm Glückwünsche aus lächelnden Mündern entgegen und registrierte die Blicke darüber: Neugier, Skepsis, männliches Abschätzen, distanziertes Betrachten, manchmal ein herzliches Akzeptieren. Sie glaubte durch einen Gesellschaftsroman zu schweben und wäre so gern Gast auf dieser Hochzeit gewesen. Mit ihren Schulfreundinnen am Rand stehen und staunen und lästern, ja, das wäre lustig.

Der schlanke, edel aussehende Herr an ihrer Seite war nun ihr Mann – ein ganzes Leben lang ihr Mann – einen besseren findest du nicht. Sagten alle. Mehr Schwein als Verstand hast du gehabt, sagten ihre Freundinnen.

Schon wieder ein Glas Champagner. »Du mußt es nicht austrinken«, raunte Achim ihr zu, »es genügt, wenn du daran nippst.«

Hanna merkte sich keinen Namen und kein Gesicht. Mußte sie von jetzt an mit all diesen Menschen verkehren? Hatte sie die mitgeheiratet?

»Ich wünschte, wir wären schon im Zug.«

»Ich auch, mein Herz. – Da kommen Steinbergs.«

»Steinbergs, wie immer zu spät!« hörte sie die Stimme ihrer Schwiegermutter. »Und wen haben sie denn da mitgebracht? Kennst du den Menschen, Karl-Ernst?«

»Nee, nie jesehn«, sagte der alte Genthin. »An sich ne Unverschämtheit. Und nich mal im Abendanzug! Ist ja schließlich hier keine öffentliche Veranstaltung. Aber Steinberg kann sich's ja leisten, so einen mitzubringen.«

Bankier Steinberg, den Achim nun auf sie zuführte, erinnerte Hanna an ein aus dem Nest gefallenes Vogeljunges. Für seine Gattin – plump wie ein Brauereipferd – mußte es ein leichtes sein, ihn mit einem ihrer fleischigen, rosagepuderten Arme in die Höhe zu stemmen. Eine glitzernd bestickte Zackenkappe klemmte schräg über ihrem guten Bulligesicht. Es erforderte schon Heldenmut von Steinberg, mit seiner Hedi in diesem lachsrosa, für eine schicke Magere gedachten, perlenbestickten Hänger von Gerson öffentlich aufzutreten – oder sehr viel Liebe.

Ehe Achim sie miteinander bekanntmachen konnte, eilte Hedi mit ausgebreiteten Armen auf Hanna zu: »Das ist sie also! Jottedoch, so ein Hämeken! Als ich meinen Männe heiratete, war ich genauso dünn wie Sie, Kindchen, und nu platze ich aus allen Nähten.« Hanna verschwand in Hedi Steinbergs Armen, fühlte sich umwogt von puderduftender fleischiger Wärme, hörte herzhafte Küsse auf ihre Wangen knallen. »Kindchen, 'tschuldige, aber ich freu mich so für den Achim. Er ist ein guter Mann – ich kannte ihn schon, als er noch grün hinter den Ohren war.« Und zu Achim gewandt: »Gratuliere, Junge. Die Kleene is süß!«

Achim Genthin küßte ihr zum Dank die Hand, aber Hanna spürte, daß ihm ihre ungeniert laute Herzlichkeit peinlich war.

Nachdem auch Steinberg mit einem gewissen gravitätischen Zauber die Braut begrüßt hatte, zog er aus dem Hintergrund den jungen Mann, den sie uneingeladen mitgebracht hatten.

Es handelte sich um einen Bär im knittrigen Sonntagsanzug. Intelligente dunkle Augen unter schweren Lidern schauten Hanna unentwegt an. Ohne diese Augen hätte sie sein grobzügiges Gesicht als häßlich bezeichnet, zumindest als faszinierend häßlich.

»Das ist Olik Barris, ein junger Freund aus dem Baltikum. Er möchte in Berlin sein Glück als Kunstkritiker machen«, stellte Steinberg vor und gab ihm einen leichten Schubs.

Da endlich erinnerte der sich daran, daß er die Braut nicht nur anstarren, sondern auch begrüßen mußte. »Viel Glick, Frau Jenthin«, murmelte er.

Seine Stimme blieb ihr im Ohr, nicht nur wegen dem ostischen Dialekt. Sie hatte noch nie so eine tiefe Stimme gehört. Danach begrüßte er ihren Mann und zog mit Steinbergs weiter.

»Wahrscheinlich einer seiner vielen Schützlinge«, überlegte Achim neben Hanna.

»Wieso Schützlinge?«

»Steinberg sammelt junge Talente um sich und fördert sie. Aber daß er eins von ihnen zu meiner Hochzeit mitbringen muß – meine Eltern sind außer sich.«

Später, beim Tanzen, sah Hanna diesen Barris allein an einer Säule stehen. Er nahm ein Champagnerglas von einem herumwandernden Tablett, kostete mißtrauisch, das Zeug schmeckte ihm offenbar nicht.

Achim, mit dem sie tanzte, erinnerte sie daran, daß es Zeit war, heimlich zu verschwinden.

Venedig wartete auf sie.

Als sie noch einmal an der Säule vorübertanzten, war Barris nicht mehr da.

Nach Venedig, dem Ziel ihrer zweiwöchigen Hochzeitsreise, fing der Alltag an.

Achim Genthin ging morgens in seine Kanzlei, und Hanna hatte sehr viel Zeit. Sie las alles, was ihr unter die Finger kam, von Tolstoi bis Pitigrilli, kannte jedes Bild in jedem Museum, bummelte durch die Straßen, ging ins Kino, traf sich mit ihren ehemaligen Schulfreundinnen, die sich aufs Abitur vorbereiteten, und stellte bei jedem Treffen fest, daß sie sich immer weniger zu sagen hatten. Sie lebten in verschiedenen Welten. Sonntags verabredeten sich die Freundinnen mit gleichaltrigen Jungen, während Hanna mit Genthin zu den Schwiegereltern nach Wannsee fuhr.

Um der Langeweile der Kaffeetafel zu entgehen, verzog sie sich in den Garten. Malte Blumen, Bäume, zwei kleine Jungen, die mitten auf dem See in einer Nußschale im Kreise paddelten – sie malte gerne, aber natürlich brauchte sie Unterricht, um sich zu vervollkommnen.

»Lieber Achim, hättest du etwas dagegen, wenn ich auf die Kunstakademie ginge, ich meine, nur so lange, bis wir ein Kind haben?«

Genthin liebte sie viel zu sehr, um ihr etwas abzuschlagen.

Von nun an lebte Hanna zwei Leben. Tagsüber war sie siebzehn Jahre jung unter jungen Malstudenten. Abends war sie Frau Genthin mit gesellschaftlichen Verpflichtungen, Theater- und Opernpremieren.

Sie besaß inzwischen vier Abendkleider.

Einmal gelang es ihr, Achim zu einem Atelierfest zu überreden. Er gab sich alle Mühe, ungezwungen zu sein. Vergeblich. Als es so gegen elf richtig lustig zu werden versprach, schaute er auf die Uhr.

»Ich weiß, mein Herz, du möchtest noch gerne bleiben . . . aber ich habe morgen um neun eine wichtige Verhandlung . . .«

Wäre Hanna noch gerne geblieben? O ja, und wie gern! Aber es mußte ja nicht sein, bestimmt nicht. Sie richtete sich ganz nach ihrem Mann.

Als sie Achim Genthin heiratete, war der Wille ihrer Mutter zu dieser Verbindung und gleichzeitig ihr eigener Wunsch, dem mütterlichen Zwang und ihrem engstirnigen Milieu zu entkommen, mit ausschlaggebend gewesen. Von der kurzen mütterlichen Leine wechselte sie an die lange Longe eines Mannes, dessen großzügiges Vertrauen sie niemals enttäuschen wollte. Sie hatte Genthin von Herzen lieb.

(Ihre Schwägerin Henny: »Dieses kleine raffinierte Biest! Was hat sie in ein paar Monaten aus unserm Achim gemacht? Einen Trottel! Erlaubt ihr alles! Was weiß er denn, was sie auf der Akademie treibt? Auch der Nachmittag hat schöne Stunden. Wunderte mich gar nicht, wenn er eines Tages die Rechnung präsentiert kriegt für seine fahrlässige Gutgläubigkeit!«)

Hanna wußte um ihre starke Anziehungskraft auf Männer. Kein Kunststudent, der, im Aktsaal hinter ihr sitzend, nicht in

Versuchung gekommen wäre, statt des Modells Hannas graziös gebeugten Nacken zu zeichnen.

Hübsch war sie nicht mit ihrer ein wenig zu großen gebogenen Nase, aber sie hatte etwas Besonderes. Allein die Art, wie sie ging. Die Schmiegsamkeit ihrer Bewegungen. Und vor allem ihre heitere Gelassenheit.

Diese heitere Gelassenheit, mit der sie jede männliche Anfechtung von sich abwischte wie Fusseln von ihrem Ärmel, ohne dabei Gefühle oder Eitelkeiten zu verletzen! Ihr größter Reiz: Sie war verführerisch und gleichzeitig dem Mann, dem sie sich zugehörig fühlte, unbeirrbar treu.

Nach fünfmonatiger Ehe teilte Achim Genthin seiner Familie mit: »Mein Kind ist schwanger.« Er sagte wirklich »mein Kind«.

Wenn es ein Junge würde, sollte er Konrad, nach dem Großvater mütterlicherseits, heißen. Dagegen hatte niemand etwas einzuwenden.

Aber Hanna wünschte sich eine Tochter und wollte sie Jolande taufen.

»Jolande!« stöhnte Henny auf. »Wie entsetzlich! Aber typisch Hanna. Immer exzentrisch!«

»Und stellt euch mal vor, das Kind kommt mit *dem* Namen in die Schule! Wenn du das zuläßt, Achim!« kopfschüttelte seine Mutter.

Genthin fand ihn ja auch nicht gut, aber wenn Hanna ihn zärtlich vor sich hinsagte, klang er zumindest musikalisch.

Jolande . . .

»Vater, sag du doch mal!« wandten sich die Frauen an den alten Genthin.

»Schwachsinn, purer Schwachsinn«, versicherte er, jedoch nicht so rigoros, wie es sonst seine Art war. (»Naja, das junge Ding hatte ihn auch längst eingewickelt.) »Vielleicht sollte man, wenn es ein Mädchen wird, ihm noch einen zweiten Namen geben, auf den es im Notfall zurückgreifen kann«, meinte er. »Vielleicht Olga.«

So hatte seine früh verstorbene Lieblingstochter geheißen.

Hanna Genthin gebar ein Mädchen, das sie auf die Namen Jolande, Olga, Hedi tauften – Hedi nach seiner Patentante Steinberg.

5

Sobald Achim Genthin morgens das Haus verlassen hatte, um in seine Kanzlei zu fahren, setzte sich Hanna an ihre Staffelei. Jolande spielte zu ihren Füßen. Später holte sie ihr Kindertischchen und einen Hocker in das große Zimmer, das sie Atelier nannten, und ließ eine Orgie von Tuschfarben auf einem Bogen Papier durcheinanderfließen.

Besonders gelungene Schmierereien pinnte Hanna zwischen ihre eigenen Bilder an die Wand. Das machte Jolande stolz.

»Meine Malmädchen«, nannte Achim die beiden. »Rembrandts werden sie alle beide nicht, aber es macht ihnen soviel Spaß.«

Hanna wußte selbst, daß ihr Talent begrenzt war, dennoch ärgerte sie manchmal Genthins väterliche Beruhigung: »Hauptsache, die Kinder spielen schön.«

Sie war inzwischen vierundzwanzig.

Jolande hatte eine freundliche, buntgetuschte Kinderzeit. Eine Mutter, die jung war wie eine ältere Schwester, einen liebevollen Vater. Wochentags gingen sie in den Zoo, und am Sonntag fuhren sie nach Wannsee zu den Großeltern.

Zuweilen nahm Hanna sie mit zum Jour fixe bei Steinbergs, der jeden Freitag stattfand. Außer einem vorzüglichen Imbiß wurden dort Maler, Bildhauer, Wissenschaftler, bekannte Journalisten und Schauspieler herumgereicht. Steinbergs wußten, was sie ihren Gästen schuldig waren. Damit Jolande sich nicht allzusehr unter den Erwachsenen langweilte, wurde sie mit Spielen und Süßigkeiten überhäuft. Wie alles im Leben, übertrieb Hedi Steinberg auch ihre Patenschaft.

An einem solchen Jour fixe nahm eines Nachmittags ein Journalist teil, der gerade aus Amerika zurückgekommen war. Er schrieb Artikel für hochgestochene Kunstzeitschriften.

Jolande drehte sich auf dem Klavierschemel und hörte zu, wie Onkel Steinberg den Journalisten einem Herrn vorstellte, den er mit »lieber, verehrter Herr Professor« anredete.

So sieht also einer aus, der schon mal in Amerika gewesen ist, überlegte sie, zwei Blümchenbonbons auf einmal im Mund – ihr Gaumen war schon ganz wund davon.

Schön war er nicht. Ziemlich breit. Um seine schwarzen Augen bildeten sich bereits Polster, dabei war er bestimmt noch nicht sehr alt, höchstens Anfang Dreißig. Die Pfeife in seinem Mundwinkel verströmte einen süßen Duft nach Feigen.

Während er sich mit Onkel Steinberg und dem Professor unterhielt, schaute er untentwegt zu dem Sofa hinüber, auf dem ihre Mutter mit einer Schauspielerin zusammensaß. Warum glubscht er Mami so komisch an, überlegte Jolande. Jetzt ging er auch noch auf sie zu und sprach sie über einen chinesischen Lacktisch hinweg an.

»Ich war damals auf Ihrer Hochzeit, Frau Jenthin.«

Hanna sah auf. »Ach, wissen Sie, da waren so viele –«

»Ich war der einzig Nichjeladene«, half er ihr nach. »Ich heiße Barris.«

»Richtig, Sie kamen mit Steinbergs«, erinnerte sich Hanna. Er schob sich einen Sessel an ihre Seite, ohne zu fragen, ob es ihr recht war.

»Schön, Sie wiederzusehen«, sagte er. »Damit habe ich nicht mehr jerechnet. Wissen Sie iebrijens, daß ich damals den Tränen nahe war?«

»Ach nein – wie das?« lachte Hanna.

»Weil ich zu spät jekommen bin. Hätte ich Sie nur paar Stunden frieher kennenjelernt, hätte es keine Hochzeit jejeben.«

Obgleich er grinste, klang es so, als ob ihm ernst wäre, was er sagte. »Ich hätte Sie entfiehrt.«

»Und wohin, bitte?« amüsierte sich Hanna.

»Darüber habe ich mir damals keine weiteren Jedanken jemacht. Ich dachte bloß: *Die* Frau haben und ein Ende mit weg sein.«

Jolande hatte atemlos zugehört, jetzt stieg sie vom Drehschemel und stellte sich streng zwischen ihre Mutter und diesen Barris. »Mami, wir müssen nach Hause. Papi wartet!«

»Ja, ich komme.« Hanna erhob sich sofort, griff nach ihrer Tasche, nickte in seine Richtung: »Leben Sie wohl, Herr Barris. Es war nett, Sie wiederzusehen.«

Steinberg ließ sie in seinem Wagen nach Hause fahren.

»Dieser Barris – wie der spricht!« fing Jolande an, neben ihrer Mutter im Fond sitzend, durch eine Glasscheibe vom Chauffeur getrennt.

»Er ist Balte. Darum.«

»Ich meine, was er zu dir gesagt hat.«

Hanna schaute aus dem Wagenfenster auf das mit nassen braunen Blättern übersäte Pflaster. »Ach, das war doch alles Unsinn.«

»Aber warum sagt er dann so was? Vor der Hochzeit entführen! Und unser Papi?«

»Wenn ich dir sage – es war ein Scherz!«

»Ich mag solche Scherze nicht. Sie sind dumm und gemein!« regte sich Jolande auf.

In den nächsten Monaten veränderte sich ihre Mutter. Saß kaum noch an der Staffelei, und wenn, warf sie nach kurzer Zeit den Pinsel hin. So würde das Bild, das sie von Jolande malte, niemals bis zu Genthins Geburtstag fertig werden.

Wenn man sie ansprach, hörte sie nicht zu. Oft stand sie am Fenster und schaute hinaus, ohne etwas zu sehen – einfach so. Dabei qualmte sie wie ein Schlot.

Sobald das Telefon läutete, griff sie voll nervöser Spannung zum Hörer: »Hallo?« Manchmal wurde ihre Stimme dann tief und sanft, und das, was sie zärtlich sagte, bestand aus »Ja« oder »Nein« und »Gern« und »Wann?«

Dann ging sie bald darauf fort und duftete nach Nelkenparfum und war manchmal noch nicht zurück, wenn Jolandes Vater aus der Kanzlei nach Hause kam. So etwas hatte es früher nie gegeben.

»Wo ist Mami?« fragte Genthin seine Tochter, aber sie wußte es auch nicht.

Jolande wurde eingeschult. Zwischen all den matronenhaften Müttern, die ihre Kinder zur Aufnahmefeier in die Aula begleitet hatten, wirkte Hanna wie ein junges Mädchen. Jolande war stolz auf sie und auch auf ihren gutaussehenden, eleganten Vater, der sie nach der Feier abholte und mit »seinen Mädchen« zu Kempinski essen ging. Neben ihren Stuhl stellte sie ihre große Schultüte, damit jeder sehen konnte, daß sie kein Kind mehr war, sondern eine Schülerin. Was für ein bedeutender Tag!

Jolande konnte nicht einschlafen an diesem Abend. Sie mußte soviel denken, und außerdem hatte sie zuviel gegessen und getrunken. Auf dem Weg zur Toilette kam sie an der halbgeöffneten Wohnzimmertür vorbei und hörte ihre Eltern mit leisen und traurigen Stimmen miteinander reden.

Jolande sah sie weit voneinander entfernt im Raum stehen, mit dem Rücken zur Tür. Da, wo ihre Mutter stand, stieg Zigarettenrauch auf.

Ihr Vater legte beide Hände um seine Schläfen und sagte: »O mein Gott, Hanna, was soll nun werden . . .«

Am nächsten Sonntag fuhren sie ohne Mami zu den Großeltern nach Wannsee. Jolande wurde mehrmals aus dem Zimmer geschickt, und man achtete darauf, daß die Tür auch richtig zu war, wenn sie es verlassen hatte.

Als sie einmal früher als erwartet zurückkehrte, hörte sie ihren Großvater »Dieses undankbare Frauenzimmer!« schimpfen. Großmutter fuhr ihm mahnend in den Zorn: »Attention, Karl-Ernst, la petite!«

»Ich hab Hunger«, sagte Jolande.

»Dann geh zu Frau Schult. Sie soll dir Würstchen heiß machen, Kartoffelsalat ist auch noch da, nun geh schon, Liebling!«

»Immer schieben sie mich heute ab«, klagte Jolande zu der langjährigen Wirtschafterin, als sie beide am Küchentisch saßen. »Was ist denn los? Warum sind alle so komisch? Weißt du was, Frau Schult?«

»Mir sagen sie ja nichts Genaues, weil sie denken, ich trag's im Ort herum. Als ob ich jemals was weitererzählt hätte! Aber ich kann mir beinah denken, was es ist. Ich darf es dir nur nicht sagen, Jolachen.«

Und dann sagte Frau Schult ihr doch, was sie vermutete.

Auf der Heimfahrt an diesem Abend blieb Jolande stumm. Achim Genthin war viel zu sehr mit seinen eigenen Gedanken beschäftigt, um ihr Schweigen zu bemerken. Vor der Haustür setzte er sie ab und fuhr zu einem Kollegen weiter.

Jolande fand Hanna zum erstenmal seit langer Zeit an der Staffelei, mit dem Porträt ihrer Tochter beschäftigt.

»Frau Schult sagt, du willst dich scheiden lassen.«

Hanna fuhr ebenso erschrocken wie ärgerlich herum. »Frau Schult ist eine Schwätzerin!«

»Aber es stimmt doch, oder?«

»Ja, Kind, nur wollte ich es dir selber sagen.«

»Du hast es mir aber nicht gesagt.«

»Ich wollte es morgen tun«, versicherte Hanna.

»Aber warum? Wir haben es doch schön zusammen – Papi, du

und ich. Papi hat dich sehr lieb.«

»Ich ihn ja auch, Kindchen.«

»Warum laßt ihr euch dann scheiden?«

»Komm mal her –«

Aber Jolande wollte nicht eingefangen werden, sie wollte Begründungen für das Unglück, das auf sie zukam. »Papi tut dir doch nichts!«

»Nein, im Gegenteil, er ist der beste, liebste Mann –«

»Warum vertragt ihr euch dann nicht wieder?«

»Wir sind ja nicht böse miteinander«, versicherte Hanna.

»Aber traurig«, sagte Jolande.

»Ja, sehr –«

»Es ist wegen einem andern Mann, sagt Frau Schult.«

Hanna widersprach nicht.

»Und ist dir der Mann wichtiger als wir?«

»Bitte, komm her zu mir –« Sie streckte die Arme aus, Jolande schob sich rückwärts bis zur Zimmerwand. Hanna versuchte zu erklären: »Glaub mir, ich hab's mir nicht leicht gemacht –«

Das wollte Jolande nicht wissen. »Frau Schult sagt, wenn du dich scheiden läßt, können wir nicht mehr zusammen wohnen.«

»Das ist richtig.«

»Und was wird dann aus mir?« Sie kämpfte mit den Tränen. »Wo soll ich hin?«

»Das – das muß noch entschieden werden.« Hanna hatte es sich schwer vorgestellt, nun war es noch viel schlimmer.

»Auf alle Fälle werden Papi und ich die beste Lösung finden, die es für dich gibt.«

»Dann laß uns alle zusammenbleiben, Mami, bitte.«

»Es geht nicht –«

»Weil du nicht willst.«

»Es hat nichts mit Wollen zu tun – wenn ich's dir nur erklären könnte – ich –«

»Und wenn ich deinen neuen Mann nicht mag, heiratest du ihn dann auch?«

»Ja«, sagte Hanna nach kurzem Zögern, es hatte keinen Sinn, dieses Kind zu belügen.

»Es ist der Barris, nicht wahr?« Jolande wandte sich zur Tür. »Ich gehe jetzt in mein Zimmer.« Und sah sich noch einmal um. »Die Liebe macht selten froh, sagt Frau Schult, und du machst uns alle unglücklich. Aber wenn du das endlich eingesehen hast, ist es zu spät, sagt sie.«

Hanna lief ihr nach, Jolande hatte ihre Zimmertür bereits von innen verriegelt.

»Bitte – Liebling – versteh doch. Wenn Papi und ich zusammenbleiben, macht das auch keinen glücklich. Ich – ich war zu jung damals, als wir geheiratet haben. Wie sollte ich mit siebzehn Jahren wissen, ob meine Liebe für deinen Vater ein ganzes Leben ausreicht?«

Jolande, nah auf der anderen Seite der Tür: »Ich werde immer wissen, wen und was ich will!«

Du Kindskopf, dachte Hanna verzweifelt, mit sieben Jahren sagt sich das so leicht.

Großmutter Genthin rang die Hände. Großvater und Schwester Henny bezeichneten Achim als einen Trottel, noch immer dieser kleinen Hexe verfallen, die rücksichtslos eine glückliche kleine Familie zerstörte, wegen einem Abenteurer, einem Habenichts mit ungesicherter Existenz.

»Und so einer Person willst du deine Tochter überlassen? Ich denke, du bist Jurist. Weißt du, was du bist? Ein Vollidiot!«

»Nennt mich, wie ihr wollt«, begegnete Achim Genthin ihren Angriffen, unendlich müde vom Diskutieren. »Das Mädchen ist in einem Alter, wo es vor allem seine Mutter braucht. Später soll Jolande selbst entscheiden, bei wem sie leben möchte.« Er verabschiedete sich, um nach Berlin zurückzufahren.

»Ach, dieser Junge«, jammerte Oma Genthin hinter ihm her. »Viel zu anständig für diese schlechte Welt! Wenn man ihm nur helfen könnte, aber er läßt sich ja nicht –! Er grämt sich noch um seinen Verstand wegen diesem Weibsbild«.

»Hat er schon, hat er schon«, giftete Henny. »Sonst würde er ihr nicht sein eigen Fleisch und Blut überlassen.«

Nach der Scheidung zog Jolande mit ihrer Mutter nach Halensee und fuhr jeden Morgen mit der Straßenbahn in ihre alte Schule. Jeden Mittwoch holte ihr Vater sie dort ab und aß mit ihr in einem Restaurant zu Mittag. Die Wochenenden verbrachten sie gemeinsam bei den Großeltern in Wannsee.

Beinah täglich besuchte Olik Barris ihre Mutter. Anfangs sprach Jolande kaum ein Wort mit ihm, es wäre ihr wie Verrat an ihrem Vater vorgekommen, und Barris akzeptierte ihre Zurückhaltung. Er wartete ab.

Obgleich sie in ihrer Gegenwart Zärtlichkeiten vermieden,

spürte Jolande die Intensität ihrer Beziehung zueinander, diese Liebe, die so stark war, daß sie sich zuweilen ausgeschlossen fühlte. Und eifersüchtig. Sie war nicht mehr die Hauptperson im Leben ihrer Mutter.

Aber es ließ sich nicht abstreiten, daß das Zusammenleben mit Barris bedeutend amüsanter war als das mit ihrem Vater, der seine Heiterkeit verloren und eine unsichtbare Mauer um sich errichtet hatte. Jolande liebte ihn voller Anhänglichkeit und Mitleid, weil er nun allein war. Später kam an Gefühlen noch ein schlechtes Gewissen hinzu. Denn beim besten Willen gelang es ihr nicht, sich Barris' tiefer, herzlicher Fröhlichkeit auf die Dauer zu entziehen. Und dann brachte er auch noch den herrenlosen Hund aus Italien mit . . . Letzte Eisschöllchen schmolzen dahin.

Jolande hatte nun nichts mehr dagegen, daß Olik Barris ihre Mutter heiratete. »Aber du brauchst keine Sorge zu haben, Vati«, versicherte sie Achim Genthin, »er will bestimmt nicht Stiefvater bei mir werden, nur mein Freund!«

Trauzeuge wurde Onkel Steinberg.

Mit vielen Büchern, scheußlichen Bildern und Manuskripten zog Barris bei ihnen ein. Und weil er auch noch seine Unordnung mitbrachte und seine vielen Freunde, wurde die Wohnung zu klein. Sie wuchs einfach zu.

Hanna Barris suchte ein Jahr, bis sie endlich das Passende gefunden hatte. Eine Atelierwohnung im fünften Stock in der Teplitzer Straße im Grunewald.

6

Jolande war neun, als sie nach den Osterferien in unsere Klasse kam.

Neue hatten es bei uns anfangs nicht leicht. Sie wurden mißtrauisch beäugt und links liegengelassen, es sei denn, sie gaben uns Anlaß zu Hänseleien. Und wenn sie darauf mit Tränen reagierten, hatten sie von vornherein verspielt. Flennsusen konnten wir nicht gebrauchen.

Um vom Gros der Klasse akzeptiert zu werden, durften sie auch keine Streber sein. Durchschnittsverstand und sportliche Leistungen waren gefragt. So wollte es Inge Schlüter, die bei uns den Ton angab.

Optisch fiel Jolande Genthin nicht weiter auf. Sie trug Blusen mit Bubikragen, Pullover und Faltenröcke wie die meisten von uns. Ihr kurzes, seitlich gescheiteltes, von einer Spange gehaltenes dunkelblondes Haar umrahmte ein feines, etwas fades Gesicht. Nur die Augen fielen auf. Sie waren breitgeschnitten und sehr hell.

Wenn sie dennoch aus der Reihe tanzte, so lag das an ihrem Namen. Vier Mädchen in unserer Klasse hießen Inge, zwei Ingrid, drei Ulla und drei Helga. In einer Zeit, wo wir den größten Wert darauf legten, uns der Masse anzupassen und nur ja nicht durch Originalität aufzufallen, war der Name Jolande eine schwere Belastung. Jolande hieß keine an unserer Schule. Deshalb schrieb sie auch nur Jola Genthin auf das Etikett ihrer Klassenhefte. Jola, das ging gerade noch.

Was uns einerseits freute, andererseits irritierte: sie bemühte sich überhaupt nicht um unsere Freundschaft. Als ob sie uns nicht brauchen würde. Es gelang ihr, so wenig aufzufallen, daß wir sie zeitweise vergaßen.

Auf dem Pausenhof stand sie bei irgendeiner Gruppe als Anhängsel herum – niemals allein. Das hätte ja ihre Einsamkeit dokumentiert. Am Unterricht beteiligte sie sich nur, wenn sie aufgerufen wurde.

Was mich ungemein fuchste – die Neue schaffte spielend die Welle am Reck, während ich zum Gaudi der Klasse wie ein zappelnder Sack daran hing. Aber dafür war ich im Völkerball besser als sie.

Als Jola einen Monat in unserer Klasse war, fiel es auch meinen Busenfreundinnen Sigrid und Romy auf, daß sie meine Nähe zu suchen begann.

Was will die denn von dir??

»Weiß ich auch nicht.« Und drehte ihr den Rücken zu, denn wenn sich unsere Blicke zufällig trafen, hob ein Lächeln ihre Mundwinkel, zumindest der Versuch eines Lächelns, auf das ich mit Abwehr reagierte.

Von allen Schülerinnen unserer Klasse fühlte sie sich ausgerechnet zu mir hingezogen! Möglich, sie spürte, daß ich unter meiner forschen Oberfläche anders war als die übrigen Mädchen, auch wenn ich mich heftig bemühte, genauso zu denken und zu reagieren wie sie.

Ein Outsider erkennt sehr bald einen anderen Outsider und fühlt sich zu ihm hingezogen.

Aber ich wollte diese Jola nicht, ich hatte genug Mühe, aus meinem eigenen phantasiegeladenen Abseits herauszukommen, und wünschte nichts mehr, als meinen augenblicklichen Beliebtheitsgrad in der Klasse zu erhalten.

Persönliches war über Jola nicht bekannt. Wir wußten nur, daß sie mit ihrer Mutter und deren zweitem Mann in der Teplitzer Straße wohnte. Und jeden Mittwochmittag holte sie ihr richtiger Vater von der Schule ab.

Eines Mittwochs goß es wie aus Kübeln auf meinen ungeschützten Heimweg, ich rannte, über blasige Pfützen hopsend, und merkte erst, als ich angerufen wurde, daß ein Wagen langsam neben mir herfuhr.

»Dürfen wir dich mitnehmen?« fragte Jola aus dem heruntergekurbelten Seitenfenster, »du hast ja keinen Schirm.«

Ich kletterte in den Fond des Adlers und weichte seine Polster auf.

Vor mir erhob sich der Hinterkopf von Jolas Vater, schmal und glatt, sein manchmal sichtbares Halbprofil erinnerte mich an den Grafen Joachim von Harenfeld aus meinen literarischen Frühwerken. Er fragte nach meiner Adresse und freute sich, daß wir Freundinnen so nah beieinander wohnten.

Freundinnen!!

Jola spürte meine Verlegenheit und sagte rasch: »Wir gehn

bloß in dieselbe Klasse.«

Die Fahrt dauerte knapp zwei Minuten, dann stieg ich vor unserem Hause aus.

Beim Hochziehen am Treppengeländer zu unserer im ersten Stock gelegenen Wohnung überlegte ich, ob ich nun verpflichtet war, zu Jola freundlicher zu sein als vor der Autofahrt. Ich sprach am nächsten Tag in der Zehnuhrpause mit meinen Intimfreundinnen darüber. Sie lehnten strikt ab, die Neue in unseren Kreis aufzunehmen.

So blieb alles beim alten, also beim Wegschauen – jedoch nicht ohne einen Anflug von schlechtem Gewissen meinerseits.

Jola fehlte seit ein paar Tagen. Keiner von uns vermißte sie. Am fünften Tag rief mich unsere Klassenlehrerin zum Katheder.

»Du kommst doch auf deinem Heimweg bei Jola Genthin vorbei. Bring ihr das Aufsatzheft und die Schulaufgaben, damit sie nicht allzuviel Pensum versäumt. Und sag ihr gute Besserung von mir.«

Auf dem Weg blätterte ich in ihrem Heft und war empört: Eine rote 1 ohne Kommentar, nur mit Unterschrift und Datum, prangte unter ihrem Aufsatz. Wie kam diese graue Maus zu einer Eins, während mein schriftstellerischer Höhenflug mit einer Drei und der Kritik »Anschaulich erzählt, nur leider am Thema vorbei. Weniger Phantasie und mehr Konzentration auf das Wesentliche wären angebracht!!!« abgekanzelt worden war.

Zum erstenmal hatte jemand in roter Sütterlinschrift dokumentiert, was ein Leben lang der Unterschied zwischen Jolande und mir sein würde: Sie dachte auf Anhieb wesentlich, ich brauchte dazu viele Umwege. Sie wußte immer, was sie zu tun hatte, ich wußte es meistens erst hinterher, wenn es zu spät war.

Ihre Wohnung lag im fünften, atemlos erklommenen Stock. Links war die blecherne Bodentür, und rechts ging es zu »Barris-Genthin«.

Bei meinem ersten Besuch funktionierte die Klingel noch, später mußte ich mit dem Hacken gegen die Tür bummern, wenn ich hineinwollte, denn auf die Idee, etwas nicht Lebenswichtiges reparieren zu lassen, kam bei Barris keiner. Ein Hund schlug an, konnte gar nicht mehr aufhören.

Jola hat eine Eins im Aufsatz und einen Hund, dachte ich neidisch.

»Machst du auf, Hanna?« hörte ich eine tiefe Männerstimme rufen und darauf eine Frau: »Kann nicht. Hab die Hände voll Mehl. Geh du!«

Es dauerte dann noch eine Weile, bis endlich die Tür geöffnet wurde.

Ich dachte, ich sehe nicht richtig.

Vor mir stand ein kräftiger Mann in einem braunen Bademantel, unter dem Pyjamahosen zieharmonikaartig auf angekaute Pantoffeln fielen – anscheinend benutzten er und der Hund sie abwechselnd. Mit einer Hand hielt er den Bademantel zu, mit der anderen das randalierende Tier am Halsband zurück.

»Schweig still, Benita.«

Um ein Uhr mittags noch im Pyjama! Ob der Mann krank war? Im ersten Augenblick fürchtete ich mich vor seinem unrasierten, kräftigen Gesicht, in das schwarze Locken fielen. Dann nicht mehr, als er lachte.

»Komm ruhig rein, der Hund tut nichts. Er hört sich nur so jerne bellen.«

Die Stimme des Mannes klang wie ein voll angeschlagener Baßakkord auf dem Klavier, nur heiserer, weil übernächtigter als ein Klavier. Er ließ den Hund los und gab mir die Hand. »Ich bin Barris. Wer bist du?«

»Luise Hartwig. Ich soll das hier für Jola abgeben.«

»Jollichen«, rief er hinter sich, »du kriegst Besuch.«

Herr Barris ging vor mir her in einen großen Raum voller Regale, deren Bretter unter der Last ihrer tausend Bücher durchhingen. Möbel hatten wegen der Regale keinen Platz an den Wänden, sie standen mitten im Raum, beladen mit Manuskripten, Katalogen und Zeitungen. An einem Sessel lehnten gerahmte bunte Kleckse.

Und dann war da noch ein Bild, ganz grell und alles durcheinandergezeichnet – widerliche dicke Männer mit Stehkragen und Kneifer auf der Nase und häßliche Frauen, die alles sehen ließen, igitt, aber interessant.

»Erbarmung!« rief Barris, als er den Telefonhörer vom Schreibtisch baumeln sah, und nahm ihn auf: »Erik! Ich hab dich völlig verjessen. Eine Freundin von Jolly ist jekommen«, und zu mir: »Die rechte Tür.«

»Danke«, sagte ich und ging an einer merkwürdigen weißen Skulptur vorbei. Vor dem von Kiefernwipfeln verdunkelten Fenster leuchtete sie wie ein Spuk.

Zum erstenmal betrat ich ein richtiges Atelier mit großem Nordfenster. Auf der Staffelei stand ein Bild mit einem ganz hübschen Mädchen, das eine Schachtel Zigaretten in der Hand hielt. Das sollte wohl eine Zigarettenreklame werden, bloß die Schrift fehlte noch.

Das größte Möbel im Raum war eine quadratische niedrige Couch mit Federbetten, in denen der Hund Benita, der mir gefolgt war, mit einem Satz versank. Außer ihm lag noch Jola darin – Hals und Brust im Prießnitzwickel.

»Luise!« krächzte sie überrascht.

»Ich bringe dir dein Aufsatzheft und die Hausaufgaben, und gute Besserung von Fräulein Reichmann.« Das war unsere Klassenlehrerin.

»Danke. Leg es da irgendwo hin.«

Verlegenheit auf beiden Seiten und kein Stuhl in der Nähe, aber ich wollte ja auch nicht bleiben.

Jola schob ihr Deckbett ein bißchen vom verkrumpelten Laken. Unsicher: »Magst du dich setzen?«

Mit einer Pobacke nahm ich zögernd Platz.

»Geht's dir denn?«

»Och danke, schon wieder besser.«

Verlegenheit noch immer, ein Glück, daß der Hund zwischen uns lag und am Bauch gekrault werden wollte.

»Was ist das für eine Rasse?« fragte ich.

»Keine Ahnung, Barris hat Benita aus Mailand mitgebracht. Da gehörte sie niemandem. Sie heißt Benita nach Benito Mussolini, weil sie doch Italienerin ist.«

»Aha.« Ich sah mich um. Sah viele Tuschzeichnungen über der Couchwand pinnen – auf einigen erkannte ich Jola und Benita und Herrn Barris in seinem Morgenrock.

»Wer malt denn bei euch?«

»Meine Mutter. Es ist ihr Atelier. Ich liege hier bloß, solange ich krank bin. Mein Zimmer ist neben der Küche.«

»Macht sie das beruflich?«

»Früher nicht, jetzt ja. Illustrationen für Magazine und Reklameentwürfe.«

Eigentlich sollte ich jetzt wirklich gehen, aber es war so schön, einen Hund zu kraulen.

»Wohnt ihr schon länger hier?«

»Seit einem Jahr. Bis Ostern bin ich noch in meine alte Penne nach Charlottenburg gefahren.«

Jetzt erst bemerkte ich den Wandschrank. Durch seine verglasten Türen staunten bleiche Gesichter – eines neben dem anderen.

»Das sind ja alles Puppen!«

»Meine Mutter sammelt sie. Soll ich sie dir mal zeigen?«

Jola sprang aus dem Bett und öffnete die Türen. Ein seltsamer Geruch kam uns entgegen – Staub, Weihrauch, Lavendel, Mottenkugeln –, ein längst gestorbener Geruch.

»Die da ist aus Nürnberg – aus dem 15. Jahrhundert. Damals hießen Puppen noch Dochen. Und das ist Nelly, eine der ersten Gliederpuppen aus England. Die hier stammt aus Frankreich. Ihr Kopf ist aus Bisquit und der Körper aus Guttapercha«, was mir nichts sagte. »Hat sie nicht ein schönes Kleid an?«

»Darfst du mit ihnen spielen?«

»Nein«, sagte Jola, schloß die Glastüren und hopste in ihr Bett zurück. Benita grunzte unwillig, als sie zur Seite geschoben wurde. »Ich möchte auch gar nicht mit ihnen spielen. Barris sagt, es klebt soviel an ihnen – Küsse und Tränen und Krankheiten –, eben das Schicksal der kleinen Mädchen, denen sie einmal gehört haben und die schon lange tot sind.«

»Ich habe meine Puppen alle der Hedwig geschenkt. Das ist die Tochter von unserem früheren Mädchen. Sie lebt in Werder. Kennst du Werder?«

»Ich war mal mit den Großeltern zur Baumblüte da. So viele Besoffene auf einem Haufen habe ich noch nie gesehen.«

Pause.

»Hier ist dein Aufsatzheft. Du hast ne Eins.«

»Au fein. Ich schreibe nämlich furchtbar gern. Am liebsten Tagebuch«, sagte Jola.

»Ich auch«, entfuhr es mir.

»Schreibst du auch Tagebuch?«

»Lieber noch Romane und so was.« Welch ein Bekenntnis vor einer Fremden! Nicht einmal meine besten Freundinnen ahnten etwas von meinen vollgekritzelten, unterm Schrank versteckten Kalikoheften.

Jola sah mich hingerissen an: »Du schreibst Romane!«

»Ach, das habe ich bloß so gesagt«, schwächte ich ab, erschreckt durch ihr Interesse. »Aber wehe, du erzählst es in der Klasse.«

»Großes Ehrenwort.«

Nun hatte ich mit Jola ein Geheimnis. Das paßte mir gar nicht. »Ich muß jetzt nach Haus«, sagte ich und stand auf.

»Danke für deinen Besuch.«

»Das war kein Besuch. Ich sollte dir bloß die Schulaufgaben bringen.«

»Ja, ich weiß, vielen Dank.«

Barris war nicht mehr im Wohnraum, dafür begegnete ich einem jungen Mädchen in schwarzen Hosen, ein Tablett vor sich hertragend.

»Hallo«, sagte sie erfreut, »hast du Jola besucht? Das ist nett. Ich bin ihre Mutter.« Sie sah zum Fenster. »Meinst du, daß es regnen wird?«

Ich schaute auch zum Fenster, das mußte dringend mal geputzt werden. »Weiß nicht.«

»Wenn es nicht regnet, könnten wir auf dem Dachgarten essen. Magst du zum Essen bleiben?«

»Nein danke. – Auf Wiedersehen.«

»Wiedersehen. Komm mal wieder vorbei, wenn du Lust hast.«

Unser Mädchen Else öffnete mir. »Da bist du ja endlich! Die Bouillon habe ich schon abgetragen. Wasch dir die Hände, aber fix!«

Es war Besuch da – ein Wasserbaudirektor Aschmoneit mit Frau, den Else mit vollem Titel anzureden hatte, und mein Patenonkel Dr. Hintze, der mir zu jedem Geburtstag und Weihnachten einen silbernen Teelöffel schenkte.

Ich kam gerade noch zu Spargel mit Schinken zurecht. Leider, muß ich sagen, denn der erste, den ich aufnahm, war zu dünn geschält und somit außen strohig und innen sehr, sehr heiß. Ich durfte ihn nicht mit dem Messer schneiden, das gehörte sich nicht, sondern über einer Gabel hängend in einem Stück, Zentimeter für Zentimeter durchkauend, in meinen Mund schieben – eine Tortur bei verbranntem Gaumen und der Ratlosigkeit: Wohin mit dem ausgekauten Gestrüpp in meinen Backentaschen unter mahnend forschenden Erwachsenenblicken. (Ist was, Kind?) Warum durfte Kind nicht ausspucken, was sich nicht schlucken ließ? Immer diese gute Erziehung!

»Nun, Luise«, sprach mich mein Patenonkel an. »Was macht die Schule?«

Er hatte viele Schmisse im Gesicht, selbst auf der Glatze, und zwischen den Schmissen wuchsen wilde Fleischhügel. Ich mochte gar nicht hinsehen. Aber Onkel Hintze war stolz auf seine Trophäen vom Paukboden. »Wir Frankonier«, sagte er immer.

Ich begriff nicht, wieso das ein Zeichen von Mut sein sollte, wenn man sich sein Gesicht vom Gegner zersäbeln ließ. Ein guter Fechter müßte doch alles daran setzen, sein Gesicht vor feindlichen Hieben zu schützen, oder?

Ich mochte die meisten Bekannten meiner Eltern nicht. Titel und wo einer herkam waren ihnen das Wichtigste, wie ich ihren Gesprächen entnahm. Frau Aschmoneit erzählte ausgiebig von einer Bekannten. Kein Wort über ihr Aussehen oder ihren Charakter, nur daß sie eine geborene Soundso wäre. Das sagte alles, fand Frau Aschmoneit. Und man merkte ihr an, wie sehr es sie wurmte, daß sie selbst kein Trittbrett vorm Namen hatte.

Ich mußte immerzu an meinen Besuch bei Jola Genthin denken. Ihre Mutter trug Hosen wie ein Junge. Naja, so waren Malerinnen wohl. Und diese Unordnung bei ihnen. Diese getürmte Sorglosigkeit – ob das Bohèmewirtschaft war, oder wie man das nannte? Am besten hatte mir Barris gefallen. Es war so, als ob seine tiefdröhnende Herzlichkeit mich einfach – ohne Rücksicht auf meine Schüchternheit – in die Arme genommen hätte. Es war alles so ungezwungen und natürlich bei ihnen. Mit zähem Spargel quälten sie sich bestimmt nicht herum. Und ob einer einen Titel hatte, war ihnen sicher piepegal. Vielleicht gehe ich mal wieder hin.

Ich ging wieder hin.

Denn es war das geschehen, was ich von Anfang an befürchtet hatte: Jola und ich verstanden uns gut.

Als wir das erste Mal nach ihrer Krankheit gemeinsam zur Schule rannten, fielen mir auf den letzten hundert Metern meine Freundinnen Sigrid und Romy ein. Was würden sie zu meiner neuen Bekanntschaft sagen?

Als ob sie meine Gedanken erraten hätte, blieb Jola plötzlich stehen. »Luise, ich muß mit dir reden.«

Wie entsetzlich! »Was ist denn?«

»Wir haben den gleichen Schulweg, das ist schön. Aber wir müssen nicht auch noch in der Pause zusammen sein.« Innerlich hopste ich vor Erleichterung, gleichzeitig meldete sich mein Charakter zu Wort, spät, aber immerhin. »So'n Quatsch. Warum denn nicht?«

»Ich mag deine Sigrid und Romy nicht. Darum. Tschüs du, bis nach Schulschluß.«

Sie lief vor mir her und kannte mich nicht mehr, aber ich

glaubte ihr nicht. Was hatte sie gegen Sigrid und Romy? Sie wußte nur, daß die beiden etwas gegen sie hatten.

Sie wollte wohl unsere beginnende Freundschaft nicht aufs Spiel setzen. Jola wußte ja immer genau, was richtig war. Und nun wußte ich es auch und rannte hinter ihr her: »Mensch, warte doch.«

Das Verhältnis zu Sigrid und Romy kühlte zwar ab, die Klasse tuschelte über meinen engen Kontakt zu der Neuen. Ich verlor etwas an Ansehen, aber dafür gewann ich die wichtigste Freundin meiner Jugend und Barris und ihre Mutter Hanna und Benita und ihren herzlichen, unkonventionellen Lebensstil dazu.

Wir hätten uns morgens vor der Haustür treffen können, aber nein, ich rannte die fünf Treppen hinauf, die letzten beiden mit heißen Knien – ich wollte das Morgenchaos bei Barris miterleben.

Benita warf mich fast um vor Freude. Endlich hatte ich einen Hund zum Liebhaben, zwar nur gepumpt, aber immerhin. Jola fegte meistens noch auf Socken durch die Wohnung, sie wurde ja nie rechtzeitig fertig. Ihre Mutter stand im Halbschlaf in der Küche, Pausenbrote schmierend, während auf dem Herdrand ihre Morgenzigarette verqualmte. In der Wohnung hing der Duft von frischgemahlenem Kaffee und Nelkenparfum.

Barris' heisere, weil verkaterte Stimme sang: »Komm auf die Schaukel, Luiiise!« Ich durfte nie fortgehen, ohne ihm Guten Morgen gesagt zu haben.

Meistens schlief er in einer kleinen, schrägwandigen Kammer, auch diese mit Büchern und Bildern vollgestopft, aber oft lag er auch in Hannas Bett im Atelier.

Um zu ihm zu gelangen, mußte ich über Pumps, eine glänzende Hemdhose, über seine Hosen und Schuhe steigen. Alles lag, wie eilig abgestreift, auf dem Boden herum.

Barris im Bett zu begrüßen, fand ich inzwischen ganz natürlich, aber die herumliegenden Kleidungsstücke hörten nicht auf, mich zu genieren. Nicht ihre Unordnung, sondern die Eile ihrer Unordnung und die Tatsache, daß die Barris nicht ständig zusammen schliefen wie meine Eltern in geflammten Birkenbetten mit Nachttöpfen in den Nachttischen.

Barris waren genauso verheiratet wie meine Eltern, aber anders. Sie waren nicht nur ein gutgehendes Ehepaar – sie waren vor allem ein Liebespaar.

Ein einziges Mal war Barris bereits rasiert und komplett angezogen, mit noch vom Duschen feuchtem Haar, als ich Jola morgens abholte. Er trug seinen einzigen dunklen Anzug, weil er zu einer Beerdigung nach Grünau fahren mußte.

Mit welch leichtfüßiger Eleganz sich dieser schwere Mann bewegte, wenn er es eilig hatte.

Seine Verabschiedung von Hanna war nicht bloß »Tschüs, Mutti« und flüchtiger Kuß auf die Wange, so wie bei uns zu Hause. Hanna legte die Arme um seinen Hals und küßte ihn lange auf den Mund. Es war viel mehr als ein Abschiedskuß, weil noch voll Erinnerung an die vergangene Nacht – was ich damals natürlich noch nicht wissen konnte. Ich spürte nur die schöne, nachträgliche Sinnlichkeit zwischen den beiden.

Barris verließ mit uns das Haus und blinzelte staunend auf die vorüberfahrende vollbesetzte Straßenbahn, auf eilige Passanten, Fahrräder und Autos. Einen frühen geschäftigen Morgen kannte er eigentlich nur noch vom Hörensagen, da er selten vor Mittag aufstand.

Er sah uns deshalb verwundert an. »Müssen die alle zum Begräbnis?«

7

Olympiade in Berlin! Etwas Großartigeres, Aufregenderes hatten wir noch nie erlebt.

Jolande und ich hockten auf dem Fußboden zwischen zerschnittenen Illustrierten und Zeitungen, übersät mit Schnipseln – selbst Benitas Fell war voll davon –, die Fingerspitzen verklebt von marzipanduftendem Pelikanol. Noch nie hatten wir eine Hausaufgabe so freudig ausgeführt wie das Herstellen eines Olympiabuches mit Fotos und selbstgemachten Texten auf DIN-A4-Bogen, die gelocht und mit einer Kordel zusammengebunden wurden.

In uns blähte sich ein nie gekanntes Gefühl nationaler Bedeutung. Wir kamen uns auserwählt vor, weil wir dabei sein durften, als »die ganze Welt auf Berlin blickte«.

So bunt und international war unsere Stadt nie gewesen. Wunderbar gewachsene Neger wiegten sich aus den Hüften über den Kurfürstendamm. Neben den zarten, traumschönen Inderinnen in bunten Saris kam ich mir wie ein Dorftrampel vor. Warum sah ich bloß nicht indisch aus? Ich stand vor einer Drogerie mit schwarzen Haarfärbemitteln, aber Jola zog mich weiter. »Laß man, das gibt nur Prügel zu Hause, und außerdem müßtest du auch deine Augen schwarz färben, und selbst dann sähst du nicht indisch aus, bloß angemalt.«

Das kränkte.

Mein Idol war Jesse Owens. Ich hatte ihn von der Stadiontribüne im Hundert-Meter-Lauf siegen sehen. Wenn er rannte, konnte man glauben, seine Beine wären Speichen eines sich schnell drehenden Rades.

Jola und ich erreichten die Schule so pünktlich wie noch nie, weil wir den ganzen Weg um die Wette rannten. Wer das Milzstechen länger ertrug, war Sieger.

Jeden Abend betete ich: Lieber Gott, mach, daß ich von der Drei in Turnen runterkomme!

Sportliche Leistungen zu vollbringen, erschien uns jetzt das höchste Lebensziel. Wer waren schon Goethe und Bach im Vergleich zu einem Olympiasieger!

Olympiasiegerinnen in Leichtathletik entzweiten mich mit meinem Vater. Er sagte, solche Muskelweiber fände er abscheulich. Was verstand der schon von Sport.

Jola schrieb in ihr Olympiabuch: »Es lebe die nordisch blonde, sportgestählte deutsche Jugend!« und: »Dieses große olympische Erlebnis haben wir allein unserm Führer zu verdanken. Er ist der wirkliche Sieger dieses Ereignisses von historischer Bedeutung!«

»Wieso«, staunte Barris, »hat denn der Adolf mitjeturnt?«

Statt dumme Witze zu machen, sollte er lieber das Rauchen und Weintrinken lassen und Sport treiben, dann müßte er nicht so japsen beim Treppensteigen!

Ich begann einen Roman über einen Fünfkämpfer: Rittmeister Harro von Kapolski. Er ritt wie der Teufel, traf beim Schießen nur ins Schwarze, durchschwamm jedes tosende Gewässer, säbelte sich mit seinem Degen aus feindlicher Übermacht frei und lief seinen Verfolgern wie ein Blitz davon. Und sah dabei immer edel und unverschwitzt aus. Alle Mädchen liebten ihn, aber er war nur seiner stämmigen braunzöpfigen Luise treu.

Jola gefiel meine Geschichte auch sehr gut. (Seit Alma war sie die erste Person, der ich ab und zu etwas vorlas.) Sie meinte nur, ich sollte Harro von Kapolski auf alle Fälle noch den Führerschein machen lassen.

Sie dachte eben immer viel praktischer und weitsichtiger als ich.

Jola war es auch, die eines Tages zu mir sagte: »Ein deutsches Mädchen gehört zu den Jungmädeln. Wir dürfen bei heroischen Aufmärschen nicht abseits stehen.« Sie sprach schon wie die Jugendbücher, die sie zur Zeit im Dutzend fraß.

»In den Jungmädelverein!« heulte Barris auf, als er von Jolas Absicht erfuhr. »Du träumst wohl. Luischen tritt doch auch nicht rein, oder?«

An sich wollte ich nicht gerne, schon wegen der vielen Heimabende und Veranstaltungen, die mich um freie Nachmittage und Wochenenden bringen würden. Außerdem fand ich die schwarzweiß-kackbeige Kluft nicht schön. Weil aber Jola den stärkeren Willen von uns beiden hatte und auch noch von ihrem Vater Genthin in ihrem Entschluß bestärkt wurde, knöpfte ich nun jeden Mittwoch und Samstag nachmittag die weiße Bluse an den schwarzen Rock, schlang das schwarze Halstuch durch den geflochtenen Lederknoten, zog die Kletterweste über und gehörte dem Führer. Die Heimabende bestanden aus Listen-Herstellen,

Namen-Aufrufen, Lieder-Singen und Vorträgen ab und zu, aus denen ich entnahm, daß ich selber nichts war und mein Volk alles. Es wurde von Menschen »guten Blutes« gesprochen und von der »Scholle«, die kein Fisch war, sondern heimatliche Erde – thh! Wo wir Märker doch bloß Sandboden hatten und davon immer staubige Schuhe!

Einmal gingen wir auf Fahrt nach Buckow bei Berlin in eine Jugendherberge, in der es muffelte. Die Decken kratzten, das Mädchen im Oberbett pupte in einem fort, eine andere schrie laut im Schlaf nach ihrer Mutti. Unsere Führerin konnte mich nicht leiden, weil mir das Forsche beim Marschieren abging, ich kam auch so leicht aus dem Tritt, so geht das doch nicht, Mädel, reiß dich zusammen!

Nachts holte sie sich die Wimpelträgerin ins Herbergebett, weil sie ihr Liebling war. Sie kicherten miteinander und lutschten Bonbons.

Als alle schliefen, kroch ich zu Jola unter die Decke. »Ich pack meinen Affen und fahr nach Hause.«

»Auja«, stimmte sie mir zuerst aus vollem Herzen zu, aber dann dachte sie nach. »Es geht nicht. Wir dürfen nicht aus der Reihe tanzen.«

»Aber es fällt mir so schwer, *in* der Reihe zu tanzen.«

»Dann mußt du es eben lernen. Willst du etwa wie Barris werden? Er kriegt kaum noch Aufträge, weil er nicht linientreu schreibt. Du willst doch mal Schriftstellerin werden. Was ist, wenn man eines Tages deine Bücher nicht druckt, weil du dich nicht unserer Zeit anpassen kannst?«

Ja, wie das mal werden sollte, war mir auch noch schleierhaft. Jola fand sich viel besser mit dem Zwang ab als ich. Was sein muß, muß eben sein. Basta, sagte sie.

Ich kann mich nicht leiden.

Ich bin so gar nicht mein Typ und auch nicht der von anderen Leuten. Niemals hat mich jemand – außer meinen Eltern – so richtig niedlich gefunden. Niemals habe ich gehört, daß ich süß bin.

»Olle Zoppjule«, rufen die Jungs hinter mir her.

Manchmal nimmt mich meine hübsche Mutter wie tröstend in den Arm. Dann denkt sie wohl: Du armes, häßliches Entlein du.

Wahrscheinlich kriege ich keinen Mann ab. Wahrscheinlich

bleibt mir nichts anderes übrig als das Erfinden von Liebesgeschichten. Aber wie soll ich ein Leben lang erfinden, was ich nie erlebt habe? Bloß immer aus anderen Büchern abschreiben oder nach Filmen?

Es ist soviel Sehnsucht in mir. Am liebsten wäre ich ganz woanders, aber wo –? Und meine Trampligkeit würde mich ja doch überallhin begleiten.

Nur Barris behandelt mich immer so, als ob ich ein attraktives Mädchen wäre. Ich möchte ihm so gerne glauben. Vielleicht werde ich schöner, wenn ich meine Zöpfe los bin. Ich spreche mit meiner Mutter darüber. Sie sagt, sie will mit meinem Vater drüber reden. Er sagt, meinetwegen. Ihm ist mein Kopf so egal. Hauptsache, ich maule bei Tisch nicht mehr wegen meiner Haare herum.

Nun durfte ich endlich! Mit einer Filmpostkarte von Greta Garbo als Königin Christine bewaffnet, ging ich zu einem Friseur nach Schmargendorf. »So bitte möchte ich die Frisur haben.«

»Wird jemacht«, versprach er forsch und brauchte beide Hände, um meine dicken Zöpfe in Schulterhöhe durchzusäbeln.

Zum erstenmal durchlitt ich die Tortur einer heißen Dauerwelle. Dann wurden meine Haare eingerollt, getrocknet und frisiert. Anschließend sah ich im Spiegel ein krebsrotes Gesicht mit Korkenzieherlocken drumherum, die sich wie Drahtverhaue anfühlten.

Das war nicht Königin Christine, das war eine verkorkste Shirley Temple.

Noch nie hatte ich so doof ausgesehen. Ich tat mir entsetzlich leid.

Ein Glück, daß es schon dunkel war, als ich nach Hause rannte, unterm Arm meine Zöpfe, in einen »Völkischen Beobachter« eingerollt. Als ich zu Hause ankam, war bloß noch einer im Zeitungspapier.

Else klatschte die Hände um ihr Gesicht, als sie mir öffnete. »Du grüne Neune! Was hamse denn mit dir gemacht?«

Wenigstens meine Eltern blieben mir an diesem Abend erspart, sie hatten Staatstheaterabonnement.

In meiner Verzweiflung rief ich bei Barris an. Jola war am Apparat.

»Wie sieht's denn aus?« fragte sie interessiert.

»Furchtbar! Lauter Locken. Ich trau mich nie mehr unter Leute.«

Jola kicherte erst – das hätte ich an ihrer Stelle auch getan –, dann sagte sie: »Reg dich nicht auf. Geht ganz leicht weg. Du mußt nur deinen Kamm naßmachen. So kämmt Barris auch immer seine Locken glatt.«

Dankbar für ihren Rat setzte ich die Korkenzieher unter Wasser. Rief anschließend heulend ein zweites Mal bei Jola an. »Jetzt habe ich Negerkrause!«

»Auweia«, sagte sie, »das hätte ich nicht erwartet.«

Am nächsten Morgen mußte sie allein zur Schule gehen.

Meine Mutter, nach einem kurzen Blick auf meinen Kopf, beschloß: »Ich schreibe dir einen Entschuldigungszettel.« Und rief sofort ihren eleganten Friseur am Kurfürstendamm an. Damit er rettete, was noch zu retten war.

Viel war da nicht zu machen bei der starken Dauerwelle in meinem starken Haar. »Das muß erst mal rauswachsen.«

Das Rauswachsen dauerte Monate. Nun war ich zwar meine Zöpfe los, aber nicht meine Komplexe, im Gegenteil. Ich hatte noch einen dazu bekommen.

8

Eines Mittags gab es Teltower Rübchen mit Schweinebauch bei uns, ein Grund, nicht nach Hause zu gehen, sondern zu Barris, in der Hoffnung, bei ihnen mitessen zu können.

»Fein, daß ihr kommt«, sagte Hanna. »Ihr könnt gleich aufdekken. Aber vorher schmeißt Barris aus dem Bett.«

»Mir ist ja so koddrig!« stöhnte er, als wir vor ihm standen.

»Wo?« fragte Jola streng.

»Im Magen.«

»Dafür ist Haferschleim gut«, erinnerte ich mich.

»Haferschleim? Steh ich lieber freiwillig auf. Bringt mir meine Schlorren und meinen Morjenmantel!«

»Mittagsmantel, meinst du«, verbesserte Jola und ging ins Bad, um ihn zu holen, ich hinterher.

In der auf Löwenfüßen thronenden Wanne saß ein fremder Mann und seifte sich den Kopf ein. »Verzeihung«, stotterte Jola und rannte in die Küche. Ich hinterher.

»Nun?« fragte ihre Mutter. »Steht er auf?«

»In unserer Wanne sitzt wer!!!«

»Ach so – das ist Kaspar Christ. Wir haben ihn bei Herweghs getroffen. Er hat uns heute nacht nach Hause gefahren. Ich bin dann ins Bett gegangen und habe die beiden mit ›paar feinen Pullchen Wein‹ sitzenlassen, wie Barris sagt. Das war wohl ein Fehler.«

»Ist mir das vielleicht peinlich!« stöhnte Jola.

»Was ist dir peinlich?«

»Er war nackicht!«

»Aber er hatte die Knie angezogen«, setzte ich der Ordnung halber hinzu. »Man hat nichts gesehen.«

Hanna erinnerte sich: »Meine Großmutter behielt beim Baden das Hemd an.«

»Mami, sei doch mal ernst!« beklagte sich Jola. »Wie sollen wir ihm nachher bei Tisch begegnen? Am besten, wir essen nicht mit.«

»Warum nicht?« fragte ich erschrocken, denn es gab Kartoffelklöße mit gebratenem Speck und Backobst, so was mochte ich gern.

»Wie ihr ihm begegnen sollt? Ganz natürlich«, sagte Hanna Barris. »Im Strandbad seht ihr doch auch nackte Männer und findet nichts dabei.«

»Es hat bestimmt bloß an der Wanne gelegen«, versicherte ich Jola.

Wir deckten den Tisch auf dem Dachbalkon. Kein Teller paßte zum anderen, auch kein Besteck. Großmutter Genthin hatte bei der Scheidung Service und Tafelsilber zurückverlangt, und ehe sich Barris Geschirr kauften, kauften sie lieber ein Buch. Hanna kam mit dampfender Schüssel und den beiden Männern heraus.

Wir betrachteten Kaspar Christ verstohlen von den Füßen bis zur Haarwurzel – das war eine lange, lässige Strecke. Jola notierte später in ihrem Tagebuch: Sein Gesicht ist schmal. Beim Lachen hat er lange Kerben um den Mund wie ausgeleierte Grübchen. Seine Schönheit ist dunkel und energisch. Seine Nase ist etwas gebogen. Hoffentlich ist er nicht jüdisch.

Barris, Hanna und Kaspar Christ unterhielten sich beim Mittagessen über Barris' Malerfreunde, die inzwischen Lehr- und Ausstellungsverbot hatten, weil ihre Arbeiten als »entartete Kunst« bezeichnet wurden.

»Und was machen sie jetzt?« wollte Christ wissen.

»Sofern sie nicht ausgewandert sind, sind sie als Anstreicher für Feinarbeiten untergekommen. Manche zeichnen auch Textilentwürfe oder arbeiten im Malersaal des Staatstheaters. Sie wurschteln sich eben so durch.«

»Haben Sie noch Kontakt zu ihnen?«

»Aber ja«, sagte Hanna. »Barris bringt mir jeden an, der auf der schwarzen Liste steht.«

»Und Sie haben nichts dagegen?«

»Nein – warum sollte ich?«

»Sie sind eine wunderbare Frau«, sagte Christ. »Barris ist zu beneiden.«

Ich glaube, er war ein bißchen verliebt in sie. Der auch. Alle Männer waren in Hanna verliebt. Selbst auf der Straße schauten sie ihr nach – nicht direkt, eher verwundert – da war doch eben was –!? Dabei war sie nicht mal besonders hübsch mit ihrer zu großen Nase und meistens unordentlich frisiert. Mehrmals im Gespräch strich sie herunterhängende Haarsträhnen hinters Ohr zurück. Diese Bewegung war sehr typisch für sie.

Kapar Christ flirtete sie an, das machte Jola eifersüchtig. Zum erstenmal gefiel ihr ein junger Mann, und dann sah er nur ihre Mutter. Sie trat Barris, der trotz angeblicher Magenbeschwerden mit Behagen Klöße aß, auf den Fuß: »Stört dich das nicht?«

»Zu was, Jollichen?« kaute er. »Laß ihn ruhig balzen.« Barris war sich seiner Frau so sicher. Und mit einem Grinsen in Kaspar Christs Richtung: »Er ist eben ein *homme à femmes.*«

»Ein was?«

»Schirzenjäger.«

»Ist das Ihr Beruf?« fragte ich Herrn Christ.

Die Erwachsenen lachten. Ich wurde rot.

»Ja, was tun Sie überhaupt?« wollte Jola wissen.

»Ich bin Neurologe.«

Schon wieder so ein Fremdwort.

»Nervenarzt«, übersetzte Barris für mich.

»Zur Zeit arbeite ich in der Heilanstalt in Bernau«, sagte Christ.

Jola wußte im Vergleich zu mir sofort Bescheid und war maßlos enttäuscht. »In einer Klapsmühle!«

Klapsmühle – der Begriff sagte mir etwas. Also, das hätte ich diesem fabelhaft aussehenden Mann auch nicht zugetraut. Ich hätte eher auf Schauspieler oder Architekt oder Pianist getippt.

»Wie sind Sie denn darauf gekommen?«

»Es liegt in der Familie. Mein Vater war Neurologe, mein Onkel –«

»Ich kenne auch eine Irre«, fiel mir ein. »In Prenzlau, wo meine Großeltern wohnen. Sie heißt Rieka Paaschen und trägt ausgelatschte Männerschuhe, wo ihre Strümpfe drüberhängen. Sie stinkt, weil sie immer in Müllkästen wühlt und hat einen Leiterwagen, den zieht ihr Hund –«

Ich spürte das mäßige Interesse am Tisch für meine Geschichte und genierte mich, nur Barris machte mir Mut. »Erzähl weiter, Luise.«

»Ja, also – wenn Rieka Paaschen kommt, rufen die Kinder: ›Rieka, kannst du tanzen?‹ Dann hebt sie ihre vielen Lumpenröcke hoch und dreht sich im Kreis und singt: ›Riiietsch, Mudder, de Landwehr kümmt. Nimmt Tüffel in d' Hand und löpt up Strümp!‹ Dann kreischen die Kinder vor Lachen und Rieka freut sich. Sie wird nur böse, wenn man ihren Hund ärgert. Ihr Hund ist der einzige Mensch, den sie hat. Nachts wärmen sie sich aneinander, sagt mein Großvater.«

Man schaute mich an, ob ich noch mehr erzählen wollte, aber ich war schon zu Ende mit meiner Geschichte.

»Unser Dorftrottel hieß Olik«, erinnerte sich Barris. »Ich heiße auch Olik.«

Wir saßen nach dem Essen noch eine Weile zusammen, dann schaute Christ auf seine Uhr und erhob sich. »Vielen Dank für Ihre Gastfreundschaft, Frau Barris.«

»Sie wollen schon gehen?«

Er sagte, er hätte bis morgen dienstfrei und die Absicht, nach Potsdam zu fahren. Da wäre er schon lange nicht mehr gewesen. »Früher hatten meine Eltern ein Haus am Heiligen See – herrliche Zeiten für uns Kinder. Ich möchte es wiedersehn. Wollen Sie nicht mitkommen?«

»Mechten schon –« sagte Barris, aber er mußte leider einen Artikel schreiben, und Hanna war mit ihrer Mutter verabredet.

»Aber wir haben Zeit, nicht wahr, Luise?« beschloß Jolande, »wir kommen gerne mit nach Potsdam und nach Sanssouci.« Ich zupfte hemmend an ihr und zischelte: »Er will uns doch gar nicht.«

Jola zu Christ: »Wollen Sie uns wirklich nicht mitnehmen?«

Nein, er wollte nicht, man sah es seiner gequälten Miene an, erinnerte sich jedoch rechtzeitig an die Barrissche Gastfreundschaft, an das zu kurze nächtliche Sofa für seine zu langen Beine, an das Mittagessen und entschloß sich zu resignieren. »Na gut«, sagte er.

Hanna war die zielstrebige Aufdringlichkeit ihrer Tochter peinlich, mir auch, sie sah sich hilfesuchend nach Barris um. Der biß grinsend auf seinen Pfeifenstiel, anstatt Christ zu Hilfe zu kommen. Die Vorstellung, der *homme à femmes* mit zwei Gören im Park von Sanssouci, erheiterte ihn ungemein. »Aber ich muß erst noch meine Mutter anrufen, ob ich darf«, fiel mir ein.

Sanssouci.

Gewimmel von Ausgehuniformen. Schulklassen, schwatzend durch hohe Alleen trabend. Krampfadrige Einsamkeit mit schlenkernder Handtasche. Wurststullenkauen auf einer Steinbank. Erstes Stolpern an Muttis Hand mit tiefhängendem Windelpaket. Heiter verrenktes marmornes Rokoko. Windrauschen in Laubkronen um weite frischgemähte Wiesen. Und überall Liebespaare Hand in Hand. Wer verliebt ist, fährt nach Sanssouci.

Jolande ist in Kaspar Christ verliebt.

Hätte ich bloß nicht heute früh die neuen Schuhe von Leiser angezogen. Vorne drücken sie, und am Hacken brennen Blasen. Ich bleibe immer mehr zurück. Wenigstens Jolande könnte sich einmal nach meinen lauten »Auas« umgucken.

Aber sie will mich nicht hören. Sie schwatzt unermüdlich am unwillig schweigenden Christ empor auf dem Wege zum chinesischen Teehaus. Hat noch die historische Mühle auf dem Programm und die Gräber vom Lieblingspferd des Alten Fritz und seinen Windspielen. Eins davon hieß Biche, glaube ich. Am Fontänenbassin unterhalb der Schloßterrasse muß er sich auf den Marmorrand hocken, damit Jola ihn mit ihrer Agfabox knipsen kann. Es laufen ihr ständig Soldaten mit geblümten Mädchen vors Objektiv. Inzwischen sprüht die Fontäne seinen langen, gebeugten Rücken naß. Sein Fotografierlächeln ist längst erstorben. Es ist nur noch blanke, ungeduldige Mißstimmung auf seinem Gesicht: Nu knips schon endlich!

»Jetzt!« sagt Jolande. Erleichtert steht er auf.

»Eigentlich wollte ich nicht nach Sanssouci, sondern an den Heiligen See«, erinnert er sich.

»Kommen wir schon noch hin«, verspricht ihm Jolande. »Aber vorher müssen wir zu Rabien. Da gibt's den besten Kuchen von ganz Potsdam!«

»Ich will keinen Kuchen«, sagt er.

»Ich will auch keinen«, sage ich, um ihm zu gefallen.

»Luise und ich wollen keinen Kuchen«, sagt er beim Weitergehen und legt dankbar die Hand auf meine Schulter. Darunter juckt mich ein Mückenstich, aber ich wage nicht, ihn zu kratzen aus Angst, er könnte seine Hand fortnehmen. Ich bin ja auch in ihn verschossen.

Natürlich gehen wir zu Rabien. Wenn Jola sich etwas in den Kopf setzt, erreicht sie es auch.

Und da wir nun einmal dort eingekehrt waren, suchte ich mir eine Napoleonschnitte, ein Stück Kirschtorte und einen Liebesknochen am Buffet aus.

Kaspar Christ bestellte sich einen Kaffee und einen Cognac. Verbittert unsere Freßlust betrachtend, kippte er aus Versehen seinen Kaffee statt dem Cognac in einem Zug und verbrannte sich den Schlund. Wir haben auch noch gelacht.

Ältere Damen mit Schleierhütchen suchten vom Nebentisch seinen Blick, um mit ihm gemeinsam über den Appetit seiner reizenden kleinen Begleiterinnen zu lächeln. Er stierte aggressiv zurück.

Dann betrat eine hochgewachsene Blondine die Konditorei und wählte Kuchenstücke zum Mitnehmen aus. Während sie eingepackt wurden, schaute sie flüchtig um sich und begegnete Kaspar Christs intensivem Interesse. Einen Atemzug lang sprangen Funken über, dann nahm sie ihr Kuchenpaket in Empfang, zahlte und verließ mit einem kurzen, bedauernden Lächeln in seine Richtung die Konditorei, schritt leichtfüßig und hochbeinig aus seinem Leben – und nur, weil er uns Gören am Hals hatte.

Die Lust auf einen Besuch des ehemaligen elterlichen Hauses am Heiligen See war ihm vergangen. Er fuhr uns direkt und stumm in den Grunewald zurück, setzte uns vor Barris' Haustür ab, bestellte Grüße und fuhr sofort weiter, ohne sich noch einmal umzusehen.

»Ich glaube, der hat uns satt«, sagte ich und sah Jolande an. »Du hast noch einen Schokoladenbart.«

Sie spuckte in ihr Taschentuch und wischte ihn ab. »Weg?«

»Ja«, sagte ich, und sie, ihre gekränkte, abgeblitzte Weiblichkeit aufrichtend: »Im Grunde bin ich sogar froh, daß ich für ihn noch zu jung bin. Ich müßte mich ja sonst vor ihm in acht nehmen. Wo er doch ein Ommafamm ist! Außerdem heirate ich sowieso nur einen blonden Mann.« Und damit kippte sie ihre erste Verliebtheit in den Müll wertlos gewordener Gefühle. Nun ja, sie hatte auch nicht seine Hand auf ihrer Schulter gespürt, so wie ich. Es war die erste männliche Berührung, die mir durch und durch gegangen war.

»Was machst du heute abend?« fragte sie mich beim Abschied.

»Schreiben«, sagte ich.

»Worüber?«

»Weiß ich noch nicht.«

»Das weißt du nicht?« wunderte sie sich. »Wie soll was Vernünftiges draus werden, wenn du nicht weißt, was du schreiben willst?«

»Es wird ja auch nichts Vernünftiges draus«, sagte ich. Natürlich wußte ich, worüber ich schreiben wollte: eine Geschichte über den Ommafamm.

Namen für meine Helden suchte ich mir aus dem Stammbuch oder von Kalenderblättern. Ich entschied mich an diesem Abend für den 13. November, den Namenstag des heiligen Stanislaus.

Stanislaus klang nach blanken Operettenstiefeln und schwarzen Haaren.

»Stanislaus war der Sohn von Seppl Schwertkauf aus Tirol. Von ihm hatte er die Bräune und das wilde Blut. Von der Mutter einer geborenen von Voss aus Potsdam hatte er die hohe Figur und das Vornehme. Durch Umstände nach Tirol verschlagen wuchs er als Bergbauernbub auf.«

Tirol und Bergbauernbub gefielen mir plötzlich nicht mehr. Ich riß die Seite heraus und versuchte einen neuen Anfang, ohne langes Aufhalten mit Familienverhältnissen:

»Stanislaus war ein großer schöner dunkler Mann. Er hatte Arzt studiert und kümmerte sich um die armen Irren. Außerdem mochte er die Frauen, eine nach der anderen. Aber eines Tages hatte er Urlaub und besuchte Freunde im Grunewald. Wie er bei denen in der Badewanne saß kamen zwei Mädchen herein. Weil er nicht abgeschlossen hatte. Eins von den Mädchen war Luise. Sie war keine Schönheit aber grundanständig. Wie sie Stanislaus ansah mit ihren guten großen Augen ging eine Wandlung in ihm vor. Er spürte es deutlich in sich. Das war kein Mädchen wie die anderen. An diesem Tage vergaß er für alle Zeiten, daß er ein Ommafamm war und legte seine Hand auf Luises Schulter.«

Ein Handlungsstillstand trat ein. Bei der Überlegung, wie es nun mit Stanislaus und Luise weitergehen sollte, fiel mein sinnender Blick auf den Stundenplan auf meinem Schreibtisch. Heiliges Kanonenrohr: Morgen in der zweiten Stunde schrieben wir Geschichte, und ich hatte noch nichts dafür gelernt!

Das Kalikoheft mit dem schönen Stanislaus zischte wie ein Geschoß in sein Versteck unterm Schrank zurück.

Den Rest des Abends widmete ich den alten Griechen.

Ach, Stanislaus! Nie kamst du dazu, die Hand von Luisens Schulter zu nehmen . . .

Die Geschichte vom Ommafamm blieb ein Fragment, zu dem mir auch später nichts Passendes mehr einfiel. Vielleicht hatte ich wirklich nicht mehr als den Augenblick, da er die Hand auf meine Schulter legte, festhalten wollen – für ihn eine Geste ohne Bedeutung, für mich eine erste weibliche Erschütterung.

Ein Schmetterling in Zement gegossen.

Daß ich ihm in diesem Leben noch öfter begegnen sollte, ahnte ich damals nicht.

9

Eine Schwester meines Vaters starb. Leider nicht die giftige Ida aus Hannover. Spät hatte sich ein pensionierter Lateinprofessor ihrer erbarmt, der dringend eine Dame für seine Restpflege benötigte. In der Familie wurde gemunkelt, daß Ida ihm ihre fünfzigjährige Jungfernschaft in die Ehe mitgebracht hätte, ein Zustand, an dem der Professor nicht mehr zu rütteln wagte. Immerhin machte er sie zur Frau Professor, und das stieg ihr zu Kopfe.

Es starb nicht die Ida, sondern die Marie in Zürich. Immer die Guten putzt es zuerst weg.

Meine Eltern mußten zur Beerdigung und Testamentseröffnung hinreisen, ich durfte indessen mit meinen Betten zu Barris ziehen. Zusammen schlafen, das hatten wir Mädchen uns schon lange gewünscht. In Jolas Zimmer wurde ein Ziehharmonikabett für mich aufgestellt. Wir schwatzten die halbe Nacht, es war ja niemand da, der uns daran gehindert hätte. Barris gingen meistens abends aus und kamen selten vor Mitternacht heim.

Einmal, als ich nicht schlafen konnte, erlebte ich ihre Rückkehr mit.

Barris hatte eine schwere Zunge und gähnte wie ein Raubtier.

Hanna sagte zu ihm: »Benita steht an der Tür, sie muß noch mal runter.«

Und er: »Ojes, Benitachen, tu mir das nicht an! Jeh zum Oleander!«

»Auf dem Balkon macht sie nicht.«

»Also ich an ihrer Stelle wirde!«

»Ja du, Barris' Benita ist ein anständiges Mädchen.«

Ich hörte ihn fluchen und stöhnen. »Sollte ich je zu Jeld kommen, kriegt der Hund einen Diener, der mit ihm pinkeln jeht.«

»Solange kann er nicht warten«, sagte Hanna.

»Ich kann ja mit ihm gehen«, sagte eine fremde Frauenstimme. Sie hatten also Besuch mitgebracht.

Barris wehrte ab: »Du bleibst, Ruthchen. Benita, komm!«

Die Tür des Schrankes quietschte, in dem Hanna die Gästebetten aufbewahrte.

»Ich mache euch Umstände!«

»Red nicht, wir freuen uns, daß du da bist.«

»Zu Hause wäre ich verrückt geworden vor Sorge.« Die Frau, die Ruth hieß, fing an zu weinen. »Wenn ich bloß wüßte, wo sie ihn hingebracht haben!«

»Barris ruft morgen früh in Tegel und Moabit an, da kennt er die Pfarrer, und am Alex hat er auch einen Informanten.«

»Rudi hat nicht mal einen Mantel mit!« schluchzte die Frau.

»Bestimmt braucht er keinen«, tröstete Hanna. »Sie werden ihn verhören und feststellen, daß alles ein Irrtum war. Morgen ist er wieder da.«

»Ich glaube nicht dran.« Ruths Stimme klang ohne Hoffnung. »Wenn ich bloß wüßte, wer ihn angezeigt hat.«

Eine Tür ging zu, nun war es still. Ich lag noch eine Weile wach und dachte über dieses Gespräch nach.

Am nächsten Morgen schliefen die Erwachsenen noch, als wir in der Küche standen, Milch aus der Bolleflasche tranken und schiefe Scheiben vom Kümmelbrot säbelten.

»Kennst du eine Ruth?«

»Ruthruthruth?« überlegte Jola. »Wieso?«

»Sie haben heute nacht eine mitgebracht, die hat geheult. Irgend jemand hat ihren Rudi abgeholt, und nun weiß sie nicht, wo er ist.«

Jola war plötzlich sehr ärgerlich: »Seit wann lauschst du?«

»Ich habe nicht gelauscht, Ehrenwort! Sie haben so laut gesprochen. Sollte ich mir die Ohren zuhalten?«

Nein, das war zuviel verlangt, sah auch Jola ein.

»Warum haben sie den wohl abgeholt?« fragte ich. »Und wer? Ist es politisch?«

Jola zog die Schultern hoch vor lauter Abwehr. »Keine Ahnung. Ich will es auch lieber gar nicht wissen. Und du redest mit niemand drüber, versprich mir das – beim Leben deiner Mutter.«

Wenn sie mir einen so starken Schwur abverlangte, wußte sie vielleicht doch mehr, als sie zugeben wollte.

Als wir aus der Schule kamen, war diese Ruth nicht mehr da, auch Barris nicht. Hanna hockte rauchend vor ihrer Staffelei und malte einen toten Pekinesen nach einer Fotografie, das heißt auf der Fotografie hatte er noch gelebt, mit Schleifchen im Haar. Wir fanden ihn süß. Aber Hanna litt darunter, solche Aufträge annehmen zu müssen, um Geld zu verdienen. Geld war knapp bei Barris, das hatte ich schon gemerkt.

Am nächsten Tag, einem Sonntag, holte uns Jolas Vater ab, um mit uns nach Wannsee zu den Großeltern zu fahren.

Zum erstenmal betrat ich das Haus am Großen Wannsee, das Jolandes Großeltern gehörte: eine hohe Turmvilla mit einem Eingangsportal, würdig einer nationalen Gedenkstätte.

Die Wohnhalle war dunkel getäfelt mit Deckengemälden und Butzenscheiben. Hier hätten sich unsere ehemaligen Rittermöbel bestimmt wohl gefühlt. Auf den schweren Tischen lagen Teppiche. (Wieso Teppich auf dem Tisch? Das verstand ich nicht.) Es war alles sehr ernst, auch die lederbezogenen steifen Stühle und die Ölgemälde in ihren geschnitzten Goldrahmen. Der einzig freundliche Raum im Erdgeschoß war das Gartenzimmer, in dem wir endlich zum Kaffeetrinken kamen, nachdem wir dabei auf der Terrasse eingeregnet waren.

Außer den Großeltern waren Jolas Tante Henny und ihr Mann Heinrich Bode zu Besuch. Er trug ein Monokel im feisten Gesicht, das ich im Laufe der Jahre noch hassen sollte. Immer wenn er betrunken war, fiel ihm die Scherbe aus dem Auge. Dann mußten wir Mädchen im Dunkeln die Straße nach ihr absuchen. Sobald es unter der Fußsohle knirschte, hatten wir sie gefunden.

Zwischen Großmutter Genthin, ihrer Tochter Henny und Jola bestand große Familienähnlichkeit. Alle drei hatten dasselbe feine Profil und diese ein wenig fade Blässe, die kaum Sonnenbräune annahm.

Da uns die Gespräche der Erwachsenen nicht interessierten, starrten wir Mädchen auf Großvater Genthin. Er stippte seinen Streuselkuchen in Milchkaffee ein, danach war dieser schön sämig. Den durchweichten Teig schlabberte er in seinen leeren Mund, ich konnte gar nicht wegschauen.

Dabei hatte er ein neues Gebiß, das trug er in einem Etui in der Tasche seiner Hausjoppe.

»Na, hab ich dir zuviel versprochen?« fragte mich Jola, als wir vom Kaffeetisch aufstehen durften. In ihrem Turmzimmer im zweiten Stock schauten wir aus dem Fenster auf den aufgewühlten, graphitgrauen See, von dem das Gewitter alle Boote verscheucht hatte.

»Was machen wir nun? Wollen wir Geschichten erfinden oder lieber ›Mensch ärgere dich nicht‹ spielen?«

»Geschichten erfinden«, sagte ich und sie: »Du fängst an.«

»Also, es war einmal ein alter General, der hieß Wutsiwitsch.

Er war sehr reich, aber so geizig, daß er nicht mal sein Gebiß benutzte und alles Eßbare in Milchkaffee einstippte, selbst Rinderbraten. Eines Tages waren Räuber in seinem Haus. Aus Angst, sie könnten ihn beklauen, schluckte er seine Geldscheine. Weil er aber keinen Milchkaffee zum Nachspülen hatte, mußte er daran ersticken.«

»Jetzt ich«, sagte Jola und spann die Geschichte weiter: »Wie der General Wutsiwitsch tot war, kamen seine Erben, um zu erben. Sie fanden aber kein Geld und auch nicht seine Edelsteine, nur sein Gebiß. Vor lauter Zorn warfen sie es auf die Straße.«

Sie sah mich an: »Du bist dran.«

»Da kam ein kleines Mädchen vorbei und hob es auf. Das Mädchen wohnte mit seiner Mutter und seiner Oma und seinen sieben Brüdern in einem feuchten Keller. ›Wenn man dich schon betteln schickt‹, höhnten die Brüder. ›Statt was zum Beißen, bringst du ein Gebiß nach Haus, das nicht mal der Oma paßt . . .!‹«

Nichts zum Beißen, dafür ein Gebiß – fand Jolande gut.

»Der älteste Bruder war gewalttätig«, fuhr sie fort. »Er mußte immer alles kaputtmachen. Mit einem Hammer zertrümmerte er das Gebiß, und siehe, aus den kaputten Zähnen kollerten die Edelsteine des Generals. Auf dieses Versteck waren die Erben nicht gekommen. Nun hatte alle Not ein Ende, und das kleine Mädchen mußte nie mehr betteln gehen.«

»Ist noch nicht gesagt«, überlegte ich. »So wie ich mir die Brüder vorstelle, haben sie bestimmt in kurzer Zeit das ganze Vermögen vermacht.«

»Aber so endet kein Märchen, Luise.«

Da hatte sie nun wieder recht.

Wir sahen einen Sterndampfer vom Bahnhof Wannsee kommend über den See nach Heckeshorn fahren. Über Kladow zog das Gewitter ab.

Unten im Haus wurde eine Terrassentür geöffnet. Großmutter Genthin und ihre Tochter Henny traten heraus: »Hach, diese herrliche Luft nach dem Gewitter! Riech doch mal, Hennylein.«

»Papa baut doch mächtig ab«, sagte Henny. »Das ist mir heute so richtig aufgefallen.«

»Das Ärgste ist sein Mißtrauen«, klagte Großmutter. »Hat er heute früh tatsächlich behauptet, Frau Schult stiehlt ihm seine Leibwäsche. Karl-Ernst, habe ich gesagt, das ist doch Unsinn. Was soll Frau Schult mit deinen altmodischen Unterbuxen! –

Putzlappen macht sie draus, wußte er. Nun schnüffelt er schon in unseren Haushaltsschränken herum und stänkert egalweg mit Frau Schult. Wenn das so weitergeht, macht sie nicht mehr mit. Nach siebzehn Jahren! Sie ist zwar eine Schwätzerin, aber so eine gute Stütze. Eine Neue hält es nicht drei Tage mit Papa aus.«

»Das ist ja furchtbar«, sagte Henny.

»Und das ist noch nicht das Schlimmste. Gestern war der Klempner da; stellt er sich doch neben ihn und schimpft auf den Führer. Was der mit den Juden macht!«

»Guter Gott, Mutter, er bringt euch noch an den Galgen! Nimm bloß den Liebermann ab«, flehte Henny, »nimm ihn ab, Mutter!«

»Aber es ist so ein gutes Porträt von Papa!«

»Dann übermal wenigstens die Signatur!«

»Meinst du?«

»Unbedingt!!«

»Wer ist Liebermann«, fragte ich Jola.

»Ein Maler. Er hat hier am Wannsee gewohnt. Er war Jude.«

Großmutter sagte: »Ich schneide dir noch Flieder, Hennylein. Der gefüllte ist in diesem Jahr besonders schön.«

»Ich möchte auch welchen.« Jola schloß das Fenster. »Komm!«

Wir rannten die Treppen hinunter, über die Terrasse in den tief abfallenden Garten, wo Großmutter gerade den Regen aus den Büschen schüttelte, bevor sie Zweige mit starken dunkellila und lavendelblauen Dolden schnitt.

»Darf ich auch welchen haben, Omi?« fragte Jola.

»Natürlich, Schätzchen, aber nimm vom japanischen.«

»Nie kriege ich gefüllten«, ärgerte sich Jola, »weil sie weiß, daß er für Mami bestimmt ist.«

»Mag deine Omi sie nicht?«

»Du stellst vielleicht Fragen, wo sie doch meinen Vater unglücklich gemacht hat! Und dann der gesellschaftliche Skandal!«

»'tschuldige, daran hab ich nicht gedacht. Ich hab mir ne Scheidung noch nie so richtig vorgestellt, ich kenne auch keinen sonst, der geschieden ist.«

Die Sonne schob sich durch die Wolken und streckte einen ihrer Strahlen bis zum Genthinschen Steg aus.

»Wollen wir runterlaufen?« fragte Jola. »Vielleicht sind Wasserratten da.«

Wir hatten Glück, es huschte wirklich eine über den hellen, gerippten Sandboden des Sees.

»Oma und Opa fragen nie nach Mami. Wenn ich mal aus Versehen von ihr und Barris erzähle, kriegen sie einen strengen Mund. Nur Frau Schult läßt Mami immer grüßen, wenn's keiner hört, und packt mir Kuchen ein und Knochen für Benita. Frau Schult versteht viel von der Liebe anderer.«

»War das schlimm für dich, wie deine Eltern sich haben scheiden lassen?«

»Ja, erst ziemlich schlimm«, sagte Jola, »aber dann nicht mehr so sehr. Ich konnte ja meinen Vater weiter sehen und kriegte Barris und Benita dazu. Die Großeltern wollten natürlich, daß ich bei ihnen wohne, aber Vati hat gesagt, ein kleines Mädchen braucht seine Mutter. Aber wenn ich eines Tages lieber bei Vati sein möchte, muß Mami mich freigeben. Es ist alles meine Entscheidung.«

Ich war tief beeindruckt. »Hat dein Vater wirklich gesagt, du kannst selbst entscheiden?«

»Ja.«

»Und würdest du das tun?«

»Am liebsten würde ich mit Mami, Vati, Barris und Benita hier am See wohnen. Aber das geht ja leider nicht.«

Herr Genthin rief: »Jolande! Luise! Wo steckt ihr? Wir fahren jetzt!«

Jola drückte mir den japanischen Flieder in die Hand, weil er ihr zu naß war. Mir auch.

Wir rannten die Serpentinenwege hinauf, um das Haus herum zur Einfahrt, wo Genthins neues Horch-Kabriolett parkte – silbergrau mit rotem Lederpolster, es roch wie frische Schulmappe. Frau Schult hatte zwei Päckchen auf den Rücksitz gelegt, bevor sie ins Kino gegangen war.

In solchem Wagen schauten uns die Jungen nach, als ob wir plötzlich andere Mädchen wären – älter und schöner.

Kleider machen eben Leute. Und Autos wie der Horch machten aus seinen Insassen etwas Beneidenswertes. Darum wollte Jola auch nicht aussteigen, als der Wagen vor ihrem Haus in der Teplitzer Straße hielt. Sie schaute aus dem Fenster, ob nicht wenigstens eine Klatschbase die Gardine wackeln ließ oder sich über ihre geilen Balkonstiefmütterchen beugte. Es genügte ja eine – dann wußten es alle im Haus, was Jolas Vater für einen tollen neuen Wagen hatte.

»Hup mal«, bat sie.

Er tat ihr den Gefallen.

Da endlich guckte Herr Noske aus dem dritten Stock. Befriedigt küßte sie Achim Genthin auf die Wange und stieg aus. Er schenkte ihr noch fünf Mark.

»Tu sie in deine Sparbüchse.«

Wir zogen uns am Geländer in den fünften Stock hinauf, bummerten mit den Hacken gegen die Tür – die Klingel funktionierte ja immer noch nicht.

Es dauerte eine Weile, bis Barris öffnete. »Ach, ihr schon?« sagte er freundlich abgelenkt und wollte wieder in sein Zimmer, aber Jola hielt ihn mit Fragen zurück.

»Mami nicht da?«

»Nein.«

»Magst du Kuchen? Schön klietschigen?«

»Später.«

»Hast du Besuch?«

»Ja, Jollichen.«

»Wer ist denn da?«

»Onkel Steinberg. Möchtest du ihn bejrießen?«

»Nein, danke, lieber nicht«, sagte Jolande und ging mißgestimmt vor mir her in die Küche. Stellte den Flieder in einen Eimer im Ausguß, ließ Wasser hineinlaufen, sprach kein Wort.

Nahm eine Himbeerbrause mit auf den Dachbalkon. Wir legten uns in die wackligen Liegestühle. Sie öffnete die Flasche, die warme Brause sprudelte ihr übers Gesicht, während sie den Flaschenhals an den Mund setzte. »Ach, Mist«, sagte sie plötzlich und gab die Flasche an mich weiter. »Ich hab ihn ja mal richtig gern gehabt, wie ich noch klein war.«

»Wen?«

»Na, Onkel Steinberg. Er war auch immer nett zu mir – seine Frau war meine Patentante, nu ist sie tot. Er –« sie sah mich warnend an. »Was ich dir jetzt erzähle, mußt du für dich behalten. Schwöre! Schwör beim Leben deiner Mutter!«

Ach, wie oft mußte ich bei ihrem Leben schwören!

»Also – mein Großvater, du kennst ihn ja nun, hatte mal eine Privatbank. Mit der ging irgendwas furchtbar schief – irgendwas mit Speku-Spe-Spekulatius oder so ähnlich – mein Opa dachte schon, er müßte sich erschießen. Da hat ihm Onkel Steinberg aus der Patsche geholfen. Er hat seine Bank aufgekauft und ihn als Direktor behalten. Onkel Steinberg war ja auch Bankier und Mäzen.«

»Was macht denn so einer?« erkundigte ich mich.

»Er tut viel Geld in Maler und solche stecken. Als Barris nach Berlin kam und über Kunst schreiben wollte, hat ihn Onkel Steinberg mit allen wichtigen Leuten zusammengebracht, damit er Beziehungen kriegte. Er ist aber auch schuld, daß Mami Barris kennengelernt hat.«

»In eurer Familie passiert schon eine Menge«, stellte ich neidisch fest. »Bei uns passiert nie was Aufregendes.«

»Sei froh«, sagte Jolande und biß einen Nietnagel von ihrem Zeigefinger ab.

In der fundierten Bürgerlichkeit meiner Eltern gab es keine Skandale, Zweifel, Emotionen. Bei uns zu Hause gab es höchstens Krisen, wenn meine Mutter alle Jahre einmal die Wohnung total umräumte, wenn meines Vaters Bett plötzlich da stand, wo vorher das Buffet gewesen war. Mein Vater haßte Veränderungen. Meine Mutter wäre nie auf die Idee gekommen, innerhalb der Familie welche vorzunehmen. O nein, niemals. Sie stellte bloß Möbel um, denn irgendeine Abwechslung um sich herum brauchte schließlich auch sie.

Wir hörten die Haustür klappen.

»Gottseidank, jetzt ist er weg«, atmete Jola erleichtert auf. »Hoffentlich sieht ihn keiner im Haus, sonst heißt es wieder, bei Barris verkehren Juden.«

Über uns hing die lavendelblaue Dämmerung zwischen den Kiefernwipfeln. Erste Sterne flimmerten auf.

Dann wurde es rasch dunkel und kühl. Wir ließen die halbgeleerte Brauseflasche zwischen den Liegestühlen stehen und gingen in Barris' Arbeitszimmer.

Hanna war gerade heimgekommen. Noch im Mantel hatte sie ein gerahmtes Aquarell aufgenommen, das auf dem Schreibtisch lag, und betrachtete es verzückt: »Mein Gott, Barris, wo hast du diesen herrlichen Klee her?«

Wir schauten uns nun auch das Bild an – sahen lauter schwarze Krakel und Pünktchen und Striche auf einem farbig verschwimmenden Hintergrund. Nun begriff ich, warum Jola unser »Schloß Heidelberg im Abendsonnenschein« so gut gefallen hatte. Das hier war doch keine Malerei. Aber Hanna betrachtete sie so andächtig wie – na, zum Beispiel Dürers Hände.

»Wo hast du das her?« fragte sie noch einmal.

»Steinberg war hier. Er hat es mitjebracht. Es ist das letzte Bild aus seiner Sammlung«, sagte Barris, seine Pfeife stopfend.

»Ach, tut mir das leid, daß ich ihn verpaßt habe«, bedauerte Hanna. »Wie geht's ihm denn?«

»Er sah immer aus wie ein aus dem Nest jefallenes Vegelchen. Heute hatte ich den Eindruck, sein Kerper pariert seinem Wunsch, unscheinbar zu sein«, sagte Barris.

»Worüber habt ihr euch unterhalten?«

»Ieber die letzte Nummer vom ›Kunstspiegel‹, die wejen meinem Artikel von der Münchner Kunstausstellung einjezogen worden ist. Wegen meiner Kritik an Kunstformen, die der Verherrlichung der Bewejung und der Sippe dienen.«

»Liebling, das weiß ich doch alles«, erinnerte ihn Hanna.

»Aber Steinberg wußte es nicht. Und weißt, was er dazu jesagt hat? ›Lieber, junger Freund, warum errejen Sie sich so sehr? Jede Diktatur wählt sich die ihr jenehme Kunstform als Ausdruck ihrer selbst. Was sollten wohl die augenblicklichen Herrn mit einem Heckel, Klee, Grosz oder Beckmann anfangen? Solche Malerei ist morbide und dekadent in ihren Augen. Ihre Weltanschauung verlangt nach heroischem, Staat und Sippe verherrlichendem Naturalismus.‹«

Hanna sagte nach einer Weile: »Früher war Steinberg ironischer . . .«

»Eijentlich tangiert ihn nichts mehr. Seine Kinder weiß er sicher in New York und Paris – er akzeptiert das Schicksal ohne Ausweg, das ihn hier erwartet. Er sagt, er wäre ein alter Kater, der an seiner langjewohnten Umgebung hängt, auch wenn er dieselbe rassisch verunreinigt. Seine Worte. Er hat hier fast siebzig Jahre jelebt, seine Hedi liegt auf dem Friedhof in Wannsee. Wie könnte er nach so einem schönen, erfillten Leben die Flucht in die Fremde antreten? Er eignet sich nicht zum Emijranten, sagt er. Steinberg liebt dieses Land. Er hat sich entschieden. Im Jrunde fiehlt er viel patriotischer als manche Nazis.«

»Ach, das ist alles so traurig«, sagte Hanna.

»Mittwoch kommt er zum Essen zu uns. Wenn du ihm eine Freude machen willst, dann koche ihm eine Linsensuppe.«

Ich spürte, wie Jola zusammenzuckte: Onkel Steinberg schon wieder hier! Und die Leute im Haus? Aber sie sagte nichts.

»Was ist mit dem Bild?« fragte ihre Mutter, den Klee auf den Schreibtisch zurücklegend. »Warum hat er ihn uns gebracht?«

»Ja, das bedrickt mich«, sagte Barris. »Er hat ihn uns jeschenkt. Sogar mit eidesstattlicher Versicherung, daß er uns jehören soll – damit seine Kinder nicht eines Tages darauf Anspruch erheben kennen. Er sagt, Jolande wäre das liebste Patenkind seiner Hedi jewesen –«

»Ich will das Bild nicht«, begehrte Jola auf. »Gib's ihm zurück.«

Barris sah sie an. »Er muß jeniegend Demietijungen einstekken. Willst du ihn auch noch kränken?«

Nein, das wollte sie natürlich nicht. Und im Grunde war ihr ganz miserabel zumute. Warum wanderte Onkel Steinberg nicht aus? Dann könnte sie ihn endlich aus ihrem Gewissen löschen.

Am nächsten Tag kamen meine Eltern aus Zürich zurück.

Jola half mir, Betten und Koffer heimzutragen, Benita begleitete uns, an jedem Baum schnüffelnd.

»Schade, daß du schon wieder nach Hause mußt«, sagte Jola plötzlich. »Ich wünschte, du könntest immer bei uns schlafen. Dann wäre ich abends nicht so allein. Mami und Barris gehen ja ständig weg. Das würden deine Eltern nie tun.«

»Du kannst gerne bei uns schlafen, Jola, immer wenn du allein bist«, schlug ich vor.

»Dann müßte ich jeden Abend bei euch schlafen.« Sie stand ein bißchen verloren da. »Aber ich habe ja noch Benita. Tschüs, Luise – bis morgen . . .«

Ich sah den beiden nach und begriff plötzlich, daß es nicht immer ein Vergnügen war, bei Barris Kind zu sein.

10

Wir spielten Völkerball.

Jola kam zu spät aus dem Umkleideraum. Das Gummiband ihrer Turnhose war gerissen. Sie hatte die Hose mit einer geborgten Sicherheitsnadel zusammengesteckt und reihte sich als letzte in die Aufstellung ein. Wir rissen den Arm in die Höhe und brüllten »Heil Hitler«, was wie »Heila« klang vor ständiger Abnutzung.

Vor uns standen die Mannschaftsführerinnen Inge Schlüter und Ilse Korn. Inge – stramm, blondzöpfig, blauäugig, im Turnen eine Eins, wegen ihres Mundwerks mehr gefürchtet als geliebt. Dennoch bemühten sich gerade die grauen Mäuse in unserer Klasse um ihre Gunst.

Inge Schlüter und Ilse Korn wählten mit kühlen Mienen die Spielerinnen für ihre Mannschaften aus.

Dieses Ausgewähltwerden war minutenlanges Martyrium für die Angetretenen, denn es bedeutete ein sportliches Werturteil. Wer zuerst gewählt wurde, war Elite. Ich gehörte zur Mittelklasse. Wer dann noch in der stark gelichteten Reihe übrigblieb, war Ausschuß, der sich deshalb schämte und sich untereinander nicht die vorletzten Plätze gönnte, um nicht zu den allerletzten zu gehören so wie Jola.

Ich merkte, wie sie Inge Schlüter hypnotisierend in den Blick stierte, der mehrmals überlegend auf ihr geruht hatte, dann weiterwanderte und sich auf die erleichtert aufatmende Ute Müller heftete. Ute trat schon siegesgewiß vor, da rief Inge Jolas Namen.

Das war einer von den Späßen, an denen sich ihr Machtbewußtsein halbtot freuen konnte.

»Bist du verrückt«, zischte Helga Neumann ihrer Freundin Inge zu. »Jola ist schlechter als Ute!«

»Das ist meine Sache!«

»Ich weiß schon, warum du sie ausgewählt hast«, ärgerte sich Helga. »Weil ihr Vater dich in seinem Horch nach Hause gefahren hat. Dir imponiert das Auto!«

Inge trat Helga wütend gegen das Schienbein, weil sie recht hatte.

Unsere Partei spielte zuerst gegen die Sonne. Ich war in meiner Höchstform, schoß zwei Gegnerinnen ab. Dazu sagte Inge Schlüter nichts, aber als es Jolande gelang, Ute Müller, die wie ein Huhn in Not im Gegenfeld herumflatterte, mit dem Ball am Po zu treffen, lobte Inge sie laut.

»Das war schon sehr gut. Du mußt nur schärfer schießen. Sieh mal, sooo!« Sie machte es Jola vor.

Die keuchte selig: »Ich werd's versuchen, Inge!«

Beim Seitenwechsel sprach ich sie einmal an, aber Jola hörte mich nicht; Auge, Ohr und Sinne waren ganz auf Inge Schlüter gerichtet.

Meine beste Freundin übersah mich. Aber das gab's doch nicht! Nach dem Spiel rannte ich als erste in den Umkleideraum, zog mich hastig an und ließ die Schulmappe auf den Boden fallen, um dadurch Jolas Aufmerksamkeit zu erringen. Sie saß mir gegenüber mit Inge Schlüter, streifte die Turnschuhe von ihren Hacken, lachte mit Inge, schaute nicht einmal auf meine Mappe.

Ich ging zum Ausgang, auf ihr ungeduldiges »Nun warte doch!« hoffend. Aber nichts.

Meine beste Freundin vergaß mich, weil unsere Klassenanführerin sich zum erstenmal um sie bemühte.

Am Nachmittag verließ ich nicht die Wohnung, um nahe beim Telefon zu sein, wenn Jola anrief. Aber sie rief nicht an, kam auch nicht vorbei.

Ich war so enttäuscht. Außerdem fühlte ich mich miserabel, hatte Schüttelfrost und Halsschmerzen. Mochte auch nichts zu Abend essen, obgleich frisch ausgelassenes Griebenschmalz auf dem Tisch stand.

»Schreibt ihr morgen eine Arbeit?« forschte meine Mutter.

»Ich hab wirklich Halsschmerzen.«

Darauf schob sie mir einen Löffel tief in den Rachen bis zu der Stelle, wo einem speiübel wird. Ich kehlte widerwillig »Aaa –«, und weil ich dabei schlotterte, mußte ich das Fieberthermometer in die Achselhöhle stecken.

»Achtunddreißig fünf. Du bist ja wirklich krank«, erschrak meine Mutter und stopfte mich ins Bett.

Der Hausarzt tippte auf Mumps.

Im Bett liegend dachte ich an nichts anderes als an Jolas Verrat. Wenn sie wenigstens einmal angerufen hätte –! Sie wußte doch, daß ich krank war.

Meine Temperatur turnte auf der Quecksilbersäule des Fieberthermometers steil herauf und wieder runter. Ich konnte nicht mehr schlucken.

»Ich fürchte, es ist ernster, als ich anfangs vermutet habe«, hörte ich den Arzt zu meiner Mutter sagen. Er kam nun täglich zweimal.

Ich war also ein ernster Fall. Vielleicht würde ich sterben. Schadete Jola gar nichts, wenn ich starb, machte sie sich ein Leben lang Vorwürfe.

Danach verlor ich mich in konfusen, seltsam leuchtenden Phantasien, und alles Denken hörte auf.

Jolandes Tagebuch

5. März 1938

In der letzten Stunde hatten wir Turnen. Völkerball.

Ich habe Ute Müller getroffen. Inge Schlüter hat mich gelobt und war überhaupt wahnsinnig nett zu mir. Luise spielte deshalb die beleidigte Leberwurst. So ein Quatsch. Wir müssen doch nicht ständig zusammenhocken. Sie hat ja auch andere Freundinnen außer mir. Nun habe ich Inge Schlüter als Freundin. Wir sind nach der Schule noch zusammen rumgetrödelt und haben geredet. Sie ist Wimpelträgerin. Schade, daß wir nicht zur selben Jungmädelgruppe gehören.

8. März

Luise fehlt seit drei Tagen. Was die wohl hat. Barris sagt, ich soll sie anrufen. Da habe ich sie angerufen. Ihre Mutter war am Telefon. Sie sagte Luise hätte hohes Fieber, und ich soll sie lieber nicht besuchen. Vielleicht ist es was Ansteckendes.

Nach den Schularbeiten war ich bei Inge Schlüter eingeladen. Sie haben eine große Wohnung in Halensee, ziemlich düster, aber irgendwie vornehm und sehr sauber. Man riecht das Bohnerwachs bei ihnen. Sie haben eine Hitlerbüste in Bronze. Sie hat mir ihr Album mit Zigarettenbildern gezeigt. Schließlich wußten wir uns nichts mehr zu erzählen. Um sechs bin ich nach Hause geradelt.

12. März

Liebes Tagebuch. Luise soll es sehr schlecht gehen. Sie haben nun schon zwei Ärzte, aber keiner weiß so recht, was sie wirklich hat. Es tut mir natürlich wahnsinnig leid. Hoffentlich wird sie wieder gesund. Sie ist ja noch immer meine beste Freundin.

Mit Inge ist es prima, wir sehen uns beinah jeden Nachmittag. Aber mit ihr kann ich nicht so über alles reden wie mit Luise. Wir sind zu verschieden, irgendwie.

Benita ist läufig. Barris stöhnt, nun geht das schon wieder los mit dem Frauenzimmer! Der Lumpi von Noskes heult in der Nacht und frißt nicht mehr. Frau Noske nimmt uns das übel. Als ob wir was dafür könnten, daß Benita läufig ist! Ach, die Mitmenschen sind schon komisch. Sie schieben gerne die Schuld auf andere ab, am liebsten auf uns. Weil wir anders sind als sie. Dabei möchte ich gar nicht anders sein. Ich wäre so gern wie Inge Schlüter. Ganz normal und Wimpelträgerin und im Turnen eine Eins. Sie hat soviel Macht in der Klasse, und nun sind alle nett zu mir, weil ich mit Inge befreundet bin. Morgen fährt uns Vati mit dem Horch in den Zoo. Das wird bestimmt fabelhaft.

Tschüs, Tagebuch, ich muß jetzt zum Heimabend.

20. März

Liebes Tagebuch, Barris hat heute bei Hartwigs angerufen. Er hat Luise ja sehr lieb. Hinterher war er wütend und hat gesagt, das Kind gehört in ein Krankenhaus. Aber ihre Mutter möchte sie zu Hause pflegen.

Mami malt gerade ein Bild für Luise. Wir Mädchen sitzen darauf mit baumelnden Beinen in einem Baum voller Kirschen. Selbst Benita hängen Kirschen um die Ohren. Es ist ein fröhliches Bild.

Liebes Tagebuch. Ich habe Dir noch nicht das Wichtigste erzählt. Heute in der Zehnuhrpause hat mich Inge Schlüter gefragt, ob sie mich mal besuchen könnte. Was sagst Du dazu? Du glaubst nicht, wie neidisch viele aus der Klasse geguckt haben, die Inge schon öfter zu ihrem Geburtstag eingeladen haben, aber sie geht ja nicht zu jedem. Hat sie nicht nötig. Und zu mir will sie von selber kommen. Ich kann das noch gar nicht fassen.

23. März

Oh, Tagebuch, ich muß mir vorstellen, daß Inge gar nicht da war und daß ich alles nur geträumt habe.

Aber Inge ist dagewesen. Auf dem Tisch steht noch ihre Kakaotasse. Und es wird hier nie mehr so sein wie früher.

Mir ist, als ob ich etwas Wichtiges verloren hätte und schon Heimweh danach.

Wenn wenigstens Mami oder Barris da wären, wenigstens einer, mit dem ich reden könnte. Aber sie lassen mich ja immer allein. Ich habe nur Benita, und die hört nicht zu.

Also, um halb vier kam Inge und schimpfte auf die fünf Treppen, wenn sie das gewußt hätte. Ich hatte stundenlang geschrubbt und poliert und aufgeräumt, sogar Blumen habe ich von meinem Taschengeld gekauft und war sehr stolz auf unsere Atelierwohnung.

Inge ging herum und sah sich alles genau an. Mensch, ist das eine polnische Wirtschaft bei euch. Kein Stuhl ist heil. Und die Bilder, die malt meine kleine Schwester besser. So eine Schmierasche hängt ihr euch an die Wände! Das ist doch verbotene Kunst, weißte das nich? Habt ihr kein Führerbild? Doch, sagte ich, aber das ist gerade beim Glaser. Wo ist dann sein leerer Nagel? Da hängt solange was anderes drauf, sagte ich. Sie hat es nicht geglaubt.

Mami und Barris waren sehr nett zu Inge. Dann sind sie fortgegangen. Inge sagte, eine anständige deutsche Frau trägt keine langen Hosen und malt sich nicht die Nägel rot wie deine Mutter. Dein Stiefvater sieht aus wie ein Zigeuner.

Inge war enttäuscht von unserm Zuhause. Sie hatte was Vornehmes erwartet. Ich war ja doof. Warum hab ich sie nicht nach Wannsee eingeladen. Im Horch rausfahren und dann die große Villa. Du mußt mal mit nach Wannsee kommen, sagte ich, es gefällt dir bestimmt da. Direkt am See mit Bootshaus. Wenn es in Wannsee so schön ist, warum lebst du dann hier in dieser Bruchbude? Das wollte Inge nicht in den Kopf.

Es ist bei der Scheidung so ausgemacht worden, sagte ich.

Wenigstens hat Inge der Kuchen von Telschow geschmeckt. Zwei Cremeschnitten und zwei Mohrenköpfe – dann war sie voll. Dann wollte sie nach Hause. Dabei war sie erst eine Dreiviertelstunde bei uns. Ich sagte, ich bringe dich noch mit Benita.

Auf der Treppe ging es dann los. Wie sie ihrem Vater gesagt hätte, daß sie heute zu mir geht, hat er gesagt: Jolande ist doch kein Name für ein Mädchen, sondern für ein Schwein. »Krach um Jolanthe« heißt ein bekanntes Volksstück, in dem es um ein Schwein geht. Ist das nicht komisch? Jolanthe das Schwein, hat Inge immer lauter gerufen, auch auf der Straße. Alle Leute guckten sich um und lachten. Da wurde ich wütend und habe ihr nachgeschrien: Du heißt nicht Jolande und bist trotzdem ein mieses Schwein. Und sie schrie zurück: Das wirst du büßen! Wie ich dann alleine in die Wohnung zurückgekommen bin, habe ich sie nicht mehr mit meinen Augen gesehen, bloß noch mit Inges. Ich sah nicht mehr das Gemütliche, bloß das Schäbige und Ramponierte an den Möbeln und an Barris' Bildern das Verbotene. Die entartete Kunst. Wenn Inge das ihren Eltern erzählt und morgen in der Klasse! Noch nicht in der Neunuhrpause, da muß sie Mathe abschreiben. Aber in der großen Pause werden sie zusammenstehen und flüstern und lachen, und wenn ich dazukomme, werden sie mich so komisch angucken, und ich gehöre nicht mehr zu ihnen, weil Inge ihnen verboten hat, mit mir zu reden. Ach, hätte ich ihr bloß nicht nachgerufen, daß sie ein mieses Schwein ist! Nun muß ich büßen.

Ein Glück, daß Inge nicht weiß, daß bei uns Juden und verbotene Künstler und Antifaschisten verkehren! Wie gut hat es doch Luise. Bei ihr zu Hause hat alles seine Ordnung. Und Luise heißt auch kein Schwein in einem Volksstück, bloß Jolanthe. Und wenn sie jetzt stirbt, habe ich keine Freundin mehr und kann ihr nicht mehr sagen, wie leid es mir tut wegen Inge und daß ich ihr untreu gewesen bin.

Ich kann morgen nicht in die Schule gehen. Ich muß was erfinden, daß ich krank werde.

26. März

Liebes Tagebuch, mir ist es ja so mies ergangen. Es hat mir beinah den Bauch zerrissen. Mami hat den Doktor geholt. Sie dachte, ich hätte die Ruhr. Ich konnte ihr ja nicht sagen, daß ich vier von Barris' Abführpillen geschluckt habe, um nicht in die Schule zu müssen. Aber morgen muß ich wieder hin. Ich fürchte mich so davor!

27. März

Tagebuch. Setz Dich lieber hin, bevor ich Dir erzähle, wie es in der Schule war. Inge hat natürlich allen Mädchen von ihrem Besuch bei uns erzählt. Sie haben im Chor Jolanthe das Schwein gerufen. Jolanthe das Schwein. Jolanthe das Schwein.

Erst habe ich mit dem Lineal nach ihnen geschlagen. Da haben sie noch viel lauter gerufen. Das war in der Neunuhrpause. Dann habe ich mit Füßen getreten. Helga Krösel hat geschrien: Schaut mal, sie heult ja gleich!

Ich hab auch geheult vor Wut und das Tintenfaß aus meinem Pult gerissen und nach ihnen geschmissen. Und dann auch noch Luises Tintenfaß. Dann kam unser Biolehrer rein und sah die Bescherung und hat mich nach Hause geschickt. Aber zu Hause war keiner, nicht mal Barris, wo der doch sonst erst gegen Mittag aufsteht. Sie sind nie da, wenn ich sie brauche. Und nun klingelt das Telefon in einem fort, aber ich gehe nicht ran. Das sind bestimmt die Eltern der Mädchen, die neue Kleider von uns für die Tintenkleider ihrer Töchter haben wollen. Wie sollen Barris und Mami das bezahlen? Sie haben doch kein Geld. Ich werde mit Vati sprechen. Er soll mir mein Erbe geben. Damit zahle ich die Kleider und das versaute Linoleum. Aber in diese Schule gehe ich nie wieder ...

Liebes Tagebuch. Ich konnte nicht weiterschreiben, weil Barris nach Hause gekommen ist und gefragt hat, was ist denn mit dir los, Jollichen? Da habe ich ihm alles erzählt. Es tat ihm so furchtbar leid für mich, allein schon wegen seiner verbotenen Bilder, die Inge so empört haben. Aber die Idee mit den Tintenfässern fand er an sich gut.

Trotzdem glaube ich nicht, daß er wirklich begreift, wie schlimm das alles für mich ist. Und Mami auch nicht.

Nachmittags rief der Direktor unserer Schule persönlich bei uns an. Wegen meinem Tintenmassaker ist eine Sonderkonferenz einberufen worden. Einige Lehrer waren dafür, mich von der Schule zu weisen, aber die Mehrzahl soll sich für mich ausgesprochen haben. Schließlich hat die Klasse das arme Kind mit Jolanthe das Schwein bis zur Weißglut gereizt. Ist es da ein Wunder, daß es in seiner Not zu Tintenfässern greift? Soll mein Klassenlehrer gesagt haben. Morgen will er mit den Mädchen sprechen und dafür sorgen, daß sie mich nie mehr wegen meinem Namen hänseln. Morgen soll ich noch zu Hause bleiben, und übermorgen wird alles wieder gut sein. Dafür will er sorgen. Das ist sehr nett von ihm. In seinen Stunden werde ich bestimmt Ruhe haben. Aber was ist in den Stunden bei Lehrern, die mich nicht mögen und vor allem in den Pausen? In den Pausen bleibe ich Jolanthe das Schwein, dafür wird Inge Schlüter sorgen. Und die Klasse traut sich nicht gegen ihren Willen aufzumucksen.

Nein, ich will in diese Klasse nicht zurück. Auch nicht in die Parallelklasse. Da wissen sie doch längst, zu uns kommt Jolanthe das Schwein.

Nein, ich gehe nie mehr zurück.

Am liebsten wäre ich tot. Luise ist es ja auch bald.

Liebes Tagebuch. Jetzt ist Abend. Barris mußte fortgehen, aber Mami ist bei mir geblieben weil ich sie so sehr darum gebeten habe. Sie hat mir Milchreis mit Zimt und Zucker gemacht. An sich ist das mein Lieblingsessen. Aber ich schmecke nur Tinte.

Sie möchte mir so gern helfen. Ach Mami – ich lege meinen Kopf in ihren Schoß, da läutet das Telefon. Sie steht auf und nimmt den Hörer ab und sagt erschrocken ach Gott und ich komme.

Aber Mami, sage ich, du kannst doch jetzt nicht weggehen. Ich brauche dich. Und sie sagt, mein liebes Schätzchen, da ist jemand, der braucht mich im Augenblick noch mehr als du. Und dann hat sie paar Sachen zusammengepackt und hat mich wirklich allein gelassen. Und ich soll das bitte verstehen. Aber ich versteh das nicht. Ich bin doch ihr Kind und brauche genauso Hilfe wie die andern, die sich an Mami und Barris klammern, wenn sie in Not sind. Ich bin auch in Not, Mami.

Was soll nun werden, liebes Tagebuch ... Wenn ich wenigstens noch Luise hätte. Aber die könnte mir auch nicht helfen. Ich will weg von hier – weit weg in ein ganz anderes Leben und in eine andere Schule, wo niemand mich kennt und Jolanthe das Schwein zu mir sagt.

Ich muß jetzt ganz genau überlegen, was ich tun soll.

Jolande faßte einen herzzerreißenden Entschluß.

»Vati«, sagte sie zu Genthin auf dem Rückweg vom sonntäglichen Besuch bei den Großeltern, »ich muß mit dir sprechen. Es ist sehr wichtig.«

»Dann schieß los«, forderte er sie auf, ahnungslos, was auf ihn zukommen würde.

»Du und Mami, ihr habt doch bei eurer Scheidung ausgemacht, daß ich einmal selbst entscheiden darf, bei wem ich leben möchte ...«

»Ja, das stimmt.«

»Und letzte Weihnachten hast du zu Oma gesagt, daß du froh wärst, wenn ich aus Barris' Millieu herauskäme. Damit ich davon nicht beeinflußt werde.«

»Ich wußte nicht, daß du unser Gespräch gehört hast.«

»Aber du hast gesagt, daß du froh wärst, wenn ich zu dir ziehen würde.«

»Natürlich, Kind –«

»Kann ich jetzt gleich zu dir ziehen, Vati?«

Genthin war so erschrocken, daß er beinah auf einen bremsenden Opel auffuhr.

»Das ist eine schwerwiegende Entscheidung, die überlegt sein will. Die kann man nicht von einem Moment zum andern – aus einer Stimmung heraus – hast du Ärger mit Mami und Barris?«

»Nein, überhaupt nicht. Ich habe sie lieb und sie mich auch, ganz bestimmt.«

»Was dann? Was ist vorgefallen?«

»Es ist wegen der Schule und noch was – bitte, frag mich jetzt nicht, ich erzähle dir alles später. Und wenn mich einer zwingt, in diese Schule zurückzugehen, springe ich aus dem Fenster, und das ist mir ernst!«

»Was sagt denn Barris dazu?«

»Ich soll nach Dahlem aufs Lyzeum.«

»Das wäre natürlich eine Lösung«, nickte Genthin erleichtert. »Dann könntest du vorläufig im Grunewald wohnen bleiben ...«

»Ich will aber nicht.«

»Wenn du mir nicht sagst, was vorgefallen ist ...«

»Ich habe mich entschlossen, zu dir zu ziehen, Vati.«

Der Wagen hielt in der Teplitzer Straße.

»Komm bitte mit rauf. Mami und Barris sind bestimmt nicht zu Haus. Und ich kann nicht alles alleine tragen.«

Ihre Stimme klang ruhig. Ihre gefalteten Finger aber zerknöchelten sich beinah. Genthin legte seine Hand darüber.

»Willst du wirklich fort?«

»Ja.«

»Ist es nur wegen der Schule?«

Jola antwortete mit einer Gegenfrage: »Willst du mich nicht haben, Vati?«

»Aber gewiß doch, mein Kind, natürlich – ich meine nur, du solltest deinen Entschluß noch einmal überschlafen. Vielleicht sieht morgen alles ganz anders aus. Vielleicht bereust du es morgen. Weiß es Mami?«

»Nein.«

»Ich wäre natürlich unendlich froh, wenn du dich für mich entscheiden würdest ...« (War er es wirklich, so plötzlich vor die Tatsache gestellt? Er hatte sich inzwischen sein Leben allein arrangiert, das heißt nicht mehr allein. Er hatte Irene, die seit zwei Monaten bei ihm wohnte und bereits eifersüchtig auf die Sonntage war, die er mit seiner Tochter verbrachte. Wie konnte er Jolande in eine Wohnung mitnehmen, in der er mit einem Verhältnis lebte? Das war völlig ausgeschlossen. Wie sollte er Irene von einer Stunde zur anderen klarmachen, daß sie verschwinden mußte? Durfte er mit ihrem Verständnis rechnen? Wohl kaum. Was für eine Situation! Was kam da auf ihn zu!!)

»Wollen wir die Angelegenheit nicht morgen in aller Ruhe mit deiner Mutter besprechen? Wir könnten uns zum Mittagessen treffen.« (Er zückte seinen Terminkalender.) »Um ein Uhr würde es gehen ...«

Jola sah ihn fassungslos an. »Aber Vati, so was kann man doch nicht bereden! Das kann ich nur ganz schnell tun oder nicht.

Glaubst du denn, es fällt mir leicht?« Und nun konnte sie das Weinen nicht mehr zurückhalten.

»Kind, Kind, du willst ja gar nicht von hier fort«, sagte er hilflos.

Es war nur ein kurzer Ausbruch. Jola wischte energisch mit dem Ärmel über ihre Augen und öffnete die Wagentür. »Ich muß es tun.« Und stieg aus. Ging auf das Haus zu, sah sich abwartend nach ihm um: »Kommst du?« Und als er zögerte: »Bitte, komm.«

Genthin stieg hinter ihr her die fünf Treppen zum Atelier herauf. Zum erstenmal betrat er die Barrissche Wohnung mit dem Gefühl, ein Eindringling zu sein. Schaute sich, die kläffende Benita abwehrend, um. Bücher über Bücher, abstrakte Bilder, das Mobiliar dazwischen zusammengestückelt, ramponiert – Hanna hatte ja nie großen Wert auf Äußerlichkeiten gelegt, und eine gute Hausfrau war sie schon gar nicht. Früher hatte sie wenigstens eine Wirtschafterin gehabt.

Da war ein Hauch von ihrem Nelkenparfüm in der Luft. Über einer Sessellehne lag ihre Jacke. Er sah ein, daß es ein Fehler gewesen war, mit heraufzukommen und sich Erinnerungen auszusetzen und der neu erwachten Eifersucht auf diesen trinkfreudigen Kunstkritiker, mit dem sie nun so viel glücklicher war als in all den Jahren mit ihm.

Aus arglosen Bemerkungen seiner Tochter wußte er, daß Barris wegen seiner rüden Kritik am Blut-und-Boden-Naturalismus aus der Reichsschrifttumkammer ausgeschlossen worden war, daß er kaum noch Aufträge erhielt, daß er mit Juden und anderen unerwünschten Personen verkehrte. Nein und noch mal nein, das war keine Umgebung für seine Tochter, und das mochte sie inzwischen selbst erkannt haben.

»Warte hier, ich packe inzwischen«, sagte Jola und ließ ihn in Barris' Arbeitszimmer allein.

Genthin ging zum Schreibtisch und nahm den Telefonhörer auf. Er rief Irene an.

»Tut mir leid, du mußt allein ins Theater gehen.« Ihren Protest schnitt er kurz ab. »Es geht um meine Tochter – eine entscheidende Angelegenheit – völlig überraschende Situation – bitte, sei nicht böse – nein, ich kann dich auch nicht nach der Vorstellung abholen. Nimm dir ein Taxi, Irene – auf Wiedersehn.«

Er hängte ein.

Auf dem Wege zu ihrem Zimmer mußte Jola durch die Küche gehen. Dort stand ihr Abendbrot auf dem Tisch, das heißt, der leere Teller stand noch da. Benita hatte die Brote inzwischen abgeräumt. Am Kakaobecher lehnte ein Zettel: »Mein Schätzchen, wir sind bei Herweghs. Wenn was ist, ruf uns dort an. Die Nummer kennst du ja. Vergiß nicht, noch mal mit Benita runterzugehen. Kuß, Mami.«

Mamimamimami – es war doch viel schlimmer, als Jola es sich vorgestellt hatte.

Es war entsetzlich schwer, sich selbst aus dem liebgehabten Nest zu stoßen.

Aber immer lassen sie mich abends allein. Mami liebt Barris mehr als mich. Wenn ihre Freunde in Not sind, läßt sie meine Not im Stich. Polnische Wirtschaft. Entartete Kunst. Jolanthe das Schwein. Tintenfässer.

Es gab kein Zurück.

Jola raffte in ihrem Zimmer das Wichtigste in zwei Koffer und ein Netz.

Vater und Tochter trugen das Gepackte zum Auto, verstauten es im Kofferraum, gingen mit Benita ums Karree, ohne ein Wort zu wechseln. Es fehlte beiden die Sprache. Jola unterdrückte jedes aufbrennende Gefühl. Verbot sich, nachzudenken.

Das Karree war umrundet. »Warte hier auf mich, Papi, ich bring bloß Benita nach oben. Ich bin gleich wieder da. Meine Bücher und die Wintersachen sollen sie mir nachschicken.«

Genthin erschrak vor der Sachlichkeit, mit der dieses Kind seinen kleinen Besitz zusammengeräumt hatte und ein Zuhause aufgab, in dem es sich noch vor ein paar Tagen wohlgefühlt zu haben schien. Was mochte nur vorgefallen sein? Während er auf der Straße wartete, von Frau Noske durch die Gardine beobachtet, dachte er zum erstenmal als Jurist an die möglichen Folgen dieses Unternehmens – Hanna konnte ihn auf Kindesentführung verklagen. Schließlich hatte sie das Sorgerecht. Nun schön, da gab es den Zusatz im Scheidungsvertrag: Wenn Jolande alt genug ist, soll sie selbst entscheiden, bei welchem Elternteil sie leben möchte ... Aber war sie mit zwölf Jahren alt genug dafür?

Noch konnte er Jolas Gepäck wieder ausladen und nach oben tragen. Aber da war die Genugtuung, daß sie sich gegen ihre Mutter für ihn, ihren Vater, entschieden hatte.

Hanna würde diese Entscheidung akzeptieren.

Sie hatte selbst einmal gesagt: Sobald die Nabelschnur durchschnitten ist, fängt ein Kind an, ein Eigenwesen zu sein. Wir dürfen es lieben, wir haben die Pflicht, dafür zu sorgen, daß es seinen eigenen Weg anständig laufen lernt. Aber wir begehen einen schweren Fehler, wenn wir es als unseren Besitz betrachten, mit dem wir machen können, was wir wollen. Machtansprüche der Eltern haben oft genug die Persönlichkeit ihrer Kinder zerstört – du brauchst nur in der Geschichte nachzulesen, dann findest du genug Beispiele dafür.

So Hanna, damals mit achtzehn Jahren, schwanger. Und vielleicht hatte sie dabei auch an ihre eigene Mutter gedacht. Bestimmt hatte Hanna ihn – Achim Genthin – damals von Herzen gern gehabt, aber ohne den harten Willen ihrer Mutter, diese Tochter schnell und wohlhabend unter die Haube zu bringen, wäre sie wohl lieber noch ein paar Jahre ein junges Mädchen geblieben, mit anderen jungen Mädchen und Männern – lieber durch ein paar Enttäuschungen gereift als diesen frühzeitigen Stillstand in einer wohlfundierten, sorgenfreien Ehe.

Hanna war nicht für geordnete Bürgerlichkeit geschaffen, und ihre Tochter Jolande schien bei zunehmendem kritischen Verstand einzusehen, daß sie nicht ins Barrissche Milieu paßte.

Bei allem, was vorgefallen sein mochte, das war wohl der eigentliche Grund, weshalb sie sich jetzt für ihn entschieden hatte – mutmaßte Genthin.

Jolande brachte Benita in die Wohnung zurück.

Auf Barris' überladenem Schreibtisch fand sie nach längerem Wühlen ein leeres Blatt Papier und einen Bleistiftstummel. Sie schrieb:

»Liebe Mami, lieber Barris.

Ich habe Euch sehr lieb, aber ich kann nicht länger bei Euch bleiben, weil ich ein anderes Mädchen werden möchte, als ich bei Euch sein kann. Es ist so schwer, das auszudrücken. Ein Glück, daß Ihr jetzt nicht hier seid. Denn wenn Ihr da wärt, fiele es mir zu schwer zu gehen. Aber Ihr seid ja immer abends weggegangen. Und nun gehe ich. Mein Vati hat keine Schuld und niemand. Es ist mein eigener Wille. Und es ist ja mal ausgemacht worden, daß ich selber entscheiden kann, bei wem ich leben möchte. Nun möchte ich lieber bei Vati leben. Es ist so bestimmt nicht schöner, aber richtiger für mich. Bitte, bitte seid nicht böse mit mir, aber ich kann nicht anders. Und ich möchte nie mehr Jolande heißen.

Viele Küsse

Eure Jola

P. S.: Mit Benita war ich noch unten.«

Den Brief legte sie auf den Küchentisch.

Dann ging sie noch einmal in ihr Zimmer, ob sie auch nichts Wichtiges vergessen hatte, ach ja, das Bild, das Mami von ihr gemalt hatte, als sie zehn Jahre alt war. Es hing über ihrem Bett und ließ sich leicht abnehmen, weil es keinen Rahmen hatte.

Jolande hinterließ einen nackten Nagel, offene Schranktüren – und Benita.

Das Schlimmste war der Abschied von Benita, weil sie die einzige war, die ihr beim Abschied zusah.

Sie küßte sie auf den Kopf, legte die Hausschlüssel zu ihrem Brief auf den Küchentisch, wehrte die Hündin ab, die ihr folgen wollte, und schlug die Wohnungstür endgültig hinter sich zu.

Sie ging die Treppe hinunter und stieg in den Wagen.

»Wir können jetzt fahren, Vati.«

Genthin wirkte verstörter als seine Tochter. »Weißt du, Liebling, bei mir kannst du schlecht wohnen. Ich bin den ganzen Tag in der Kanzlei, und die Haushälterin kommt nur jeden Tag ein paar Stunden. Es ist niemand da, der sich im Augenblick um dich kümmern könnte. Das Beste ist, ich bringe dich erst mal zu den Großeltern nach Wannsee.«

»Ja, gut«, sagte Jola, »ich hab ja da mein Zimmer.«

Und dann sprach sie kein Wort mehr auf dem Weg nach Wannsee, saß aufrecht neben ihm, das sperrig gefüllte Netz auf ihrem Schoß umklammernd.

Wie kann ein Kind nur so sachlich kühl entscheiden, dachte Genthin voll Unbehagen. Was für ein Kind! Meine Tochter! Was weiß ich denn schon von ihr?

Als er in Nikolassee von der Avus Richtung Wannsee abbog, sah er einmal kurz neben sich, sah im fahlen Licht einer Gaslaterne Jolas Profil, elend und tränenüberströmt.

11

Vier Wochen war ich sehr krank, ohne daß drei Ärzte dahinter kamen, was mir nun wirklich gefehlt hatte. Nur über eins waren sich alle drei einig: Der Abszeß in meinem Hals, an dem ich beinah erstickt wäre, war ein Abszeß im Hals. Ansonsten könnte ich noch einen inneren Scharlach gehabt haben. Nun brauchte ich dringend Luftveränderung.

Da es keine Devisen für Italien gab, reisten wir nach Jugoslawien. In Dubrovnik wohnte Dr. Pavel Marcovich, ein Freund meines Vaters aus gemeinsamen Münchner Studentenzeiten. Mein Vater rief ihn in Dubrovnik einmal an, um Guten Tag zu sagen. Von da an waren wir fest in Onkel Pavels Hand. Mit seiner überströmenden balkanesischen Gastfreundschaft, die uns am Bezahlen und Hotelwohnen hinderte, nahm er meinem Vater die halbe Freude an diesem Urlaub: Wie sollte er das je wiedergutmachen? Er kam sich wie ein Schnorrer vor.

Mir wollte Pavel Marcovich halb Dalmatien schenken. Zur Bescheidenheit erzogen, nahm ich nur einen bemalten Serviettenring an. Das habe ich nachträglich stark bereut.

Ehe sie abends ausgingen, küßte mich meine Mutter, ermahnte mich, schnell zu schlafen, und stellte einen Nachttopf vor mein Bett. Danach drehte sie den Zimmerschlüssel zweimal von außen um. Es war dies die einfachste und Überlegungen sparendste Methode, eine Tochter in der südlichen Fremde zu hüten – dabei: wovor? Vorm Ausreißen? Wohin denn? Ich war brav, wenn auch neugierig. Aber ich lief nicht fort, dazu hatte ich viel zu viel Angst vor der dalmatinischen Nacht.

Das Zimmer, in dem ich mit meiner Mutter wohnte, lag im linken Seitenflügel des Marcovichschen Hauses im ersten Stock, zum Hof hinaus, mit Blick auf einen Mimosenbaum. Bei jedem Aufseufzen des Nachtwindes fiel gelber Blütenschnee auf die Katzen, die unter ihm zusammengeringelt schliefen.

Über mir hörte ich Petars heftige, barfüßige Schritte, Petar, genauso eingesperrt wie ich. Er war ein magerer, schwarzhaariger Junge – geschmeidig schnell und finster, eine Ratte mit glühenden Augen voller Schadenfreude, dreizehn Jahre alt, der Sohn von Pavels Tochter. Petar war zu Besuch aus Kroatien, wo sein Vater auf seinem Landgut »von den Zinsen seiner Schulden«lebte. (Das wußte ich aus Gesprächen der Erwachsenen.)

Petar weigerte sich, deutsch zu verstehen, wenn ich ihn ansprach. Manchmal spuckte er hinter meinem Rücken aus. Ich spuckte zurück und ging auch einmal mit dem Frühstücksmesser auf ihn los, als er mit seinem Katapult kleine Kiesel auf die Katzen im Hof abschoß. Sie türmten aus ihrem Sonnenschlaf laut schimpfend über die Gartenmauer. Das fand er lustig.

Petar war das einzig Böse in diesem herzüberschäumenden, beunruhigend üppigen dalmatinischen Frühling.

Zu Hause war ich ein Neutrum, ein linkisches Ding. Nicht mal die gleichaltrigen Jungen behandelten mich wie ein Mädchen, nicht einmal die pickligen.

Hier war ich über Nacht zu einem beachtenswerten weiblichen Wesen geworden. Wenn ich am Kai vorüberging, auf dem sich hochgewachsene, zerlumpte, schöne, arbeitslose Männer im Weitspucken übten, unterbrachen sie ihre einzige Tagesbeschäftigung und lächelten mir anerkennend zu. Ich ging noch einmal zurück, weil ich es nicht glauben wollte – dieselbe Wirkung.

Onkel Pavel führte mich im Restaurant an einen großen Korb voller Austern. »Such dir aus, welche du haben möchtest, Mädi.« (Er nannte mich Mädi, das fand ich furchtbar!) Ich sollte zwischen groben Muscheln, die alle gleich aussahen, wählen. Das war verrückt – aber auch schön. Man nahm mich hier ernst. Mit jeder Auster, auf die ich tippte, wuchs die unterentwickelte Pflanze Selbstbewußtsein in mir.

Gesetzt den Fall, ich ginge in Berlin in einen Fleischerladen und sagte: »Ach bitte, geben Sie mir dieses Würstchen und das da hinten, und vielleicht noch das vorletzte links . . .« Gesetzt den Fall! So schnell wäre ich noch nie aus einem Fleischerladen geflogen – ohne Würstchen.

Hier in Dalmatien reagierten die Männer galanter. Ich denke nur an den schönen glutäugigen Offizier vom heutigen Vormittag. Von seiner Schulter wehte ein Cape, zwischen den Zähnen trug er eine frisch erblühte Rose. Als wir im offenen Wagen vorüberfuhren, warf er sie uns zu. Kann sein, daß sie meiner hübschen Mutter gegolten hatte oder Onkel Pavels Nichte Sofia. Aber sie landete in *meinem* Schoß!

»Na servus, Luisa«, lachte Sofia, »Kompliment für dir von fesches Offizier.«

»Wenn das so weitergeht, schnappt die Göre noch über«, schimpfte mein Vater.

Eingesperrt im Gästezimmer, hockte ich auf dem Fensterbrett, den breiten Zuwachssaum des Nachthemdes über meine Zehen gezogen. In der Hand die welkende Rose des Offiziers.

Aus den terrassenförmig abfallenden Gärten duftete es süß und schwer. Zikaden schrillten, und Palmwedel wischten im aufbriesenden Wind. Irgendwo in der Ferne turnte eine Flöte durch mehrere Oktaven, durch Dur und Moll in einem Rhythmus wie von Peitschen angetrieben. Die frühe, südliche Nacht war schwarz, aber lebendig – Katzenfauchen – Huschen – Rascheln – Eselsiiiaaa –, und über mir im offenen Fenster hörte ich Petar atmen, genauso schlaflos und unruhig wie ich.

Seine aus dem Fenster baumelnden Beine hämmerten mit den Hacken auf das Glyziniengerank ein. Es regnete Blätter und Blüten. Alles, was er tat, war zerstörerisch.

Unten im Haus öffnete sich eine Tür. Branca, die Köchin, stolperte kichernd in den von einer einzigen, an einem Draht schwingenden Funzel beleuchteten Hof.

Branca trug ihre weiße, nackte Brust wie reife Pfirsiche vor sich her. Ich dachte an Petar über mir, der dasselbe sah, und hatte Magenschmerzen vor Scham.

Aber es kam noch viel schlimmer. Es kam Travnik, der Gärtner, sein Hemd in die Hose stopfend, hinter Branca aus dem Haus. Unter dem Mimosenbaum holte er sie ein und biß in ihren Nakken. Branca lehnte sich rückwärts gegen ihn und gurrte wie eine Taube. Dabei zog sie langsam die Bänder ihrer Bluse über ihrem Busen zu.

Travnik kniff in ihre faltigen Röcke. Branca suchte seine Hand aus ihren Röcken. Hand in Hand liefen sie über den Hof zum kleinen Mauertor, über dem eine Lampe die angrenzende enge Gasse beleuchtete.

Seit Brancas Auftritt hatte ich das Atmen vergessen. In meinem Schoß lagen dunkle Blütenblätter. Ohne es zu merken, zerpflückte ich die Rose des Offiziers.

Sie gingen durch das Mauertor. Meine Neugier, was draußen weiter geschah, war stärker als meine Abneigung gegen Petar, der vom oberen Fenster über die Mauer hinwegsehen konnte.

»Was machen sie jetzt?« fragte ich zu ihm herauf.

Und Petar, vergessend, daß er kein deutsch verstehen wollte, sagte: »Travnik bindet Esel ab und steigt auf.«

»Und Branca?«

»Geht hinterher.«

»Sie geht und er reitet?« wollte mir nicht in den Kopf.

»Freilich.« Petar zog seine Beine aus dem Glyziniengeranke ins Fenster und wollte es von innen schließen.

»He – wart doch mal!« rief ich herauf.

»Mechtst wissen, was war in Kammer?«

»Ja. Weißt du es denn?«

»No, das halt. Schaust nie bei eure Domestiken zu?«

»Bei wem?« fragte ich hilflos.

»Eure Bediener.« Er schleuderte jede Silbe einzeln zu mir herunter.

»Wir haben bloß die Else.« Aber dann fiel mir ein: »Früher hatten wir die Alma. Die hatte einen Schnürsenkelverkäufer in unserer Küche und den Bollemann und einen Korbflechter, und einer drehte ihr Ansichtskarten an.«

»Nur Karten?«

»Wie meinst du das?«

»Was haben sie gemacht?«

Ich überlegte. »Geknutscht.«

»Was ist das?« fragte Petar.

»Na, eben küssen.«

Nachfolgend erhielt ich über Glyzinienranken hinweg meinen ersten Aufklärungsunterricht, und zwar so radikal und anschaulich, daß es mich grauste wie vor mittelalterlichen Folterqualen. (Mann spießt Frau auf!)

»Aber Petar, das tut doch weh!«

»Freilich. Sie stöhnen. Aber sie stöhnen auch, wenn sie saufen bestes Wein von mein Vater. Und tun es immer wieder.«

»Aber das machen bloß Domes-, na eben Personal, nicht wahr?«

Meine Frage verschlug ihm beinah die Sprache. »Mariandjosef! Preußerl, was bist bleed! Ob das nur Domestiken – haha! Was glaubst – wie deine Eltern dich haben gemacht?«

»Mit Liebe!« schrie ich. »Auf anständige Art. Soo nicht!!«

Petar fiel beinah aus dem Fenster vor Lachen. »Alle Preußen sind bleed. Aber du bist Bleedeste von alle.«

Nun war es aber wirklich genug. »Kroaten sind Ferkel!« brüllte ich in die Nacht.

Eine Flut von Schimpfworten – kroatischen vermutlich – stürzte auf mich nieder. Petar knallte das Fenster so heftig zu, daß eine Scheibe splitterte. Ich zog den Kopf ein.

Er wütete noch eine Weile über mir in seinem Zimmer. Dann wurde es still.

Auch kein aufpeitschendes Flötenspiel mehr, kein atonaler Gesang. Kein Eselschreien, kein fauchender Kater. Es war so still, daß man das Meer rauschen hörte.

Ich saß noch lange im Fenster, zog eine Haarsträhne in meinen Mund und biß hinein.

Mit dem Kroaten habe ich kein Wort mehr gesprochen. Wir saßen uns an der langen Tafel im Speisezimmer schräg gegenüber. Manchmal begegneten sich unsere Blicke ganz aus Versehen. Dann schütteten wir uns gegenseitig kübelweise Mist in die Augen.

Meine Mutter beobachtete unseren stinkenden Haß aufeinander. »Ihr habt euch ja nie vertragen, aber was ist denn jetzt auf einmal los?«

»Es ist rein politisch«, versicherte ich ihr.

»Um Gottes willen, Kind, mach keinen Ärger. Wir sind hier schließlich zu Gast!«

Zwei Tage später reisten wir ab.

Petar nahm nicht am Abschied teil – hielt sich aber in der Nähe auf, mit abgewandtem Rücken, um eine neue Steinschleuder auszuprobieren.

Ich wußte schon, weshalb er das machte. Er wollte mir demonstrieren – sobald du fort bist, schieße ich wieder auf Katzen.

Woher wußte er überhaupt, daß ich mich nach ihm umsah?

Als letzte stieg ich in Herrn Marcovichs großen, offenen Wagen und nahm zwischen stachligen Paketen, in denen meinen Mutter Agavensprößlinge und andere südliche Pflanzen für ihren heimatlichen Garten verpackt hatte, auf einem Klappsitz Platz. Diese Ableger (mit Ballen) erschwerten und verdreckten unsere Heimreise ungemein und würden in unserem Klima genausowenig gedeihen wie Alpenrose und Enzian, die wir vor einem Jahr aus Tirol eingeführt hatten.

Branca hatte zudem einen schweren Verpflegungskorb für uns ins Auto gestellt. Irgendwie erinnerte unser Gepäck an das von

Neusiedlern.

Alle Marcovichs umstanden den Wagen – »Kiß die Hand, Gnädigste – Kiß die Hand, Mädi« –, wir mußten versprechen, wiederzukommen. »Aber erst, wenn Sie bei uns zu Gast waren!« verlangte mein Vater in seinem Wiedergutmachungsdrang.

Auf der Fahrt zum Gartentor kamen wir an Petar vorbei. Ohne zu grüßen, schaute er dem Wagen nach, und ich schaute zurück, und dabei schauten wir uns an, und es tat uns so leid.

Ach, Kroate . . .

12

Der dalmatinische Frühling hatte meine Gesundheit wieder hergestellt und meinen Charakter für preußisches Klima vorübergehend verdorben.

Drei Wochen war ich ein beachtetes Mädchen gewesen, dem man Komplimente machte, Rosen in den fahrenden Schoß warf, voll überströmender Gastfreundschaft ganz Dalmatien zu Füßen legen wollte.

Nun kam ich in den Grunewald zurück, und was passierte? Man behandelte mich wieder als Neutrum.

Nachbarsjungen riefen doofe Jule hinter mir her. Der Straßenbahnschaffner setzte mich kurzerhand auf die Straße, weil ich mich über seinen unhöflichen Ton beschwerte. Was für ein Rückfall in finstere Kinderzeiten.

Und dann die Schule nach neunwöchiger Abwesenheit! Ich fand so schwer den Anschluß an blauäugiges Denken. Burschikosität faßte mich an. Das Wort »spuren« für gehorchen löste nachhaltiges Unbehagen in mir aus.

Statt Jolande saß jetzt Ulla Huster neben mir. Sie erzählte begeistert von ihrer Osterfahrt mit den Jungmädeln in den Harz.

Frühsport. Sackhüpfen. Appell. Volkstanz. Wettspiele mit einer anderen Jungmädelgruppe. Politische Vorträge.

»Wir, die Garanten der Zukunft ...«

Dagegen ich – die Rose von Dalmatien! Es wäre besser gewesen, meine Eltern hätten meinen Genesungsurlaub in den Harz verlegt.

Dort wäre mir auch Petars brutaler Aufklärungsunterricht erspart geblieben.

Jolas Name wurde in der Klasse nie mehr erwähnt – als ob sie gar nicht bei uns gewesen wäre. Ich selbst war tief enttäuscht von ihr. Ein Mädchen, für das ich durchs Feuer gegangen wäre, verließ zuerst mich wegen der launischen Gunst einer Inge Schlüter und dann – schlimmer noch – von einer Stunde zur anderen ihre Mutter und Barris. Soviel Verrat auf einmal. Das war gemein.

Noch vor unserer Abreise nach Jugoslawien hatte ich mit Hanna Barris telefoniert. »Jola ist ausgezogen. – Nein, wir haben nichts mehr von ihr gehört. Warum? – Ich nehme an, unser Lebensstil hat ihr nicht mehr gefallen. Sie hat sich wohl für uns geschämt. – Ja, Luischen, es war ziemlich schlimm. Aber vielleicht ist es richtiger so für Jola. Vielleicht paßt sie besser nach Wannsee. Wir suchen die Schuld nicht bei ihr. Im Gegenteil – Barris hat sich große Vorwürfe gemacht. Er meint, wenn er nicht gekommen wäre und unser Leben so völlig verändert hätte ... aber das habe ich ihm ausgeredet. Sie hat sich ja lang genug bei uns wohl gefühlt. Es liegt an mir – ich habe zu wenig Rücksicht auf sie genommen und sie viel zu viel allein gelassen.« Ihre Stimme klang ein wenig müde und ohne Fröhlichkeit. »Sei ihr nicht böse, Luischen. Sie braucht dich jetzt mehr als früher.«

Als ich aus Dalmatien zurückkam, fand ich zwei Briefe von Jola vor. Im ersten bat sie mich um Verzeihung – das muß ihr sehr schwer gefallen sein. Im zweiten lud sie mich übers Wochenende nach Wannsee ein.

Sie stand auf dem Bahnsteig, als mein Zug einfuhr. Wir fielen uns in die Arme. »Laß uns nie mehr davon reden«, bat sie mich. »Schließlich habe ich mich entschuldigt. Sogar schriftlich.«

Ich mochte auch nicht von Vergangenem anfangen, eingedenk des Spruches, der im Büro meines Vaters hing:

»Wenn über eine dumme Sache mal endlich Gras gewachsen ist, kommt sicher ein Kamel gelaufen, das alles wieder runterfrißt.«

Wer ist schon gern ein Kamel!

Ein großes, dämmriges, knisternd getäfeltes Haus am Wannsee. Drei alte Leute – das war nun Jolas Umgebung.

»Aber sie sind sehr lieb zu mir«, versicherte sie, als wir uns abends gemeinsam bemühten, ein Daunenbett in einen Damastbezug zu schütteln. »Und wenn jetzt der Sommer kommt –! Jeden Tag Schwimmen und Bootfahren! Du ahnst nicht, wie schön die Sommer am See sind.«

Ich mußte ihr von Jugoslawien erzählen. Branca und Travnik interessierten sie am meisten.

»Er war also in ihrer Kammer. Und sie haben sich geliebt?«

»Woher weißt du?«

»Mami und Barris haben sich geliebt.« Es war das erste Mal, daß sie die beiden an diesem Tag erwähnte, und das auch nur aus Versehen.

»Hörst du noch von ihnen?« fragte ich.

»Nein. Überhaupt nichts.«

»Und du hast dich auch nicht bei ihnen gemeldet?«

»Es geht noch nicht.« Und dann wollte sie nicht mehr von Barris sprechen. Bitte, du mußt das verstehen, las ich in ihrem Blick.

»Weißt du eigentlich, was Liebespaare machen?« kehrte ich zu Branca und Travnik zurück.

»Nein. Weißt du es?« Und als ich nicht gleich antwortete, drängte sie: »Sag bloß, du weißt es.«

»Es ist furchtbar – sie spießen sich auf und all so was.«

Jola lachte ungläubig. »Wer hat dir denn den Bären aufgebunden?«

»Onkel Pavels Neffe.«

»Ach, der Kroate, der gesagt hat, nur Preußen und Idioten baden im Mai im Meer?«

»Ja, der . . .«

Sie sah mich prüfend an. »Warst du in den verknallt?«

Ich wurde rot. »Bist du verrückt? Einer, der auf Katzen schießt –!«

Aber seit jener schwarzen dalmatinischen Nacht voll süßem Glyzinienduft und Eselschreien und der einsamen Flöte und Petars zerstörerischer Glut über mir im Fenster war eine Sehnsucht da, ein Gefühl wie Durst, ohne trinken zu wollen . . .

Gemeinsam breiteten wir das vor Stärke knirschende Laken über dem Sofa aus, auf dem ich schlafen sollte.

»Vielleicht sollten wir es mal ausprobieren, sonst kommen wir nie dahinter«, überlegte Jola.

Das war bestimmt eine gute Idee.

Wir zogen uns aus, legten uns nebeneinander auf Jolandes Bett und küßten uns auf den Mund, um das Rätsel endlich zu lösen.

»Du mußt dich auf mich legen«, sagte ich.

»Wieso immer ich?«

Also legte ich mich auf sie. Wir spürten absolut nichts außer der zunehmenden Kälte unserer Körper.

»Und nun?« fragte Jola mit dem Blick auf den Stuhl, über dessen Lehne unsere Röcke und Blusen und unsere Wäsche hingen.

»Ich glaube, es geht nicht, weil wir beide Mädchen sind«, sagte ich. Was nützte uns Petars Bedienungsanleitung, wenn ein entscheidendes Zubehör fehlte?

Wir ärmelten uns in unsere Nachthemden und gingen Zähne

putzen im Etagenbad. Anschließend versuchte ich mich auf dem Sofa einzurichten. Die Last des Deckbettes versammelte sich auf meinen Füßen. Über meinen Schultern hatte ich nur leeren Bezug zum Wärmen.

Jola löschte das Licht auf ihrem Nachttisch.

Es dauerte eine Weile, bis sich aus der Dunkelheit das große Rechteck des geöffneten Fensters blau mit flimmernden Sternen abhob. Ich sah den großen Wagen. Ich kenne nicht viele Sternbilder. Aber wann immer ich in den Abendhimmel gucke, sehe ich den großen räderlosen Wagen mit der Deichsel.

Dann fingen die Frösche an, erst einer, dann mehrere, dann quakten alle durcheinander.

Ich spürte, daß Jola reden wollte, warum hätte sie sonst so rasch das Licht gelöscht. Im Dunkeln spricht es sich ja leichter.

Die Luft, die durch das offene Fenster hereinzog, war nun sehr kühl und duftete nach jungen Blättern.

»Schläfst du schon?« fragte ich besorgt, denn ich war noch gar nicht müde.

Jola sagte: »Quatsch. Ich schlaf doch nicht –« Und nach einer Weile: »Wenn sie wenigstens einmal angerufen hätten. Ich wäre bestimmt nicht zu ihnen zurückgekommen – aber sie hätten doch anrufen können und fragen, ob ich noch will!«

»Du bist vielleicht gut«, sagte ich. »Läßt sie einfach im Stich und erwartest auch noch, daß sie dir nachlaufen.«

»Hast du mal mit ihnen telefoniert?«

»Mit deiner Mutter.«

»Und?«

»Sie hat dich in Schutz genommen. Aber ich glaube, sie ist sehr, sehr traurig und Barris auch.«

Jola schwieg einen langen wehen Augenblick lang. »Von meinem Vater weiß ich, daß er sich mit Mami beim Anwalt getroffen hat. Sie hat mir ausrichten lassen, daß sie meine Entscheidung schweren Herzens akzeptiert.« Ihr Bett knarrte, als sie sich auf die Seite rollte. »Deine Mutter hätte bestimmt um dich gekämpft, Luise. Für sie bist du das Wichtigste auf der Welt. Für Mami ist es Barris. Ich war bloß ihre zweite Liebe.«

»Du lügst dir was vor, weil du'n schlechtes Gewissen hast.«

»Nein, wirklich, ich war bloß ihr Anhängsel, genau wie Benita. Im Grunde waren ihnen ihre Kulturbolschewisten wichtiger als ich.« Und beschwörend: »Glaub mir, Luise, ich mußte einfach da raus. Das meint Vati auch.«

»Also mir hat's bei Barris gut gefallen«, sagte ich.

»Du warst ja auch immer nur zu Besuch bei ihnen. Hier habe ich wenigstens meine Ordnung. Und in der neuen Schule in Zehlendorf sind alle nett zu mir. Ich nenne mich übrigens da mit meinem zweiten Taufnamen Olga.«

»Olga –« wiederholte ich gedehnt.

»Naja, klingt auch nicht doll. Aber wenigstens nicht so ausgefallen wie Jolande.«

»Muß ich jetzt auch Olga sagen?«

»Quatsch. Natürlich nicht. Alle nennen mich weiter Jola. Nur in der Schule und in meiner Jungmädelgruppe bin ich als Olga Genthin angemeldet, genannt Jola.«

»Gute Nacht, Olga«, sagte ich nach einer Weile, aber sie antwortete nicht mehr. Sie war bereits eingeschlafen.

Am nächsten Morgen wurden wir durch Tumult im Haus geweckt. Jola rannte aus dem Zimmer zum Flurfenster und sah einen kompletten Löschzug der Feuerwehr in der Auffahrt stehen, kam zurück, fuhr in ihren Bademantel: »Mach schnell, bei uns brennt's!«

Ich atmete tief ein und roch nichts.

»Wenn's brennt, würden sie uns doch wecken!« gab ich zu bedenken und fuhr dennoch in meine Kleider.

»Aber die Feuerwehr ist da! Nu mach schon!« Sie riß das Bild von der Wand, das ihre Mutter von ihr gemalt hatte, ergriff ihr Tagebuch, fummelte den Nachttisch ab: »Wo ist meine Kette?« Mehr Schätze, die sie retten mußte, fielen ihr in der Eile nicht ein.

Als wir die Treppen hinunter ins Erdgeschoß und zur Haustür hinaus stürmten, standen Großmutter Genthin und Frau Schult in geblümten Morgenröcken mit den Feuerwehrmännern zusammen.

»Ich sage Ihnen doch, das muß ein Irrtum sein. Von uns hat keiner angerufen!« versicherten beide. Frau Schult setzte noch hinzu: »Da muß sich einer einen Scherz erlaubt haben!«

»Scherze dieser Art können teuer zu stehen kommen«, warnte der Brandmeister. »Es ist jetzt bereits das zweite Mal in einem halben Jahr, daß wir wegen einer Falschmeldung zu Ihnen ausgerückt sind.«

»Ach Gott«, jammerte Frau Genthin, »wenn es wirklich mal bei uns brennt, kommen Sie vielleicht gar nicht mehr, weil Sie glauben, es wäre ein Scherz. Dann können wir glatt verkohlen!«

Verkohlt fühlte sich vor allem die Wannseer Feuerwehr.

Kaum waren die Wagen aus der Auffahrt gerollt, eilte Oma ins Haus, wir hinterher. Aus der Bibliothek kam heftiges Bummern. Sie schloß die Tür auf. Heraus spazierte wie ein fauchender Kater der alte Genthin in seiner als Litewka geschnittenen Hausjacke.

»Hat man so was schon erlebt! Die eigene Frau sperrt einen ein! Nein, nein, nein, das laß ich mir nicht bieten!«

»Hast du nicht genug Unfug angerichtet, Karl-Ernst? Konnte ich es riskieren, dich mit den Feuerwehrmännern reden zu lassen? Womöglich hättest du ihnen gesagt, daß du es warst, der sie bestellt hat!«

»Ich habe es ihnen gesagt«, triumphierte Opa. »Ich habe nämlich noch mal angerufen.«

In der Bibliothek stand ja auch ein Telefon! Daran hatte Frau Genthin in der Eile nicht gedacht.

»Ohne meinen Opa wäre es hier manchmal stinklangweilig«, gestand Jola, als wir die Treppe zu ihrem Zimmer hinaufstiegen. »Vorige Woche hat er den Kammerjäger bestellt, damit er Frau Schult ausräuchert. Und dann schreibt er immer Beschwerdebriefe an die Reichskanzlei. Er gibt sie mir zum Befördern, weil er Oma und Frau Schult nicht traut. Ich gebe sie Oma. Die liest sie und rauft sich den Dutt.«

Nach dem Frühstück kam Jolas Vater aus Berlin. Gemeinsam machten wir das Motorboot klar und fuhren in den am Jungfernsee gelegenen Potsdamer Yachtclub. Im weißen Rollkragenpullover mit Prinz-Heinrich-Mütze auf dem schütteren Haar gefiel Genthin den Damen dort ungemein. Einen Teller mit Würstchen und Kartoffelsalat in der Hand, sahen wir Mädchen den Seglern zu, die nach einer Jugendregatta ihre Boote abtakelten.

»Viele von ihnen sind adlig.« Jola holte sich mit ihrem Würstchenrest den Senf von meinem Teller.« Vielleicht sollten wir segeln lernen.«

Dafür war ich auch. Nicht wegen der Adligkeit, die bedeutete mir nichts. Es war die ganze Atmosphäre, die mir gefiel – der bewegte See mit seinen parkartigen Ufern, die heranrauschenden Boote, die schlagenden Segel am Steg, die hübschen großen Jungen.

Zwei kamen auf uns zu – etwa sechzehn und achtzehn Jahre alt. Sie waren Brüder und hießen Robert und Karl-Heinz Kühnhagen. Ihre Eltern, mit Herrn Genthin gut bekannt, hatten sie ausgeschickt: »Nun kümmert euch mal ein bißchen um die beiden Mädchen. Sie stehen so verloren herum.«

»Na, ihr?« sprach uns Robert, der ältere, den sie Robby nannten, an. Er war bedeutend hübscher und lustiger als sein Bruder Karl-Heinz mit der Entennase und dem zu kleingeratenen Kinn. »Wollt ihr einen Schlag mit uns segeln?«

Erregtes Haha-Gekicher. Und ob wir wollten!

Jola durfte die Fock halten. Beim Wenden stieß ihr der Mastbaum gegen die Stirn.

»Das gibt ne Beule«, ahnte Robby.

Karl-Heinz klappte sein Taschenmesser auf und legte es gegen die Stoßstelle. »Damit es nicht so schlimm wird.«

»Ach, das bißchen Beule«, lachte Jola und sah ihn dankbar an, dabei tränten ihre Augen vor Schmerz.

»Du bist sehr tapfer«, lobte er sie.

Ich probierte inzwischen, wie weit ich mich aus dem Boot lehnen konnte, ohne ins Wasser zu fallen.

»Paß auf, Mensch«, warnte Robby, »mach mir keinen Ärger!«

Sie kreuzten ein bißchen mit uns auf dem Jungfernsee herum und legten dann wieder an.

»Segeln ist phantastisch«, versicherte ich, auf den Steg hüpfend.

Die Freundin von Karl-Heinz saß auf dem Geländer, einen Pullover um ihre Schultern geschlungen, und lachte uns an. Wir waren noch so gar keine Konkurrenz für sie. Ihr niedliches Stubsnasengesicht umwehten rotblonde Naturlocken, gegen die Sonne leuchteten sie wie ein Heiligenschein.

Karl-Heinz Kühnhagen nannte sie Löckchen. »Löckchen, komm mit. Wir trinken mit den beiden noch einen Apfelsaft.« Zu viert gingen wir ins Clubhaus, das bereits für den abendlichen Regattaball mit Girlanden geschmückt wurde. Ich sah mich vergebens nach Robby Kühnhagen um. Er war nicht mehr da. Statt dessen kam Herr Genthin auf uns zu. »Es wird Zeit, daß ich euch nach Hause bringe. Ich muß mich ja auch noch umziehen fürs Fest.«

Auf der hinteren Bank kniend, schauten wir über die sonnenvergoldete, sprudelnde Gischt der Heckwelle auf den immer kleiner werdenden Yachthafen mit den durcheinanderschaukelnden hohen Masten und litten vor uns hin.

Wir hatten es gründlich satt, noch zu den Kleinen zu gehören, die man zu Hause ablieferte, wenn es lustig wurde.

Um uns wehten weiße Segel, gerieten ins Schaukeln, wenn unsere Heckwelle sie erreichte; Familien standen bis zum Knie im seichten Uferwasser und warfen sich bunte Ringe zu. Grammophone kratzten heiser.

»Die beiden Kühnhagens sind nett, nicht? Welcher gefällt dir besser?«

»Der Robby«, sagte ich.

»Der ist zu hübsch«, sagte Jola. »Das wird bestimmt mal ein Ommafamm. Den hat man nie für sich allein. Karl-Heinz ist ein Ernsthafter, das spürt man sofort. Wie der mir das Messer auf die Beule gelegt hat – da wußte ich, das wird mal mein Mann.«

»Du hast ja'n Knall«, sagte ich.

Kurz vor Heckeshorn meldete sich der Apfelsaft, den wir getrunken hatten.

Genthin klappte die Leiter aus, wir wateten über weichen, gerippten Sand zum Ufer, das in staubiggrauen Sandboden voller Kiefernadeln und Kienäpfel verlief.

Hier ging das Wochenende zu Ende. Decken wurden ausgeschüttelt, Picknickreste in Marktnetze geräumt, Kinder gerufen, Kleider über lachsfarbene Makkounterröcke gezogen, Ballen in verformte Schuhe zurückgezwängt; Sonnenbrände verschwanden unter kragenlosen Hemden, Hosenträger schnallten drüber; Klammern in die Hosenbeine, Fahrräder aufgeschlossen – letzter Rundblick: Haben wir auch nichts vergessen? Der Bolleeismann schob mit seinem Karren ab.

Zurück blieb vernadelter, grauer Sand mit zusammengeknüllten Stullenpapieren, Bananenschalen, ein verbeulter Kinderball; Exkremente im Gebüsch mit Zeitungspapier und grünblauschillernden Schmeißfliegen. In der Luft schwangen Mückensäulen.

Wir plätscherten an Bord zurück. Genthin ließ den Motor an.

»Versprich mir, daß wir immer Freundinnen bleiben, egal was kommt«, sagte Jola plötzlich. »Wir wollen es schriftlich festlegen und mit unserem Blut unterschreiben.«

»Heute abend noch?« fragte ich, besorgt wegen der blutigen Unterschrift.

»Heute oder nächstes Wochenende, wenn du wieder herkommst. Wir wollen uns niemals verraten und alles gemeinsam machen.«

»Und wenn wir uns in den gleichen Mann verknallen, was

dann?« überlegte ich.

»Wehe, Luise! Den Karl-Heinz kriege ich – ich hab auch zuerst gesagt, daß ich ihn will.«

»Den kannste ruhig haben«, versicherte ich ihr.

Während Jola bereits festumrissene, reale Zukunftspläne hatte, half ich mir über dieses Interim zwischen Nicht-mehr-Kind-Sein und Noch-nicht-als-junges Mädchen-anerkannt-Werden durch Schwärmereien für Kino- und Romanhelden hinweg. Sie trösteten meine Einsamkeit voller Komplexe und unbeholfener Sehnsüchte.

»Hast du schon ›Anna Karenina‹ gelesen?« fragte ich Jola.

»Ja, warum?«

»Graf Wronski. Diese Leidenschaft zwischen Anna und ihm – einfach phantastisch.«

»Und was hat Anna am Ende davon? Sie schmeißt sich vor eine Lokomotive.« Für Ehebrecherinnen hatte Jola kein Verständnis. »Wäre sie bei ihrem Mann geblieben, ginge es ihr jetzt besser. Hätte sie keine Sorgen und könnte nachher mit ihrem Mann in den Yachtclub fahren und tanzen.«

»Anna Karenina?« staunte ich.

»Nein, meine Mutter natürlich.«

Während die treulose Anna Jolas Gedanken auf ihre Mutter gelenkt hatte, blieben meine noch beim Grafen Wronski. »Ich glaube, ich könnte nie einen braven Beamten heiraten. Das wäre mir zu langweilig.«

Jola sah mich kopfschüttelnd von der Seite an. »Mit der Einstellung wirst du mal ganz schön auf die Nase fliegen, Luise.«

»Ja, ganz schön«, sagte ich.

13

Um ein Haar hätte es Krieg mit der Tschechoslowakei gegeben. Weil die Regierung in Prag das Sudetenland nicht freiwillig herausrücken wollte.

Ultimatum, Mobilmachung. In letzter Minute haben Großbritannien, Frankreich und Italien der Abtretung ans Deutsche Reich zugestimmt.

Großer Jubel. Wir durften einmal wieder am Straßenrand stehen und stundenlang darauf warten, bis der Führer stehend, mit angewinkeltem Grußarm, im offenen Mercedes vorüberfuhr. Und »Heil« brüllen. Sahen vor lauter Vordermännern nichts, traten von einem Bein aufs andere – der Führer liebte angeblich seine »Garanten der Zukunft« –, aber an ihre Sextanerblase dachte er nicht. Ich hatte ihn übrigens schon einmal von ganz nahem gesehen. Das war in meinem ersten Schuljahr.

Ein offener, langer Wagen hielt damals neben mir auf der Teplitzer Straße, angefüllt mit Männern. Es war auch ein Fotograf dabei, der sagte zu mir: »Komm mal her, Mädel, und gib unserem Führer die Hand.«

Dieser mit »Führer« titulierte Mann hatte einen Schnurrbart wie mein Vater, nur zackiger gestutzt, einen weichen Filzhut und einen Regenmantel an.

Mir fielen noch rechtzeitig die warnenden Worte meiner Mutter ein: Wenn fremde Männer dich ansprechen, lauf schreiend fort, so schnell du kannst!

Ich lief schreiend fort, so schnell ich konnte.

Somit brachte ich mich um eine Momentaufnahme von historischer Bedeutung: Führer gibt Zopfmädchen Luise kinderlieb lächelnd die Hand aus dem Auto herunter. Ein Jahr später sah ich ihn noch einmal neben dem alten Reichspräsidenten Hindenburg durch Potsdam fahren, auf dem Weg zur Garnisonkirche. Am Tag, als er Reichskanzler wurde. Mein Vater, sonst ein Feind von Massenansammlungen, hatte beschlossen: Da fahren wir hin, das muß ich miterleben, sonst glaube ich es nicht.

Als der Wagen mit den beiden an uns vorüberglitt und Hitlers Blick in unsere Richtung fiel, duckte ich mich sicherheitshalber.

Es konnte ja sein, daß er mich unter den vieltausend Menschen erkannte und sich daran erinnerte, daß ich – Luise Hartwig – einmal kreischend vor ihm getürmt war.

Der Friede war in letzter Minute noch einmal gerettet worden. Aber mein Vater traute ihm nicht. Er meinte, das Ausland würde auf die Dauer nicht tatenlos zusehen, wie das Deutsche Reich über seine im Versailler Vertrag festgesetzten Grenzen wucherte. Zuerst das Saarland, dann Österreich unterm Jubel seiner Bevölkerung als Ostmark »heim ins Reich«. Nun die Sudetengebiete. Was würde das nächste sein?«

Eines Abends kam er nach Hause und teilte uns mit, daß er von einem Prokuristen seiner Firma ein Haus in Wannsee erworben hätte. Ungemein preisgünstiges Objekt, aber er hätte sich gleich entscheiden müssen, da es schon so gut wie verkauft gewesen wäre.

Meine Mutter war erschüttert. Ob er das Haus denn schon besichtigt hätte? Nein, nur die Baupläne, es mußte ja alles so schnell gehen. Mein Vater entschuldigte seinen Entschuß mit der Begründung: Sollte es wirklich eines Tages Krieg geben, so wäre es sicherer, außerhalb der Stadt zu wohnen, allein schon wegen der Bomben.

Meine Mutter dachte nicht an die möglichen Bomben, sondern an ihre Bridgedamen, die bestimmt den weiten Weg nach Wannsee scheuen würden.

Am nächsten Tag, einem Samstag, besichtigten wir zu dritt das preisgünstige Objekt.

Es handelte sich um einen viereckigen modernen Kasten mit flachem Dach. Kein Balkon, kein gar nichts, was das Auge erfreut hätte.

»Großer Gott, Franz!« Und danach verstummte meine Mutter auf bedrohliche Art.

Innen war der Kasten so humorlos wie außen. Mein Vater haßte kleine, niedrige Räume. Die Räume waren klein und niedrig. In ihnen würde sich sein Freiheitsdrang blaue Flecken holen.

»Und wo sollen wir das Speisezimmer unterbringen und deinen Blüthnerflügel, na –? Etwa im Garten?« höhnte meine Mutter, die ihre Sprache wiedergefunden hatte.

Nun mußte ein Extratrakt für den Flügel und das Drei-Meter-Chippendale-Buffet angebaut werden, außerdem ein Gästezimmer und eine Terrasse. Das Objekt hörte auf, preisgünstig zu sein.

Schöner wurde es durch den Anbau nicht.

Um die trostlose Außenansicht möglichst schnell verschwinden zu lassen, wurden wilder Wein, Glyzinien und Kletterrosen angepflanzt. Im Innern versuchte meine Mutter, mit englischen Chintzen und französischem Leinen ein bißchen Charme zu verbreiten.

Wenigstens durfte ich jetzt endlich einen Hund haben. Mein Vater fuhr eigens in die Försterei, aus der Onkel Claus seine Rauhhaardackel bezog, von denen zwei frühzeitig in die ewigen Jagdgründe abberufen worden waren: einer beim Wildern durch eine Jagdpächterkugel, der andere bei allzu hartnäckiger Brautwerbung durch Heugabelstiche.

»Welche Farbe?« fragte ich meinen Vater, als er vom Einkauf zurückkehrte. An die Farbe konnte er sich nicht mehr genau erinnern.

»Rüde oder Hündin?« fragte meine Mutter. Hatte er leider auch nicht drauf geachtet. Er wußte nur mit Sicherheit, daß es der einzige Welpe gewesen war, der auf seine Schuhe zukrabbelte.

So kaufte mein Vater Haus und Hund.

Drei Wochen später traf per Bahn-Eilfracht in einer Kiste ein mickriger, beigefarbener Rüde ein – durch die unerfreuliche Beförderungsart total verschüchtert. Das legte sich rasch.

»Bolle« – so nannten wir ihn – entwickelte sich zum schlimmsten Hühnerdieb des Ortes, zum Schrecken aller Besitzer läufiger Hündinnen. Im weiten Umkreis gab es keine Beißerei, an der er nicht aktiv beteiligt gewesen wäre. Abends buddelte er sich durch den Zaun und ging im nahen Wald wildern. Vor Mitternacht kam er selten nach Hause. Mein Vater – in der Tür auf ihn wartend – hörte schon von weitem, wie er sich Mut anbellte für dieses Wiedersehen.

Zur Strafe für seine Untaten wurde Bolle in den Kohlenkeller gesperrt. Im Laufe der Gewöhnung an diesen Karzer kam es immer öfter vor, daß er sich bei der Heimkehr von seinen Tourneen freiwillig vor die Kellertür stellte, um seine Strafe abzusitzen. Wir sperrten ihn ein. Er würde schon wissen, warum.

Nun wohnten wir auf einer großen, waldigen Insel, nur durch Brücken mit dem Festland verbunden. Mitten hindurch zog sich schnurgerade, von uralten Bäumen beschattet, die Königstraße. Jedem, der neu nach Wannsee kam, wurde als erstes erzählt, daß über diese Chaussee schon der Alte Fritz geritten sei. Was überhaupt nicht stimmte. Er nahm den Landweg über Kohlhasenbrück.

Erst Friedrich Wilhelm II. ließ die heutige Königstraße anlegen, übrigens die erste feste Landstraße – Steinbahn genannt – in der Mark Brandenburg. Das war 1790. Zur gleichen Zeit erbaute der Stolper Gastwirt Stimmig an der Friedrich-Wilhelmsbrücke zwischen Kleinem und Großem Wannsee einen Gasthof. Stimmigs Krug war bald der berühmteste rund um Berlin, nicht nur, weil der Dichter Heinrich von Kleist hier seine letzte Nacht verbrachte, bevor er ans andere Ufer hinüberging und sich auf einem Hügel erschoß. Wie der österreichische Kronprinz Rudolf nach Mayerling hatte Kleist eine Dame namens Henriette Vogel nach Wannsee mitgebracht, die bereit war, mit ihm zu sterben.

Bis zur Mitte des 19. Jahrhunderts hatte es auf der Insel nur das Dorf Stolpe gegeben, hervorgegangen aus einer der ersten wendischen Siedlungen. Dann kam der Bankier Conrad aus Berlin und fand die Gegend so schön, daß er Stimmigs Krug samt Ländereien aufkaufte und die Kolonie Alsen gründete.

Industrielle, Bankiers, Wissenschaftler und Künstler bauten hier ihre Sommersitze sehr individuell neugotisch, klassizistisch, romanisch-gotisch, im italienischen Renaissancestil und als Zukkerbäckerrokoko. Auch Ritterburgen mit Butzenscheiben und vielen Türmchen, in die der Spuk gleich mit eingemauert wurde, waren sehr beliebt.

Sandufer voll Kiefern, Birken und anspruchslosen Sträuchern verwandelten sich in grüne Parklandschaft. Trauerweiden wehten auf den See.

1874 erhielt die Idylle auch noch einen Bahnhof an der neuen Eisenbahnstrecke zwischen Zehlendorf und Potsdam. Aus dem Dorf Stolpe und der Villenkolonie Alsen entstand der Ortsteil Wannsee. Wer kein Grundstück mehr am Ufer fand, baute landein. Je mehr landein, um so kleiner wurden die Parzellen, und da wohnten dann wir.

Aber der größte Teil der Insel blieb Wald und künstlich angelegter Park um Schloß Glienicke herum, blieb Ausblick auf die Havel mit weißen Segeln und friedlich tuckernden Schleppkähnen . . .

Das war nun meine neue Umgebung.

Jola wohnte nur zehn Radminuten von mir entfernt auf dem »Festland«.

Sie freute sich unendlich, als wir nach Wannsee zogen. Ich habe sie bitter enttäuscht, denn ich hatte leider keine Zeit für sie, weil ich auf Tom Sawyers und Huckleberry Finns Pfaden zugange war.

Schuld an meinem Rückfall ins Infantile hatte Jobst Leberecht Wilhelm Adalbert Freiherr von Wahren, gebürtiger Wannseer, zwei Jahre älter als ich, klein, stämmig und wütend auf seine blonden Locken. Seine Pickel störten ihn nicht, aaaber die Locken!!

»Entsetzlich«, stöhnte Jola, als sie ihn kennenlernte. »Das ist ja einer von diesen berüchtigten Wannseer Jungen, die nichts als Blödsinn im Kopf haben und zu gar nichts taugen!«

Aber zum Blödsinnmachen taugte Jobst eben, und etwas anderes wollte ich nicht von ihm und er auch nicht von mir.

Wir hatten uns gleich nach meinem Umzug am Bahnhof Wannsee kennengelernt, beim Unterstellen unserer Fahrräder. Jobst fuhr mit dem Zug nach Zehlendorf zur Schule und ich mit dem Zug nach Grunewald.

Mit ihm zog ich abends auf Maikäferfang. Dabei gingen mehrere Gaslaternen zu Bruch, uns nachträglich ein Rätsel, wie das passieren konnte.

Mit Jobst machte ich Klingelzug. Klingelknöpfe an Haus- und Gartentüren reindrücken – mit angespitztem Streichholz festklemmen – wegrennen. Von weitem beobachten, wie die Lichter angingen und die Türen und Fenster sich öffneten und die Belästigten auf die verfluchten Gören schimpften. Einmal legte sich ein Hausmeister – mit einer Holzpantine als Waffe – auf die Lauer. Danach war meine linke Backe eine Woche lang blau und dick. Durch Jobst lernte ich die Radrennbahn im Wald kennen. Ältere Wannseer Jahrgänge hatten sie um eine Schlucht gebaut, mit steilem Gefälle und steilen Auftiegen, durch natürliche Gefährlichkeitsgrade wie Baumwurzeln und künstlich errichtete Sprungschanzen zusätzlich erschwert.

Hier wurden nicht nur Rennen, sondern auch Prügeleien ausgetragen, die zuweilen sogar in Standeskriege über- und in dem Gebrüll »Du Adelsschwein!« und retour »Du Bürgerschwein!« untergingen.

Die Erbauer dieser Rennbahn hatte man inzwischen kurzgeschoren und zum Reichsarbeitsdienst eingezogen, wo sie mit dem Spaten exerzierten und im Gleichschritt, marsch »Auf der Heide blüht ein kleines Blümelein, und das heißt – bumbum – Eerika« sangen.

Nun gehörte die Rennbahn uns, dem Nachwuchs. Die Triangel auf meinen Knien heilten nicht mehr zu. Während Blut in meine Strümpfe und Schuhe troff, bog Jobst mein verbeultes Rad zurecht, so gut es ging.

Auf dem Heimweg – freihändig natürlich, wenn möglich die Füße auf der Lenkstange – kam das große Schlottern über mich bei dem Gedanken an meine Mutter und ihre Jodflasche, die sie schon gar nicht mehr in den Arzneischrank räumte, sondern auf der Kommode im Flur stehen ließ.

Jobst gab mir den völlig unpreußischen Rat: »Beiß bloß nicht die Zähne zusammen! Du mußt lauter brüllen, als das Jod in der Wunde brennt, dann hörst du den Schmerz nicht.«

Längst war mir klar, daß ich nur dann Romane auf geduldiges Papier wuchern ließ, wenn mein täglich Leben allzu einfallslos verlief. Temperament und Phantasie mußten sich ja schließlich irgendwo ausleben. Außerdem siedelten Hemmungen und Komplexe in mir und diese manchmal tiefe Traurigkeit, der ich davonzurennen versuchte, indem ich ab und zu über die Stränge schlug und gerne lachte, bis mir das Zwerchfell weh tat und die Augen überliefen.

Jola verstand das nicht. Sie kannte nicht die Unruhe, etwas zu versäumen, auch keine Abenteuerlust. Dafür hatte sie bedeutend mehr Verstand als ich. Und mehr Vernunft. Ich dagegen wäre ein »Triebmensch«, warf sie mir einmal an den Kopf. (Wo hatte sie denn den Ausdruck aufgeschnappt?) »Erst Graf Wronski, nun diesen Jobst – aber du wirst schon sehen, wohin das führt!«

Wenn eine Freundin anfängt, so unbequem wie eine Erwachsene zu reden, geht man ihr am besten aus dem Weg. Ich ging auch nicht mehr so gern nach Hause, wo Vorwürfe und Mißtrauen en gros auf mich lauerten, seit der Wirt vom »Alten Fritz« unserem neuen Hausmädchen Hertha und diese wiederum meiner Mutter petzten, daß Jobst und ich eine Flasche hochprozentigen Schnaps bei ihm erstanden hatten, durch Zusammenlegen unseres Taschengeldes.

Jobst wollte mir unbedingt die phantastische Wirkung des Alkohols vorführen, indem er nach Einbruch der Dämmerung den Schnaps angezündet einen abschüssigen betonierten Weg hinunterfließen ließ. Blaugelbrotgrüne Flämmchen züngelten geisterhaft – ich war ganz hingerissen von dem Anblick. Und da glaubten immer alle, wir hätten nichts als Blödsinn im Kopf.

Wir hatten wirklich Sinn fürs Schöne und viele stille Momente in unserer Kumpelei. Zum Beispiel, wenn wir gemeinsam über unserer hinteren Gartenmauer hingen und Herrn von Warzin beobachteten, der wegen seines aufmüpfigen protestantischen Glaubens wider das Regime jedes halbe Jahr eine Gefängniszelle bezog. Als Kinder machten wir uns keine Nachgedanken darüber. Wir registrierten nur: Jetzt sitzt er mal wieder – jetzt ist er zu Hause bei seiner vielköpfigen Familie.

Herr von Warzin war zwei Meter groß, rechteckig und unfähig, sich vor irgendeiner irdischen Instanz zu beugen, es sei denn vor seinem Hanomag, einem winzigen, schrippenförmigen Automobil, das eine siebenzackige Krone zierte.

Und deswegen hingen Jobst und ich ja auch über der Mauer. Um mitzuerleben, wie Zwei-Meter-Warzin sich Glied für Glied zusammenklappte, den Kopf in die Schultern zog und stückweise in diesem winzigen Hanomag verschwand.

»Wieso beulen seine Knie nicht durchs Verdeck?« wunderte sich Jobst. »Und daß er überhaupt noch steuern kann ...«

»Wenn du mich fragst – das schafft er bloß durch seinen Glauben«, sagte ich, dem vom Hof töffenden Hanomag nachschauend.

Wir hingen noch eine Weile sinnend über der Mauer. Dann sah Jobst mich an. »Weißt du, Lieschen, daß du schöne Augen hast?«

»Ehrlich?« fragte ich beglückt.

»Wie ein Kuh!«

Ein paar Tage später war Radpolo mit Krokettschlägern auf einer Wiese angesagt. Wir Kinder warteten eine Stunde auf den Initiator des Spiels, aber Jobst kam nicht. Da fingen wir ohne ihn an.

Jobst kam an diesem Tag nicht und auch nicht an den nächsten. Zwei Wochen später erhielt ich eine Karte von ihm.

»Liebes Lieschen. Man hat mich Hals über Kopf in ein Internat gestopft. Weil ich aus der Schule geflogen bin. Dabei war alles ganz harmlos. Aber hier ist es auch ganz schön. Die Jungen bauen gerade eine Radrennbahn unter meiner Anleitung in einer Schlucht. Viele Grüße, Jobst.«

Danach hörte ich nichts mehr von ihm.

Meine Mutter atmete auf. Früher hatte sie immer gedacht, wenn ich mal einen Jungen kennenlerne, müßte sie um meine Tugend fürchten. Seit ich Jobst kannte, fürchtete sie nichts so sehr wie einen Genickbruch unter seiner Regie. Dieser Sorge war sie endlich enthoben – sofern sie ihn lange genug im Internat behielten.

Aber ich wollte nun selbst wieder ein Mädchen sein.

Jobst bemerkte als erster, daß ich schöne Augen hatte. Vorher waren sie keinem aufgefallen – nur mir selber, wenn ich Grimassen schneidend vor dem Spiegel stand.

Die Jungen auf der Straße gingen auch nicht mehr achtlos an mir vorüber. Sie guckten sich um. Selbst die Busschaffner behandelten mich höflicher als früher.

»Du mauserst dich«, erklärte meine Mutter dieses kleine beglückende Wunder.

Von Stund an aß ich nicht mehr sieben Schmalzstullen zum Abendbrot, sondern nur noch eine, und trank auch keinen süßen Milchkakao mehr dazu. Mein Pausenbrot verfütterte ich an Möwen und Enten.

Um meinen röhrenden Hunger zu betäuben, kaute ich Kümmel.

14

Großvater Genthin war gestorben.

Eines Mittags, als Frau Schult die Bibliothek betrat, hing er leblos in seinem Sessel. Zuerst glaubte sie, das wäre wieder einer von seinen makabren Scherzen, mit denen er sie zu erschrecken pflegte.

Aber er war wirklich tot.

Großmutter nahm ihm das übel. Nach achtundvierzig gemeinsamen Jahren, nach all dem Kummer, den er ihr bereitet hatte (Fehlspekulationen, Scala-Girls, Tyrannei), und den Freuden, die sie gemeinsam erlebt hatten, war er einfach davongegangen, ohne sich von ihr zu verabschieden.

Noch hielt sie die Beantwortung der zahlreichen Trauerkorrespondenz davon ab, die plötzliche Leere in ihrem Dasein zu empfinden.

Auch Jola vermißte ihren Großvater sehr. Ohne ihn war das Leben in dem großen, düsteren Haus spannungslos geworden, geradezu eintönig.

Am frühen Nachmittag des Totensonntags fuhren Großmutter Genthin, ihr Sohn Achim und Jola zum Friedhof an der neuen Wannseer Kirche.

Nachtfrost hatte die weißen Chrysanthemen auf Großvaters Grab pelzig aufgeschwemmt, sie erinnerten Jola an abgestandene dicke Milch.

Oma Genthin ärgerte sich über Hennys Kranz mit falschen roten Blumen, sie färbten im Nieselregen, Achim, nimm den Kranz weg, man muß sich ja schämen, wenn das unsere Bekannten sehen!

Dafür legte sie ihr Kreuzgesteck vor das Grab und stellte Erikatöpfe drumherum und seufzte und war sich noch immer nicht im klaren, was für eine Schrift sie auf den Grabstein meißeln lassen sollte, »am besten meinen Namen gleich mit, dann braucht ihr später bloß noch mein Todesdatum einzusetzen . . .«

Inzwischen kriegte Jola kalte Füße. Wann gehn wir endlich? »Gleich, Kind.« Großmutter wollte nur noch auf den alten Teil des Friedhofs hinüberschauen, wo sie Bekannte aus schönen Tagen liegen hatte, und kontrollieren, ob ihre Erben die Grabstellen auch ordentlich winterfest gemacht und totensonntäglich geschmückt hatten.

Dabei kamen ihnen ein breitschultriger, kräftiger Mann und eine zierliche Frau entgegen. Das waren Olik und Hanna Barris.

Jeder für sich dachte, es bliebe ihm das Herz stehen. Achim Genthin legte den Arm wie schützend um seine Tochter, und Barris legte den Arm um Hanna. So standen sie voreinander und schauten sich an.

Es war die erste Begegnung seit Jolas Auszug. Hanna hatte nicht darauf bestanden, ihre Tochter kontinuierlich zu sehen. »Ich hasse vom Notar festgesetzte Besuchszeiten. Jola soll zu uns kommen, wenn sie das Bedürfnis hat, nicht aus Pflichtgefühl.« Und so war es bei schriftlichen Geburtstagsgrüßen und der Bitte um Übersendung ihrer Wintersachen geblieben, denn Jola fand keinen Weg zurück, und Hanna unternahm nichts von sich aus, sie wiederzusehen ...

Barris faßte sich zuerst. »Jollichen, das ist aber schön. Wie jeht's denn so?«

Alle gaben sich die Hand und wechselten verstört ein paar Höflichkeiten.

»Kommt ihr auch wegen Opa?« fragte Jola heiser.

Hanna erschrak: »Wieso? Ist er gestorben?«

Dabei fiel allen drei Genthins ein, daß sie vergessen hatten, ihr eine Todesanzeige zu schicken.

Hanna nahm Großmutters Hand: »Es tut mir so leid – wenn ich das gewußt hätte! Wir sind wegen Herrn Steinberg hier.«

»Steinberg!« rief nun Großmutter erschrocken. »Seit wann denn?«

»Mitte August.«

»Hoffentlich hatte er einen leichten Tod.«

»Ja«, sagte Barris, »jottseidank. Ich weiß nicht, Frau Jenthin, ob Sie wissen – er wohnte zuletzt bei Dr. Levy.«

»Ach, Dr. Levy«, erinnerte sich Großmutter, »der hat dir mal die Mandeln gekappt, Jolakind. Erinnerst du dich? Und bei dem hat er gewohnt?«

»Im früheren Levyschen Salon. Hat Mozartplatten gehört, las seine Philosophen ... ich habe ihn oft besucht. Eines Morgens ist die Gestapo gekommen. Frau Levy ging in Steinbergs Zimmer und sagte: Die Herren sind da, von denen wir öfter jesprochen haben. Steinberg erhob sich, sagte: Ich lasse bitten – und fiel tot um. Es war der Schreck, sein krankes Herz.«

»Fiel einfach tot um«, wiederholte Großmutter und mußte weinen. Fand ihr Taschentuch nicht, Genthin reichte ihr seins, sie schnaubte dankbar ihre Erschütterung hinein. Und sagte: »Manchmal ist Gott gnädig.«

Barris begleitete sie zum Steinbergschen Erbbegräbnis. Es wurde geschützt von einer hohen schwarzen Marmorwand, umzäunt von schwarzen Eisenketten. Hier lagen schon seine Eltern und Geschwister und seine liebe Hedi.

»Jolakind, geh mal rüber und hol einen Erikatopf von Opas Grab, nein, hol zwei . . .« verlangte Großmutter, und zu Barris gewandt: »Sagten Sie Mitte August? Mein Mann ist am 1. September gestorben. Auch Herzschlag. Ist das nicht seltsam? Die beiden alten Freunde fast zur gleichen Zeit und auf die gleiche Weise.«

»Ich nehme an, bei Ihrem Gatten hat nicht das Erscheinen der Gestapo den Herzschlag ausjelöst«, sagte Barris.

»Neinnein, natürlich nicht.« Großmutter Genthin wollte von Steinbergs reden, wie schön es früher bei ihnen gewesen war – diese herrlichen Feste und Kammerkonzerte, aber ihr Sohn unterbrach sie: »Wir müssen gehen, Mutter.«

Der Abschied von Barris war hastig. Jola gab ihnen die Hand und konnte nichts sagen. Sie hatte einfach keine Stimme. Hanna Barris hielt ihre Hand einen Augenblick fest und lächelte. »Ruf uns doch einmal an.«

»Ja – wir telefonieren.« Das sagte man immer in Berlin, wenn man sich von Bekannten trennte, und rief dann meistens doch nicht an.

Barris blieben am Grab stehen, während Jola Genthins folgte. Einmal sah sie sich um. Barris sahen sich auch um und winkten ihr zu.

Sie fuhren nicht nach Hause, sondern in den »Schwedischen Pavillon«. Großmutter wollte keinen Kaffee, lieber einen Cognac. Keiner von ihnen mochte sprechen.

Großmutter brauchte noch einen Cognac. Genthin fragte: »Ist das nicht zuviel für dich, Mutter?«

»Ich weiß, wieviel ich vertrage.« Und dann: »Man kann darüber denken, wie man will –«

»Aber leise, Mutter!«

»Fahr mir nicht dauernd über den Mund, Achim. Du willst vielleicht vergessen, daß Steinberg Vater und uns alle vor Schimpf und Schande und vor dem Ruin bewahrt hat. Aber ich kann das nicht. Ohne ihn säßen wir nicht mehr in Wannsee, ich mag gar nicht dran denken, wo – und im Grunde sollten wir uns schämen, daß wir uns nicht um ihn gekümmert haben, als es ihm dreckig ging. Und jetzt trinke ich auf sein Wohl im Himmel. Hoffentlich trifft er da seine liebe Hedi.«

»Und wenn er Opa trifft?« fragte Jola.

Großmutter überlegte, ihr Glas absetzend. »Tja – aber Steinberg war nie nachtragend. Sie werden sich schon verstehen.«

»Vielleicht kommen Juden auch in einen andern Himmel als Christen«, überlegte Jola.

Vom Nebentisch sagte eine Frau, die zugehört hatte: »Juden kommen überhaupt nicht in den Himmel. Merk dir das, Mädel!«

Großmutter und Jolande schoß das Blut ins Gesicht, Genthin fingerte nervös an seinem Zigarettenetui und rief: »Ober, bitte zahlen.«

An diesem Abend tigerte Jola aufgewühlt durchs Haus, blieb mehrmals am Fenster stehen und blickte in die kalte, tropfende Dunkelheit. November am See konnte trostlos sein.

Sie hatte Mami versprochen, sie anzurufen, aber sie wußte schon jetzt, daß sie es genausowenig tun würde wie in den vielen vergangenen Monaten. Es war da eine Sperre in ihr – auch Angst, sich mit Gefühlen zu beunruhigen, die außerhalb ihres jetzigen Lebens lagen. Sie wollte kein Gefühl von damals zurück. Und außerdem hatte sie inzwischen einen unüberwindbaren Widerstand gegen Barris aufgebaut, unterstützt durch Großmutters Vorwürfe gegen ihn. Barris hatte ihre Familie auseinandergebracht. Barris hatte ihren Vater unglücklich gemacht. Die Liebe zu Barris war schuld, daß Hanna protestlos auf ihre Tochter verzichtet hatte.

Nein, sie würde nicht anrufen.

Gegen halb acht läutete das Telefon.

»Immer wenn wir beim Essen sind«, schimpfte Großmutter, »geh du ran, Jolakind.«

Es war Hanna Barris. »Ich wollte dir nur sagen – ich war so froh, dich wiederzusehen.«

»Ja –« Mehr brachte Jola nicht hervor. Es war soviel Herzklopfen in ihrer Kehle.

»Du bist groß geworden und hübsch. Barris findet das auch.«

»Wie geht es Benita?«

»Ach, ganz gut.«

»Luise sagt, sie wäre fett geworden. Sie besucht euch ja ab und zu.«

»Seitdem du fort bist, hat sie ja kaum noch Auslauf. Nur immer rund ums Karree. Nächste Woche fange ich als Entwerferin in einer Textilfabrik an, und Barris hat einen Privatauftrag in Hamburg.«

»Dann ist Benita den ganzen Tag allein?« fragte Jola besorgt.

»Ja, das macht uns Kummer. Aber wir haben schon jemand, der sich solange um sie kümmert.«

Es entstand eine Pause.

»Und wie geht es dir? Erzähl von dir –« bat Hanna.

»Ach, mir geht's gut, Mami, wirklich. Aber Benita – ich überlege gerade – wenn sie zu uns käme – hier ist immer jemand, der sich um sie kümmern könnte. Außerdem haben wir den großen Garten. Mami, bitte, kann sie nicht herkommen?«

»Für den Hund wäre es vielleicht das beste, aber –«

»Ach bitte, Mami, bleib am Apparat, ich muß bloß Oma fragen –«

Jola rannte ins Speisezimmer, wo Großmutter Genthin und Frau Schult bei Tisch saßen – seit Opas Tod brauchte sie nicht mehr in der Küche zu essen.

»Oma, Mami ist am Telefon. Darf ich Benita hier haben?«

»Wer ist Benita?«

»Na, Barris' Hund, um den sich keiner mehr kümmern kann. Bitte, darf ich ihn haben?«

»Wir hatten noch nie einen Hund«, überlegte Großmutter. »Ist er denn wachsam?«

»Viel wachsamer als Opa. Er macht auch nicht an die Gardinen und ruft nicht die Feuerwehr an.«

»Kind! Was ist das für ein ungehöriger Ton!«

»Bitte, bitte, Oma, sag ja!«

»Also meinetwegen.«

»Danke –« Flüchtiger Kuß auf ihr graues Haar, ehe Jola zum Telefon zurückrannte: »Kann Benita schon morgen kommen?«

»So schnell schon?« erschrak Hanna. »Was wird Barris dazu sagen! Aber wenn du meinst.« Und hoffnungsvoll: »Holst du sie ab?«

»Natürlich, das heißt –«

Plötzlich hatte Jola Angst, die Wohnung in der Teplitzer Straße wiederzusehen. »Morgen kann ich nicht. Aber Luise ist ja im Grunewald. Sie könnte Benita nach der Schule mitnehmen.«

»Ja, in Ordnung.« Hanna versuchte, ihre Enttäuschung zu verbergen. »Das ist eine gute Idee. Aber ruf mich ab und zu einmal an. Wir möchten schließlich wissen, wie Benita sich in Wannsee einlebt.«

»Natürlich! Ist doch klar. Und dann treffen wir uns auch mal und gehen mit ihr spazieren, wenn Barris in Hamburg ist. Ich freu mich riesig. Wirst du Benita nicht zu sehr vermissen?«

»Ach, Kind, danach hast du damals auch nicht gefragt, als du gegangen bist«, sagte Hanna.

»Nun fang nicht damit an, Mami, das ist doch schon so lange her.« (Bloß keine Vorwürfe!)

»Ich muß jetzt Schluß machen und Luise Bescheid sagen. Und morgen abend rufe ich dich an und erzähl dir, wie Benita sich bei uns einlebt.«

Kein Gruß an Barris.

Sie trafen sich wirklich einmal mit dem Hund zu einem Spaziergang rund um den Grunewaldsee. Sprachen über Benita, über die Zehlendorfer Schule und über Luise, die amerikanische Jazzplatten sammelte und ihre Texte Wort für Wort abhörte, um sie mitsingen zu können. »Sie färbt sich die Lippen mit Himbeerbonbons und ist stolz darauf, daß ihr die Jungen nachlaufen. Weißt du, Mami, ich habe Luise furchtbar gern, aber das muß ich leider sagen, sie wird immer oberflächlicher.«

»Sei nicht so streng mit ihr. Sie hat Jahre darunter gelitten, ein häßliches Entchen zu sein. Nun ist sie keins mehr und holt ein bißchen Beachtung nach«, gab Hanna zu bedenken.

Als sich Mutter und Tochter nach anderthalb Stunden am Bahnhof Grunewald trennten, hatten sie kein einziges persönliches Wort miteinander gesprochen. Das lag an Jola. Sie hatte eine Mauer um sich aufgebaut.

Wogegen wehrt sie sich eigentlich, überlegte Hanna, ihrer Tochter nachsehend, als sie mit hallenden Schritten durch den langen Tunnel die Treppen zum letzten Bahnsteig hinauflief, auf dem der Zug nach Wannsee gerade eingefahren war.

Warum sperrt sie sich so sehr gegen mich? Hat sie Angst vor Vorwürfen? Aber ich mache ihr doch gar keine. Ich bin ja froh, sie wenigstens einmal wiedergesehen zu haben – und das auch nur wegen Benita. Damit ich Benita wiedersehen konnte.

Meine Tochter, wirklich meine Tochter, mit der ich eben um

den Grunewaldsee gegangen bin? Unsere Gesprächsthemen reichten gerade für diesen Spaziergang aus. Am Schluß haben sich meine Fragen bereits wiederholt, weil wir uns nichts mehr zu sagen hatten – zumindest sie mir nichts mehr, und nach Barris hat sie sich auch nicht erkundigt.

Von nun an telefonierten Hanna und Jola jede Woche einmal miteinander. Manchmal vergingen auch vierzehn Tage dazwischen – ab und zu verabredeten sie ein Treffen, das Jola im letzten Moment absagte.

Mir, der Luise, war das unbegreiflich, einfach unvorstellbar. Ich hatte ja schon Heimweh nach meiner Mutter, wenn sie mit Koffern das Haus verließ, um vierzehn Tage zur Kur zu fahren. Aber ich war auch eine andere Tochter als Jola und sie eine andere Mutter als Hanna Barris.

15

Nun soll auch noch Danzig heim ins Reich. Dazu ist die Internationalisierung des polnischen Korridors notwendig. Die Polen lehnen strikt ab.

Europa brodelt. Ein Staatsmann konferiert mit dem anderen. Nichtangriffspakte werden geschlossen, und gleichzeitig wird auf Teufel komm raus gerüstet.

Der Krieg mit Polen ist unvermeidlich.

»Ein unglückliches Volk«, sagt mein Vater. »Vergleiche nur mal unsere Nationalhymnen: ›Deutschland, Deutschland, über alles, über alles in der Welt‹ und ›Noch ist Polen nicht verloren‹. Bei der geographischen Lage – eingekeilt zwischen zwei Großmächte – kommen sie nie aus dem Schlamassel heraus. Nun haben sie einmal wieder ihren sicheren Untergang vor Augen und gehen trotzdem auf keinen Kompromiß ein. Das ist der Mut von Selbstmördern.«

Soweit mein Vater. Die Zeitungen waren erfüllt von Greueltaten, die Polen an der deutschblütigen Bevölkerung in Lodz und Bromberg verübt haben sollten.

Ich las gerade Fontanes »Schach von Wuthenow«.

Da sagte die Romanheldin Victoire: »Es geht um die Polen«, und ein Herr von Bühlow: »Oh ja, die Polen, es sind die besten Mazurkatänzer, und darum lieben Sie sie.« Und Victoire: »Nicht doch, ich liebe sie, weil sie ritterlich und unglücklich sind.«

Wer hatte nun recht? Fontane, mein Vater oder der Nachrichtendienst? Aber kann man denn überhaupt pauschal urteilen und verurteilen? Gibt es denn *die* Deutschen und *die* Polen und *die* Russen und *die* Engländer und *die* Franzosen?

Jedes Volk setzt sich aus gutartigen und grausamen, gleichgültigen und solchen zusammen, die bloß an ihren Vorteil denken, mit ein paar Machthungrigen an der Spitze, die unser Schicksal bestimmen – ob wir einverstanden sind oder nicht.

Laut Flüsterparole sollten ab nächsten Montag die Lebensmittel rationiert werden. Also zog meine Mutter mit unserer Hertha durch die Geschäfte und kaufte ein wie ein Großkantinenbesitzer.

Dabei hatten wir noch größere Zucker- und Mehlreserven vom vorjährigen Säbelrasseln im Keller – sehr zur Freude unserer Hausmäuse. Meine Mutter kaufte auch genügend Seife, um uns in einem dreißigjährigen Krieg sauber zu halten.

Wenn Lebensmittel rationiert wurden, dann würde dasselbe wohl bald mit Textilien geschehen, folgerte sie und besprach sich mit Großmutter Genthin am Telefon. Gemeinsam beschlossen sie, uns Mädchen nach Berlin zu schicken: »Kauft warme Unterwäsche, Pullover, Strümpfe, feste Schuhe und Stoffe. Bloß keine Kinkerlitzchen. Und paßt auf das viele Geld auf, hört ihr?«

Wer kann sich an einem heißen Augusttag vorstellen, daß es im Winter schneit und friert? Jola und ich konnten es nicht.

Im Kaufhaus des Westens drängten sich Tausende von Hausfrauen. Warmer Mief und Ellbogen. Platzangst und Ohnmächtige, die nicht hinfallen konnten, weil eingekeilt. Sollten wir uns etwa in dieses würdelose Gedränge um die Textiltische zwängen?

Lieber kauften wir da, wo es leer und luftig war. So kamen wir zu Satinwäsche mit Spitzen und zu Büstenhaltern. Jola nahm auch zwei BHs, obgleich sie noch keinen nötig hatte, aber sich so sehr einen wünschte. In der Sportabteilung erstand sie Pingpongschläger und ich einen Tennisdreß – Größe 42, wie ich zu spät bemerkte. Aber vielleicht wuchs ich da noch hinein.

»Ja«, sagte Jola, »vielleicht lernst du auch mal Tennis.«

Außerdem erwarben wir die ersten hochhackigen Pumps unseres Lebens, ein Dutzend Hauchstrümpfe mit schwarzer Naht und Kimonos made in Japan.

Es machte richtig Freude, mal so aus dem Vollen zu kaufen, wir hatten ja beide genügend Geld mitbekommen.

Als ich Lippenstifte ausprobierte, verlor ich Jola samt meinem restlichen Geld, das ich ihr als der ordentlicheren von uns beiden zur Aufbewahrung anvertraut hatte.

Aber das machte nichts. Für den Fall, daß wir im Gedränge getrennt wurden, war als Treffpunkt die Normaluhr am Bahnhof Zoo vorgesehen, und zwar um halb sieben.

Nun hatte ich sehr viel Zeit und bummelte durch schattige Nebenstraßen, in denen nicht die Gefahr bestand, von der blicklos hastenden, hamsterwütigen Masse überrannt zu werden.

Aus Balkonkästen drippelte Wasser aufs Pflaster. Volksempfänger bellten vorwiegend Marschmusik. Ich trödelte ziellos von einer Straße in die andere, an nachgedunkelten Hauswänden mit kleinen Läden entlang. In einem Milchgeschäft, zwischen Butter vom Faß und einer Pyramide aus Eiern, stand das Schild »Juden unerwünscht« im Fenster.

Ein Kind in karierten Filzschuhen schleppte aus einer Eckkneipe eine Kanne Bier zu einem Toreingang. Ich ging ihm nach in den Hof hinein.

Kopfsteinpflaster, Mülltonnen, eine Teppichstange unter einem mickrigen Ahorn. Rundherum steile Wände mit vielen geöffneten Fenstern. Hier guckte einer dem andern tief ins Privatleben. Aber so bezeichneten sie es wahrscheinlich nicht. Das Wort »privat« hatte in diesem Umkreis keine Bedeutung. »Privat« bedeutete für sie die Sperre, die Begüterte um ihr Eigentum errichteten. Privatgrundstück – Privateingang – Privatstraße – Privatstrand: auf alle Fälle für kleine Leute verboten.

An einem Küchenfenster rasierte sich ein Mann. Unterhemd, hängende Hosenträger. Die halbe Backe noch voll Schaum, ging er plötzlich zum Ausguß und pinkelte hinein. Eine zahnlose, ungekämmte Frau räumte ein Plüschkissen aufs Fensterbrett und ließ ihren Busen darüberfließen.

Jemand rief: »Mulle – Mulleken – wo steckt denn det Aas schon wieder?«

Alma hatte mich immer Mulleken genannt – so hießen die meisten Berliner Hinterhofkatzen.

Satten mit Dickmilch und Brummern drauf und Petersilientöpfe standen auf den Fensterbrettern, Scheuerlappen hingen zum Trocknen heraus. Kinder plärrten, eine Nähmaschine ratterte, und ein Grammophon kratzte mit stumpfer Nadel die Donkey-Serenade.

»Ede, stell endlich det Jedudel ab! Det macht eenen reinemang varrickt!«

Ich stand mitten auf dem Hof und schaute, mich langsam um mich selber drehend, an den Mauern hoch.

Hinter jedem dieser Fenster lebten Menschen mit einem Schicksal, das sie ernst nahmen, weil es ihr einziges war. Ihr Tag war Abstrampeln fürs Nötigste, der weibliche Feierabend nach Fabrik und Putzengehen bedeutete stopfen, waschen und bügeln für die Familie, der männliche die Kneipe. Darum gab es auch an jeder Ecke eine.

Sie gehörten zu der Masse Großstadt, die auf der Straße an mir vorüberhastete. Und waren doch keine Masse, sondern jeder für sich ein Mensch.

Da wächst man in den feinen Reservaten der Stadt mit silbernen Gabelbänkchen und Klavierstunde und Dienstbotenaufgängen auf, wird mit Manieren und Allgemeinbildung vollgestopft, aber keiner sagt einem: Schau dir mal die Mietskasernen an. Hinter jedem Fenster wohnen Menschen, die ihr Schicksal genauso ernst nehmen wie du. Das ist keine anonyme Masse.

Für mich war das die wichtigste Erkenntnis, die ich bisher allein getroffen hatte. Ich mußte gleich nachher Jola fragen, ob sie sich auch schon darüber Gedanken gemacht hatte. Aber ich bezweifelte es – Jola war viel zu sehr mit sich selbst beschäftigt, um über andere nachzudenken.

Ein Mann schob sein Fahrrad in den Hof an eine Hauswand, sicherte es mit einem Schloß, zog die Klammern von den Hosenbeinen und sah mich mißtrauisch an: Was willst denn du hier? Du gehörst doch nicht zu uns! Da bin ich dann schnell gegangen.

Inzwischen war es kurz vor sieben. Ich rannte mit meinen Kaufhaustüten durch die Straßen. Meine Füße klappten immer bleierner aufs Pflaster – es war ein sehr weiter Weg zum Bahnhof. Jola würde auf mich fluchen.

Jedoch im Gegenteil, ich fand sie unter der Zoo-Uhr im beschwingten Gespräch mit einem Fähnrich in schwarzer Panzeruniform. »Ach, Luise, du schon –« nahm sie mein erschöpftes Jacheln gestört zur Kenntnis. Und stellte uns vor. »Karl-Heinz Kühnhagen – meine Freundin Luise Hartwig.«

»Tag«, sagten wir, und dann erinnerte ich mich. Potsdamer Yachtclub nach der Regatta. Die beiden Brüder Kühnhagen. Robby war der bedeutend hübschere von beiden, aber Jola hatte sich damals den Karl-Heinz für eine spätere Ehe ausgesucht.

Durch Zufall waren sie sich vor dem Bahnhof Zoo begegnet, während Jola auf mich wartete. Streiften meine Anwesenheit rasch aus ihrem Bewußtsein, waren vertieft in ihr Gespräch.

Ich schaute an der Uhr hoch und stubste zart dazwischen.

»Was ist denn?« pfiff Jola mich an.

»In zwei Minuten geht unser Zug nach Wannsee.«

»Na und? Nehmen wir eben den nächsten.«

»Der kommt aber erst in zwanzig Minuten.«

»Na und?!!!«

Ich entfernte mich von den beiden, es fiel ihnen gar nicht auf. So fängt es wohl immer an. Man vergißt alles um sich herum. Steht wie auf einer Blumenwiese mitten im dicksten Verkehr und stottert vor seliger Befangenheit.

Ich hatte inzwischen auch schon eine Verliebtheit hinter mir: Horst, der Bruder eines Mädchens, das ich aus dem Konfirmandenunterricht kannte. Er brachte mir den neuesten Tanz aus England bei, den Lambethwalk, wobei man sich beim Refrain auf die Schenkel schlug und »Doin' the Lambethwalk – hi!« brüllte. Unter einer dichten Linde verrutschte sein unbeholfener Kuß auf meinem Gesicht. War das eine Seligkeit: endlich geküßt!

Als ich Horst wiedersah, mußte ich ernüchtert feststellen, daß ich nur in die Verliebtheit verliebt gewesen war, nicht aber in den dazugehörigen Jungen. Der war bloß ein Irrtum. Außerdem hatte ich meinen Kumpan aus Huckleberry-Finn-Zeiten in der S-Bahn wiedergetroffen: Jobst Leberecht von Wahren, inzwischen mehrere Zentimeter gewachsen, mit gerade überlebtem Abitur.

Er lud mich zum Essen ein, ich rief meine Mutter vom Lokal aus an: »Mach dir keine Sorgen, wenn ich eine Stunde später nach Hause komme. Ich habe Jobst getroffen.«

»Auweh«, seufzte sie ahnungsvoll, »dann stelle ich am besten gleich das Jod in die Diele.«

»Aber nein, wozu denn? Wir sind ja inzwischen vernünftig geworden.«

Woran sie nicht so recht glaubte.

Es war wunderbar, Jobst wiederzusehen. Unser uriges Gelächter störte die Unterhaltung an den Nebentischen. Wir hatten ja so viele gemeinsame Erinnerungen, die wir ein bißchen gönnerhaft behandelten – eben wie Erwachsene, die sich mit ihrer Jugendzeit befassen. Aber lustig ist es damals schon gewesen.

Bei Jobst hatte ich nicht diese dummen Hemmungen, die mich um meinen natürlichen »Charme« brachten, wenn ich einem fremden Jungen gegenübersaß. Er war ja mein Vertrauter aus Kindertagen.

Einmal krauste er die Nase und grinste mich über den Tisch hinweg an: »Meine Großmutter würde jetzt sagen: Diese Luise sieht recht manierlich aus.«

Auf der gemeinsamen Busfahrt nach Hause hingen wir an der Haltestange der offenen hinteren Plattform. Und alberten wie immer, und mitten im Albern küßte er mich auf den Mund.

Ich war empört!

Jobst! Mein Kinderfreund! Wie konnte er so was tun! Das war gemein! Ich knallte ihm meine Hand ins Gesicht, begegnete noch kurz seinem Blick voll verletztem Stolz und Zorn. Ohne ein weiteres Wort an mich zu richten, stieg er aus dem fahrenden

Bus in die Dunkelheit.

Das war in einer Kurve. Ich hing mit flatternden Haaren, um den Einsteiggriff geklammert, aus dem Wagen und schrie: »Jobst! Du Idiot! Hast du dir was getan?«

Aber es kam keine Antwort, er war auch schon zu weit entfernt. Nun haßte er mich bestimmt.

Schade, wenn eine Kinderfreundschaft so endet.

Endlich verabschiedeten sich Jola und Karl-Heinz Kühnhagen mit einem langen, langen Händeschütteln. Er schlängelte sich durch den Autoverkehr aufs andere Ufer der Straße und winkte zurück.

»Tschüs! Ich rufe an!«

»Ja, schön«, lächelte sie und stolperte neben mir – der Realität entrückt, nicht ansprechbar, Gotteswillen, bloß nicht wecken – durch die Schalterhalle, die Treppe zu den Bahnsteigen hinauf. Um uns wimmelte es von Militär und Reservisten mit verschnürten Persilkartons und Fiberkoffern, umringt von Familienmitgliedern. Dazwischen Schweiß ausdünstende Hausfrauen, erschöpft und zerrupft vom Kampf in überfüllten Kaufhäusern um Kleiderstoffe, Hemden, Schuhe ...

Jola neben mir merkte nichts von all dem. Ihr Lächeln war unbeschreiblich. Siebenter Himmel, wenn es ihn wirklich gibt. Wir stiegen in die S-Bahn Richtung Wannsee.

Zwischen Savignyplatz und Charlottenburg kehrte sie auf die Erde zurück.

»Er hat zwar eine Freundin, die kennt er schon seit Jahren aus dem Club – Löckchen, erinnerst du dich? Sie sind so gut wie verlobt.«

»Ja, wenn sie verlobt sind ...«

»So gut wie, noch nicht richtig«, verbesserte sie mich. »Aber er sagt, es wäre nicht mehr so wie früher – sonst würde er mich ja nicht wiedersehen wollen. Morgen ruft er an.«

In Westkreuz leerte sich der Zug, wir fanden zwei Sitzplätze nebeneinander und packten unsere Tüten aus dem KaDeWe aus. Jola hatte, ohne meine Assistenz, ein kornblumenblaues Taftkleid mit Spitzenkragen und Puffärmeln gekauft. »Als ob ich geahnt hätte, daß ich bald ein hübsches Kleid brauche!« Außerdem zeigte sie mir eine neue Leine für Benita, zwei Pfund Blümchenbonbons und ein Korsett für Großmutter. Bei seinem Anblick fing der Landser uns gegenüber an zu grinsen.

Ich ging noch mit zu Genthins, ehe ich nach Hause radelte. Frau Schult hatte Kartoffelpuffer mit Apfelmus zum Abendbrot versprochen. Sie buk meistens so viele, daß für mich noch welche abfielen.

Als Jola ihre Einkäufe präsentierte, war der Teufel los.

»Satinschlüpfer mit Spitzen! Schwarzer Strumpfgürtel, Kimono! Hauchstrümpfe! Das ist ja Kokottenniveau! Damit kannst du gleich auf die Friedrichstraße gehen!« stöhnte Großmutter händeringend auf.

Am liebsten hätte sie auf Jolas verworfene Erbanlagen angespielt, auf ihre verkommene Mutter, die ihren guten Achim wegen so einem dahergelaufenen baltischen »Kommunisten« verlassen hatte. Aber dann siegte ihre Wahrheitsliebe. Was immer man dieser Hanna Barris vorwerfen konnte – ordinär war sie nicht.

Auch das Korsett vermochte Großmutters Entrüstung nicht zu entschärfen. Sie gab es gleich an Frau Schult weiter. »Kein warmer Mantel! Kein anständiges Paar Schuhe. Dafür Stöckelpumps!«

»Wir haben das gekauft, wo wir nicht lange anstehen mußten«, entschuldigte sich Jola, und ich nickte bestätigend.

Großmutter musterte mich verdrossen. »Du hast sie bestimmt dazu überredet. Du magst vielleicht solchen Flitterkram . . .«

»Das ist nicht wahr!« begehrte ich auf. Und Jola hatte nicht den Mut, die Schuld auf mich zu schieben, solange ich in der Nähe war.

»Was habt ihr euch bloß dabei gedacht!«

Das wußten wir jetzt auch nicht mehr. Es war wohl das Hamsterfieber ohne Sinn und Verstand und das Erlebnis gewesen, zum erstenmal selbständig einkaufen zu dürfen.

Anschließend wollte Großmutter die Kassenscheine von der teuren Kokottenwäsche sehen. Danach war an Kartoffelpuffer mit Apfelmus nicht mehr zu denken.

Selten bin ich so langsam heimgeradelt. Mir stand dasselbe Theater ja noch einmal mit meiner Mutter bevor, wenn ich meine schwarzen Strapse und den glanzseidenen Flitterkram auspackte und diesen sinnlosen Tennisdreß für eine Vollschlanke. Den Lippenstift vergrub ich sicherheitshalber im Steingarten, bevor ich unser Haus ungern bertrat.

Ich kannte die schnelle Handschrift der Frau Hartwig. Ein Delikt weniger bedeutete eine Ohrfeige weniger.

1. September 1939

Nun war es soweit.

»Zur Abwehr der bis zum Übermaß gesteigerten polnischen Übergriffe und Gewalttaten sind deutsche Truppen heute früh um 5 Uhr 45 auf Befehl des Führers und Obersten Befehlshabers der Wehrmacht an allen deutsch-polnischen Grenzen zum Gegenangriff angetreten. Gleichzeitig starteten Geschwader der deutschen Luftwaffe zur Vernichtung militärischer Ziele.

Die Kriegsmarine übernahm den Schutz der Ostsee ...«

Zwischen den Nachrichten immer wieder Marschmusik und Verordnungen für die Zivilbevölkerung.

Ab heute war Luftschutzpflicht. Totale Verdunklung.

In jedem Haus wurde gehämmert, Nähmaschinen ratterten schwarze Vorhänge zusammen.

Unter der Regie meines zigarrerauchenden Vaters stand unsere Hertha auf der Leiter und pinnte knatterndes Packpapier vor die Scheiben seines Herrenzimmerfensters.

Meine heimkommende Mutter stand sprachlos vor diesem Unternehmen.

»Tja, nun ist es duster bei uns«, sagte mein Vater leicht betreten, »auch bei Tage.«

»Franz – o Franz! Wenn du schon mal –! Geh bloß ins Büro!«

Sie riß das Papier in Fetzen herunter, Reißzwecken flogen durch die Luft, und Hertha sagte zufrieden: »Das habe ich mir schon gedacht.«

Nachmittags radelte ich zu Genthins.

Frau Schult ging mit erhobenem Busen herum – ihr Neffe gehörte dem Schulschiff »Schleswig-Holstein« an, das die von polnischen Truppen besetzte Westernplatte beschoß. *Sie* hatte bereits einen Helden in der Familie.

Großmutter Genthin besprach mit dem Gärtner die Zukunft des Vorgartens. »Hier kommen alle Blumenbeete weg. Es wird nur noch Gemüse angepflanzt.«

Jola zog mich fort. »Laß sie reden, ist sie wenigstens beschäftigt und jammert uns nicht die Ohren voll, wie es 14/18 war. Daß der Polenfeldzug in spätestens einem Monat vorbei ist, begreift sie nicht. Karl-Heinz sagt das auch, Mitte Oktober feiern wir den Sieg.«

»Wie war's denn gestern mit ihm?«

»Er konnte nicht kommen. Haben ja jetzt alle Ausgangssperre.

Aber am Telefon war er wahnsinnig süß. Ach, Luise, das Leben ist schön!« Eine erstaunliche Feststellung am ersten Kriegstag, die Großmutter zum Glück nicht hörte.

Bald darauf heulten die Sirenen, und Benita heulte herzzerreißend mit. Der erste Fliegeralarm!

Auf die Idee, daß die Polen bestimmt keine Bomber übrig hatten, um sie nach Wannsee zu schicken, kamen wir nicht. Diese Überlegung war viel zu logisch, um akzeptiert zu werden.

Wir marschierten eilends in den Keller mit dem Eingemachten.

Jolas Vater und ein Tischler waren gerade dabei, Decken und Wände abzumessen für die Balken, die zu ihrer Absteifung benötigt wurden.

Als letzte erschien Frau Schult mit Luftschutztasche, Feuerpatsche und Gasmaske vorm Gesicht. Benita erschrak bei ihrem Anblick über alle Maßen, schoß zwischen Oma Genthins sitzende Beine, ihr Bellen überschlug sich unterm Rocksaum hervor.

Wir Mädchen kreischten vor Lachen.

Da nahm Frau Schult die Gasmaske ab, ihre grauen Haare standen zu Berge, sie setzte sich gekränkt. »Schließlich haben wir Fliegeralarm.«

»Natürlich, Frau Schult.« Großmutters Arm legte sich beschwichtigend um ihre runden Schultern. »Die dummen Dinger begreifen eben noch nicht den Ernst der Lage. Sie haben nie einen Krieg erlebt. Und ich fürchte, es kommt da Schlimmes auf uns zu. Meine Patiencen gehen seit Tagen nicht mehr auf.«

Nach der Entwarnung schauten wir von der Terrasse auf den leergefegten See.

»Weißt du, worüber ich froh bin?« sagte Jola plötzlich neben mir. »Daß ich nicht mehr bei Barris und Mami leben muß. Wie ich sie kenne, machen sie sich jetzt mehr Sorgen um ihre polnischen Freunde als um unsere deutschen Soldaten. Verlangt ja keiner von ihnen, daß sie Nazis sind, aber gegen Deutschland andenken – gegen unsere eigenen Soldaten –, also, das finde ich hundsgemein. Wenn ich nicht damals ausgezogen wäre, hätte ich es heute getan. Und stell dir mal Karl-Heinz in ihrem Milieu vor! Das wäre nie gutgegangen!«

Es war schon dunkel, als ich nach Hause radelte. Keine Straßenlaterne brannte mehr. Alle Häuser wirkten wie ausgestorben. Die Autos hatten schwarze Kappen vor den Scheinwerfern mit einem

Schlitz, aus dem es trübe schimmerte.

Nur der Himmel hatte nicht verdunkelt. Was ging den Himmel unser Krieg an?

Auf der Königstraße wimmelte es von Menschen, die das Gefühl totaler Verdunklung erleben wollten. Sie trugen kleine Leuchtplaketten auf der Brust, die sich wie Glühwürmchen umeinander bewegten. In meiner Nähe flog eins plötzlich abwärts, begleitet von dumpfem Plumpsen und einer kreischenden Frauenstimme:

»Männe, was machst du?«

»Wat mach ick wohl? Ick lieg im Loch – aua!«

»Haste dir was getan, Männe?«

»Nee – aba beinah. Konnten se mitn Krieg nich warten, bis die Scheißstraßenbauerei hier fertig is?«

Vor einiger Zeit hatte man die uralten Chausseebäume gefällt, um die Königstraße zu verbreitern, darunter auch Bäume, die in ihrer zarten Jugend auf napoleonische Armeen herabgeraschelt hatten. Der harzig duftende Massenmord begann vor der Friedrich-Wilhelmsbrücke und setzte sich kontinuierlich fort Richtung Potsdam. Mit den Bäumen fiel der kühlende Schatten, fiel der ländliche Zauber der Königstraße. Viele alte Wannseer weinten.

Als ich heimkam, war das Haus fast leer. Meine Mutter besprach bei ihrer Nachbarin Frau Bellmann den Kriegsanfang, Hertha hatte Ausgang, und Bolle stand noch bei einem läufigen Weib in Stölpchensee an.

Nur aus dem Anbau klang Klaviermusik. Mein Vater klopfte Wagner in die Tasten, sein Anschlag war begleitet vom leisen Knallen seiner zu langen, eckigen Fingernägel.

Mit der Zigarre im Mund krächzte er die einzelnen Gesangspartien von »Tristan und Isolde« mit, auch die weiblichen. Dabei wuchs die Asche an seiner Zigarre zu einem Kegel, der irgendwann auf seine Rockaufschläge fiel und über die Tasten stäubte. Wenn er ein Notenblatt umschlagen mußte, legte er seinen stinkenden Schnuller mit dem feucht zerkauten Mundstück ab, hustete bronchial und trank aus dem Römerglas, das auf dem Flügel stand. Das Glas fing bei abnehmender Flüssigkeit und zunehmender Leichtigkeit an, unter den Erschütterungen seines Anschlags leise klirrend zu wandern. Millimeter für Millimeter bewegte es sich dem Abgrund zu.

Mein Vater war schon ein bißchen betrunken, als ich mich zu

ihm auf eine Ecke der Klavierbank setzte.

»Na, Lieschen?« fragte er schließlich, ohne sein Spiel oder seine Gesänge zu unterbrechen.

»Das war vielleicht ein Tag.« Ich klopfte die Asche von seinen Rockaufschlägen, damit die nächst abfallende darauf Platz hatte. Und betrachtete ihn von der Seite. Seine überhöhte, bucklige Stirn, von der sich die grauschwarzen Locken immer mehr zurückzogen. Die Adlernase, der Zigarrenstummel zwischen vollen, bläulichen Lippen. Der dunkle Schnurrbart, ständig versengt.

Er spürte meinen Blick und knautschte um seinen Stummel herum: »Ist was, Lieschen?«

»Ach, nichts«, sagte ich, küßte seine Stirn und stand auf. »Nacht, Vati.«

Als ich zur Tür ging, sagte er »Frankreich und England machen mobil« hinter mir her.

»Woher weißt du?«

»Hab Ausland gehört. Das ist sehr schlimm. Das könnte ein Zweiter Weltkrieg werden.«

Und spielte weiter.

Spielte noch lange an diesem Abend, holte zwischendurch eine zweite Flasche Wein aus dem Keller, spielte immer mehr daneben, betrank sich bewußt. Ich glaube, er spürte eine Katastrophe voraus, der auch er sich diesmal nicht entziehen konnte, indem er auf Geschäftsreise ging und es meiner Mutter überließ, sie für ihn auszubaden.

16

August 1940.

Das Kind wartete jeden Morgen mit seinem Puppenwagen, der die Erinnerung an Puppenwagen auf Müllhalden wachrief und wohl auch daher stammte, vor dem Schloßhotel Velden. Es hielt sich ein Stück abseits im Baumschatten, wohl wissend, daß seine Schäbigkeit die Pracht der Auffahrt nicht stören durfte. Mit seinem Krauskopf, dem dünnen, gierigen Hals und den staksigen Beinen, auf deren Schmutzbräune es mehlig schimmerte, erinnerte es an einen Nestflüchtling. In den Rattenschwänzen klemmten fünffach gerollte Gummibänder.

Das Kind wartete auf den großen, sommersprossigen jungen Mann im weißen Tennispullover.

Sobald er erschien und sich suchend umschaute, rollte es sein Gefährt aus dem Baumschatten.

»Guten Morgen, Kind«, sagte der junge Mann. »Wie geht es heute der Prinzessin?«

»Bessärr. Kein Fieber mähr.«

Gemeinsam schauten sie in den Puppenwagen. Das rechte Bein der Puppe hatten böse Buben abgerissen. Sägespäne rieselten trotz Heftpflaster aus der Wunde. Die Prinzessin wurde immer dünner. Ihr maigrünes Häkelkleid – eine Art Topflappen – hielt ein in Parkanlagen verlorengegangenes, in Parkanlagen gefundenes goldenes Parteiabzeichen mit lädierter Anstecknadel auf dem Rücken zusammen. Der Soldat der Luftwaffe Hans Degner holte einen Schokoladenriegel aus der Hosentasche und legte ihn zusammen mit einem Zettel in den Puppenwagen.

»Bring das dem Fräulein und komm mir ja nicht ohne Nachricht wieder.«

Das Kind nickte eilfertig.

SeinPuppenwagen eierte seit einer Woche zwischen dem Hotel Schloß Velden, in dem der Soldat mit seinen Eltern abgestiegen war, und dem Hotel Möslacher, in dem ich mit meinen Eltern wohnte, mehrmals täglich hin und her – ein mit Schokolade, Bonbons und Geldstücken honorierter Fuhrbetrieb für Nachrichten wie:

»Guten Morgen, Darling, hast Du gut geschlafen? Wann sehe ich Dich? Und wo! Ich habe soviel Sehnsucht. Hans.«

Und meine Antwort:

»Halleluja! Meine Eltern fahren mit Berliner Bekannten nach Rosegg. Ab zwei Uhr bin ich frei!!! Erwarte mich vorm Hotel. Ich freu mich! Luise.«

Zum erstenmal war ich sehr verliebt, und die ständige Spannung – darf ich fort, darf ich nicht – erhöhte noch die Sehnsucht auf beiden Seiten.

Leicht hatte ich es Hans Degner nicht gemacht, mich kennenzulernen. Er versuchte anfangs ein bißchen zu siegesbewußt, die Festung zu stürmen. Das mochte ich nicht.

»Da ist schon wieder der Große mit den Sommersprossen«, raunte meine Mutter mir zu, wenn wir unseren abendlichen Verdauungsspaziergang durch die Kuranlagen machten.

Hans Degner wandelte in gewissem Abstand hinter uns her. Wenn ich mich einmal umwandte, rang er die Hände wie ein Tenor beim hohen C und verdrehte schmachtend die Augen. So ging das zwei Abende lang, am dritten rupfte er eine Rose aus einer Rabatte und warf sie über mich hinweg auf meinen Weg.

»Nanu, wo kommt denn die her?« staunte mein Vater und blieb stehen.

Eine Dame, die alles beobachtet hatte, ging an uns vorüber und sang: »Kommt a Roserl geflogen, fallt nieder vor mei Fuß ...« Und zwinkerte mir dabei zu.

Da habe ich sie dann aufgehoben. So fing es an.

Mein Vater durfte nichts davon erfahren. Sein Lieschen mit nem jungen Mann! Unmöglich!

Meine Mutter hatte mehr Verständnis für meine erste heftige Verliebtheit und außerdem Hans Degners Versicherung, daß er gut auf mich aufpassen würde.

Ich war fünfzehn, er gerade achtzehn geworden, aber kein Junge mehr. Seine Sommersprossen übersäten kein Milchgesicht, er sah bereits wie ein Mann aus, mit der Stimme eines Mannes und der Erfahrung eines Mannes, die er sich kaum im Umgang mit Fünfzehnjährigen erworben haben mochte. Manche Menschen erleben ihr Leben wohl im Zeitraffer, weil ihnen so wenige Jahre dafür zur Verfügung stehen.

Der Fähnrich Hans Degner stammte aus dem Grunewald.

»Haben Sie zufällig mal in einem großen gelben Haus gewohnt?« fragte ich ihn gleich am ersten Abend.

»Da wohnen wir noch immer.«

»Dann kenne ich Sie. Sie sind jeden Tag zweimal an unserm Haus vorbei zur Schule geradelt. Manchmal habe ich auf Sie gewartet – ich bin auf einem Bein um mich selber gehopst, um Ihnen aufzufallen. Aber Sie haben mich nicht beachtet.«

Das konnte er gar nicht begreifen. »Wie alt waren Sie denn da?«

»Fünf, glaube ich.«

»Naja«, sagte er.

»Darling!

Hat Vati gemerkt, daß es gestern abend so spät geworden ist? Ich habe Dir die Daumen gedrückt, daß es ohne Schimpfe abgeht. Wann sehe ich Dich? Denke daran, es ist unser letzter Tag. So long, Darling, but not so very long – Hans.«

Mit dieser Nachricht traf das Kind unter dem großen Baum nahe dem Hotel ein, wo ich jeden Morgen sehnsüchtig auf sein Anrollen wartete. Ich gab ihm dafür meinen Zettel mit der Botschaft:

»Meine Eltern fahren heute mit Bekannten nach Pörtschach und kommen bestimmt erst abends wieder. Ich habe den ganzen Tag freiii!!!!! Luise.«

Anschließend traf ich Hartwigs beim Frühstück unter einem Sonnenschirm.

Meine Mutter sah mir gar nicht heiter über den Rand ihrer Kaffeetasse entgegen.

»Da bist du ja endlich«, begrüßte mich mein Vater. »In einer halben Stunde geht unser Zug nach Pörtschach. Bockelbergs erwarten uns am Bahnhof.«

»Aber ich komm nicht mit«, sagte ich.

»Das hast du dir so gedacht. Immer bloß im Bad rumaalen – nen Sonnenstich kannst du dir auch in Wannsee holen. Dafür fährt man nicht an den Wörther See. Hast ja noch gar nichts von der Gegend gesehen.«

Wenn der wüßte –! Ich kannte per Boot, Bahn und Einspänner die ganze Umgebung und das Wichtigste in dieser und jeder anderen – das Glück, in ihr verliebt zu sein.

»Du kommst mit und damit basta«, sagte mein Vater.

Während er sich auf sein honigdrippendes Kipferl konzentrieren mußte, sah ich meine Mutter hilfesuchend an: Du weißt, es ist unser letzter Tag. Morgen reist Hans ab. ICH WILL NICHT MIT NACH PÖRTSCHACH!!!!

Sie zuckte bedauernd die Achseln: Ich habe alles versucht. Er besteht darauf. Wahrscheinlich will er ein Machtexempel statuieren.

Warum fiel mir nicht irgendeine Ausrede ein – Übelkeit – Dünnpfiff – irgend etwas, das mich daran hinderte, mit nach Pörtschach zu fahren?

Jola an meiner Stelle hätte sofort einen Grund gefunden, um einen letzten Urlaubstag nicht mit Eltern zu vergeuden.

Ich kam nicht einmal auf die Idee, einen zu suchen. Ich war gehorsam.

O Preußerl, was bist bleed –! Der Kroate hatte mich schon damals richtig eingeschätzt.

Und so trabte ich gebrochen hinter meinen Eltern her zum Bahnhof, wo uns Bockelbergs bereits erwarteten. Herr Bockelberg war in demselben Hoch- und Tiefbauunternehmen beschäftigt wie mein Vater. Sie hatten sich rein zufällig in Velden getroffen.

Auf dem Bahnhofsvorplatz stand das Kind mit seinem Puppenwagen und zählte die Einnahmen, die das Anbetteln der Feriengäste, die gerade mit dem Zug aus Klagenfurt angekommen waren, ihm eingebracht hatten.

Ich lief den Erwachsenen davon auf den Puppenwagen zu.

»Kind, du mußt sofort zum Soldaten und ihm sagen, daß ich nicht kommen kann. Wir fahren nach Pörtschach. Aber nachmittags bin ich bestimmt zurück. Sag ihm das.«

»Wo finden Chärr Soldatt, bittascheen?« fragte Kind.

»Im Hotel natürlich.«

Kind tippte ungläubig gegen seine magere Brust: »Ich soll gehen im Chotel? Sie wärden mir jagen!«

Das hatte ich nicht bedacht. So einen schmuddeligen Putzfetzen behandelten Hotelangestellte wie einen räudigen Hund. Man konnte Kinds Anblick den Gästen – meist höheren Offizieren und Parteibonzen auf Urlaub – nicht zumuten.

»Dann warte, bis er rauskommt. Tu mir den Gefallen! Es ist unser letzter Tag, verstehst du?«

Kind schaute mich warnend an, es sah die Erwachsenen, die hinter meinem Rücken näherkamen. Nahm die Prinzessin aus dem Klappergefährt und drückte sie mit dem Rücken an seine Brust, was keine anständige Puppenmutter tun würde, wenn sie nicht ein goldenes Parteiabzeichen auf dem Puppenrücken verbergen müßte, und klagte: »Armer Prinzessin. Chat getreimt cheit nacht, Elefant ist geflogen ieber Werther See. Bedeitet nix gutt.«

»Was bedeutet es denn?« fragte meine Mutter.

Kind legte die Puppe in den Wagen, nahm seine Hände auseinander wie einen Kelch voller Ungewißheit: »Nu, man wird weinen.«

»Ach, diese Zigeuner«, rief Frau Bockelberg, »die tun so, als ob sie einem wahrsagen, und dabei lügen sie einem die Hucke voll – und kassieren unsere Gutgläubigkeit ab! Es ist nicht zu fassen!«

»Aber wir haben ihr doch gar nichts gegeben«, widersprach meine Mutter.

»Sie vielleicht nicht, aber Ihre Luise, Frau Hartwig. Ich hab gesehen, wie sie Geldstücke in den Puppenwagen kullern ließ.«

Altes Aas, dachte ich.

Kind war längst nicht mehr da. Es hüpfte im Wechselschritt hinter seinem eiernden Gefährt über den Bahnhofsplatz und sang in hohen Tönen: »Ich wärden sagen Chärr Soldatt – ich wärden sagen –«

Dieses Kind besaß einen hoffnungslosen Zauber, eine Fröhlichkeit, die nichts von der tiefen Trauer seiner Mandelaugen wußte.

War es wirklich ein Zigeunerkind? Auf alle Fälle war es bestimmt nicht zugehörig zu unserer wunderbaren, starken, stolzen Herrenrasse.

Spazierengehen mit älteren Herren, die immer wieder Pausen einlegen und sich die Stirne wischen mußten. Aber sie wollten ja unbedingt – trotz der Hitze – auf die kleine Gloriette hinauf, weil sie lobend in ihrem Reiseführer erwähnt worden war.

Vor zwei Tagen bin ich mit Hans Degner hier oben gewesen – überall unsere Schritte – die Holzstäbchen von unserem Stangeneis am Wegrand, am liebsten hätte ich sie aufgehoben – an dieser Stelle hatte er mich auf die Nase geküßt – von hier ab sind wir um die Wette gelaufen – bis hier, da fing er mich in seinen Armen auf, und die Leute guckten mit Spießerwohlwollen: Recht so, Soldat, mach dir ein paar hübsche Stunden mit deinem Mädel!

Auf der Gloriette angekommen, japste mein Vater: »Nu guck

mal den Blick, Lieschen!«

»Jadoch.«

Heute war der Blick auf den See bereits Erinnerung an vorgestern. Lieber Hans – in memoriam, Deine Luise –

Wir kehrten im gleichen Seerestaurant ein. Mir blieb auch wirklich nichts erspart. Dort drüben habe ich mit ihm gesessen.

Daß ich einmal so glücklich hier war – das ist erst zwei Tage her, und morgen reist er ab.

Die Erwachsenen stritten sich, ob die Berliner Philharmoniker nun besser waren als die Wiener. Mein Vater sagte, die Wiener hätten die besseren Streicher und die Berliner die besseren Bläser, aber Bockelbergs wollten, daß die Berliner auch die besseren Streicher hatten . . . ich dachte, ich würde noch wahnsinnig.

Die Bedienung wurde gerufen. Man ging vom Kaffee zum Wein über. Das erste Viertel löste bekanntlich Sitzfleisch bei meinem Vater aus. Ein Viertel, zwei Viertel, drei Viertel – meine Mutter fing meinen verzweifelten Blick auf.

»Vati«, sagte sie, »wir müssen langsam an die Heimfahrt denken!«

»Ja, gleich«, wischte er ihre sanfte Mahnung vom Tisch. Herr Bockelberg wollte anstoßen: »Auf unser siegreiches Vaterland!« Und zählte alles auf – zuerst Polen in einem Blitzkrieg von 18 Tagen überrollt, Dänemark, Norwegen, Holland, Belgien, Luxemburg besetzt, Frankreich besiegt – nun ging's gegen Engelland – »und morgen gehört uns die Welt! Prost! Alle anstoßen – ach, die Damen haben ja nichts. Bedienung! Wein für die Damen!«

»Für uns nicht«, wehrte meine Mutter ab. »Luise und ich fahren jetzt.«

»Aber Gnädigste, Sie werden doch mit uns auf unser Großdeutsches Reich anstoßen!«

»Das können wir auch in Velden.«

Meine Mutter erhob sich und setzte sich wieder. Sie mochte ihren angesäuselten Mann nicht schutzlos den nächsten Vierteln ausliefern. Aber mir gab sie einen Wink: Verschwinde.

Der Portier benötigte zwei Wiederholungen, bis er den Namen Degner aus meinem Japsen heraushörte. So schnell war ich vom Bahnhof Velden zum Hotel gerannt. Er ließ Hans ausrufen. Gemeinsam mit seinem Vater betrat er die Halle – beide gleich groß, mit gleichen Bewegungen, das gleiche Lachen – wie ein Ei dem anderen, dachte ich. Wobei das eine Ei nur jünger war und sehr gesprenkelt.

»Da bist du ja endlich, Darling –«

»Es war gar nicht so einfach, meinen Sohn davon abzuhalten, seinen Kummer in Manhattans zu ersäufen.« Herr Degner sah mich mit raschem männlichen Mustern an – das ist sie also.

»Ich –« und bedauerte: »– keine Luft –«

»Was ist passiert? Verfolgt dich Vati mit dem Stock?« fragte Hans.

Wir sahen uns an – soviel aufgestaute Sehnsucht und der Kummer um diesen letzten, verschenkten Tag.

Herr Degner hatte Verständnis und verabschiedete sich bald, um seine Frau vom Bridgetisch abzuholen.

Wir gingen zum See.

Gestern sind wir hier um die Wette geschwommen – mein kurzer Triumph, schneller zu sein als Hans. Mit zwei Kraulstößen holte er mich ein – fing mich in seine Arme – kreischen – Wasser schlucken – hautnahe Umklammerung zum erstenmal – ich spürte seine Muskeln – diese plötzlich aufflackernde Sehnsucht in seinen vom Wasser geröteten Augen. Dann ließ er mich los und schwamm ans Ufer.

Das war gestern. Da hatten wir noch die Hoffnung auf einen gemeinsamen Abschiedstag vor uns.

Jetzt ist es dunkel und sehr kühl und nichts mehr zum Hoffen da und nichts zum Freuen. Aus einem geöffneten Restaurantfenster hören wir, wie eine Geige einen Wiener Walzer zersägt.

Am meisten werde ich seine Schulter vermissen. An seiner Schulter kann mir überhaupt gar nichts passieren. Ich bin geborgen.

Hans ist anders als in den vorangegangenen Tagen. Warum küßt er mein Gesicht so nachdenklich? Ich möchte noch einmal diese schöne Leidenschaft erleben, nach der er mich so süchtig gemacht hat . . .

»Darling, wir werden uns jetzt lange nicht sehen«, sagt er und rollt seinen Zeigefinger in eine meiner Haarsträhnen. »Es kann Monate dauern, ich kriege vorläufig keinen Urlaub mehr.«

»Macht ja nichts, dann warte ich eben. Habe ich schon so lange auf dich gewartet – seit damals, als ich fünf war. Zehn Jahre . . . stell dir mal vor!« Das beeindruckt ihn nicht so, wie ich erwartet habe.

»Es waren hinreißende Ferien mit dir, du warst bezaubernd«, sagt er, »aber auf die Dauer hat es keinen Sinn mit uns, Darling. Das beste wäre, wenn wir uns jetzt good-bye sagten.«

»Für immer?« frage ich erschrocken. »Meinst du das ernst?«

»Ja.«

»Aber warum? Es ist doch so schön mit uns, und ich schreib dir auch lustige Briefe –« verspreche ich ihm.

Seine Vernunft kommt nicht gegen mich an. Und so nimmt er mich denn in die Arme und küßt mich endlich voll intensiver Hingabe, und ich küsse ihn wieder – ich habe inzwischen viel von ihm gelernt.

Meine ahnungslose, temperamentvolle Leidenschaft macht es ihm schwer – ich kann nicht begreifen, warum er mich plötzlich von sich schiebt.

Immer, wenn's am schönsten ist, muß er eine Zigarette rauchen.

Hans bringt mich zum Hotel – eine letzte Umarmung – er bleibt im Schatten zurück, während ich auf den Eingang zugehe.

Ein wohlbekanntes, bronchiales Husten um die Zigarre herum empfängt mich: »Wo kommst du jetzt erst her, Lieschen?«

»Ich war spazieren.«

»Im Dunkeln?«

»Ja – wo sonst?«

In der Hotelhalle legt meine Mutter Patiencen. Sie schaut mich interessiert an: »War's schön?«

»Eben Abschied«, sage ich und gebe ihr einen Kuß. »Ich gehe jetzt rauf.«

»Wir sind noch mit Bockelbergs auf einen Schoppen verabredet.« Der Seufzer in ihrer Stimme ist nicht zu überhören. Beim Zähneputzen schaue ich prüfend in den Spiegel überm Waschbekken. Ich bin zu jung. Zu jung wofür –? Er ist doch auch erst achtzehn. Und morgen früh reist er ab. Und kriegt so bald keinen Urlaub mehr – es kann vielleicht Monate dauern. Inzwischen lernt er ein anderes Mädchen kennen – vielleicht hat er sogar eine Freundin – eine ältere, von der ich nichts weiß. Vielleicht war ich wirklich nur ein Ferienerlebnis für ihn.

Auf einmal wird mir klar, was Abschied bedeutet. Ich habe ja noch nie einen erlebt.

Nachdem ich mein Nachthemd angezogen habe, gehe ich noch einmal auf den Balkon hinaus. Die Bäume rauschen schon ein bißchen herbstlich.

Im dunklen Garten unter mir sehe ich einen roten Punkt. Er

zieht einen Halbkreis, noch einen und fliegt dann in hohem Bogen ins Gras und verglüht. Eine Zigarette.

Der sie fortgeworfen hat, ist noch immer da – sieht mich in meinem hellen Batisthemd auf dem Balkon stehen. Ich kann ihn nicht erkennen.

»Hans?« frage ich unsicher.

»Leb wohl, Darling –« Und geht auf lautlosen Kreppsohlen davon.

Am nächsten Morgen suchte ich den Puppenwagen mit der Prinzessin vergebens und wollte schon ins Hotel zurück gehen, als mich die heisere Stimme des Kindes anrief: »Freilein – bittascheen –«

Es hatte sich hinter einem Baumstamm versteckt. Ich ging zu ihm.

»Gutter Mänsch cheit frie chaben gesagt, wir schnell missen fort, sonst sie kommen uns cholen.« Ein bedauerndes Lächeln. »Und Cherr Soldatt auch adieu. Viel adieu, Freilein.«

»Was wird denn nun aus dir?«

Kind hob die Schultern. »Not lährt springen, weinen und Liederr singen – Großmutter sagen. Nun wir missen springen.«

Hatten wir uns jemals Gedanken gemacht über das Woher und Wohin unseres kleinen, schäbigen Nachrichtenübermittlers? Wir hatten nur an unsere Verliebtheit gedacht. Kind klopfte sich gegen die Stirn. »Chaben värgässen – viele Liebe und Grieße von Cherr Soldatt an Freilein – Cherr Soldatt chaben gägäben chundert Mark in deitsches Gäld – gutter Mänsch!«

Kind, der Soldat und ich sind keine guten Menschen, nur zufällig auf der Sonnenseite der Straße geboren, sozusagen in der Kurzone.

»Warte einen Augenblick, ich hol noch was für dich –« Und wollte ins Hotel zurücklaufen, aber Kind sah einen Polizisten die Straße heraufschlendern und zitterte plötzlich vor Angst. Es steckte mir etwas zu und war verschwunden – zwischen Büschen untergetaucht.

In meiner Hand fand ich das goldene Parteiabzeichen mit der lädierten Anstecknadel, das der Prinzessin maigrünen Häkellumpen zusammengehalten hatte.

Ein Geschenk vom Kind, dessen Namen wir nicht kannten. Wir hatten uns nicht einmal die Mühe gemacht, nach ihm zu fragen.

Nun war Hans Degner schon mehrere Stunden fort und das Vermissen unbeschreiblich. Überall flogen Erinnerungen wie Schmetterlinge um mich herum.

»Die Göre muffelt schon wieder«, sagte mein Vater über den Rand seiner nachgeschickten Deutschen Allgemeinen Zeitung hinweg. Ich muffelte nicht. Ich mochte nur nicht reden. Wieso begreift das ein Vater nicht?

Dann trafen ihn zwei Schläge innerhalb einer Minute.

Erstens sah er, wie ich meine Hand öffnete und gedankenvoll das goldene Parteiabzeichen betrachtete.

»Lieschen!!!« erschütterte er.

»Das ist von heute an mein Talisman«, sagte ich und er: »Dein was????«

In diesem Augenblick traf ihn Schlag Nummer zwei in Gestalt von Hilde Bockelberg, die mit dem Aufschrei »Franz! Da bist du ja! Wir haben dich schon überall gesucht!« auf uns zueilte.

Mein Vater reagierte wie ein von einer Kreuzotter gebissener Pilzsammler. Sie hatte ihn mit »Du« angeredet!

Nebulös kam ihm die Erinnerung an die vergangene, gemeinsam verzechte Nacht, an Frau Bockelbergs Hand auf seiner Schulter: »Prost, Franz, ich bin die Hilde!«

Mein Vater und Du!! Das hatte er in den letzten zwanzig Jahren nur zwei Menschen gewährt – meiner Mutter und mir.

Bereits beim Mittagessen wälzte er das Kursbuch auf der Flucht vorm trauten Du. Schlafwagenplätze für denselben Abend waren seit Wochen ausverkauft, aber es fand sich eine zurückgegebene Platzkarte für die erste Klasse. Die war natürlich für ihn selbst, darauf bestand meine Mutter, und er ließ sich auch nicht lange bitten. Ein Soldat bot ihr seinen Platz in der dritten Klase an. Ich hockte auf einem Koffer im Gang, durcheinandergeschuckelt. Knobelbecher stiegen über mich hinweg auf dem Weg zur Toilette und zurück.

Den Kopf an die Abteilwand gelehnt, die Augen geschlossen, war ich ganz eingehüllt in Hans Degners Zärtlichkeit.

Dann schlief ich ein und träumte von einem Planwagen, über eine Landstraße zuckelnd. Rückwärts schaute Kind heraus, mit der Prinzessin im Arm. Plötzlich kam ein Polizeiauto auf sie zugefahren und versperrte ihnen den Weg. Alle Zigeuner, auch Kind, mußten absteigen und ihr Pferd ausspannen. Das Pferd trabte in die Wiese am Straßenrand und fing an zu grasen.

Ich wachte mit einem Ruck auf. Der Zug stand mitten auf der Strecke und schleuderte Pfeiftöne in die Nacht.

Not lehrt springen, weinen und Lieder singen . . .

Was wird wohl aus Kind?

Durch unsere frühzeitige Flucht aus Velden blieb mir noch eine Woche Ferien in Wannsee, die ich hauptsächlich bei Genthins am See verbrachte, nicht nur um zu baden, sondern vor allem, um Jola von Hans Degner zu erzählen, immer wieder die gleiche Geschichte von Anfang an, bis sie ihr aus den Ohren herauskam.

»Aber als du dich über deinen Karl-Heinz ausgesülzt hast, mußte ich geduldig zuhören«, reagierte ich gekränkt.

Wir saßen am Genthinschen Ufer und schauten auf die kleinen Wellen, die an die Mauer klatschten.

Jola fiel es unendlich schwer zuzugeben, daß sie schon lange nichts mehr von Karl-Heinz gehört hatte.

»Aber du hast mir doch erzählt, er schriebe dir so tolle Briefe aus Frankreich!«

»Postkarten hat er geschrieben – schöne Grüße vom Eiffelturm und so was.«

»Warum hast du mich angelogen?«

Jola biß auf ihren Fingerknöcheln herum. »Vielleicht, weil ich vor mir selber nicht zugeben wollte, daß es aus ist. Irgendwann hat's mir gereicht. Da habe ich an ihn geschrieben, was er sich dabei denkt, bloß immer Ansichtskarten. Das wäre doch keine Liebe. Schließlich hat er mich geküßt, als wir von ›Lohengrin‹ nach Hause fuhren. Vor drei Tagen ist seine Antwort gekommen. Liebe Jola –« Sie konnte den Brief auswendig: »Ich bin ganz erschrocken, seit Dein Schreiben vor mir liegt. Habe ich mich denn so falsch benommen? Wie konnte ich ahnen, daß Du unsere kleine Verliebtheit so ernst nehmen würdest? Du bist ein Mädchen, wie ich es mir wünsche, aber noch beinah ein Kind. Das habe ich anfangs nicht bedacht. Bitte verzeih mir, wenn ich dir Kummer bereitet habe.«

Jola sah mich an. »Wie findest du das?«

»Wenn du mich fragst – ich glaube, er ist zu seiner alten Freundin Löckchen zurück.«

Sie nickte. »Das denke ich auch.« Und dann konnte sie sich nicht länger beherrschen. Mit den Fäusten den Rasen prügelnd, heulte sie Zornestränen. »Diese Demütigung! Ich nehm mir den Kerl so übel. Laß mich auch noch von ihm küssen –«

Meinen tröstenden Arm stieß sie zurück. »Hau ab mit deinem

Mitleid!« Schneuzte in ihr Taschentuch mit rosa verwaschenem Häkelrand, ballte es zu einem Knäuel und schob es in den Ärmel, wo es wie eine Beule hing.

»Ich muß nach Hause, Mathe lernen. Morgen fängt die Schule wieder an, und wir schreiben bestimmt in der ersten Woche ne Arbeit«, sagte ich und stand auf.

»Bleib hier, Luise. Bitte!«

»Aber ich muß lernen!«

»Wozu? Schreibst ja eh ne Fünf.«

So blieb ich neben ihr am Ufer hocken und schaute auf den See, auf dem erste gelbe Blätter wie Küken schwammen.

»Hans Degner hat auch gesagt, ich wäre noch so furchtbar jung«, erinnerte ich mich, von ihrer Traurigkeit angesteckt. »Vielleicht schreibt er mir eines Tages genauso einen Brief wie der Kühnhagen.«

Diese Möglichkeit schien sie zu trösten. »Ja, vielleicht. Ach, Mensch, da lernt man endlich die Liebe kennen – und wofür? Damit man hinterher eine lange Zeit unglücklich ist.« Sie strich Haarsträhnen gegen den Wind aus ihrem Gesicht. »Aber dieser Karl-Heinz soll ja nicht denken, daß er mich los ist.«

»Willst du ihm etwa auf die Pelle rücken?« fragte ich erschrokken.

»Bin ich verrückt? Schließlich habe ich Stolz. Aber eines Tages werde ich ihm wiederbegegnen, dann bin ich kein Baby mehr –«

»– und dann zahlst du es ihm heim«, ahnte ich.

»Ja«, sagte Jola, »dann heirate ich ihn.«

17

Eine Woche später kam Jolas Vater auf Urlaub.

Als Reserveoffizier des Ersten Weltkriegs hatte er sich vor einem halben Jahr freiwillig an die Front gemeldet, was keiner so recht verstand, vor allem seine Mutter nicht. »Ja, wenn Not am Mann wäre! Aber wir siegen doch in einem fort. Thh – läßt einfach seine gutgehende Kanzlei im Stich und geht an die Front! Den Jungen werde ich nie begreifen.« Großmutter, zuweilen einfühlsam wie ein Gartentisch, hatte für alles, was ihren Sohn anbetraf, eine Patentlösung: »Daran ist bloß deine Mutter schuld, Jolakind. Er kommt über die Scheidung nicht hinweg. Nun sucht er den Tod!«

Jola hielt sich die Ohren zu. »Ich kann deinen Stuß nicht mehr hören, Oma!«

Achim Genthin war auf einem Landsitz nördlich von Paris stationiert und schrieb lange Briefe über die Kultur seiner Umgebung, die Großmutter nicht sonderlich interessierte. Hennys Sohn Horst – inzwischen bei der Waffen-SS – hatte seiner Mutter ein Blaufuchscape aus Paris mitgebracht und Parfüm und Pumps und noch und noch . . .

Kein Wunder, daß Oma Genthin ihrem Sohn wie dem Weihnachtsmann entgegensah, als er auf Urlaub kam.

Aber was befand sich in den bleischweren Kisten, die Achims Bursche aus dem Auto ins Haus schleppte und auf ihr gutes Parkett knallen ließ? Schmutzige Wäsche und ein Haufen französischer Literatur. Kartonierte! Machte nicht mal im Bücherschrank was her!

»O Achim«, seufzte sie, es ließ sich nicht verhindern, »wozu schickt man dich eigentlich nach Frankreich? Kein anständiges Stück Seife – kein Chanel Nr. 5 . . .«

Genthin wirkte betreten. »Das tut mir leid, Mutter – aber solange ich denken kann, hast du nur Lavendelwasser benutzt.«

»Und das kam aus England, und da wart ihr noch nicht, na, macht nichts, mein Junge, was brauche ich Luxusgüter, Hauptsache du bist wieder da.«

Eine enttäuschte Mutter, eine einsilbige Tochter, mit ihrem Liebeskummer beschäftigt, von dem er nichts wußte. Blieb ihm nur Benita, die ihm voll ungetrübter Freude auf den Schoß sprang.

Genthin, in Gefühlsdingen scheu, kraulte seine aufgespeicherte Wiedersehensfreude in das Hundefell.

Nicht, daß er von seinem Kind oder seiner Mutter erwartet hätte, daß sie ihm auf den Schoß springen würden, nein, bestimmt nicht. Aber wenigstens eine herzliche Familienrunde am ersten Abend!

Jola blieb stumm, und seiner Mutter fielen nur Klagen ein. Über die vielen Reparaturen in dem alten, morschen Haus. Und den Ärger mit den Handwerkern! Die kamen doch nur, wenn man sie spickte – Kaffee, Zigaretten, Parfüm, Hauchstrümpfe ...

»Du hast mich vorhin falsch verstanden, Achim. Nicht für mich wollte ich Parfüm, sondern für die Frauen der Handwerker. Verstehst du das nun?« versuchte Großmutter ihre vorwurfsvolle Begrüßung zu entschuldigen. »Wir haben es wirklich nicht leicht in der Heimat. Glaub mir das. Allein die vielen Alarme – etwa dreißig in anderthalb Monaten –, es passiert ja nichts, aber nach so einer schlaflosen Nacht ist man wie gerädert. Und wenn du das nächste Mal auf Urlaub kommst, bring mir bitte ein paar Persianerfelle mit. Ich pinsel die kahlen Stellen in meinem Pelz schon mit Ausziehtusche schwarz ...«

Genthin besorgte Opern- und Theaterkarten, schlug Ausflüge in die Umgebung vor.

»Nun sag doch endlich, Kind, was dir Freude machen würde.«

»Es macht mir alles Freude«, versicherte Jola lustlos.

Einmal sah er sie nachdenklich forschend an. »Hast du Kummer? Bist du nicht glücklich hier?«

»Aber Vati, wie kommst du denn darauf?«

So verdarb Karl-Heinz Kühnhagen, der sich nicht mehr bei Jola meldete, den Heimaturlaub des Hauptmanns Genthin.

Eines Tages brachte er eine junge Frau mit zum Tee nach Wannsee.

»Eine attraktive Person und nicht ungebildet, sie spricht drei Sprachen und ist im Propagandaministerium tätig«, erzählte Großmutter Genthin gleich nach diesem Besuch ihrer Tochter Henny am Telefon. »Sie hat ein nettes Wesen, doch, das muß man ihr lassen. Ich glaube, die beiden kennen sich nicht allzu lange. Sie siezen sich noch.«

»Wie heißt sie denn?« fragte Henny.

»Lisa Steißfurth. Komischer Name.«

»Hast du schon im Telefonbuch nachgeschaut, Mutter?«

»Ja. Es stehn bloß zwei drin – eben Lisa und Hermann Steißfurth, der ist Schneidermeister in Neukölln.«

Henny überlegte. »Vielleicht ist das ihr Vater –«

»Glaubst du?« Kurzes Verdauen dieser Mitteilung. Und dann: »Nichts gegen Schneidermeister, das sind brave, ordentliche Leute, denk nur an Herrn Machnow. Der hat seine Kinder Abitur machen lassen, und der Älteste studiert sogar«, erinnerte sich Großmutter. »Aber für Achim hätte ich mir endlich mal eine aus unseren Kreisen gewünscht. Ich wüßte hundert Damen, die ihn mit Kußhand nehmen würden. Aber naja – er ist alt genug, um zu wissen, was er tut.«

Beim Frühstück am nächsten Morgen wollte Großmutter endlich Gewißheit. »Dieses Fräulein Steißfurth – sag mal, Achim, ist es was Ernstes?«

Genthin setzte seine Teetasse ab, ohne getrunken zu haben, und lachte. »Die Frage hat dich wohl nicht schlafen lassen, Mutter?«

»Du erzählst mir ja nie was!« beklagte sie sich.

»Fräulein Steißfurth ist die Schwester eines Regimentskameraden. Ich habe ihm versprochen, mich im Urlaub ein bißchen um sie zu kümmern, weil ihr Freund gerade gefallen ist.«

»Ach, Junge«, lachte Großmutter erleichtert auf, »und ich dachte schon – also, das hättest du doch gleich sagen können.« Und ihre Semmel schmierend: »Übrigens steht ihr Bruder nicht im Telefonbuch.«

Am Abend vor seiner Rückreise nach Frankreich – das Gepäck stand schon versammelt in der Garderobe – schenkte Genthin seiner Tochter einen Biedermeierring mit einem Kleeblatt aus Granaten. »Es soll dir Glück bringen«, sagte er dazu. »Ich glaube, du hast es im Augenblick nötig.«

»Wie kommst du denn darauf, Vati?« wehrte sie erschrocken ab wie jemand, der sich ertappt fühlt.

Er strich über ihren Scheitel. »Du bist traurig, Jolande. Ich weiß nur nicht den Grund.«

Statt einer Antwort legte sie die Arme um seinen Hals. Die erste Umarmung seit Kleinmädchenzeiten.

»Danke, mein Kind«, sagte er und hielt sie einen Augenblick fest.

Am nächsten Morgen um sechs Uhr früh holte ihn sein Fahrer ab.

Großmutter und Jola winkten ihm fröstelnd nach. Und es tat beiden leid, daß er so fremd abfuhr, wie er gekommen war.

»Aber er erzählt ja nichts«, jammerte Großmutter. »In dieser Familie erzählt keiner was – dein Großvater nicht, dein Vater nicht und du auch nicht. Und dann verlangt ihr von mir, daß ich euch verstehe. – Mich schuddert's. Wird doch schon kühl morgens. Ich geh rein. Komm auch, Jolakind, hast ja nicht mal Strümpfe an!«

Vielleicht hätte ich Vati sagen sollen, was ich für Kummer habe, überlegte Jola, ihr langsam ins Haus folgend. Aber wie denn – es ist soviel Scheu zwischen uns, wir sind uns wohl zu ähnlich ... so niemals vertraut, obgleich wir gerne möchten ... und wenn er nun nicht wiederkommt ...

18

In der Zehn-Uhr-Pause stand ein Soldat auf unserem Schulhof. Das hatte es noch nie gegeben. Wir waren schließlich ein anständiges Lyzeum. Selbst Brüder auf Fronturlaub wagten sich nicht auf unseren Hühnerhof, sondern ließen ihre Schwestern durch den Hausmeister herausrufen.

Die beiden ältlichen Lehrerinnen, die Aufsicht hatten – eine von ihnen mit dünnem Dutt, die andere mit Herrenschnitt –, waren außer sich.

Schülerinnen standen in Klumpen zusammen und kicherten provozierend in seine Richtung. Dem Soldaten wurde langsam mulmig vor soviel weiblicher Aggressivität, aber er hielt ihr verlegen stand.

Ich kam erst später herunter, weil ich noch den Biologieraum hatte aufräumen müssen.

»Guck mal, ein Soldat auf unserem Hof«, empfing mich Sigrid.

»Wo?« Und dann sah ich ihn – groß, breitschultrig, sommersprossig, von Hunderten von Blicken durchbohrt wie der Heilige Sebastian von Pfeilen.

»Hallo, Darling«, kam er erleichtert auf mich zu. »Da bist du ja endlich . . .!«

Ich dachte, ich falle tot um vor Schreck. Fiel aber nicht, sondern zischte ihn verzweifelt an: »Du darfst hier nicht –!!«

Und er: »Ja, hab schon gemerkt. Ist das hier'n Kloster? Aber was sollte ich machen – bin auf der Durchreise nach Dresden – habe ein paar Stunden Aufenthalt. Wollte dich so gerne sehen – ach, Darling –«

Plötzlich stand Fräulein Dr. Schubert neben uns, die mit dem Herrenschnitt. »Verlassen Sie sofort den Hof!« Drängte, kantigbreit gebaut, Hans von mir fort, dem Ausgang zu. Er – bereits auf dem Rückzug – hob bedauernd die Hände. »Sorry, Darling . . .«

»Unerhört, so was«, wandte sich die Schubert an mich. »Hat der Mensch denn keinen Anstand? Nicht bloß, daß er hier unangemeldet einbricht – er redet auch noch englisch! Als deutscher Soldat!«

Ich ging ins Schulhaus in meine Klasse hinauf.

Es läutete. Die Mädchen fädelten sich einzeln durch die Tür, an meinem Platz vorbei, säuselten »Hallo, Darling«, schnalzten Küsse um meine heißen Ohren.

Dann begann der Unterricht – zog wie chinesisch an mir vorbei oder wie Mathematik, das machte keinen großen Unterschied. Ich verstand das eine wie das andere nicht.

Hans ist dagewesen – ist in Berlin – und ich hocke hier sinnlos herum – warum bin ich nicht einfach mit ihm gegangen – ohne Rücksicht auf Strafe –

O Preußerl, was bist bleed!

So blöd, daß mich die Schweine beißen müßten.

»Störe ich dich?« bohrte sich die Stimme meines Klassenlehrers Dr. Ellmer bedrohlich sanft in mein Bewußtsein. Er stand neben meinem Platz.

Aus den feixenden Gesichtern meiner Mitschülerinnen entnahm ich, daß er wohl schon längere Zeit versuchte, mit mir Kontakt aufzunehmen. »Luise! Na endlich –! Würdest du die Güte haben, mit auf den Flur zu kommen. Ich muß mit dir reden. Nimm deine Mappe mit.«

Hinter Dr. Ellmer und mir schloß sich die Klassentür. Nun standen wir auf dem nach Karbol und Schmierseife riechenden Flur vor den Kleiderhaken, über die wir unsere Mäntel gestülpt hatten, weil den meisten der Aufhänger fehlte, Schals und Mützen darüber.

»Ich habe im Lehrerzimmer gehört, was auf dem Hof vorgefallen ist«, begann Dr. Ellmer.

»Es tut mir leid.«

»Und was hast du mir sonst noch zu sagen?« Sein trockener Tonfall, sein unbewegliches Gesicht ermunterten mich nicht gerade zu einer Liebesbeichte. Eine Lüge fiel mir aber auch nicht ein. »Er – er ist auf der Durchreise – nur ein paar Stunden und wollte mich gern sehen –« stotterte ich.

»So – auf der Durchreise – an die Front?«

»Eh – ja. An die Front.«

»Hm.« Seine Zunge stieß in seiner Wange herum, während er überlegte. »Glaubst du, daß du ihn noch erreichen kannst?«

»Ich weiß nicht – vielleicht?«

»Dann lauf, Luise. Ich gebe dir frei.« Damit drehte er sich um und ging ins Klassenzimmer zurück.

Ich starrte auf seinen runden Rücken im immer gleichen, ausgesessenen grauen Anzug mit durchhängendem Hosenboden. »Danke, Herr Doktor«, sagte ich gegen die sich hinter ihm schließende Tür.

Seit Dr. Ellmer seinen einzigen Sohn in Frankreich verloren hatte, war dieser trockene, gern ironische Pädagoge wohl zu der Einsicht gekommen, daß eine verpaßte Stunde mit einem Liebsten schwerer nachzuholen war als eine Schulstunde.

Ich rannte zum nächsten Stadtbahnhof: »Bitte, von wo gehen die Züge nach Dresden ab?«

Luftkriegsschule 1
Dresden-Klotzsche

Darling.

Ich habe versprochen, Dir gleich zu schreiben.

Was war das nur wieder für ein gelungener Tag. Zuerst mein Rausschmiß aus Eurem Schulhof, dann zwei verlorene Stunden zu Hause ganz allein. Ich habe Platten gehört und bis zuletzt darauf gewartet, daß Du doch noch anrufst. Und mir vorgestellt, Du bist bei mir. O Darling – Dann bin ich zum Anhalter Bahnhof gefahren. Und als ich überhaupt nicht mehr mit Dir rechnete, hörte ich an der Sperre Dein »Hallo!« Und war so unbeschreiblich froh. Mir tat nicht einmal die Frau leid, der mein Koffer auf die Zehen fiel, als ich Dich umarmte. Drei Minuten mit Dir auf dem Perron – von allen Seiten geschubst.

Wir haben so wenig Zeit miteinander, und davon verschenken wir auch noch kostbare Stunden – ich am Telefon hockend, Du auf dem Bahnhof auf mich wartend. Soll das unser Schicksal werden? Zuerst in Velden, jetzt in Berlin ... Wenigstens drei Minuten warst Du nah – so lange dauern Träume. Nun können nur noch meine Gedanken bei Dir sein, vielleicht spürst Du sie sogar einmal.

Küsse Deinen wunderbaren, verständnisvollen Lehrer auf beide Backen und sage ihm, der Soldat hätte ihm die Küsse gesandt. Das freut ihn bestimmt.

So long, Darling – Hans.

Fünf sehnsüchtige Briefe von ihm in zwei Wochen und die immer drängendere Frage: Wann kommst du endlich einmal her?

Wie stellte er sich das vor? Sollte ich zu meinen Eltern sagen: Tschüs, ich fahr mal kurz nach Dresden?

Ende Oktober hatte mein Vater beruflich dort zu tun, ich wurde ihm mitgegeben, ». . . damit Luise endlich diese herrliche Stadt kennenlernt.«

Jola borgte mir ihren Waschbärmantel und ein Fläschchen Soir de Paris, das Vetter Horst aus Frankreich mitgebracht hatte. »Aber nimm nur'n paar Tropfen, laß mir noch was drin.«

Sie blickte mir neidvoll nach. Glückliche Luise! Durfte zu ihrem Liebsten fahren. »Hast du's gut, Mensch!«

Hans schrieb: »Sobald Du ankommst, ruf im Hotel Bellevue an. Dort wohnt meine alte Dame zur Zeit. Die Nummer ist 25281. Du brauchst vor ihr keine Angst zu haben. Ich weiß, wie das ist . . .«

Jetzt konnte gar nichts mehr schiefgehen.

Ich mußte nur noch meinen Vater vorbereiten. »Ich bin heute abend mit Berliner Freunden im Bellevue verabredet. Mutti hat nichts dagegen, und wenn du mir nicht glaubst, ruf selber an. Die Nummer ist . . .«

»Jaja, schon gut«, unterbrach er mich. »Du kannst ja gehen.«

Hotelportiers schüchterten mich von jeher ein – sie haben mir Wesentliches voraus: sie sind weltgewandt und eben nicht schüchtern.

Ich ließ einen hohen Offizier und eine pelzbesetzte Dame vor, bis ich genug Mut hatte, ihn anzusprechen.

Er schickte einen Boy in den Speisesaal.

Gleich darauf kam Hans auf mich zu, noch auf beiden Backen kauend – so schnell hatte ich ihn gar nicht erwartet. Er überrannte meine Beklommenheit. »Endlich, Darling. Komm.«

Beide Hände um den geborgten Waschbär gelegt, zog er mich aus der Halle eine Treppe hinauf (ich sah kurz die Sixtinische Madonna in Lebensgröße über mir an der Wand – sehr gelungene Kopie, würde er mir später versichern), einen langen Flur entlang, Teppiche verschluckten unsere Schritte – er schloß eine Tür auf, schob mich in ein sehr großes Zimmer, nur von einer rosabeschirmten Lampe beleuchtet. Ich landete in einem Sessel, er auf seiner Lehne. Nicht einmal Zeit, den Mantel abzulegen, ließ er mir.

Der Rest war Wiederfinden nach soviel wochenlang aufgestauter Sehnsucht, Festhalten, endlose Küsse, Streicheln. Irgendwann richtete er sich auf. Zum erstenmal nahm ich den Raum wahr, in dem wir uns befanden.

In meiner Blickrichtung hingen lauter Pelze auf Bügeln an einem Schrank – Feh, Ozelot, Breitschwanz, Hermelin –, befanden wir uns in einem Kürschnersalon? Dann erst sah ich auf der anderen Zimmerseite zwei Betten, eins davon aufgedeckt, über dem Kopfkissen ein Satinnachthemd, in der Taille zusammengehalten, mit Spitzen am Saum.

»Es ist das Zimmer meiner Mutter«, sagte Hans, »der einzige Ort, wo ich dich ungestört begrüßen konnte. Jetzt müssen wir leider runtergehen. Sie wartet auf uns.«

Beim Betreten des Speisesaals schaute ich nach Tischen mit einzelnen Damen – suchte mir eine reizende aus, sie lächelte überrascht, als ich auf sie zuging. Hans' Arm fing mich ein. »Nein, Darling – dort drüben sitzt meine Mutter.«

Frau Degner lauerte uns unter einem Blaufuchscape entgegen. Mächtige Brillantklunkern zogen ihre Ohrläppchen in die Länge, sprühten Blitze wie angezündete Wunderkerzen. Dasselbe aggressive Blitzen wiederholte sich auf ihren kurzen, plumpen Händen. An dieser Frau wirkten die Hochkaräter nicht wie Edelsteine, sondern wie gebündelte Geldscheine.

»Mama, das ist sie«, stellte Hans mich vor.

Abschätzendes Mustern, während sie mir ihre Finger reichte. »Setzen Sie sich, Fräulein Hartwig.«

Frau Degner war bereits beim Mokka, der Ober brachte noch zwei Tassen, sie schob mir den Teller mit Gebäck zu. »Nehmen Sie sich . . .«

Ich war noch immer stumm vor Schreck.

»Sie sind zum erstenmal in Dresden?«

»Ja.«

»Eine Kulturstätte. Wo sind Sie abgestiegen?«

»Am Bahnhof. Das Hotel heißt Westminster.«

»Vernünftig von Ihrem Vater. Wer am Bahnhof wohnt, der spart.«

Wie sollte ich das verstehen?

Ich sah Hans an, er zwinkerte mir aufmunternd zu: Hab keine Angst! Er war so stolz auf mich, so zärtlich stolz. Gab mir Denkanstöße, um mich zum Reden zu bringen. Ich versuchte ja, munter zu sein, aber was ich von mir gab, klang so verkrampft, daß ich besser geschwiegen hätte.

»Und Sie gehen noch zur Schule, Fräulein Hartwig?«

»Im Grunewald«, antwortete Hans für mich. »Stell dir vor,

Mama, wir waren praktisch Nachbarskinder. Wir haben es nur nicht gewußt, das heißt, Luise hat sogar mal kurzfristig für mich geschwärmt. Damals war sie fünf.«

»Na, ist das nicht goldig«, sagte Frau Degner, abgelenkt durch Leute am Nebentisch, die sich gerade erhoben.

Es handelte sich um einen hohen SS-Offizier mit seiner ebenmäßigen, weizenhellen, langbeinigen Wikingerfrau.

»Schöne Person«, sagte Frau Degner hinter ihr her. »Hast du sie gesehen, Hans?« Zum erstenmal lächelte sie mich voll an. »Wissen Sie, Fräulein Hartwig, ich sage immer zu meinem Sohn: Wenn du einmal heiratest, dann muß es eine große, blonde, nordische Frau sein.«

Hans suchte unterm Tisch nach einer der Hände, die zu einem mittelgroßen, brünetten Mädchen gehörten und sich zwischen ihren Knien verkrochen hatten, holte sie ins Kerzenlicht und küßte sie beruhigend: Sie meint es nicht so, Darling!

»Mama, bist du sehr böse, wenn wir uns jetzt verabschieden?«

»Aber nein, geht nur, amüsiert euch. Du fährst sicher anschließend in die Kaserne. Auf Wiedersehen, Fräulein Hartwig. Wie lange bleiben Sie noch in Dresden?«

»Bis Montag mittag.«

»Dann sehen wir uns ja sicher noch mal.« Sie reichte mir ihre weiche, nicht faßbare Hand, hielt ihrem Sohn die Wange hin, rief uns »Viel Spaß« nach.

In der Hotelbar waren wir mit Abstand die Jüngsten, Hans unter lauter hohen Dienstgraden der einzige Soldat. Er bestellte Cocktails namens Side-car und erzählte: »Weißt du, daß das Bellevue früher eine Zuckersiederei war? Erst Mitte vorigen Jahrhunderts hat man ein Hotel draus gemacht. Richard Wagner hat hier gewohnt, Gerhart Hauptmann, Richard Strauss . . .«, und dann verließ auch ihn die Munterkeit.

»Was ist los, Darling?«

»Mir ist wie bei der Reise nach Jerusalem – wenn die Musik abbricht und alle Stühle bereits besetzt sind. Ich finde keinen mehr. Ich bin aus.«

»Aber Darling –«

»Deine Mutter mag mich nicht.«

»Ach, das habe ich geahnt, daß das jetzt kommt. Ihr nordischer Tick. Mußt du nicht ernst nehmen. Wenn sie dich erst besser kennenlernt, wird sie begeistert von dir sein. Mein Vater ist es ja auch.«

Und seine Hand auf meine legend, die einen Strohhalm zerkleinerte: »Ich kann's noch immer nicht glauben, daß du wirklich da bist.«

Aber es gelang mir an diesem Abend nicht mehr, so reizend zu sein, wie er mich in Erinnerung hatte. Zwischen uns hockte unsichtbar, aber jeden Augenblick gegenwärtig, seine Mutter wie eine lauernde Kröte unter ihrem breitschultrigen Cape.

»Wenn ich morgen nicht Dienst hätte, könnten wir nach Schloß Pillnitz fahren oder nach Moritzburg«, bedauerte Hans. »Ich möchte dir soviel hier zeigen . . .«

Eine rumpelnde, geisterblau befunzelte Straßenbahn brachte uns zum Hotel. Wir standen noch eine Weile in einer windgeschützten Mauerecke, mein Kopf an seiner Schulter, mein Gesicht auf kalten Uniformknöpfen.

Vom nahen Bahnhof das Aneinanderknallen von Puffern. Eine Lokomotive zischte vorüber und schickte eine stinkende Wolke zu unserer frierenden Sehnsucht.

»Nun sei nicht traurig, Darling. Wir haben ja noch morgen abend. Morgen wird alles wieder so sein wie früher. Bestimmt«, versicherte Hans. »Ich denke mir was Schönes aus – ohne meine alte Dame – nur für uns beide ganz allein.«

Einerseits schimpfte der sparsame Franz Hartwig auf die Verschwendungssucht ehemaliger Landesfürsten, die Dresdens Prunkbauten errichten ließen. Andererseits mußte er zugeben, daß Steuergelder und immense Schulden selten so vollendet angelegt worden waren.

Den Baedeker in der Hand, marschierte er vor mir her durch das Kronentor in den weiten Zwingerhof, den August der Starke für seine Hoffeste anlegen ließ.

»Herder hat Dresden einmal als das Florenz des Nordens bezeichnet. Aber solchen Vergleich hat es nun wirklich nicht nötig. Weil Dresden als Dresden einmalig ist. Nimm bloß diesen Wallpavillon – Pöppelmann und Permoser. 1716 bis 1717. Spätes Barock. Das ist einzigartig, das gibt's auf der ganzen Welt nicht noch mal. Wie das schwingt, wie . . . na, sag doch mal, Lieschen . . .« Mir fiel auch kein passender Vergleich ein. Vollkommenheit läßt sich schwer in Worte fassen.

Auf dem ehemaligen Theaterplatz mit der Gemäldegalerie, der Schinkelschen Wache, dem Schloß, Chiaveris Hofkirche, dem

Opernhaus und dem italienischen Dörfchen an der Elbe wurde mein Vater tückisch. »Weißt du, wie der Platz jetzt heißt? Adolf Hitler! Wenn das August der Starke wüßte –!«

Anschließend wurde die Frauenkirche besichtigt, die Brühlsche Terrasse, und dann ging's rüber auf das gegenüberliegende Elbufer, um die vielen graziösen Kuppeln und Türme noch einmal als Panorama zu betrachten.

Ich schaute vor allem auf das Bellevuehotel am Ufer.

»Heute abend wirst du sicher sehr müde sein«, sagte ich hoffnungsvoll.

»Heute abend gehen wir in die Oper.«

»Nein!!«

Er sah mich verwundert an. »Warum schreist du so, Lieschen?«

»Ich geh nicht in die Oper.«

»Aber ich habe schon die Karten.«

»Heute abend bin ich mit Degners verabredet.«

»Die hast du gestern gesehen. ›Fidelio‹ noch nicht. Ausgezeichnete Besetzung. Völker singt den Florestan, Böhm dirigiert. Die Dresdner Oper hat Weltruf.«

»Aber die Degners –«

»Dann ruf sie in Gottes Namen an und sag ihnen, du kämst noch ne halbe Stunde nach der Vorstellung zu ihnen ins Bellevue. Ist ja gleich über die Straße.«

Warum habe ich nicht gekniffen? Warum bin ich mit in die Oper gegangen? Warum hatte ich so wenig eigenen Willen und soviel Gehorsam in mir?

Im prunkvollen Zuschauerraum des Opernhauses, auf rotsamtenem Sitz, hatte ich weniger die Bühne im Auge als die Uhr darüber. Die Minuten ließen sich wie Stunden Zeit, die Stunden wie Tage ...

Was interessierte mich der fettleibige, eingekerkerte Tenor, der mir weismachen wollte, er nage am Hungertuch.

Wenn ich wenigstens in der Pause hätte gehen dürfen, aber nein, ich mußte unter Glaslüstern, zwischen farbigem Marmor und Golddekorationen lustwandeln. Nur wenige Schritte entfernt, im Bellevuehotel, wartete Hans seit sechs Uhr auf mich. Lauter verschenkte Stunden.

Endlich der Schlußchor. Mit dem letzten Ton erhob ich mich. »Tschüs, Vati.«

Er zog mich auf den Sitz zurück. »Ist ja noch nicht zu Ende.

Kommt noch eine Leonoren-Ouvertüre.«

»Wieso am Ende? Eine Ouvertüre gehört an den Anfang, und da war schon eine, wieso zwei Ouvertüren? Alles laß ich mir nun wirklich nicht gefallen. Ich will hier raus!«

Nicht nur mein Vater machte »Pschscht«.

Mitten in diese Schluß-Ouvertüre mischte sich plötzlich ein ferner Heulton, den Beethoven nicht komponiert hatte, riß mich vom Stuhl, an sperrigen Knien in Tuch und Seide vorbei dem Ausgang zu – Foyer, Treppen, Eingangshalle. Die Ausgänge waren bereits hermetisch verschlossen.

Logendiener bewachten sie wie Eunuchen die Türen zum Serail. »Lassen Sie mich raus – bitte – ich muß nur die paar Schritte zum Bellevue – bitte! Die paar Schritte!«

Ich kramte in meiner Handtasche, fand aber nur einen Groschen für die Toilette, damit kann man keinen Livrierten bestechen.

Also Tränendrüse: »Mein Verlobter wartet auf mich. Er muß morgen früh an die Front!«

Der Diener zuckte bedauernd die Achseln: »Strikte Anweisung von oben. Bei Fliegeralarm darf kein Zivilist das Opernhaus verlassen.«

Ich setzte mich auf eine Treppenstufe zwischen Ausgehuniformen und Abendkleider, vergrub das Gesicht in meinen Armen und gab die Hoffnung auf Hans Degner auf.

Ich wußte, daß er jetzt drüben im Bellevue mit seiner Mutter zusammensaß, vom langen, vergeblichen Warten auf mich nicht zum erstenmal zermürbt, aber zum erstenmal ihrem Einfluß zugänglich. »Abgesehen davon, daß Luise Hartwig nicht der Typ Mädchen ist, den ich mir für dich vorstelle – wie soll das eigentlich zwischen euch weitergehen? Morgen reist sie ab, dann siehst du sie wieder Monate nicht, und wenn ihr euch seht, hast du auch nichts von ihr. Reichen dir etwa Briefe? Na also! Häng dich nicht an so ein junges Ding, Liebling, leb dein Leben, du bist ein Mann. Andere Mütter haben auch hübsche Töchter . . .«

So oder ähnlich würde sie auf Hans einreden, nicht nur heute abend, und im Grunde genommen hatte sie ja recht.

»Lieschen!« rief mein Vater erleichtert – er hatte mich zwischen zweitausend Opernbesuchern auf Gängen und Treppen gesucht. »Da bist du ja endlich!« Setzte sich zu mir, aber ich mochte nicht reden, sondern kroch immer tiefer in meinen Kummer hinein.

»Tut mir leid, daß du deine Berliner Freunde nun nicht mehr sehen kannst, aber sie sind ja nicht aus der Welt. Und die Aufführung war wirklich gut.«

Nach einer Weile kreiste ein einsames Flugzeug über der Stadt. Seinetwegen hatte man uns eine Stunde lang eingesperrt. Es soll übrigens der erste Fliegeralarm in dieser Stadt gewesen sein.

Der Tag, an dem Dresden von Bomben ausgelöscht wurde, war noch fern.

Am nächsten Morgen begegnete ich Frau Degner zufällig in der Straßenbahn. Breitschwanz, Rubinschmuck, Krokotasche und kühle Distanz. Ja, zu dumm das mit dem Alarm gestern abend. Hans wird Ihnen schreiben. Wann reisen Sie ab? Und dann schalt sie mich, weil ich das falsche Billett für die Trambahn gelöst hatte. Mit einem andern hätte ich fünf Pfennig gespart.

»Gute Heimreise, Fräulein Hartwig, grüßen Sie Berlin.«

Fünf Tage später kam ein Brief von Hans.

»Liebe Luise, vielleicht hast Du es inzwischen selbst eingesehen, wir haben keine Chance miteinander und sind beide zu jung, um von versäumten Stunden leben zu können. Ich wollte Dich in Velden ein bißchen glücklich machen und war es selbst dabei. Es war ein Fehler, diese Ferienverliebtheit über ihren Abschied hinaus zu verlängern. Aber das weiß man ja nie vorher. Bitte sei nicht traurig. Du hast noch soviel Hoffnung vor Dir. Es wird bestimmt einer kommen, der Dich glücklicher machen kann als ich. Leb wohl, Luise – thanks for the memory – Hans.«

Thanks for the memory – das ist unser Lied gewesen.

»Sei doch froh, daß es jetzt aus ist und nicht erst in einem Jahr, dann fiel's dir noch viel schwerer«, tröstete mich Jola, während wir gemeinsam das Herbstlaub aus der Genthinschen Einfahrt kehrten. »An der Mutter geht über kurz oder lang jede Liebe kaputt, die ihr nicht paßt. Im Grunewald ist sie als Aas auf der Baßgeige verschrien. Das Haus, wo Barris wohnen, gehört ihr. Ganze Straßenzüge gehören ihr in Berlin. Wenn ein Mieter nicht zahlen kann, kennt sie kein Pardon.«

»Davon hast du mir nie was gesagt.«

»Du hättest es auch nicht hören wollen.«

»Hans war anders«, versicherte ich, Laub in meine Arme raffend, um es in die Schubkarre zu laden. »Und ich kann meine

Liebe nicht einfach abschalten. Sie sitzt viel zu tief in mir drin.«

»Wem erzählst du das!« Jola stieß mit zerstörerischem Fuß in einen Laubhaufen, den sie zusammengekehrt hatte. Gelbe Ahornblätter, nach Suppenwürze riechend, stoben durch die Luft. Ich glaube, der Tritt galt Karl-Heinz Kühnhagen.

Wir kehrten nicht nur Laub, sondern auch die Scherben unserer ersten Liebe zusammen.

Erste Liebe – so rein wie ein Neugeborenes. Dieses Abheben zum erstenmal aus der elterlichen Nestwärme in eine erregende Glückseligkeit. Dieses Schweben mit ausgebreitetem Herzen auf einen Fremden zu, der unsere Gefühle entzündet hatte. Nun brannten sie lichterloh – wir glaubten jeder Beteuerung, jedem abgedroschenen Liebeswort – wir hörten es ja zum erstenmal.

Und dann ein Eimer kaltes Wasser in Form eines Abschiedsbriefes, der das Feuer löschen sollte.

»Der Kühnhagen und der Degner – wären wir ihnen doch nie begegnet«, wünschte Jola.

Ich gab ihr recht. »Da freut man sich seit Jahren auf die große Liebe, kann's gar nicht abwarten ... nun sitzen wir da. Ganz schön angeschmiert.«

Leidtragende waren die Jungen, die uns nach dieser Enttäuschung ihre Sympathie antrugen. Wir ließen sie bitter leiden für das, was man uns angetan hatte.

19

Ein Sonntag im Juni 1941.

Im Grunde merkten wir nicht viel vom Krieg. Die Fronten waren weit von Deutschlands Grenzen entfernt. Auf dem Kontinent herrschte weitgehend Waffenstillstand – unsere Bomber flogen gegen England – lange würde es bis zum endgültigen Sieg nicht mehr dauern. Das überraschte uns in den Frühnachrichten die Kunde von Hitlers Kriegserklärung an unsere bisherigen Verbündeten, die Russen.

Eine Woche später Sondermeldungen über Sondermeldungen, die unser Ohr verwöhnen sollten: Brestlitowsk war genommen, Bialystok, Minsk und Grodno.

Großmutter Genthin steckte auf ihrer Europakarte mit bunten Stecknadeln die Fronten im Osten ab und – weil ohne Lesebrille auf der Nase – besetzte sie Moskau gleich mit.

Einerseits hatte das ständige Siegen den letzten Funken Mißtrauen in ihr gegen den Führer und Oberbefehlshaber der Wehrmacht ausgelöscht, andererseits gefiel ihr das mit Rußland nicht so recht. »Hoffentlich übernimmt er sich damit nicht. Denk an Napoleon, Jolakind. Wenn's dem Esel zu wohl wird, marschiert er in Rußland ein. Und dann kommt die große Kälte. Ein Glück, daß dein Vater in Norwegen ist und Horstchen in Afrika.«

»In Afrika kann er auch fallen«, meinte Jola, ihren Badeanzug einpackend.

»Aber nicht auch noch erfrieren«, gab Oma zu bedenken.

»Tschüs.« Jola küßte sie flüchtig auf den grauen Scheitel. »Ich geh mit Dickie und Luise segeln.«

»Wann kommst du wieder?« fragte Frau Genthin hinter ihr her, ein hilfloser Anflug von Autoritätsbedürfnis bei gleichzeitiger Erkenntnis, daß sie längst keinen Einfluß mehr auf ihre Enkeltochter hatte.

»Das hängt vom Wind ab. Bestimmt nicht spät.«

»Was dir fehlt, sind Eltern«, seufzte Großmutter.

Zwischen Schule, Hausaufgaben, Heimabenden und Sammelaktionen fürs Winterhilfswerk nutzten wir jede Minute Freiheit, um uns am See herumzutreiben. Seit einigen Wochen nahm Dickie daran teil, ein fettes Riesenbaby von achtzehn Jahren, das Jola mit seiner aussichtslosen Liebe verfolgte.

Abend für Abend stand er im Lindenschatten vor ihrem Gartentor voller Sorge, ein anderes männliches Wesen könnte das Grundstück betreten. Punkt neun Uhr gab er seinen Wachtposten auf, seine Schritte entfernten sich mit plattfüßigem Klatschen auf dem Fahrdamm. Etwa zwanzig Minuten betrug sein Dauerlauf nach Hause, er wurde trotzdem nicht dünner.

Anfangs hatte Jola ihren Hund Benita auf Dickie gehetzt. Als sie einsah, daß seine eifersüchtige Verehrung sich auch nicht durch mögliche Bisse verscheuchen ließ, begann sie, ihn auszunutzen. Und ich half ihr dabei. Wo gab es schließlich noch einen nichteingezogenen Jungen mit Segelboot!?

Jola sagte zu Dickie: »Wenn du unbedingt willst, darfst du mit mir und Luise segeln gehen.«

Dickie brachte Picknick mit und mußte für Jola eine Luftmatratze aufblasen. Wir sahen interessiert zu, wie er diesen Kraftakt mit sich ins Bläuliche verfärbendem Plustergesicht vollbrachte.

Sobald er den Stöpsel in die pralle Matratze geschoben hatte, bedauerte Jola: »O Dickie, warum bist du nicht geplatzt!« Und hatte plötzlich keine Lust mehr auf Luftmatratze, weshalb sie die Stöpsel wieder herauszog. Die Matratze machte pffft und sank in sich zusammen – alles Dickies Puste, die da herauspfiff. Er trampste wütend auf. »Du bist gemein zu mir! Du bist so gemein.«

Jola lachte sich halbtot. Anschließend lag sie neben mir auf dem Boot herum, im Schatten des kraftlos pendelnden Großsegels.

Dickie saß schmollend an der Pinne und ließ ihren Rücken im blauwollenen Badeanzug mit gestopften Mottenlöchern nicht aus den Augen.

»Guck lieber, wohin du fährst, sonst knallen wir noch mit nem Dampfer zusammen«, ermahnte ich ihn.

Wasserglucksen an der Bootswand – gab es ein friedlicheres Geräusch? Wenn statt des birnenförmig gewachsenen, x-beinigen Dickie jetzt zwei Jungen an Bord gewesen wären, in die man sich hätte verlieben können! Aber die waren ja längst eingezogen . . .

So verblühte unsere Jugend unbeachtet, für wen ließen wir uns eigentlich braun brennen?

In unser träges Bedauern hinein sagte Dickie: »Da drüben

schwimmt ein Ball.«

»Na und?«

»Der Ball hat aber Haare«, fügte er beklommen hinzu.

»Wo?« Wir richteten uns auf und schauten in die Richtung seines Zeigefingers.

Der Ball hatte wirklich Haare. Sie umspülten ihn lang und dicht.

»Das ist –« sagte Jola beklommen.

Panik erfaßte mich. »Wir müssen sofort ans Ufer und die Polizei benachrichtigen!«

Aber weder Dickie noch Jola rührten sich, sondern starrten gebannt auf den langsam treibenden Frauenkopf.

Dickie sagte wie verklärt: »L'inconnue de la Seine!«

Jetzt war er übergeschnappt.

Ich rüttelte vergebens an ihm: »Wir müssen ans Ufer!« Zerrte das Paddel unter der zerknüllten Persenning hervor. Dickie nahm es mir aus der Hand. »Halt die Pinne«, sagte er zu Jola, »ich pätschel –« Er tunkte das Paddel in den See, schaufelte das Wasser, immer rascher und kräftiger – aber nicht ans Ufer, sondern auf den treibenden Kopf zu.

»Bist du wahnsinnig?« schrie ich ihn an.

»Wir müssen sie retten«, sagte er wie in Trance.

»Dickie, laß den Quatsch! Das ist nicht die Inconnue! Das ist ne andere. Und außerdem kannst du sie nicht retten. Sie ist tot!«

Dickie hörte mich nicht. Er sagte ganz ruhig zu Jola: »Nimm den Bootshaken. Wenn ich nahe genug dran bin, halt sie damit fest. Wir ziehen sie an Land.«

Nun reichte es mir. Ich sprang über Bord und schwamm, so schnell ich konnte, dem Ufer zu. Unsichtbare Arme griffen nach meinen wildstoßenden Füßen, versuchten sie festzuhalten, kratzten über meine Haut.

Das sind Schlingpflanzen, versuchte ich mich zu beruhigen. Das ist auch nichts Ekelerregendes, was da im selben See schwimmt wie ich, sondern eine arme, ertrunkene Frau. Mein Verstand war erwacht. Versuchte vergebens, mich zu beruhigen.

Ich erreichte ein Ufergrundstück, auf dem die vogelzwitschernde, grüngoldene Trägheit dieses Sommernachmittags durch kein Entsetzen aufgeschreckt worden war.

Sprenger summten kreisend, und die Luft war voller Blütenduft. Auf dem Rasen spielte ein kleines Mädchen mit zwei Blechdosen an einer roten Schnur.

»Wo ist deine Mutter?«

Es sah strafend auf. »Hier ist privat.«

»Sieglinde, was ist los?« fragte eine junge Frau, auf die Terrasse des Walmdachhauses tretend, in langfließendem Hauskleid, goldblonde Haarschnecken über den Ohren wie Radiokopfhörer.

»Immer wenn sie müssen, gehn sie bei uns an Land. Warum pullern sie nicht ins Wasser?« beschwerte sich Sieglinde und rannte ans Ufer.

»Bitte rufen Sie die Polizei«, keuchte ich. »Da draußen – eine Wasserleiche – meine Freunde – sehen Sie?«

Die Frau schaute zum See, nach einer Bestätigung meiner Mitteilung suchend, sah wohl Dickies und Jolas Bemühungen und wurde plötzlich praktisch.

»Holen Sie das Kind, aber schnell!« verlangte sie von mir und ging ins Haus, um die Polizei anzurufen.

Ich fand Sieglinde auf dem Steg, gespannt auf das wartend, was Dickies Segelboot hinter sich herzog.

»Du sollst zu deiner Mutter kommen!« Und griff nach ihr. Sie ließ sich fallen, ein zappelnder Sack an meiner Hand. »Aua, du tust mir weh!«

Bis ich Sieglinde auf die Terrasse gezogen hatte, war ich zweimal von ihr gebissen worden.

Eine kräftige, in Bügelduft gehüllte Person nahm mir das kleine Miststück ab und beförderte es ins Haus. Ich ging nach, meine Bißstellen massierend. Stand tropfend in einer Wohnhalle und vergaß vor Staunen beinah den tragischen Anlaß meines Hierseins.

So ähnlich wie diese Wohnhalle mußte es bei Görings in Karinhall aussehen: Spitzdach mit freischwebenden Balken, Geweihe in jeder Größe, überdimensionale geblümte Sitzecken, ein Schreibtisch von den Ausmaßen eines Billardtisches, alles schwere Eiche mit bronzenen Knöpfen. Über dem Kamin ein signiertes Führerbild, im Halbprofil mit hochgeschlagenem Mantelkragen und Mütze.

In solchen heiligen Hallen war ich noch nie.

Die Frau, die aussah wie aus der Edda entsprungen, legte den Telefonhörer auf. »Die Polizei kommt sofort.« Und schaute mißbilligend auf die Pfütze zu meinen Füßen. Ihr schönes Parkett!

An sich hätte ich jetzt gehen müssen, sah ich ihr an. Aber ich ging nicht, solange die Leiche noch am Steg lag.

»Ich hole Ihnen ein Handtuch«, sagte sie schließlich und kam lange Zeit nicht wieder. Wie weit entfernt bewahrte sie denn ihre Handtücher auf!?

Ein Auto fuhr vor. Amtsstimmen und Kommandos hallten vom See herauf. Kommandos müssen ja immer sein, selbst beim Fortschaffen einer stillen, ertrunkenen Frau.

Inzwischen tropfte ich nicht mehr. Und draußen war es still geworden. Ich riskierte einen Blick zum Steg.

Da waren nun keine Polizisten mehr. Zögernd ging ich hinunter.

Dickie und Jola sahen mir elend, aber verachtungsvoll entgegen. Beide hatten die Gelbsucht.

Auf dem Steg war ein langer nasser Fleck, dort mochte sie gelegen haben. Ich traute mich nicht, mit bloßen Füßen draufzutreten. »Dickie, gib mir deine Latschen.«

Er zog sie aus und warf sie mir zu. Noch nie im Leben hatte ich so heiße Schuhe an den Füßen.

»Feigling«, sagte Jola, als ich an Bord stieg. Auch ihre Stimme klang gelbsüchtig.

»Wieso feige?« verteidigte ich mich. »Eine Lebendige hätte ich sofort gerettet. Aber der war doch nicht mehr zu helfen.«

Dickie holte das Großsegel ein und erbrach sich anschließend über Bord.

»Das hast du nun von deiner Inconnue de la Seine«, sagte ich.

Er wehrte meine Bemerkung mit der Hand ab, bevor er sich den Mund putzte.

Jola hockte zusammengekauert unter ihrem Handtuch. »Wir wollen nie mehr davon sprechen. Wehe, einer von euch fängt davon an!«

»Das müssen ganz hohe Parteibonzen sein in dem Haus da, wo ich war«, wollte ich ablenken, aber keiner hörte mir zu. Sie waren viel zu verstört.

»Hunderttausende fallen im Krieg, und wir stellen uns wegen einer Toten an«, sagte ich nach einer Weile.

»Du hast sie ja nicht von nahem gesehen«, fuhr mich Jola an.

»Bist du selber schuld«, sagte ich.

»Noch nie habe ich einen Toten gesehen, nicht mal meinen Großvater!«

»Einmal erwischt es uns alle«, sagte Dickie düster, während er uns Richtung Heimat paddelte.

»Ich habe schon mal einen Toten gesehen«, erinnerte ich mich.

»Du?« Jola sah ungläubig auf. »Wo denn?«

»Auf der Königstraße nach einem Autounfall. Er lag auf der andern Seite und war mit Packpapier zugedeckt. Jobst und ich und noch drei Kinder kamen vorbei, ich wollte weg, aber Jobst interessierten die kaputten Autos. Und wie wir so da rumstanden, kam der Kronprinz angefahren und wollte ausgerechnet von mir wissen, wie es passiert ist. Ich hab's ihm erzählt. Ehe er weiterfuhr, hat er mir 50 Pfennig geschenkt. Jobst und die andern guckten neidisch auf meinen Fuffziger. Da bin ich zum Schuster in die Werkstatt und habe ihn in fünf Groschen umwechseln lassen. Nun hatte jeder von uns einen Groschen, aber es war nicht mehr der Fuffziger vom Kronprinzen. Da bin ich wieder zum Schuster und wollte die Groschen in das Fünfzigpfennigstück vom Kronprinzen zurücktauschen – aber er hatte viele Fuffziger in seiner Kasse, und alle sahen gleich aus – selbst das vom Kronprinzen.«

Ich brach meine Erzählung ab, verschreckt durch Jolas und Dickies Blicke. Am liebsten hätten sie mich samt hohenzollernschem Fuffziger im See versenkt.

Jola verkroch sich unter der Persenning und ich mit ihr, denn Mücken sirrten im Großangriff auf uns herab. Dickie, ein Handtuch über den Schultern, klatschte, tief in Gedanken, um sich.

»Könnt ihr mir mal sagen, wieso sich ein junger Mensch, das Leben nimmt? Sie war doch noch jung – höchstens Anfang Zwanzig. Vielleicht hatte sie Liebeskummer.«

»Aber deshalb geht man nicht ins Wasser«, protestierte Jola. »Nicht wahr, Luise?«

»Gotteswillen.«

»Ach, ich weiß nicht – ich könnte mir vorstellen – wenn ich sehr unglücklich wäre –« überlegte Dickie.

Jola mit einem Blick auf seine Speckpolster: »Du gehst aber nicht unter, du schwimmst immer oben.«

»Dann erschieß ich mich eben«, beschloß er.

»Das kannst du deinem Vater nicht antun, wo er doch all seine Beziehungen gebraucht hat, um dich vom Wehrdienst zu befreien.«

»Das ist nicht wahr«, heulte Dickie auf. »Ich bin zurückgestellt, weil ich was an der Wirbelsäule habe.«

Jola wollte darauf etwas entgegnen, aber ich stieß sie unter der Plane an. »Laß ihn – nun ist genug.« Das Boot stand fast still in der Abendflaute. Keine von uns kam auf die Idee, ihm beim Paddeln zu helfen. Alle drei dachten wir an die Tote.

Wir überließen es Dickie, sein Boot allein zum Yachthafen zu pätscheln. Er würde gewiß noch eine längere Weile unterwegs sein.

»Du nützt ihn aus und bist auch noch gemein zu ihm«, konnte ich mir nicht verkneifen, als wir vom Ufer her den Serpentinenweg zum Genthinschen Haus hinaufstiegen.

»Und du hast mitgemacht!« konterte sie, nicht zu Unrecht.

Aber mir tat es wenigstens nachträglich leid.

»Dickie will's nicht anders. Der leidet doch gerne«, sagte Jola.

»Und wenn er sich wirklich erschießt?«

»Du fällst auch auf alles rein, Luise. Dickie doch nicht – niemals. Der macht sich bloß wichtig mit solchen Reden. Der hat mehr Schiß als Vaterlandsliebe, und ich glaube, jetzt hat er endlich die Schnauze von mir voll.« Sie blieb stehen und schlug sich mit der flachen Hand gegen die Stirn. »Ich hab dir überhaupt noch nicht das Neueste erzählt – halt dich fest! Barris ist eingezogen worden. Zur Infanterie. Mami hat's mir heute am Telefon erzählt. Mußte sie ja mal anrufen – hab mich ewig nicht bei ihr gemeldet. Barris als Soldat! Also, ich finde das zu komisch.«

»Ja, du – aber er?«

»Seit sechs Wochen ist er schon in der Kaserne. Das frühe Aufstehen bekommt ihm überhaupt nicht, hat er Mami gesagt.«

»Der Arme.«

»Na und? Lebt er endlich mal gesund.«

»Was ist denn los mit dir?« griff sie mein Schweigen an, als sie mich zum Gartentor brachte. »Ist dir ne Laus über die Leber gelaufen?«

»Ja – du.«

»Wieso ich?« konnte sie nicht verstehen.

»Ich habe mir gerade überlegt, daß du eigentlich bloß Mitleid mit dir selber kennst. Mit andern nie. Und das gefällt mir nicht.«

»Ach, das gefällt dir nicht!« ging sie zum Gegenangriff über. »Mir gefällt auch so manches nicht an dir – zum Beispiel deine Gefühlsduselei. Mensch, bist du manchmal sentimental.«

Wir hatten leider keine Möglichkeit, uns noch ein paar hübsche Sachen an den Kopf zu werfen, denn ich hörte den Bus anrollen und rannte zur Haltestelle am Bahnhof Wannsee, sprang auf die hintere Plattform im gleichen Moment, als er anfuhr, stolperte über einen Seesack und fiel gegen den dazugehörigen Soldaten.

»'tschuldigung«, sagte ich, mich an einem Haltegriff aufrichtend. Und dann erkannten wir uns und erschraken alle beide. Der Soldat war mein ehemaliger Freund aus starken Kindertagen, Jobst von Wahren.

Wiedersehensfreude stellte sich nicht ein. Schließlich stand unsere letzte, unerfreuliche Begegnung zwischen uns: Sein Versuch vor zwei Jahren, mich im Bus zu küssen, meine knallende Reaktion und sein spontaner Ausstieg bei voller Fahrt in die Dunkelheit. Im Bus hatten wir miteinander aufgehört – im Bus sahen wir uns nun wieder und wußten nicht recht . . .

»Na?« sagte ich schließlich und Jobst: »Na, du doofe Nuß?«

»Spring bloß nicht gleich wieder ab.«

»Geht nicht. Hab ja diesmal Gepäck dabei.« Er grinste. »Außerdem möchte ich mir nicht noch mal das Handgelenk brechen.«

»Eh wirklich? Das tut mir leid.«

»Macht nichts. War ja bloß das linke.« Jobst schob die Mütze auf den Hinterkopf und strahlte wie die liebe Sonne. »Ich hab Urlaub. Kann's noch gar nicht fassen. Hoffentlich ist mein Boot in Ordnung. – Geht's dir denn, Lieschen?«

»Och, danke.«

»Hast'n Freund?« Und da ich mit der Antwort zögerte – wer gibt schon gerne zu, daß er keinen hat –, winkte er von sich aus die Frage ab. »Na, macht nichts. Ich hab auch ein Mädchen seit letztem Urlaub.«

Beinah hätte ich das Aussteigen verpaßt. »Tschüs – mach's gut«, sprang ab und ging die Königstraße hinunter.

»Nun warte doch –« rief Jobst hinter mir, sein Gepäck schleppend.

»Aber du mußt doch erst eine Station später aussteigen.«

»Siehste, daran hab ich gar nicht gedacht.« Er ging neben mir her in die Straße hinein, in der ich wohnte. Atmete einmal tief durch. »Das sind die Linden, nich? Ich hatte mal nen Onkel – Onkel Eduard –, immer wenn die Linden dufteten, ging er fremd. Das war er den Linden schuldig. Er konnte sie doch nicht ungenutzt verduften lassen.«

Seine gute Laune verdrängte das schreckliche Erlebnis des Nachmittags aus meinen Gedanken. Wir erreichten unsere Gartenpforte. Das Haus war dunkel, die Jalousien noch nicht heruntergelassen. Mir fiel ein, daß meine Eltern heute abend in der Philharmonie waren. Furtwängler dirigierte.

»Also dann – gute Nacht.«

Er ging nicht. »Früher hattet ihr einen Hund.«

»Den haben wir immer noch.«

»Meinst du nicht, daß der noch ne Runde drehen muß?«

»Bolle dreht seine Runden allein. Vor Mitternacht kommt er selten nach Hause.«

Jobst überlegte und beschloß: »Na, macht nichts. Gehen wir eben mit seiner Leine spazieren.« Und wuchtete sein Gepäck in unseren Garten, wo es mit dumpfem Plumpsen landete. »Komm, Lieschen.«

Einmal blieb er stehen, um sich eine Zigarette anzuzünden. Im Aufflackern des Feuerzeugs sah ich kurz sein Profil: kleine römische Nase, heftig geschwungene Lippen und das energisch vorspringende Kinn. Sein Grinsen, mit dem er mein Mustern auffing, war überwältigend positiv. Ich glaube nicht, daß er sich allzuoft den Kopf zerbrach. Das Nachdenken überließ er gerne anderen. Komplexe hatte er bestimmt keine, auch keine zartbesaiteten Nerven. Früher wollte er Rennfahrer werden. Jetzt trug er Fliegeruniform wie Hans Degner, ach ja . . .

»Sag mal, erwarten dich deine Eltern nicht?«

»Kann ja einen Zug versäumt haben.« Er schob die Hand in meinen Arm. »Hast du auch so nen irren Durscht? Komm, laß uns ne Kneipe ansteuern.«

»Und wenn man dich da sieht und es deinen Leuten erzählt, daß du erst in eine Kneipe anstatt nach Hause . . .«

»Das wär nicht so günstig«, gab er zu.

Wir bummelten zurück, er holte sein Gepäck aus unserem Garten, knallte die Hacken zusammen: »Gnäjes Frollein!« Und zog pfeifend die Straße hinunter.

Beim Betreten des leeren Hauses fiel mir schlagartig die Wasserleiche wieder ein. Ich ließ die Jalousien herunterrauschen und zündete überall Licht an. Um das Graulen zu verscheuchen.

Wie in jedem anständigen Bürgerhaushalt hing auch in meinem Zimmer eine Gipskopie der geheimnisvoll lächelnden Totenmaske der »Inconnue de la Seine«. Ich nahm sie von der Wand und stopfte sie in den Papierkorb. Bloß nicht mehr an diesen Nachmittag erinnert werden.

Wenn wenigstens Bolle zu Hause wäre! Und am besten schlafe ich bei Licht ein.

Ich schlief überhaupt nicht.

Meine Eltern waren noch nicht vom Konzert zurück, als das Telefon läutete. Jesus, schrak ich zusammen! Dabei kann eine Wasserleiche doch gar nicht telefonieren!

Eine stark besäuselte Stimme teilte mir mit: »Ich telfonier nich ausm Schoß der Familie, sondern ausm erssen Stock.«

»Jobst!«

»Meine Eltern ham Elisabeth eingeladen.«

»Wer ist Elisabeth?«

»Ich kann ihre Perlenkette nich mehr sehn – immer hat sie die verdammte Perlenkette um. Hassu auch ne Perlenkette, Lieschen?«

»Nee. Bin ich zu jung für.«

»Elisabeth is schon alt geborn. Muß ja Tomatn aufn Augen gehabt ham, wie ich mit der was angefangn hab. Is meine Kusine – zwoten Grades – wir solln mal heiratn, damit der Stammbaum inner Familie bleibt – sozusagen. Und weil sie so'n guter Ausgleich für mich is – immer ruhig – immer vernünftig – was soll'ch mit ner Vernünftjen, die den Mund nich aufkriegt – und dieses semmelblonde Lächeln – habich mal ausprobiert, obse noch lächelt, wenn ich mitm Korken nach ihr schieße. Nun nimmtse übel.«

»So was kannst du auch nicht machen, Jobst.«

»Jetzt kommssu auch noch mit Vorwürfen. Dis hättich nich von dir gedacht, Lieschen. Nacht.« Und knallte den Hörer auf.

Verrückter Kerl. Aber schön, daß er wieder mein Freund war.

Tagelang meldete er sich nicht bei mir. Wahrscheinlich hatte er sich mit der Perlenkette ausgesöhnt.

Dann läutete eines Abends das Telefon so gegen neun, keine anständige Zeit zum Anrufen.

Mein Vater nahm den Hörer ab und gab ihn an mich weiter. »Ein Pfarrer Petzold möchte dich sprechen.«

»Ja, bitte?«

»Lieschen!« Es war Jobst. »Ich habe lieber meinen Namen nicht genannt, weil's schon so spät ist.«

»Guten Abend, Herr Pfarrer.«

»Habe nun sämtliche Tanten des Familienclans geküßt und die Perlenkette auf ihre märkischen Latifundien zurückgescheucht. Gehste morgen mit mir segeln?«

»Was wollte denn der Pfarrer noch so spät von dir?« fragte mein Vater.

»Ich soll morgen in der Bahnhofsmission die durchreisenden Truppen segeln.«

»Ahja –?«

Jobst hatte Urlaub, ich hatte Ferien, und beide hatten wir nichts Besseres vor als uns. Aber das wußten wir ja von früher – gelangweilt hatten wir uns nie miteinander.

Sobald ich mit ihm zusammen war, hängte ich meine Erziehung samt Vernunft in den Schrank und verlor diesen ständigen Druck von oben, der das Aufwachsen in einer Diktatur begleitet – immer diese Angst, etwas Verbotenes zu sagen, an der falschen Stelle zu lachen; das warnende »Pschscht« mehrmals am Tage, der scheue Rundblick.

Nichts haßte ich so sehr wie Zwang. Wie kam man überhaupt dazu, mir vorzuschreiben, was ich zu denken hatte? Ständig eckte ich an. Jola hatte es leichter als ich, sich ins Gegebene zu fügen. Sie brauchte keine Freiheiten für sich. In ihr war auch kein Übermut.

Inzwischen hatte ich wieder angefangen zu schreiben. Keine Dramen mehr, gottbewahre. Kleine, belanglose Geschichten von jungen Leuten, die gerne wie junge Leute leben wollten, ohne Diktatur und Krieg. Geschichten, wie ich sie mit Jobst erlebte. Nur mit ihm konnte ich so völlig abschalten.

Plötzlich wurde mir klar, daß ich Jola nicht vermißte, solange er da war.

Mit keinem Mädchen würde ich mich je so gut vertragen und zanken wie mit ihm.

Jobst sah mich auch nicht so kritisch wie Jola. Er war naiver, aufrichtiger, durchschaubarer.

Kurzum, es war viel bequemer mit ihm als mit Jola. Und auch spannender. Eben weil er kein Mädchen war.

Wir stromerten am Ufer des Wannsees entlang. Begegneten einem Angler, unbeweglich am Ufer hockend, umgeben von Eimerchen und Schachteln.

Regenwurm, fiel mir ein. Früher hatte ich Jobst bei Prügeleien mangels gleichstarker Körperkräfte nur besiegen können, indem ich ihm einen Wurm in den Kragen stopfte. Aus diesem Grunde hatte ich immer eine Blechschachtel mit gesammelten Exemplaren bei mir getragen wie ein Polizist seine Waffe. Der Angler verkaufte mir eins für einen Groschen.

In Höhe der Pfaueninsel näherte ich mich Jobst von hinten, legte eine Hand zärtlich auf seine Schulter – er sah sich verwundert nach mir um. Blieb stehen. Suchte unsicher meinen Blick. »Lieschen –?« Da war der Wurm schon in seinem Kragen, und ich legte rennend die nötige Entfernung zwischen uns, um seiner Rachsucht zu entgehen.

Bis er sein Koppel abgeschnallt, seine Uniformjacke ausgezogen, sein Hemd aus dem Hosenbund gerissen, den Wurm ausgeschüttelt, sich wieder angezogen hatte und die Verfolgung aufnahm, war ich längst über alle Berge.

Hatte ich gedacht. Ein Schotterhügel bremste meine Flucht. Ich schlidderte voll hinein. Das linke Knie blutete so stark wie zu unseren Rennbahnzeiten. Ausflügler, auf die Fähre zur Pfaueninsel wartend, hoben mich auf und führten mich in die nahe Wirtschaft.

Auf zwei zusammengestellten Gartenstühlen mußte ich meine Beine ausstrecken, ein anwesender Sanitäter verarztete mich. Das linke Knie war nur abgeschürft, aber das rechte zeigte ein größeres Loch, man konnte den Knochen sehen.

Zwischen allem mich umgebenden Mitgefühl tauchte plötzlich Jobsts schadenfröhliches Gesicht auf. »Ich bin der Blutspur gefolgt – dachte mir gleich, das kann bloß Lieschens sein. Gott ist gerecht.« Und zum Sanitäter: »Tun Sie ordentlich Jod auf die Wunde. Das hat das Fräulein gern.« Danach bestellte er sich ein Bier. Ob ich auch was trinken wollte?

»Nein, danke.«

Kein Funken Mitgefühl.

Hatte ich das wirklich erwartet? Nein. Trotzdem nahm ich seine Kaltherzigkeit übel und entfernte mich. Er dachte, ich humple aufs Klo.

Ich wollte ohne ihn nach Hause fahren. Mein Knie gierte nach einem Kanapee. Weil aber der Tag so leuchtend blau und viel zu schade zum Leiden war, nahm ich statt dem Bus nach Wannsee die Fähre zur Pfaueninsel.

Die Pfaueninsel hatte ich zum erstenmal mit Jola bei einem Schulausflug betreten und seither nie mehr so recht verlassen. Auf ihren weiten, sonnigen Wiesen, die Stille nur ab und zu durch Pfauenschreie zerrissen, war ich glücklich.

Selbst zu einer Zeit, da ich noch aktiv das Dramenschreiben betrieb, scheute ich mich, sie auf dieser Insel anzusiedeln. Lieber in den amerikanischen Südstaaten, in Rußland oder in Tirol! Das war weit und richtete auf meiner Insel keinen dramatischen Schaden an.

Außerdem wußte ich bereits, das alles, was ich von Herzen liebte, sich nicht beschreiben ließ, und wenn ich es dennoch versuchte, wurde Stümperei daraus, weil soviel zärtliche Befangenheit in mir war und die Erkenntnis meines Unvermögens, das, was mich tief bewegte, in eine poetische Form zu übersetzen. Ich und meine Buchstaben waren unfähig abzuheben. Es erging ihnen wie meinem ehemaligen Laubfrosch im Glas. Er blieb immer ein Laubfrosch im Glas, ohne Hoffnung auf eine Märchenkrone. Kein Froschkönig. Kein Pegasus mit Flügeln. Kein Höhenflug. Der Gaul, der meine Buchstaben zog, blieb mit den Hufen auf der staubigen Landstraße.

Nun humpelte ich im hohen, vogelzwitschernden Baumschatten an den Wiesenrändern entlang und bedauerte, nicht auf Jobst gewartet zu haben. Denn ich mochte nichts für mich allein erleben, es mußte immer jemand da sein, mit dem ich das Genießen teilen konnte – schau mal, riech mal, hör mal – ist das nicht schön?

Nach einer Weile hörte ich wirklich seine eiligen Schritte hinter mir. Er hatte mit der nächsten Fähre übergesetzt. »Wenn einem jetzt schon die Lahmen durchgehen«, schimpfte er. »Warum hast du'n nicht auf mich gewartet?«

»Du warst herzlos.«

»Nicht herzlos, Lieschen, bloß schadenfroh. Es tut mir leid.«

Er hinkte im Gleichschritt neben mir her. So begegneten wir einer freundlichen alten Dame mit Futterbeutel für die Vögelchen.

»Ochje –« klang ihr Mitleid auf, »gleich alle beide verwundet!«

»Und alles wegen einem Regenwurm, gnä Frau«, beteuerte Jobst. Sie sah uns noch lange nach.

Auf dem knorrigen Ast einer hundertjährigen Eiche hockte ein Pfau. Sein zusammengeklappter Fächerschwanz wippte mit blaugrünschillernden Augen.

»Kannst du mir mal sagen, warum die Pfauenhähne alle Schönheit abgekriegt haben, und ihre Hennen laufen rum wie Strafgefangene?«

»Frag mich lieber, warum solche stolzen Kerle sich mit so unscheinbaren Lieschen abgeben müssen«, überlegte Jobst dagegen.

»Wenn sie wenigstens ne Perlenkette umhätten.«

»Hast du Lieschen gesagt?«

»Tut mir leid, ich habe nicht dich damit gemeint.«

»Aber du hast Lieschen gesagt.«

»Ja, ich weiß, du heißt Luise.«

»Und diese Insel war einmal der Sommersitz der Königin Luise.«

»Jetzt erzähl mir bloß noch, daß du in deinem Vorleben die Königin gewesen bist.«

»Klar, was dachtest du denn?«

»Na, daß du von der guten Luise abstammst.«

»Mann, bist du albern!«

»Die gute Luise ist eine sehr schmackhafte Birnensorte«, gab er zu bedenken.

So ging das weiter. Kein bißchen Poesie in diesem Menschen, kein Blick für die Idylle um sich herum.

Ich erteilte ihm Inselunterricht. »Du mußt wissen, als König Friedrich Wilhelm II., Luises Schwiegervater, die Bauten hier errichten ließ, war gerade Gotik in Mode. Das Kavaliershaus wurde als gotisches Patrizierhaus erbaut, die Meierei in Form einer gotischen Kapelle, auch der Rindviehstall in Kapellenform. Außerdem soll Friedrich Wilhelm II. menschliche Zwerge und Riesen auf der Insel gehalten haben und Bären und Wölfe und Adler . . .«

»Und warum hat er das Schloß als preußisch-gotische Ruine erbaut? Konnte er nicht warten, bis es von selber verfällt?«

Ich machte den Fehler, ihn zu einer Schloßbesichtigung zu überreden. Auf Filzlatschen schlidderte er durch die kleinen, bunten Bürgerräume – auch Könige hatten ab und zu das Bedürfnis, so gemütlich wie ihre Untertanen zu wohnen.

Jobst interessierte vor allem der Kackstuhl Friedrich Wilhelms III.

Und lange standen wir vor dem schmalen Mahagonibett der Königin Luise.

»Ziemlich kurz«, stellte er fest. »Wo hast du denn damals deine Füße gelassen, Majestät?«

»Wir pflegten halb im Sitzen zu schlafen«, klärte ich ihn auf.

»Auch zu lieben?«

Außer uns nahmen noch etwa sieben Leute an der Schloßführung teil. Man sah ihren indignierten Mienen an, daß wir unangenehm aus dem Rahmen fielen. Aber das kannten wir schon – wo immer wir gemeinsam auftraten, betrachtete man uns wie exotische Tiere, die man vergessen hatte, hinter Gitter zu sperren.

Aus einem Schloßfenster sahen wir einem Pfau beim Radschlagen zu. Das war der Pfau vom Dienst für die Besucher mit Fotoapparaten. Er tippelte maßlos blasiert und tierisch ernst um sich selber, mit dem Fächer wippend – ein alter Pfau, sich seiner Fadenscheinigkeit nicht bewußt. Sozusagen ein Pfau mit Glatze.

Ein Lebegreis.

Auf dem Weg durch den Biedermeiergarten zur Fähre konnte ich plötzlich nicht mehr weiter. Nicht einen Schritt. Der Schmerz in meinem pochenden Knie ließ sich nicht länger durch Ignorieren betäuben.

»Alsdann, Majestät, mach Huckepack.«

Auf seinem Rücken erreichte ich die Fähre. Jobsts Kragen war mir so nah.

»Wenn ich jetzt einen Regenwurm – aua. Wehe, du läßt mich fallen, ich hab bestimmt keinen! Großes Ehrenwort!!«

Von der Fähre auf die grüne Insel zurückblickend, dachte ich voll Bedauern: Soll ich denn niemals auf ihr etwas Romantisches erleben?

Mein Knie mußte zum Arzt. Es eiterte und bekam Ruhe verordnet. Ruhe in einem Paddelboot im Schilfdickicht. Zwischen uns ein Koffergrammophon. Aber bitte keine Platten, die mich an Hans Degner erinnerten!

Von Schilfarmen umfangen, die bei aufkommendem Wind wie Besen klangen, die über eine Schlagzeug wischten, erzählte ich Jobst von meiner ersten großen Liebe.

Er hörte aufmerksam zu, ohne mich einmal zu unterbrechen. Nicht eine blöde Zwischenbemerkung.

Als ich ihm alles erzählt hatte, zog er das Grammophon auf, legte jedoch keine Platte auf. »Weißt du, Lieschen, im Grunde beneide ich dich. Ich hatte noch nie so was. Mädchen zum Schlafen ja, aber ne richtige Liebe – nee. Wenn ich mir vorstelle, ich schmiere eines Tages ab – ist ja alles möglich im Krieg –, und ich hab das nie kennengelernt . . . also dann würde ich mich den ganzen Tod lang drüber ärgern.«

Gleich darauf lachte er schon wieder.

»Kennst du den neuesten Witz?«

»Nee, erzähl mal.«

»Adolf Hitler ist die verspätete Rache Maria Theresias an Preußen.«

Als ich wieder laufen konnte, dehnten wir unsere Unternehmungen bis nach Berlin aus. Mit Kunstgenüssen konnte ich Jobst nicht locken, aber ins Kino ging er gerne und am liebsten in Bars.

Wenn er nur nicht soviel trinken würde. Er kippte Cocktails wie Wasser, und eines Abends, auf dem Weg zur S-Bahn, legte er sich mit einer Militärstreife an. Er wurde kiebig, Papiere hatte er auch keine bei sich und mußte mit zur Wache. Gegen mich lag nichts vor, ich hätte mich ungehindert nach Hause begeben dürfen, aber weil Jobst und ich nun einmal gewöhnt waren, zusammenzuhalten, ging ich mit und saß auf einer Holzbank in einem sehr häßlichen, amtlich riechenden Flur und wartete auf das, was hinter verschlossener Tür mit ihm geschah.

Darüber nickte ich ein. Mir ist es ja gegeben, in jeder Situation zu schlafen, wenn müde.

Irgendwann rüttelte er an mir herum. »Lieschen, komm, wir sind frei.«

Diese freudige Botschaft ließ mich zwar aufstehen –

»Wie hast'n das geschafft?«

»Mir fiel mein Onkel im Kriegsministerium ein. Den habe ich angerufen. Ein Glück, daß er zu Hause war.«

– aber so richtig wach wurde ich erst, als wir den nächsten S-Bahnhof erreichten und feststellen mußten, daß der letzte Zug abgefahren war.

»Auwei – meine Eltern!!«

Es gelang Jobst, ein Auto anzuhalten, das Richtung Wannsee fuhr. Mitten auf der Avus hatte es eine Panne. Nun standen wir wieder da. Die wenigen Wagen, die noch zu so später Stunde vorübereilten, konnten uns nicht mitnehmen, weil vollbesetzt.

»Komm. Lieschen, tippeln wir eben.«

Etwa zwanzig Kilometer nach Hause in bequemen Halbschuhen waren nicht dasselbe wie zwanzig Kilometer auf dünnsohligen Pumps, die drückten.

»Macht nichts, Lieschen, ist ja Sandboden.«

Sandboden voller Wurzeln und Kiefernnadeln und Kienäpfel. Längst ging ich auf Strümpfen durch den finsteren Wald. Bei jedem Kienapfel, auf den ich trat, wuchs mein Zorn auf diesen Jobst Wahren. Nichts als Blödsinn in seinem Kopf, und ich mußte ihn ausbaden!

Er wollte mich stützen, ich schlug seine Hand fort. »Du machst es dir leicht im Leben«, griff ich ihn an. »Wenn du Mist baust, hast du immer noch einen Onkel im Kriegsministerium, der dir aus der Bredouille hilft. Und wer hilft mir?«

»Ich möchte ja gerne, aber du läßt mich nicht.«

Im Unterholz knackten flüchtende Rehe.

»Komm, ich gebe dir meine Schuhe.«

Ich rutschte in vier Nummern zu großen Halbschuhen herum.

»Weißt du, wie weit es bis Wannsee ist?«

»Ja, ich weiß, Lieschen.«

Flinke Krallen an einer Borkenrinde ganz nah neben uns. Und der Nachtwind in den hohen Kiefernkronen. Aber mein Haß auf Jobst, der mir diese Nacht eingebrockt hatte, war stärker als meine Furcht. Und dann verlor ich auch noch einen seiner Schuhe und setzte mich hin. »Mir reicht's.«

»Aber Lieschen«, ging er vor mir in die Hocke, »wir können doch hier nicht bleiben.«

Ich stieß seine Hände fort, die sich auf meine Knie legen wollten.

»In was hab ich mich da bloß wieder eingelassen!«

»Jaja, die Reue kommt meistens zu spät«, nickte er.

Jobst war nicht mehr mein Kumpel aus Kindertagen. Er war mein Unglück.

»Ich hab genug von dir. Geh zu deiner Perlenkette – laß mich in Ruh. Hau ab!«

Er richtete sich gekränkt auf. »Na schön, ich geh. Aber was wird aus dir? Willst du hier sitzen bleiben?«

»Ja!«

»Hier hält aber kein Zug.«

»Mir doch egal.«

Er rüttelte an mir herum, wollte mich hochziehen, ich stieß mit Füßen nach ihm. »Faß mich nicht an!«

»Lieschen, das geht doch nicht!«

»Das hättest du dir früher überlegen müssen!«

»Nun komm endlich!«

»Nein.«

»Du bist freiwillig mit zur Wache gegangen anstatt zum Bahnhof«, erinnerte er mich. »Du könntest längst zu Hause sein.«

Das war es ja, was ich mir so übel nahm.

»Hau ab! Ich will dich nie mehr sehen! Ich hab dich satt, verstehst du endlich?«

Da ging er doch wirklich, dieser krumme, rücksichtslose Hund. Ging einfach fort, nachdem er mich in den Grunewald verschleppt hatte!

»Du mieser Charakter –« brüllte ich seinen sich trotzig entfernenden Schritten hinterher.

Nun war ich ganz allein im finstern Wald. Vor lauter Furcht rollte ich mich zusammen. Ausgesetztes Embryo ohne schützenden Mutterleib. Hielt mir die Ohren zu, um den Wald nicht zu hören, kniff die Augen zu, da sah ich die treibende Wasserleiche vor mir – machte die Augen sofort wieder auf und schaute in hohe Kiefernkronen.

Zum erstenmal in meinem Leben war ich ohne Geborgenheit. Keine schützenden Hände in der Nähe. Kein Federbett, in das ich mich einkuscheln konnte. Keine verschlossenen Türen. Keine umsorgende Liebe, die mich daran gehindert hatte, mutig zu werden.

Langsam verblaßte der Nachthimmel. Die Furcht ließ nach, ich streckte mich aus, spürte Ameisen über meine Waden laufen.

Und dann fing das Zwitschern über mir an. Zuerst rekelte nur ein Vogel seine Stimme wach – dann ein zweiter – dann immer mehr – am liebsten hätte ich mitgepfiffen vor lauter Glück, daß ich diese Nacht im Freien ohne Schutz, ganz selbständig, überstanden hatte. Mein erster Schritt zur Unabhängigkeit.

Über mir schwankten Kieferndächer wie hochgeschossene Pilze. In der Nähe donnerte der erste S-Bahnzug vorüber. Ich stand auf. Schüttelte Kiefernnadeln von meinem Kleid, wischte Ameisen ab, suchte meine Pumps, meine Handtasche und machte mich auf den Weg Richtung Wannsee. Dabei dachte ich an Jobst ohne Haß – Haß wachte meistens erst nach dem Frühstück auf. Ob er wohl schon in Wannsee war?

Wenn ich das Jola erzähle! Nein, lieber nicht. Sie hätte bestimmt kein Verständnis für mein nächtliches Erlebnis – hatte ich ja selber nicht, bevor es hell wurde . . .

Und dann sah ich, nur zehn Meter entfernt, ein paar staubige Halbschuhe mit graublauen Militärhosen aus einer Kuhle ragen.

Jobst war heute nacht zwar im Zorn davongegangen, aber nicht sehr weit.

Wie bin ich nur auf die Idee gekommen, daß er mich schutzlos im Wald allein lassen könnte?

Mein Wachtposten schlief mit den Armen über dem Kopf wie ein Baby. Ich schaute ihn mir eine Weile ganz genau an. Kein Engel war so rein.

Neben ihm kniend, versuchte ich ihn mit einem Stöckchen wachzukitzeln. Er wurde sehr ärgerlich, ohne aufzuwachen. Ich wußte nachher nicht mehr, warum ich plötzlich das Bedürfnis hatte, meinen Mund auf seine heftig geschwungenen Lippen zu legen.

Beim Aufrichten begegnete ich seinem hellwachen Blick.

»Lieschen – und wenn ich krepiert wär vor Sehnsucht nach dir – ich hätte nie wieder versucht, dich zuerst zu küssen.« So hörte unsere Kinderfreundschaft auf, eine Kinderfreundschaft zu sein.

Beim Heimkommen gegen neun Uhr früh war mein kurzes nächtliches Freiheitsgefühl, dieses erste Losstrampeln aus dem behüteten Dasein einer höheren Tochter längst vorüber, war nur noch Zittern und Bangen vor Ohrfeigen und Vorwürfen in mir.

Hertha machte mir mit verheißungsvoll rollenden Augen die Haustür auf.

»Du kannst vielleicht was erleben!«

»Ist mein Vater noch da?«

»Nein, schon weg – aber deine Mutter hat ihr Fett von ihm abgekriegt.«

Ich fand sie am Frühstückstisch in der Veranda. Grußlos sah sie mich an.

»Mutti, ich schwör dir, es war alles ganz harmlos, ich konnte wirklich nichts dafür, es war so –« Und ich sprudelte heraus, wie es gewesen war, bis auf die Küsse irgendwann, und legte ihr als Beweis für meine Unschuld einen zerschundenen Fuß auf den Frühstückstisch.

Sie sah nicht meinen Fuß, nur die Knutschflecken an meinem Hals, von denen ich noch nichts ahnte – es gab ja keinen Spiegel zwischen Grunewald und Wannsee, in den ich hätte hineinschauen können. Außerdem wußte ich damals noch nicht, daß es Küsse gibt, die Blutergüsse erzeugen.

Meine Mutter erhob sich und verließ die Veranda mit dem Seufzer: »Und ich habe geglaubt, ich hätte dich anständig erzogen. Ich hatte soviel Vertrauen zu dir.«

Hau mir doch eine runter, hätte ich am liebsten ihrem lavendelblau fortfließenden Morgenmantel nachgesagt.

»Wo ist Bolle?« fragte ich Hertha.

»Im Kohlenkeller. Er hat mal wieder 'n Kaninchen gerissen.«

Am liebsten wäre ich zu ihm in sein Strafexil hinabgestiegen, um mich bei ihm auszuschlafen. Aber nein, ich wollte büßen. Rasenmähen. Sprengen. Klavierüben.

Jobst hatte es gut. Er war ein Junge, dem man eine Nacht außer Haus ohne Vorwürfe verzieh. Schließlich konnten Jungen nur ihre Unerfahrenheit verlieren, nicht aber ihre kostbare Unschuld. Jobst ließ man an diesem Vormittag schlafen, bis er von selber aufwachte. Dabei hatte ich auch nichts Kostbares verloren, ich schwöre es, mir glaubte bloß keiner.

Rasenmähen, Sprengen, Klavierüben – wenigstens anerkennen könnte sie meine Demutshandlungen! Aber nein, meine Mutter tat so, als ob ich gar nicht vorhanden wäre.

Gegen Abend wagte sich Jobst, herrlich ausgeschlafen, in mein Elternhaus. Großer Blumenstrauß für meine Mutter, Handkuß, himmelblauer, grundanständiger Blick bei der Versicherung, daß mich überhaupt keine Schuld an dem nächtlichen Abenteuer träfe, im Gegenteil. Ich hätte mich fabelhaft benommen.

Meinem Vater versicherte er mit männlichem Handschlag, daß er sein Vertrauen nicht mißbraucht hätte. Ich stand daneben und staunte bloß, wie er den skeptischen Franz Hartwig mit seinem Charme und seinen guten Manieren einzuwickeln verstand.

Ehe Jobst als Sieger das Haus verließ, bat er meine Eltern noch um die Erlaubnis, mich zu seinem Abschiedsfest einladen zu dürfen, denn übermorgen war sein Urlaub zu Ende. Und jetzt kommt die große Ungerechtigkeit: Jobst hatte sich tagsüber ausgeschlafen und erhielt Absolution von meiner Mutter.

Ich dagegen hatte gemäht, gesprengt, Klavier geübt und wurde dennoch nicht von ihr angeschaut, es sei denn, anzüglich am Hals, den ich mit Heftpflastern zugepappt hatte.

Am nächsten Morgen wachte ich mit hohem Fieber auf und Pünktchen allüberall auf meinem Körper. Nesselfieber, stellte der Hausarzt fest und verordnete Bettruhe.

Nie ist das Bedürfnis nach Tanzen so groß wie im Krieg. Tanzen und Festefeiern – immer mit dem Unterbewußtsein: Vielleicht ist es für ein paar, die daran teilnehmen, das letzte Mal.

Selbst mein Vater hatte Mitleid mit dem armen, nesselfiebrigen Lieschen, welches das Bett hüten mußte, anstatt nach Platten von

Nat Gonella, Tommy Dorsey, Benny Goodman und Willy Berking seinen Babyspeck in Schwung zu bringen. Um halb acht begann das Fest bei Wahrens.

In meinen Fieberträumen tanzte ich mit Hans Degner über glitzernde Wellen, seine zärtliche Stimme flüsterte: »Darling, weißt du schon, daß es Kreppsohlen auf Abschnitt B gibt?«

Ich wachte auf.

Vor mir standen Jobst und meine Mutter. Gemeinsam packten sie lauter Köstlichkeiten vom Festbuffet aus einem Korb auf meinen Bettisch – das heißt, es mochten Köstlichkeiten gewesen sein, bevor Jobst sie eilig in den Korb geworfen hatte. Nun kleisterten Fisch und Fleisch und Pudding und Kuchen in engem Clinch aneinander.

»Ach, das kommt ja sowieso in einen Magen«, tröstete meine Mutter. »Ich hol mal einen Teller.«

Sie verließ das Zimmer, Jobst streichelte mein rotgepunktetes, heißes Gesicht.

»Armes Lieschen.«

»Wie ist das Fest?« fragte ich.

»Rauschend.«

»Hübsche Mädchen dabei?«

»Viele hübsche Mädchen.«

»Ich bin eifersüchtig.«

Er nahm meine Hand und legte seine Wange hinein. »Wie schön, daß du das sagst, Lieschen.«

Meine Mutter kehrte mit Teller und Besteck zurück.

Jobst verabschiedete sich. »Ich muß leider nach Hause. Was ich da ohne dich soll, weiß ich zwar nicht – aber schließlich ist das Fest meinetwegen veranstaltet worden.«

Weil meine Mutter daneben stand, küßte er nur meine Hand. »Schlaf dich gesund, Lieschen. Ehe ich nach Frankfurt/Oder abdampfe, rufe ich noch mal an.«

Ich stand auf, schob die Verdunklung zur Seite und sah zu, wie er mit einer Flanke über den Gartenzaun setzte und sich auf sein Fahrrad schwang.

Danach aß ich Fisch mit Pudding.

»Sag bloß, du bist in diesen schrecklichen Wahren verknallt«, kopfschüttelte Jola, als wir uns das nächste Mal sahen.

»Woher weißt du, daß er schrecklich ist? Du kennst ihn ja

kaum«, ärgerte ich mich.

»Aber was du mir so von ihm erzählst. Allein die Geschichte, wie er damals aus dem fahrenden Bus gestiegen ist und sich die Hand gebrochen hat ...«

»Wenn er sie sich deinetwegen gebrochen hätte, würdest du wahrscheinlich anders darüber denken. Ich habe ihn furchtbar gern.«

»So sehr wie Hans Degner?«

»Nein, nicht so.«

»Versteh ich. Die große Liebe erlebt man ja auch nur einmal.«

»Unsere große Liebe, Mensch, das war ne schöne Pleite. Außerdem kann man öfter im Leben glücklich sein.«

Sie sah mich von der Seite an. »Du vielleicht, ich nicht.«

»Na gut, dann werd eben ne olle Jungfer und lebe von der Erinnerung an den einen Kuß nach ›Lohengrin‹.«

»Ich kriege schon noch den Kühnhagen«, versicherte sie mir.

Zwischen uns fremdelte es schon eine Weile. Eigentlich seit dem Tag, an dem sie und Dickie die Unbekannte aus dem Wannsee gefischt hatten, deren Tod in keiner Zeitung vermerkt wurde. Sie blieb eine Unbekannte ...

Jola entwickelte sich streng, nüchtern und zielbewußt, während ich anfällig blieb für jede Spielerei und meine Zeit mit allem vertrödelte, was mir am Wege begegnete. Ich ließ mich nur zu gern von meinen Zielen ablenken und verlor sie darüber. Mein Weg war ein Umweg, Jolas eine Zielgerade. Es war auch soviel Unordnung in meinem Kopf. Ich ließ mich von Launen, Gefühlen, Stimmungen und plötzlichen Einfällen treiben und würde wohl immer den Selbstbewußten, Zielstrebigen, zu denen Jola gehörte, unterlegen sein. Sie hielt sich nicht damit auf, einem entflogenen Luftballon nachzuträumen so wie ich, dafür beschäftigte sie sich ernsthaft mit dem Mechanismus eines Motors, von dessen Funktionieren das weitere Fortkommen abhing.

Anhand ihrer eigenen Unfehlbarkeit hielt sie mir meine Fehler unter die Nase, und das mochte ich gar nicht. War doch mein engster, ständiger Begleiter sowieso mein schlechtes Gewissen.

Wir sahen uns immer seltener.

Jobst hatte das Briefeschreiben nicht erfunden. Nach zwei Wochen erhielt ich eine Karte aus der Fliegerausbildungsschule in Frankfurt/Oder. »Lieschen! Fliegen ist eine tolle Sache. Wenn der Krieg vorbei ist, nehme ich Dich einmal mit in den Himmel, und dann drehen wir beide einen Looping, selbst auf die Gefahr hin, daß Du mir in den Kragen kotzt. Kannst Du so lange auf mich warten? Dein Jobst.«

Er war nicht freiwillig Soldat geworden und hatte anfangs, wie ich aus seinen Erzählungen wußte, große Schwierigkeiten gehabt mit dem bedingungslosen Gehorsam bei Befehlen, die ihm sinnlos erschienen.

Diskussionen mit Vorgesetzten hatten ihm Bau und Urlaubssperre beschert. Und Strafexerzieren sowieso.

Inzwischen war er dem Fliegen verfallen und nicht mehr so aufmüpfig aus Sorge, vom Flugdienst ausgeschlossen zu werden. Flieger sein bedeutete eine soldatische Ausnahmestellung, bedeutete Dienst mit Sport und Leidenschaft verbunden – was ein Infanterist, der Tausende von Kilometern durch Hitze, Kälte, Schlamm und Schnee stapfen mußte, von seiner Waffengattung nicht unbedingt behaupten konnte.

An Lieschen von Preußen!

Bitte Majestät untertänigst, sich nächsten Sonntag freizuhalten. Unterzeichnender, bis über die Ohren sehnsüchtiger Diener Eurer Majestät Jobst Leberecht Wahren.

PS: Solltest Du Sonntag keine Zeit für mich haben, zünde ich mein liebes Elternhaus an samt Gartenbank.

An dem Tag, an dem ich diesen Kurzbrief erhielt, war ich bei Genthins zum Apfelpflücken und machte den Fehler, ihn Jola vorzulesen.

»Was soll denn der Quatsch mit Lieschen von Preußen und Majestät?« wollte sie wissen.

»Ach, da haben wir mal bei einem Schloßbesuch rumgealbert.«

»Ihr müßt wohl überall eure Witze reißen?«

»Klar.«

»Denkt ihr auch an die Soldaten an der Front?«

Dachten wir an die Soldaten an der Front, wenn wir zusammen waren? Nein. Dazu hatten wir viel zu viel mit uns selber zu tun.

»Weißt du, Luise«, sagte Jola, »du hast dich sehr verändert. Und darum kann ich dich nicht mehr so gut leiden wie früher.«

»Du hast dich auch verändert«, sagte ich. »Mit dir kann man überhaupt nicht mehr lachen.«

»Ich bin eben nicht so oberflächlich wie du.«

In den Apfelbaum durfte ich trotzdem aufsteigen, weil Jola sich nicht traute, in so windiger Höhe die Äste zu schütteln. Unten standen Großmutter Genthin und Henny Bode und daraus, wie sie mich behandelten – so herablassend von unten herauf, so nicht mehr dazugehörig –, konnte ich entnehmen, daß Jola eine Menge schlimmer Sachen über mich erzählt hatte.

Dabei – so schlimm war ich gar nicht, bloß gerne vergnügt und eben frühreif wie die Äpfel, die ich aus dem Baum pflückte und schüttelte.

Zum Platzen reif und sehnsüchtig.

Ich rutschte und kletterte an der feuchten Borke abwärts, kam unten ramponiert an und kriegte nicht mal ein Danke für meine Baumtätigkeit, geschweige denn Äpfel zum Mitnehmen, dabei hatte meine Mutter mit mindestens zwei Kilo gerechnet.

Am nächsten Sonntag vormittag holte Jobst mich ab. Gleich bei der Begrüßung vermißte ich seine grinsende Unbedenklichkeit. Er druckste herum.

»Lieschen – es ist nämlich so. Entweder wir fahren nach Potsdam und essen im Einsiedler, oder wir fahren nach Halensee. Da hätte ich die Wohnung meines Vetters zur Verfügung. Wir könnten dort endlich mal ungestört sein – einen ganzen Tag lang. Mein Zug geht ja erst um sieben. Und ich schwöre dir, es passiert bestimmt nichts, was du nicht auch willst. Aber wenn es dir lieber ist, fahren wir natürlich nach Potsdam . . .«

». . . und gehen im Einsiedler essen«, nickte ich.

Wir fuhren nach Halensee.

Eine hohe Zweizimmerwohnung in einem Gartenhaus, vollgestellt mit überflüssigen Möbeln vom Familienspeicher – die Berliner Absteige eines aktiven Offiziers, der selten vorbeikam.

In der Küche stand noch das Geschirr für zwei Personen von seinem letzten Urlaub. Das weichte ich erst einmal ein. Jobst untersuchte inzwischen die Wein- und Sektvorräte in der Speisekammer und war zufrieden.

»Möchtest du auch was trinken, Lieschen?«

»Schampus schon am Mittag?« gab ich zu bedenken.

»Wenigstens ein Glas . . .«

Ich wollte mir Zucker hineinschütten, damit er besser schmeckte.

»Zucker!! Lieschen!!! Weißt du, was das ist? Das ist Dom Pérignon!« schrie er mich an.

Sagte mir überhaupt nichts.

Es tat ihm auch hinterher leid, daß er laut geworden war.

»Auf uns, Lieschen!«

»Auf uns!«

Sonst nutzten wir jede unbeobachtete Minute für Zärtlichkeiten. Nun saßen wir ganz allein in einer fremden, stillen Wohnung und waren sehr befangen. Zwischen uns ein großer, runder Tisch mit marmornen Aschenbechern und viel Staub.

»Ich hol mal einen Lappen«, sagte ich, ging in die Küche und wußte dort nicht mehr, warum ich eigentlich hinausgegangen war...

Schaute aus dem Fenster auf den Hof, auf zwei murmelnspielende Kinder. Unter uns übte jemand Klavier. Ein Impromptu von Chopin. Der hatte genausolche Schwierigkeiten mit den vielen Bs wie ich.

Plötzlich stand Jobst hinter mir. Ich spürte seinen Mund in meiner Halsgrube an einer sehr empfindlichen Stelle.

»Komm, Lieschen, komm...«

Das erste Mal war wirklich kein Vergnügen, obgleich er unendlich behutsam mit mir umging. Von Leidenschaft keine Spur. Nur Vorsicht, damit es nicht so weh tat.

Mir war danach das Blut auf dem Laken so peinlich. Ich wollte aufstehen und etwas zum Drauflegen holen.

Jobsts Arme fingen mich ein. »Bleib hier –«

Diesmal war nur noch Wundweh und schon Glück dabei und Leidenschaft und das Entzücken hautnaher Berührung. Unerschöpfliches Bedürfnis nacheinander. Der Wunsch, sich gegenseitig kennenzulernen. Zum erstenmal das Bedauern, nicht vollkommen eins werden zu können. Immer zwei Gedanken und zwei Körper zu bleiben.

Jobsts Frage irgendwann: »Bereust du's, Lieschen?«

»Nee –«

Und dann war es Zeit. Duschen. Anziehen. Aufräumen. Haben wir auch nichts vergessen?

Abschließen der Wohnungstür.

Wir rannten in einem durch zur S-Bahn. Erreichten keuchend den Zug kurz vorm Schließen der automatischen Türen. Fielen nebeneinander auf eine Bank.

Jobst schaute aus dem Fenster auf den Sonntagabend in Hinterhöfen.

Warum sagte er nichts? War er mit seinen Gedanken schon nicht mehr bei mir, gerade jetzt, wo ich mich aus meiner Hand in seine Hand gegeben hatte? Habe ich heute einen großen Fehler gemacht? Hat Jola etwa recht mit ihrem Urteil über Jobst? Denkt er wirklich nur an sein Vergnügen?

»He – du –« stubste ich ihn an.

Er gähnte, daß ihm die Augen tränten. »Mann, bin ich müde! Bist du auch so müde, Lieschen?«

»Nein.«

Ich war nur besorgt. Fühlte mich von ihm allein gelassen. Mit allen Konsequenzen allein – während er, gegen das Fenster geneigt, einschlief.

Auf dem Fernbahnhof erwartete mich ein neuer Schock – Jobsts Familie. Vater, Mutter, Schwester. Sie waren gekommen, um ihm adieu zu sagen.

Sein Vater klein, drahtig, mit graublondem Schnauzbart und wieselflinken Augen unter buschigen Brauen, in grobem Homespun-Anzug. Seine Mutter voll magerem Schick in ihrem Flanellkostüm mit dem locker gebundenen Seidenschal. Seine Schwester Seraphine, genannt Wutzi, mit Rattenschwänzen und blanker Neugier, dieselbe auf mich gerichtet.

Wahrens kannten mich bereits aus unseren Kinderkumpelzeiten, außerdem war ich mit Jobsts Bruder Christoph eingesegnet worden.

Es folgte die übliche Bahnhofskonversation kurz vor Abfahrt eines Zuges, dabei immer mein Mißtrauen: Hatte Jobst seine Familie herbestellt, um einem Alleinsein mit mir nach diesem Nachmittag zu entgehen?

Er brachte sein Gepäck in einem Abteil unter, stieg wieder aus, der Beamte mit der Kelle brüllte: »Achtung! Die Türen schließen!« Jobst trat strahlend auf seine Eltern zu, wobei er den Arm um mich legte: ». . . und dann möchte ich euch mitteilen, daß ich mich heute mit Lieschen verlobt habe.«

Zum Beweis dafür, daß er es ernst meinte, zerrte er seinen Wappenring ab und probierte ihn an meinen Fingern aus, bis er am mittleren Halt fand. Ehe wir uns alle von unserem Schreck erholt hatten, schwang er sich aufs Trittbrett.

»Von der Bahnsteigkante zurücktreten! Der Zug fährt ab!«

Jobst erschien an einem Gangfenster und genoß unsere Sprachlosigkeit. Ergriff unsere heraufgereichten Hände. Seine Familie blieb winkend zurück, ich lief neben seinem Fenster her.

»Verlobt! Bei dir piept's wohl!« brüllte ich.

»Ja, magst du mich nicht mehr?«

»Wenigstens hättest du mich fragen können!«

»Ging nicht. Ist mir ja vorhin erst eingefallen. Tschüs, Lieschen – bis bald!«

Ich rannte noch bis zum vorderen Ende des Perrons und schaute dem Zug nach, bis nichts mehr von ihm übrig war als die Gleise, auf denen er sich entfernt hatte.

Hinter mir leerte sich der Bahnsteig. War grau, lang und verlassen bis auf eine kleine Gruppe – Jobsts Familie. Zögernd ging ich auf sie zu. Sie kamen mir entgegen, inzwischen vom ersten Schock genesen und lächelnd.

»Das ist aber eine Überraschung«, sagte sein Vater und nahm meine Hand.

»Für mich auch«, beteuerte ich leidenschaftlich. »Jobst hat mir kein Wort vorher gesagt.«

»Das glauben wir Ihnen. Wir kennen unsern Sohn.«

Ich zog den Ring mit dem ovalen Saphir, in den das Wahrensche Wappen eingeschnitten war, vom Finger und reichte ihn seiner Mutter.

»Nein, nicht doch! Bitte behalten Sie ihn – es ist sein Wunsch, daß Sie ihn tragen!«

»Ich kann wirklich nichts dafür«, beteuerte ich noch einmal.

»Aber hoffentlich haben Sie unseren Sohn wenigstens ein bißchen gern«, lächelte sie.

Es entstand eine kleine Pause, ausgefüllt mit Wutzis zwischen uns hin und her flitzender Neugier.

Plötzlich lachte Jobsts Vater. »Jetzt sitzt der Hundsfott im Zug Richtung Frankfurt/Oder und grinst sich eins, wenn er an uns zurückdenkt.«

Nach dieser Feststellung ging alles viel leichter.

Auf der gemeinsamen Heimfahrt erzählte ich anfangs stotternd, dann immer flüssiger – durch ihr freundliches Gelächter ermutigt –, von unseren gemeinsamen Kumpelzeiten.

Und endlich stellte sich bei uns dreien eine gewisse Erleichterung ein bei der Erkenntnis, daß eine spontan auf einem zugigen Bahnhof ausgesprochene Verlobung noch längst nicht eine lebenslange Verbindung bedeutete. Und außerdem brauchten wir ja auch keinem etwas davon zu erzählen – höchstens meinen Eltern (mein Vater!!) und der besten Freundin.

Als ich heimkam, lag meine Mutter im verdunkelten Zimmer mit Eisbeuteln auf dem Kopf. Sie hatte Migräne. In diesem Zustand konnte ich ihr schlecht die heimliche Verlobung mitteilen.

So kroch ich denn mit meiner aufgeschobenen Überraschung und dem Wappenring ins Bett, betrachtete ihn lange und dachte an Jobst. Auf meinen Armen war noch der gesunde Geruch seiner Haut. Was wird wohl Jola sagen, wenn ich ihr erzähle, daß dieser schreckliche, leichtsinnige Hallodri mehr Verantwortungsbewußtsein besaß als mancher »wertvolle« junge Mann –?

Ich stand noch einmal auf und malte einen Regenwurm, mit einem Wappenring als Bauchbinde, auf ein Blatt Papier. Schminkte meine Lippen und drückte einen Kuß dazu. Dann fiel mir noch ein, eine Birne zu malen mit einer Königskrone. Darunter schrieb ich: »Deine gute Luise.«

Meine Liebesbriefe an Hans Degner hatten anders ausgesehen.

»Verlobt?« röhrte mein Vater. »Diese Göre! Noch grün hinter den Ohren – aber verlobt! Kommt ja überhaupt nicht in Frage!«

Meine Mutter, noch bleich von der überstandenen Migräne, erinnerte ihn: »Franz, vergiß nicht, es ist Krieg.«

»Na und? Der entschuldigt noch längst nicht alles. Mach du erst mal dein Abitur!« pfiff er mich an. »Und den Ring da bringst du morgen zurück, verstanden?«

Ich dachte gar nicht daran.

Frau von Wahren lud meine Mutter und mich zum Tee ein. Sie unterhielten sich über alles mögliche, nur nicht über die »Verlobung«.

Als ich Jobsts Mutter schon besser kannte, sprach sie mich einmal direkt auf ihn an.

»Er ist mein Sorgenkind, Luise. Von klein an. Er war nie krank wie seine Geschwister, aber ständig voller Brüche. Er riskiert zuviel, weil er keine Angst kennt. Vielleicht gelingt es dir, seine Unbedenklichkeit zu steuern. Du bist die einzige, auf die er hört.«

Sie erhoffte sich also einen beruhigenden Einfluß von mir auf ihren Sorgensohn. Ausgerechnet von mir, die er sich ausgesucht hatte, weil ich kein Spielverderber war, sondern bereit, all seine verrückten Einfälle mitzumachen. Ausgerechnet mich als Moralprediger, als Dompteuse auf seinen Leichtsinn anzusetzen –! Ach, Frau von Wahren, er würde mich aus dem nächstbesten Fenster feuern, wenn ich als Sprachrohr besorgter Erwachsener seiner fröhlichen Unbedenklichkeit zu Leibe rückte. Jobst will keine Vernunftsbremse. Er will Loopings mit mir drehen.

»Warum sollte er ausgerechnet auf mich hören?« fragte ich.

»Ganz einfach, weil er dich liebt, Luise.«

Und ich hatte ihn auch von Herzen lieb, ohne mir auf die Dauer ein Leben mit ihm vorstellen zu können.

Ich war mit dem Augenblick verlobt, und der war wunderschön.

20

Er lag auf dem Sofa in seinem Arbeitszimmer, kurzgeschoren, wettergegerbt und so hager, daß sein alter, brauner Bademantel an ihm wirkte wie von einem Dicken ausgeborgt. Unsere Verblüffung war gegenseitig.

Barris kniff die Augen zusammen, um mich besser über den Flackerschein der Adventskerzen auf dem Tisch erkennen zu können. »He, Fräulein – wollen Sie zu mir?«

Erkannte er mich wirklich nicht mehr, oder tat er nur so?

»Ich bin Luise, Herr Barris.« Und stellte die Tüte mit dem Kompott, das ich für ihn mitgebracht hatte, auf den Tisch, um ihm die Hand zu geben.

Barris zog mich nah an sich heran, hielt mich einen Augenblick herzlich fest, schob mich zurück. »Du hast dich verändert, Luischen.«

»Wurde auch Zeit«, sagte ich.

»Komm, huck dich her – erzähl mir – hast du einen Freund?« Und ehe ich antworten konnte: »Natierlich hast du einen. Man sieht's dir an. Ich kann's nur noch nicht fassen, die kleine pummlige Luise von damals – und jetzt! Wir haben uns ja ewig nicht jesehn.«

Nicht nur mein alter Freund Barris, das ganze, großzügig ramponierte Milieu nahm mich in seine Arme. Es war wie Heimkommen in Kinderzeiten.

»Sie haben sich auch ganz schön verändert«, sagte ich.

»Ja, nicht wahr? Ich bin ieberhaupt nicht mehr mein Typ.«

»Aber wenn die Haare wieder wachsen?«

»Es sind nicht nur die Haare, Schätzchen«, versicherte Barris.

Ehe er weitersprechen konnte, bummerte es an der Wohnungstür.

»Das wird Jola sein«, sagte ich. »Wir sind nicht zusammen gekommen, weil sie noch vorher in Berlin zu tun hatte.«

»Dann bringt sie also Benita nicht mit . . .« bedauerte er. »Wie jeht's ihr denn?«

»Gut. Bei dem großen Garten – es hat zwar lange gedauert, bis sie sich an ihn gewöhnt hat, aber jetzt buddelt sie in allen Beeten nach Wühlmäusen.«

Hanna kam mit dem Teetablett und Jola herein.

»Hallo, Jollichen –«

»Tag, Barris.« Sie streckte ihm die Hand hin mit durchgedrücktem Ellbogen, um zu verhindern, daß er sie an sich zog. »Hast du Urlaub?«

Er ließ sich seine Enttäuschung über diese reservierte Begrüßung nicht anmerken. »Du bist ja bald einen Kopf größer als Mami!«

»Ja, ich komme wohl mehr nach meinem Vater«, sagte sie.

»Setz dich, Liebling.« Hanna schenkte Tee ein. »Barris hat keinen Urlaub, er ist nur übers Wochenende hier. Dann muß er ins Lazarett nach Tempelhof.«

»Oh, bist du verwundet?« erwärmte sich Jolas Stimme um ein paar Grade.

»Ich bin nur ein bißchen zuviel jetippelt«, grinste er. »Bis kurz vor Moskau. Zu Fuß ist das ein janzes Ende.«

Sie lachte. »Ausgerechnet du, Barris –«

»Ja«, gab er zu, »ich war nie ein großer Spaziergänger –«

Und küßte Hanna, die ihm eine Teetasse reichte. Sie waren so voll Sehnsucht nacheinander.

Irgendwann erinnerten sie sich wieder an uns.

»War das nicht furchtbar?« fragte ich und stellte mir vor: »Blasen an den Hacken bis nach Moskau –!«

»Und verkiehlte Kaldaunen. Aber weißt du, Luischen, mit der Zeit stumpft man ab. Nur so ist der Krieg zu ertragen.«

»Aber das Gefühl, sich auf einem siegreichen Vormarsch zu befinden«, gab Jola zu bedenken.

Barris nickte. »Die Läuse auch.«

»Wie bitte?«

»Auf dem siegreichen Vormarsch.« Er schlug die Decke von seinen dick verbundenen Beinen. »Erst waren es bloß durchjelatschte Fieße, dann fing die Chose an zu eitern bis zum Knie, dann nisteten sich die Läuse drin ein.«

»Igitt«, sagte Jola, »das juckt doch sicher fürchterlich.«

»Unter anderm«, gab er zu.

»Aber an den Kämpfen um Moskau hast du doch teilgenommen?«

»Deswegen war ich ja da – von Oktober bis Ende November. Dann mochte ich nicht mehr. Das sah selbst der Stabsarzt ein.« Er lächelte Jola an, während er seine Pfeife entzündete – das Kraut, das er heute rauchte, roch nicht mehr süß nach Feigen. »Tut mir leid, daß ich dir keine stolzere Verwundung vorzeigen kann. Aber nun erzähl mal von dir.«

Hanna hatte sich auf seine Sofalehne gehockt und kraulte sein schwarzes, kurzes Kopffell. Ihre Blicke wanderten zwischen Tochter und Mann besorgt hin und her. Unter ihrem Geplauder, sanft im Ton gehalten, schwelten Aggressionen. »Mir geht's gut, Barris. Mein Vater steht vor Leningrad. Er ist inzwischen Hauptmann geworden.«

»Gratuliere«, sagte Barris. »Und was schreibt er so? Kommen sie ordentlich voran mit der Stadt?«

Hanna drückte beschwichtigend ihre Hand in seine Schulter: Bitte nicht diesen ironischen Ton.

»Leningrad steht unter pausenlosem Beschuß. Die Versorgungszufuhr ist blockiert. Bis zur Kapitulation kann's nur noch Wochen dauern.«

»Bevor ich nach Deutschland kam, habe ich dort studiert. Eine herrliche Stadt – und die Menschen da«, erinnerte er sich. »Ich könnte keinen Schuß auf sie abjeben.«

Jola sah ihn ein bißchen verächtlich an. »Mit deiner Einstellung ist kein Krieg zu gewinnen.«

»Du bist nicht die erste, die das bemerkt hat«, versicherte er und lächelte. Jola lächelte zurück. Ach, sie vertrugen sich gar nicht mehr. Zwischen ihnen klafften Abgründe.

»Wie steht's denn um Moskau?« fragte sie. »Glaubst du, daß wir es bis Weihnachten genommen haben?«

Barris, nachdem er das Fluchen über den zu feuchten, schlechten Tabak, der nicht in seiner Pfeife brennen wollte, eingestellt hatte: »Bis Weihnachten? Mit den erschöpften Truppen? Im russischen Winter?«

»Oma denkt auch immer an Napoleon«, ärgerte sich Jola. »Sie will nicht einsehen, daß wir nicht mehr 1812 haben, sondern 1941 und das bestausgerüstete Heer der Welt. Und die stärkste Luftwaffe.«

»Jewiß«, nickte Barris. »Nur die russischen Winter sind inzwischen nicht wärmer jeworden, und man hat verjessen, uns dementsprechend einzukleiden.«

»Das wird sich rasch ändern«, versicherte Jola. »Du glaubst nicht, was die Bevölkerung an warmer Kleidung für die Ostfront spendet.«

»Na, hoffentlich kommt sie auch rechtzeitig an.«

Hanna faßte sich an den Kopf. »Jetzt habe ich doch ganz den Kuchen vergessen.« Und lief in die Küche.

Bevor ich die gequälte Stille nach ihrem Abgang mit lustigen Kamellen aus dem Privatleben unseres Hundes Bolle auflockern konnte, sagte Jola zu Barris: »Ich weiß, du bist nicht gern Soldat, und ich kenne deine negative Einstellung zu unserm Regime. Trotzdem möchte ich deine persönlichen Erfahrungen aus diesem Krieg hören.«

»Soll ich dir erzählen, was nicht im Wehrmachtsbericht steht?« erkundigte er sich.

»Erzähl mir ein Erlebnis, das dich besonders beeindruckt hat.«

Er dachte eine Weile nach. Dann fiel ihm der kleine Junge ein.

»Er war vielleicht drei Jahre alt und muß schon lange am Wegrand neben seiner toten Mutter gesessen haben. Da war meilenweit nichts mehr an dieser Straße. Der Junge tappte so vertrauensvoll auf unsere Kolonne zu. Wir wollten ihn mitnehmen. Aber wir durften nicht, und wir waren viel zu kaputt, um uns einem Befehl zu widersetzen. Wir sind weiterjetrottet. Ich habe mich noch mal umjesehen. Ich werde nie verjessen, wie seine Beinchen zu müde wurden, uns hinterher zu laufen – wie er irjendwann stehen blieb und immer kleiner wurde und ganz allein.« Barris sah Jola an. »Ich werde den Jungen nicht los.«

»Ach, Barris«, sagte Hanna, mit dem Kuchen zurückkehrend, »redest du schon wieder von dem Kind! Glaubst du wirklich, ihr hättet es retten können, wenn ihr's ins nächste Gefecht mitgeschleppt hättet?«

»Liebste, es jeht hier nicht ums Mitnehmen und was dabei aus ihm jeworden wäre. Es jeht darum, daß wir das Jungchen allein jelassen haben.«

Jola stimmte ihrer Mutter zu. »Du machst dir wirklich viel zu viel Gedanken, Barris. Welcher Russe hätte sich im umgekehrten Fall um ein deutsches Kind gekümmert? Mit Mitleid kommt man in einem Krieg nicht weiter. Wir Deutschen sind bestimmt eine kinderliebe Nation. Das siehst du allein schon daran, daß wir das Mutterkreuz haben.«

Barris reagierte erschrocken: »Du verstehst mich falsch, Jollichen. Ich spreche nicht von Orden zwecks Belobijung fier Nachkommenproduktion fiers Vaterland. Ich spreche nicht von Vielkinderei, sondern von Kinderliebe. Kinderliebe beschränkt sich nicht nur auf die eigenen. Man muß sie alle lieben, auch die aus dem feindlichen Lager.«

»Ja, Barris, du vielleicht. Aber was haben die Polen 1939 mit deutschen Kindern gemacht? Und die Russen sind bestimmt nicht besser.« Jola schaute auf ihre Uhr und erhob sich. »Ich muß jetzt gehen. War nett, dich wiederzusehen, alles Gute für deine Beine.« Sie gab ihm die Hand, küßte ihre Mutter flüchtig. »Tschüs, Mami, wir telefonieren bald mal.« Und zu mir gewandt: »Kommst du mit, Luise?«

Ich wäre gern noch geblieben, aber ich spürte, wie sich Barris und Hanna danach sehnten, allein zu sein, bevor die nächsten telefonisch benachrichtigten Freunde kamen, ihn zu begrüßen. »Ich besuche Sie im Lazarett«, versprach ich ihm beim Abschied.

Wir trabten an hohen Staketenzäunen entlang durch die dunklen Straßen des Grunewalds und fröstelten unter der Melancholie ihrer schneelosen, feuchtkalten Verlassenheit.

»Du mußtest doch noch gar nicht gehen«, sagte ich.

»Nein, aber wenn ich noch länger geblieben wäre, hätte es Streit gegeben. Ich kann nicht mehr mit Barris. Früher war er wenigstens nicht sentimental. Diese Geschichte von dem dreijährigen Russenjungen – du lieber Gott! Die Front ist doch kein Kindergarten.«

»Entweder ist er erfroren oder verhungert«, überlegte ich.

»Wer?«

»Na, der Junge.«

Wir schwiegen eine Weile, dann sagte sie: »Wenn ich mir vorstelle, daß diese Wohnung mal mein Zuhause war und Barris mein Freund, den ich richtig gerne mochte . . . Glaub mir, Luise, ich habe sogar Schwierigkeiten, in Mami meine Mutter zu sehen. Wie kann man sich nur so auseinanderleben?«

»Ja, das frage ich mich auch«, sagte ich und dachte an uns beide. »Und damit du es weißt, ich habe Barris noch immer furchtbar gerne.«

»Habe ich gemerkt. Seine Läuse und dieser Russenbengel haben dich mehr erschüttert als jede entscheidende Kesselschlacht«, stellte sie verächtlich fest.

»Eine Kesselschlacht kann ich mir auch nicht richtig vorstellen«, entschuldigte ich mich. »Was ist das eigentlich?«

Jola wußte es auch nicht so genau.

»Siehste«, sagte ich.

Dieses »Siehste« brachte sie vollends gegen mich auf.

»Ich kann nicht mehr mit dir, Luise.«

Und ich konnte nicht mehr mit Jola. »Mir tut's sehr leid«, sagte ich.

»Mir auch, und wie. Schließlich warst du jahrelang meine beste Freundin.«

»Du meine auch.«

Vor lauter Kummer darüber wären wir uns beinahe in die Arme gefallen. Aber nur beinah.

Nun standen wir auf dem Bahnsteig und froren dem Zug nach Wannsee entgegen.

Es war dunkel und feuchtkalt – und traurig.

»Was wird denn jetzt mit uns?« fragte ich.

»Vielleicht ist es das beste, wenn wir uns eine Weile nicht mehr sehen.«

Diese kühle Entscheidung traf mich wie eine Ohrfeige. Auch wenn wir uns auseinandergelebt hatten, ich hing noch immer an Jola wie an einer alten, vertrauten Gewohnheit.

Der Zug kam. Wir stiegen in ein Abteil. Sprachen kein Wort bis Wannsee. Gingen die Treppen hinunter – durch den Tunnel – wieder hinauf. Gaben uns die Hand. »Tschüs –«

»Ich habe noch ein paar Klamotten bei euch«, fiel mir ein. »Die hole ich morgen ab.«

»Wie du willst«, sagte Jola. »Aber ich glaube, du verstehst mich falsch. Wir sind jetzt nicht böse miteinander. Wir können uns ja ab und zu sehen.«

»Na klar, warum nicht?«

Ich ging zur Omnibushaltestelle hinüber, und sie ging in ihre Straße hinein, ohne sich noch einmal umzuschauen.

Nein, wir waren wirklich nicht böse miteinander, aber auch keine Freundinnen mehr.

21

Die neurologische Abteilung des Reservelazaretts war in einem barackenähnlichen Haus untergebracht, im hinteren Teil des Parks, der zur zivilen Nervenklinik gehörte.

Ich stellte mein Rad im Vorraum ab, dessen einziges Mobiliar aus einem runden ehemaligen Eßtisch bestand, und da ich niemand sah, an den ich mich wenden konnte, klopfte ich an die erstbeste Tür und trat ein.

Es war ein Büro mit Schränken voller Akten und Schreibtischen. Mitten im Raum, mit den weißen Rücken zur Tür, saßen nebeneinander zwei Männer, zwischen sich eine Tüte mit Kirschen. In einigem Abstand von ihnen stand ein Papierkorb, in den sie die Kerne zu zielen versuchten. Mehrere gingen daneben.

»Sie spucken zu flach«, sagte der eine, und der andere fragte: »Wie steht's denn?«

»Zwölf zu sieben für mich.«

»Heil Hitler«, sagte ich von der Tür her.

»Ruhe«, wurde ich verwiesen. »Sie sehen doch, wir sind beschäftigt.«

»Ich bin Luise Hartwig und soll mich hier zum Ferieneinsatz melden.«

Jetzt schauten sich beide mißtrauisch um, sahen offensichtlich gern ein junges Mädchen, weshalb sie sich unerwartet rasch von ihren Stühlen erhoben und vorstellten: Dr. Ross – Dr. Christ. Beide waren Stabsärzte und wußten nicht recht, was sie mit mir anfangen sollten, außer mich wohlgefällig zu betrachten.

»Ferieneinsatz. Ausgerechnet in unserer Klapsmühle. Wer ist denn auf die hübsche Idee gekommen?« fragte Dr. Ross, der ältere mit dem Gesicht eines bekümmerten Rhesusäffchens.

Dr. Christ war ein langer, blendend aussehender Mann Ende Dreißig und kam mir bekannt vor, ich konnte ihn in meiner Erinnerung nur nicht so schnell finden.

»Was machen wir denn nun mit Ihnen?« überlegte er. »Können Sie Schreibmaschine?«

»Nee, kannse bestimmt nich«, sagte Dr. Ross.

»Doch, kann ich – mit zwei Fingern«, versicherte ich.

Die beiden sahen sich an. »Naja – zum Schreiben von Krankengeschichten wird's schon reichen, bis Elli wiederkommt.« Dr. Ross sah auf seine Uhr. »Ich muß zur Visite.«

»Ich muß auch los«, sagte Christ. Und trat auf einen Kirschkern. »Wer macht denn nun die Schweinerei hier sauber?«

»Ich nich«, sagte Ross. »Weiß ich noch, welches meine Kerne waren?«

»Wenn Sie mir sagen, wo ich ne Müllschippe finde und nen Handfeger –« mischte ich mich in ihre Überlegungen.

»Nee, Sie nicht.« Das wollten alle beide nicht, daß ich ihre Kerne fegte. Ross riß die Tür auf und brüllte »Müller!« auf den Flur.

»Müller im Anmarsch, Herr Stabsarzt«, kam ein Zweizentnerball in Uniform, auf beiden Backen kauend, angerannt. »Wo brennt's denn?«

»Kerne auffegen«, befahl Ross, »und 'n etwas respektvolleren Ton Ihrem Vorgesetzten gegenüber.«

»Zu Befehl! Herrn Stabsarzt seine Kerne auffejen und 'n respektvolleren Ton.«

»Und dann kümmern Sie sich um den Neuzugang. Fräulein –?«

»Luise Hartwig.«

»Fräulein Hartwig macht bei uns Ihren Ferieneinsatz.«

Die Schritte der Ärzte entfernten sich.

Müller wischte seine Pranke an der Hose ab und quetschte herzhaft meine Finger zusammen. »Tag, Frollein. Ick bin hier Pflejer. Im Zivilberuf Schlosser. Aus Pankow.«

»Ich bin Schülerin. Aus Wannsee.«

Müller betrachtete mich überlegend. »Lyzeum, wa?«

Er wies mich in meine Pflichten ein, zeigte mir, wo alles zu finden war, was ich brauchte. Das Gefühl, hier überflüssig zu sein, wich rasch, denn die Schreibkraft Elli hatte sich das Bein gebrochen, und der Gefreite Schumann, der sie vertrat, konnte zwar »heilwegs tippen, aber sonst machter nischt wie Murks«.

Die Tür zum Flur stand offen, ich vermochte Müllers Anweisungen nicht recht zu folgen, weil abgelenkt durch einen Spindeldürren, Kahlrasierten im kurzen Anstaltshemd, der immer wieder um den Eßtisch im Flur und an der Türöffnung vorbei auf meinem Fahrrad Runden drehte, dabei beseligt klingelnd.

Müller folgte meinem Blick. »Is det Ihr Rad?«

»Ja.«

»Machen Se sich nischt draus, der is harmlos.«

Er ging auf den Flur hinaus und sagte zu dem Spindeldürren: »Adolf, nu is jenuch. Steig ab.« Worauf ihm dieser willig das Rad überließ. »Hol mir mal Schaufel und Besen.« Und mit einem Kopfschütteln auf Adolfs magere Zehen blickend: »Wo sind denn nu wieder deine Latschen?« Adolf zog bedauernd grinsend die Zehen ein und flitzte davon.

»Er jlobt, er wär Hitler. Mussolini ham wa ooch auf der Jeschlossenen. O Mann, die armen Schweine – aba wenigstens hamse ne jehobene Vorstellung von sich, wennse sonst schon nischt vom Leben haben.«

Adolf brachte das Gewünschte und strahlte mich an.

»So, nu hopp und ab –« Und zu mir: »Frollein, eenen Momang, ick muß Adolfen bloß in seine ›Reichskanzlei‹ spedieren.«

Müller kam bald zurück und sah mich etwas hilflos in der Gegend stehen. »Nu fragen Se sich bestümmt, wer sind hier die Irren – die, wo Kerne spucken, oder der mitm Rad um 'n Eßtisch. Ick sage Sie, det verwischt sich mit der Zeit. Ick kenne hier keenen janz normalen Dokter, manchmal denke ick selba schon: Müller, paß nur uff! Det hier steckt irjendwie an.« Er fegte die Kerne zusammen und schüttete sie in den Papierkorb. Sich aufrichtend: »Wie lange bleiben Sie bei uns, Frollein?«

»Drei Wochen.«

Mit der Schippe in der Hand ein Nasenjucken durch Kratzen befriedigend: »Na, det jeht jrade noch. Ick weile hier schon acht Monate. Det Beste is abschalten – bloß nich nachdenken, was in der ihre benebelten Köppe vorjeht. Aba der Ross und der Christ sind in Ordnung. Mit denen wern Se jut auskommen. Auch wennse manchmal rumschreien. Irgendwo müssen se sich ja abreagieren. So, und nu kriejen Se Suppe.«

Nur einen Tag lang zügelten sich die beiden Stabsärzte aus Rücksicht auf die »höhere Tochter« in ihrem Vorzimmer. Dann dröhnten sie wieder um sich, brachten alles durcheinander, maulten, wenn man ihnen nicht rechtzeitig ihren Kaffee vorsetzte, genossen ihre eigene Zügellosigkeit.

Müller begegnete ihnen mit langem leidenden Gesichtsausdruck, wenn sie es allzu arg trieben. An seiner Miene lasen sie wie in einem Spiegel, daß sie sich einmal wieder wie Verrückte aufgeführt hatten, und wurden vorübergehend ganz entzückend. »Sie sind so irre menschlich«, pflegte Müller zu sagen.

Wir vier hatten bald viel Spaß miteinander. Inzwischen war ich auch nicht mehr Fräulein Hartwig für sie, sondern das Luischen und für Müller »unsere Kleene«.

Jeden Morgen, wenn Dr. Ross das Zimmer betrat, schwang er sich auf meine Schreibtischkante: zerwühltes, schütteres Haar, bekümmertes Äffchengesicht zwischen riesigen, abstehenden Löffelohren, an denen er sich eines Tages selber aufhängen wollte. Jeden Morgen sagte er mir ein anderes Morgenstern-Gedicht auf.

»Es blökt eine Lämmerwolke am blauen Firmament –« oder:

»Ein Butterbrotpapier im Wald,
da es beschneit wird, fühlt sich kalt.«

Dabei spielte er mit meinen Bleistiften, wurde auf Station gerufen und steckte sie alle in seine obere Kitteltasche. Ich schickte Müller hinterher, um wenigstens einen Stift zurückzuholen.

»Hat Dr. Ross eigentlich Familie?«

»Nischt hat er. Keen Kind. Keen Klacks. Seine Frau ist ihm jestorben. Er lebt komplett alleene. Aber er spielt Jeije.«

»Und Dr. Christ?«

»Von dem weeß ick nischt Jenaues nich«, sagte Müller. »Bloß daß die Weiber hinter ihm her sind wie der Deibel hinter ner schönen Seele. Mit Erfolg. Morjens sieht er manchmal aus wie ne abjekämpfte Balkonfijur.«

Ich wußte inzwischen, woher ich Dr. Christ kannte. Er war der Ommafamm, dem Jola und ich zum erstenmal in Barris' löwenfüßiger Badewanne begegnet waren und der das Pech hatte, von uns zwei ungaren Mädchen nach Sanssouci verschleppt zu werden. Aber ich sagte ihm nicht, daß ich eine von den damaligen Nervensägen war. Wozu? Seine sehr männlichen Blicke, die manchmal auf mir ruhten, waren mir ausreichend Genugtuung für die damals erlittene Schmach, von ihm wie eine lästige Schmeißfliege behandelt worden zu sein. Schade, daß ich Jola nicht erzählen konnte, daß ich den Ommafamm wiedergetroffen hatte. Von Hanna Barris, mit der ich ab und zu telefonierte, wußte ich, daß sie ihren Ferieneinsatz auf einem pommerschen Gut absolvierte.

Beim ersten Krankenbericht, den Dr. Christ mir diktierte, handelte es sich um einen Fall von Kausalgie.

»Was ist das?« fragte ich.

Er saß mir – mit dem Stuhl kippelnd – gegenüber und stopfte

seine Pfeife. »Der Patient hat einen brennenden Schmerz vor allem in den Händen und Füßen. Er kann nichts mit trockenen Händen anfassen. Um gehen zu können, muß er seine Socken anfeuchten. Jedes laute Geräusch trifft ihn wie ein Schmerz. Dazu kommt die seelische Belastung, für einen Simulanten gehalten und so behandelt zu werden.«

»Und wodurch entsteht Kausalgie?«

»Meistens nach einer Verletzung.«

»Das ist ja furchtbar«, sagte ich.

Der Ommafamm sah mich an und wurde ärgerlich: »Hören Sie mal! Ich habe täglich vier Lazarette zu betreuen. Darf ich Sie daran erinnern, daß Sie zum Schreiben hier sind, nicht zum Fragenstellen!?«

»'tschuldigung!« Von nun an hielt ich den Mund und klierte, so schnell ich konnte, sein Diktat mit. Dabei riß er ein Streichholz nach dem anderen an, um seine Pfeife anzuzünden, das sechste flog bereits in hohem Bogen durchs Zimmer – die Reibflächen der Streichholzschachtel waren unbrauchbar, weil bereits von Dr. Ross über Gebühr strapaziert. Die Schachtel flog nach, Christ sprang fluchend auf und kam mit einem Spirituskocher wieder, um an ihm seine Pfeife zu entzünden. Aber um den Kocher zu entzünden, brauchte er Streichhölzer. Ich saß da und schaute interessiert zu.

Es folgte das mir inzwischen bekannte Türaufreißen und »Müller«-Brüllen. Der Dicke ließ sich nicht aus der Ruhe bringen.

Er zog seinen mit einer Kette an der Hosentasche verankerten Flammenwerfer hervor und gab der armen Pfeife Feuer – Müller, eine alles verstehende, gütige Kinderfrau.

Nach fünf Tagen erzählte er den beiden Ärzten: »Unsere Kleene nimmt sich selbst in der Mittagspause Krankengeschichten mit in die Sonne. In eener Hand nen Suppenlöffel, in der andern hält sie det Schriftstück und liest, als ob's 'n Krimi wär.«

Für mich waren diese Krankengeschichten keine Krimis, sondern Schicksale, von denen ich in meiner behüteten Welt niemals etwas erfahren hatte. Mich interessierte vor allem der bisherige Lebenslauf der Patienten, der ja auch in diesen Blättern stand, aus dem die Ärzte die Ursache des Leidens zu erforschen versuchten, soweit das möglich war. Ihre Diagnosen beruhten zum Teil auf Vermutungen. Sichtbare Heilerfolge wurden selten verzeichnet.

Was für ein deprimierender Beruf.

Ich mußte Dr. Ross Zigaretten ins Sprechzimmer bringen. Er saß rittlings auf einem Stuhl, vor sich den Kanonier Gustav Feigel. Er war neunzehn Jahre alt, geboren in Thalkirchen an der Isar.

In meinem Vorzimmer benahmen sich die Ärzte zuweilen wie losgelassene Irre. Im Umgang mit einem Patienten erlebte ich sie still, unendlich geduldig bei dem Versuch, ihn aus seinem stumpfsinnigen Vorsichhindämmern wenigstens für einen Augenblick herauszuholen.

»Kannst du's mir denn nicht erklären, Gustl?« fragte Ross voll sanfter Eindringlichkeit. »Versuch's doch mal – wir wollen dir ja helfen.«

Gustav Feigel drückte einen Handballen gegen die Stirn, sah Ross mit fernen, leeren Augen an. Seine rissigen Lippen bewegten sich, er bemühte sich so sehr, es dauerte unendlich lange, bis er gehetzt, kaum hörbar, stammelte: »I hock in an Boot – mit Paddel – ja – Paddelboot – es draht sich umanand – i find koan Halt net – i woaß net, i find nimmer –« Und brach ab, stand krummrückig, mit hängenden Armen da. Diese Mitteilung hatte ihn völlig erschöpft.

»Ist gut, Gustl, du kannst jetzt gehen.«

Dr. Ross telefonierte nach Müller, damit er Gustav Feigel abholte.

Ich sah ihn fragend an.

»Er hat sein seelisches Gleichgewicht verloren.«

»Ist daran der Krieg schuld?«

»Dafür gibt es viele Ursachen, Kindchen. Fronterlebnisse sind meistens der Auslöser.«

Plötzlich Gustav Feigels verwischte Stimme: »D' Mutta soll kimma . . .«

»Gustl, es ist eine weite Reise für deine Mutter. Aber ich werde ihr schreiben, daß du sie gern sehen möchtest«, sagte Ross.

»Werden Sie ihr wirklich schreiben?« fragte ich.

Seine Hand ruhte sich auf meiner Schulter aus, während er mit der Antwort zögerte. »Seine Mutter ist Bäuerin, vielleicht gerade in der Heuernte, die Männer im Krieg. Soll die Frau die Ernte sausen lassen für so eine weite Reise nach Berlin, um einem Sohn zu begegnen, der sie unter Umständen nicht mal erkennt?«

»Aber vielleicht erkennt er sie doch und wird wieder normal?«

Ross lächelte mich freundlich aus. »Ach, wenn das so leicht wäre, Kindchen. Ich fürchte eher, seine Mutter würde bei seinem Anblick einen Schock erleiden, von dem sie sich so bald nicht wieder erholt. Es wurde ihr bereits mitgeteilt, daß ihr Sohn vorübergehend in einem neurologischen Lazarett behandelt wird. Was das bedeutet, realisiert so eine einfache Frau gottseidank nicht. Glaub mir, was man nur liest und nicht gesehen hat, ist leichter zu ertragen.«

»Aber sie ist seine Mutter!«

»Ja, ich weiß, Luischen. Alle hier haben Mütter. Wenn alle Mütter kämen und den Jammer erleben würden . . .«

Müller holte Gustav Feigel ab und teilte gleichzeitig mit: »Herr Stabsarzt, unser Wiener Schulmeister hat'n Schub. Wenn Se sich beeilen, kriegen Se noch die Ouvertüre mit.«

»Komm, Kindchen. Das mußt du erleben!« eilte Dr. Ross mir voraus in die geschlossene Station im ersten Stock, in der die schweren Fälle untergebracht waren.

Es war nicht das erste Mal, daß ich diesen mit apathisch lallendem Singsang und Greinen, mit stumpfsinnigem Starren und immer gleichen, mechanischen Handbewegungen erfüllten, sorgsam verschlossenen Abstellraum der menschlichen Gesellschaft betrat. Seit die Ärzte mich ernst nahmen, erlaubten sie mir öfter, mit heraufzukommen.

An diesem Mittag stand ein kleiner Mann im Anstaltshemd auf seiner Matratze, die Arme ausgebreitet wie ein Engel mit Stachelbeinen. Ein weit entrücktes, glückliches Lächeln auf eingefallenem Gesicht, deklamierte er:

»Sage mir, Muse, die Taten des vielgewandten Mannes,
Welcher so weit geirrt, nach der heiligen Troja Zerstörung
Vieler Menschen Städte gesehn und Sitte gelernt hat,
Und auf dem Meere so viel unnennbare Leiden erduldet,
Seine Seele zu retten und seiner Freunde Zurückkunft.
Aber die Freunde rettet er nicht, wie eifrig er strebte,
Denn sie bereiteten selbst durch Missetat ihr Verderben:
Toren! welche die Rinder des hohen Sonnenbeherrschers
Schlachteten; siehe, der Gott nahm ihnen den Tag der
Zukunft.«

Die Odyssee.

In der Schule pflichtschuldig auswendig gelernte Hexameter.

In dieser geschlossenen Station, von einer karen, hell aufblühenden, alles Lallen und Grunzen drumherum auslöschenden Stimme gegen die abbröckelnde Zimmerdecke gesprochen, als wäre es der griechische Himmel, wurden mir zum erstenmal ihre

Schönheit und ihr Sinn bewußt.

Ich hörte atemlos zu, bis Dr. Ross seine Hand unter meinen Arm schob. »Komm, Luischen.« Ehe wir die Station verließen, sah er sich noch einmal um und sagte unendlich traurig: »Siehe, der Gott nahm ihnen den Tag der Zukunft.«

Bereits auf der Treppe abwärts suchte er seine Kitteltaschen nach Zigaretten ab, fand eine gekrümmte, nur noch zur Hälfte mit Tabak gefüllte, zündete sie an – das leere Zigarettenpapier flammte ab.

Er rauchte schweigend aus einem geöffneten Flurfenster durch Eisenstäbe in den dunkelgrünen, zwitschernden Park. »Und kann man ihnen denn gar nicht helfen?« fragte ich.

In diesem Augenblick fuhr ein Wagen vor – ich kannte das Motorengeräusch, denn ich hatte angefangen, ab elf Uhr vormittags darauf zu warten.

Der Ommafamm betrat mit raschen Schritten den Hausflur – sah uns am Fenster stehen und kam auf uns zu.

»Tagchen. Ich bin heut spät dran.«

Ohne seinen Gruß zu erwidern, sagte Dr. Ross: »Unsere Kleine hat mich eben gefragt, ob wir unsern Patienten nicht helfen können. Ein Witz, was?«

»Schön wär's«, sagte der Ommafamm. »Die Lazarette sind bis zum Kragen vollgestopft – es werden immer mehr – die meisten Fälle brauchten eine langjährige Einzelbehandlung – wir kommen kaum rum – dazu die vielen Simulanten, die den echten Fällen die Betten wegnehmen – auch sie werden immer mehr. Nein, Luise, wirklich helfen können wir nicht.«

»Nur verhindern, daß unsere Patienten verlegt werden.«

Dr. Ross warf seinen Stummel durch das Gitter in den Park.

»Wieso, was bedeutet ›Verlegen‹ für sie?« wollte ich wissen.

Ehe Ross antworten konnte, erreichte ihn Ommafamms warnende Stimme: »Bitte, Kollege!!«

Gleich darauf kreischte es laut im Garten.

»Haben wir jetzt auch schon weibliche Patienten?« seufzte Ross und preßte sein Gesicht zwischen die Gitterstäbe. Ich auch. Wir sahen eine polnische Küchenhilfe, aus ihrer Mittagspause aufgeschreckt, wie Rumpelstilzchen herumspringen bei dem Versuch, ihre kokelnde Schürze zu löschen.

»Mein Stummel«, ahnte Dr. Ross zerknirscht. »Sag Müller, er soll ihr ab morgen meine Orangenzuteilung geben.«

Anschließend hatte auch ich Mittagspause und suchte mir einen Sonnenfleck. Der dicke Müller kam vorbei mit einer Decke unterm Arm und einer Flasche Bier, um sich ein paar Meter neben mir im Schatten auszubreiten. Er hatte da seinen bestimmten Schnarchplatz unter einer Kastanie.

»Herr Müller«, fing ich ihn ab, »ich habe ne Frage. Wohin werden Patienten verlegt, wenn sie von hier wegkommen?«

»Det weeß der Henker, damit hab ick nischt zu tun. Ick bin hier bloß Pflejer.« Und stapfte weiter zu seinem Kastanienschatten, den Boden nach Ameisen abforschend, bevor er sich mit einem Plumps darauf ausbreitete. Sein Bauch fiel nach beiden Seiten. Auf einmal wirkte er beinah flach.

»Aber Sie hören doch sonst die Flöhe husten«, insistierte ich.

»Manche kommen ebend hier hin und manche ebend da hin. Wie det Schicksal so spielt.«

»Herr Müller –?«

»Wat willste denn nu noch wissen, Meechen, wat ick nich weeß und ooch nich wissen will. Du fragst einem manchmal richtje Löcher in'n Bauch.«

»Unsere Patienten sind alle Soldaten. Die müssen doch geistig gesund gewesen sein, als sie eingezogen wurden. Sonst hätte man sie ja wohl nicht für tauglich erklärt, oder?«

Er faltete die Hände über seinem Magen. »Weeßte, Kleene, die Dokters von der Musterung kieken dir in den Hals – sag mal Aa –, horchen dir die Lunge ab und det Herze, prüfen deine Reflexe. Ob eener ne Meise hat, interessiert die doch nen feuchten Keks. Dabei isset bei viele schon von Kindesbeene an drin. Manche hat die Scheiße an der Front umjehaun, und wat se da so allet jesehn ham. Und denn haben wir immer wieder Fälle, da ist die Lues dran schuld, die sie sich in einem schäbigen Puff geholt haben und die ihnen in den Kopf steigt – cerebri sozusagen . . .« Wenn Müller fachmännisch wurde, stieg er aus seinem gemütlichen Berlinisch ins Hochdeutsche um. Im Grunde fühlte er sich seinen Stabsärzten als Pfleger ebenbürtig. Jene hatten zwar für alles lateinische Namen parat, weil sie studiert waren. Aber helfen konnten sie den Patienten auch nicht viel mehr als er, der Schlosser aus Pankow. Er trank sein Bier aus, rollte sich auf die Seite. »Einstweilen jute Nacht.«

Ich schloß die Augen und gab mich ganz der Mittagssonne hin, um meine Bräune aufzufrischen. Hörte das beruhigende Geräusch eines Rasenmähers, den trägen Wind in den Baumkronen über mir, Bienensummen und den Gesang der polnischen Küchenmädchen. Und dachte so gern an Jobst, meinen fröhlichen Liebsten.

Am Ende meiner zweiten Woche im neurologischen Lazarett verabschiedete sich Dr. Ross nach dem Diktat von mir. Er ginge nun in Urlaub. Wenn er zurückkam, würde ich sicher nicht mehr da sein.

»Ein letztes Morgenstern-Gedicht:

Zwei Kirchturmuhren schlagen hintereinander,
Weil sie sonst widereinander schlagen müßten.
Sie vertragen sie wie zwei wahre Christen.
Es wäre entsprechend zu fragen:
Warum nicht auch die Völker
Hintereinander statt widereinander schlagen.
Sie könnten doch wirklich ihren Zorn
Auslassen, das eine hinten, das andere vorn.
Aber freilich: Kleine Beispiele von Vernunft änderten noch
nie etwas am großen Narreteispiel der Zunft.

Leb wohl, Mädchen. Bleib gesund und heiter.«

»Ich werde Sie vermissen, Herr Dr. Ross.«

»Ja, ich dich auch, wenn ich zurückkomme. Du hast in diesem trostlosen Laden ein bißchen die Sonne scheinen lassen.«

Er zog ein zerlesenes Büchlein aus der Kitteltasche und legte es auf meinen Schreibtisch.

»›Schloß Gripsholm‹. Eine Liebesgeschichte. Sie wird dir gefallen. Aber laß das Buch niemanden sehen. Sein Autor Tucholsky steht auf dem Index.«

Und danach war er gegangen.

Am nächsten Morgen war alles ganz anders.

Als ich wie üblich mein Rad im Flur abstellen wollte, kam Pfleger Müller mit stark verkürzter Haarpracht und strafendem Blick auf mich zu: »Det Rad jehört auf den Hof. Ab heute herrscht hier wieda Zucht und Ordnung.« Dabei zwinkerte er mir zu. »Dr. Füssler is ausn Urlaub zurück.«

»Aber Dr. Christ kommt doch hoffentlich noch?«

Müller grinste wissend. »Keene Sorge, der bleibt dir erhalten.«

Es war ihm längst aufgefallen, wie nervös ich wurde, wenn ich den Wagen des Ommafamm vorfahren hörte, seine Stimme und seine knallenden Schritte im Flur, das Aufreißen meiner Zimmertür: »Morgen, Luise.«

»Morgen, Herr Stabsarzt«, ohne ihn anzusehen.

Ganz plötzlich, beim Diktieren, hatte es angefangen. Er saß mir gegenüber, ich schrieb – einmal machte er eine Pause, ich sah fragend auf und begegnete seinem Blick. Wir schauten uns kurz an. Danach mied ich seine Augen, über die Maßen verwirrt.

Er diktierte nicht weiter, sondern beschäftigte sich mit einem Päckchen Zigarettenpapier, das auf dem Schreibtisch lag, zündete Bogen für Bogen an und schaute nachdenklich zu, wie sie nach kurzem Aufflammen zu Asche zerfielen.

Müller war hereingekommen, spürte sofort die Spannung zwischen uns und sah beim Zündeln zu. Als das Päckchen leer war, reichte er Christ ein Aufnahmeformular.

»Was soll ich damit?«

»Ick mein ja bloß, weil Herr Stabsarzt nischt mehr zum Kokeln hat.«

»Müller, Sie sind unmöglich.« Danach diktierte der Ommafamm zu Ende und verließ das Zimmer, ohne mich noch einmal anzusehen. Das war vor einer Woche.

Inzwischen hatten wir kein privates Wort miteinander gewechselt. Und wenn ich seinem Blick begegnete, dann nur aus Versehen.

Aber selbst wenn ich mit dem Rücken zu ihm stand, war diese knisternde Spannung da und reizvoll. Ein federleichtes Spiel ohne Bodenberührung, ein Blickflirt – ein Nichts und doch fähig, selbst in einer deprimierenden Umgebung einen Schmertterling gaukeln zu lassen.

(Jobst, glaub mir, ich bin nicht verliebt in ihn. Wenn dieser Gary Cooper, der mir da täglich für kurze Zeit gegenübersitzt, auch nur eine anzügliche Bemerkung machen oder mich anfassen würde, wäre der Reiz zerstört.

Du mußt ihn also nicht erschießen, mein Liebling, ich bin bei dir in feuerfesten Händen.)

Dr. Füssler trat sporenklirrend ins Zimmer. Meine erste Überlegung war: Wieso trägt ein Neurologe Reitstiefel mit Sporen, unsere Patienten sind doch keine Pferde. Seine Forschheit blieb ihm im Halse stecken, als er statt der Schreibkraft Elli, einem ältlichen Fräulein, ein junges Mädchen auf ihrem Platz sitzen sah. Aber nur einen Augenblick.

»Hoppla, wen haben wir denn da?«

»Hartwig«, stellte ich mich vor.

»Vornamen haben Sie doch sicher auch, Mädel –«

Dreistkalte Augen, zynische Halbbogen von der Nase zu den Mundwinkeln, eine tiefe Kerbe im eckigen Kinn – der Adamsapfel hüpfte über dem Uniformkragen.

Zum erstenmal begriff ich, weshalb sich unserm Hund die Nakkenhaare sträubten, wenn er einem Kollegen begegnete, dem er nicht über den Weg traute ...

Mit diesem Arzt würde ich niemals wie mit Ross das Schlußduett aus »Aida« schmettern und hinterher überlegen: Wußten Aida und ihr Radames nichts Besseres miteinander anzufangen, als Duett zu singen, nachdem man sie tödlich eingemauert hatte? Ach, lieber Dr. Ross, warum mußten Sie in Urlaub gehen?

Die lustigen Zeiten waren nun vorüber. Kaum zehn Minuten im Zimmer, fragte mich Füssler bereits, wieso ich solchen erotischen Mund hätte?

Was sollte ich darauf sagen? Ehe mir eine freche Antwort einfiel, zerrissen tierische Schreie die morgendliche Ruhe. Sie kamen aus der geschlossenen Station.

Im Nu war der Teufel los im Haus. Rufe und eilige Schritte, Schlüsselrasseln und ein Heulen, das sich von Raum zu Raum ansteckend fortsetzte.

Füssler stand wütend auf. »Kaum ist man aus dem Urlaub zurück, geht der Ärger los. Bin gleich wieder da, Mädel.«

Beim Rausgehen sah ich zum erstenmal seinen Hinterkopf: ekkig, bläulich, kahl – erst oberhalb der Ohren fing die Frisur an. Ein grausamer Schädel.

Nachdem Füssler den ersten Stock erreicht hatte, wurde es dort schnell ruhig. Totenstill.

Wenig später fuhr ein Sanka vor der Haustür vor. Ich stand am Fenster und sah, wie jemand auf der Bahre herausgetragen wurde. Der Sanitätskraftwagen fuhr ab, und Füsslers Rückkehr holte mich vom Fenster fort.

»Wer war das?«

»Wieso – kennen Sie unsere Patienten?« wunderte er sich.

»Ja, alle. Ich war schon oft mit auf der Geschlossenen.«

Er nahm mir gegenüber am Schreibtisch Platz. »Interessant. Meine Herren Kollegen haben Sie also auf die Geschlossene mitgenommen. Sehr interessant.«

Aus lauter Furcht, etwas Falsches zu sagen, hielt ich lieber meinen erotischen Mund.

»Wie kommen Sie überhaupt hierher?«

»Ferieneinsatz.«

»Auf einem Bauernhof wären Sie besser untergebracht gewesen!«

Das hatte allerdings auch Dr. Ross einmal behauptet. Aber von Dr. Füssler wollte ich es nicht hören.

»Vielleicht studiere ich einmal Neurologie«, hörte ich mich sagen.

Er sah mich kopfschüttelnd an. »Lassen Sie die Finger von diesem unerfreulichen Metier. Das paßt nicht zu Ihnen. Sie sind zur Mutter geschaffen. Setzen Sie Kinder in die Welt, das ist die einzig wichtige Aufgabe einer Frau.«

»Ja, später bestimmt –« Und erinnerte mich an den Satz meines Vaters, mit dem er alle Diskussionen stereotyp zu beenden pflegte: Mach du erst mal dein Abitur.

»Erst muß ich mal mein Abitur machen.«

»Abitur –« Füssler wippte enervierend rhythmisch mit seinem Stuhl und sah mich dabei an, und ich sah zurück, obgleich mir seine Augen unerträglich waren. »Zum Kinderkriegen braucht man kein Abitur.«

»Aber zum Studieren.«

»Was machen Sie eigentlich nach Feierabend, Mädel?«

»Ich bin verlobt«, sagte ich und stand auf.

»Wo wollen Sie hin?«

Das wußte ich selber noch nicht, nur eins – raus hier.

»Ich möchte Ihnen diktieren«, rief er hinter mir her.

Ich lief aus dem Haus in die Wärme voller Licht und Schatten dem feldgrau lackierten Mercedes des Ommafamm entgegen. Er hielt an. Ellbogen und Gesicht im heruntergekurbelten Fenster. »Wo wollen Sie hin, Luise?«

»Ich werd noch verrückt.«

»Das ist hier leicht möglich. Warten Sie –« Er fuhr den Wagen an den Wegrand und stieg aus. »Was ist passiert?«

Es war keine Verwirrung mehr in seiner Nähe, nur Erleichterung, daß er da war.

»Ich halte diesen Füssler nicht aus.«

»Ach, ist der Kollege Füssler zurück?« sagte er darauf nur. »Hat er Ihnen was getan, daß Sie weggelaufen sind?«

»Mir nicht, aber ich glaube, einem Patienten in der Geschlossenen. Zu mir war er nur unverschämt.«

Er legte die Hand auf meine Schulter. »Das beste ist, Sie gehen jetzt wieder an Ihren Platz. Ich komme nachher zu Ihnen.«

Dr. Füssler war auf Station, als ich zurückkam. Ich setzte mich an meinen Schreibtisch, spitzte Bleistifte und wartete auf die knallenden Schritte im Flur.

Es dauerte eine Weile, bis der Ommafamm die Tür aufriß und sich mir gegenüber auf den Stuhl fallen ließ.

»So, Luise –« Kein Blick, kein Knistern, nur kühle Sachlichkeit. »Schreiben Sie – Überschrift: Zeugnis. Luise Hartwig – geboren am – wohnhaft in – hat vom – bis – im – ihren Feriendienst abgeleistet. Sie war eine zuverlässige Schreibkraft und hat sich allen übrigen Aufgaben, mit denen sie betraut wurde, mit ungewöhnlichem Einsatz gewidmet. – Warum schreiben Sie nicht?«

»Heißt das, ich bin entlassen? Aber ich habe doch noch eine Woche Einsatz.«

»Eine Woche mehr Ferien bekommt Ihnen bestimmt besser.«

»Ja, aber – Dr. Füssler ist jetzt hier der zuständige Arzt. Wenn er meiner Entlassung nicht zustimmt . . .«

»Machen Sie sich darüber keine Sorgen. Und jetzt schreiben Sie: Fräulein Hartwig wird frühzeitig aus ihrem – nein, schreiben Sie: Vom ärztlichen Standpunkt aus halte ich es für angebracht, Fräulein Hartwig frühzeitig aus ihrem Einsatz zu beurlauben – da ihr nicht länger die nervliche Belastung – der sie in unserer Anstalt ausgesetzt ist – zuzumuten ist. Mit deutschem Gruß – undsoweiter.« Er lehnte sich zurück. »Vergessen Sie nicht wieder das Datum.«

»Also, das ist mir peinlich«, protestierte ich. »Das klingt ja so, als ob ich durchgedreht hätte.«

»Ist doch egal, wie es klingt. Hauptsache, Sie kommen hier raus.« Er spielte mit einem Bleistift, ich sah ihm dabei zu. »In der ersten Woche waren Sie so fasziniert von unserem Beruf, daß Sie erklärt haben, Sie wollten selber Neurologin werden. Sie bringen auch fast alle Voraussetzungen dafür mit – bloß nicht die wichtigste: stabile Nerven. Und dazu Ihr Mitleiden und Ihre Phantasie –« Er warf den Blei auf den Tisch und sah mich an. »Nachts schlafen Sie doch sicher schon mit Licht, aus Angst, die Geister, die unsere Patienten verfolgen, könnten auch zu Ihnen kommen. Stimmt's, oder habe ich recht?«

Ich nickte. Es gab Nächte, da wäre ich am liebsten zu meiner

Mutter ins Bett gekrochen.

»Trotzdem bin ich jeden Morgen gern hierhergekommen«, versicherte ich. »Solange Dr. Ross noch da war ...«

Die Tür ging auf, und Füssler klirrte ins Zimmer, stutzte, als er den Ommafamm sah, begrüßte ihn dann kollegial, riß Witzchen, die mich vereisen ließen, spürte unsere Ablehnung. Rasches Kombinieren von einem zum andern, die Augen dabei schlitzschmal: »Ach so, ich störe wohl!«

»Ja, Kollege«, sagte der Ommafamm mit dieser widerspruchslosen, ruhigen Konsequenz, die ich nie lernen würde und deshalb um so mehr bei anderen bewunderte. »Ich möchte Fräulein Hartwig noch einen Brief zu Ende diktieren. Es dauert höchstens fünf Minuten.«

Füssler, der eine Orange aus seiner Kitteltasche geholt hatte, um sie über dem Papierkorb zu pellen, gab sein Vorhaben auf und schlug die Tür hinter sich zu.

»So. Jetzt tippen Sie Ihr Zeugnis – nein, geben Sie es Müller, er soll es abschreiben lassen und Ihnen zuschicken.«

Stand auf, kam um beide Schreibtische herum und setzte sich auf die Kante, die zu meinem gehörte. War mir nun sehr nah und lachte. »Und wenn Sie das nächste Mal mit Hanna Barris telefonieren, dann bestätigen Sie ihr, daß ich bei der Luise kein *homme à femmes* war. Ich habe mich anständig benommen. Ommafamm, so habt ihr mich doch damals genannt, ihr schrecklichen Gören.«

Ein Glück, daß ich saß. »Woher wissen Sie?«

»Barris sind meine besten Freunde. Ich telefoniere oft mit Hanna. Sie hat mir erzählt, daß Sie hier arbeiten. Daß Sie einen Jagdflieger lieben. Ich weiß alles. Ach, Luise, Flieger haben es gut. Ihre Flugzeuge kann man reparieren. Für Maschinen darf man sich genügend Zeit lassen, die sind ja kriegswichtig. Unsere Patienten dagegen –« Er brach ab. »Und nun packen Sie Ihre Sachen. Adieu, Luise. Es war hübsch, Sie wiederzusehen. Ich bin jeden Tag richtig gern hier herausgefahren bei dem Gedanken an Ihr mühsames Tippen. Und grüßen Sie Ihren Jagdflieger. Ich beneide ihn ein bißchen.« Seine Hand stülpte mein Haar durcheinander. Dann war er gegangen.

Ich schaute noch eine Weile auf die Tür, die sich hinter ihm geschlossen hatte. Dann fiel mir Dr. Füssler ein, und ich packte wie in Panik mein Eigentum vom Schreibtisch und aus den Schubfächern zusammen – wieviel sich doch ansammelt allein in zwei Wochen ...

Auf der Suche nach Müller begegnete ich Gustav Feigel. Er harkte mit Inbrunst. Dr. Ross hatte ihm Gartenarbeit verordnet. »Tschüs, Herr Feigel«, rief ich ihm zu. Er sah mich an von ganz weit her und harkte weiter.

Müller fand ich unter seinem Baum – es war ja schon Mittagspause. Neben ihm standen zwei leere Bierflaschen, er schlief trotzdem nicht.

»Herr Müller, ich bin entlassen.«

»Das is jut – noch zu heilend entlassen.« Und faltete die Hände über seinem seitlich verrutschten Bauch.

»Hier ist mein Zeugnis. Dr. Christ sagt, Sie möchten es bitte abschreiben lassen und mir zuschicken. Hoffentlich können Sie meine Klaue lesen.«

Umständlich rappelte er sich in die Höhe. »Weeßte, wer heute jestorben is nach eenen akuten Schub?«

Jetzt fiel mir das Schreien in der geschlossenen Station wieder ein. Wenn man zwei Wochen in einem neurologischen Lazarett gearbeitet hat, versucht man sich daran zu gewöhnen. Aber daß danach einer leblos aus dem Haus getragen und mit einem Sanka abtransportiert wurde, hatte ich heute zum erstenmal erlebt.

»Wer war's denn?«

»Unser Lehrer aus Wien, der so schön aufsagen konnte. Warum hat er heute nich aufjesagt? Warum hat er so jebrüllt?« bedauerte Müller.

Ich sah den kleinen stachelbeinigen Lehrer im kurzen Anstaltshemd auf der Matratze stehen, mit erhobenen Armen wie der Messias: Sage mir, Muse, die Taten des vielgewandten Mannes ...

»Aber woran ist er denn so plötzlich gestorben?«

»Exitus infolge Herzversagen, lautet die Diagnose.« In Müllers Blick hing die bittere Frage: Wat sagste nu?

Mir kam ein entsetzlicher Gedanke. »Glauben Sie, der Füssler hat nachgeholfen? Aber das wäre ja Mord!«

Müller hob erschrocken die Hände. »Nu mal langsam mit die harten Worte. Willste in Deibels Küche kommen? Es war Tod infolge Herzversagen. Der arme Junge hatte wirklich 'n schwachet Herz«, fügte er, wie um mich zu beruhigen, hinzu. »Und nu verjiß es. Hau ab in deine Ferien, Kleene. Hoffentlich falln se nich ins Wasser, ick meine, dasset regnet.«

Der Posten öffnete mir das Tor.

Ich radelte Richtung Wannsee.

Mit jedem Kilometer, den ich mich weiter vom Lazarett entfernte, fühlte ich mich leichter, wie von einer Last befreit. Ich hatte eine Woche Ferien gewonnen. Baden gehen. Viel lesen. An Jobst schreiben. Jobst – so gesund – so stinknormal – so unbedenklich positiv. Schade, daß er jetzt keinen Urlaub hatte.

Zwei Abende versuchte ich vergebens, Hanna Barris am Telefon zu erreichen. Seitdem die Textilfabrik, in der sie gearbeitet hatte, mit Heeresaufträgen voll eingedeckt war, konnte man dort eine Entwerferin für Blümchenmuster nicht mehr gebrauchen. Hanna war jetzt in einem Fotolabor beschäftigt.

Am dritten Abend erreichte ich sie endlich zu Hause.

»Du hast Glück, daß du mich erwischst. Ich bin abends meistens unterwegs. Mir graust vor diesem leeren Atelier.« Und dann ein Lächeln in ihrer Stimme: »Ich weiß schon, weshalb du anrufst. Gestern abend war ich mit Kaspar Christ bei Habel zum Essen verabredet. Er hat mir alles erzählt.«

»Grüßen Sie ihn schön, wenn Sie ihn wieder sprechen, und sagen Sie ihm vielen Dank. Hoffentlich hat er keinen Ärger mit Dr. Füssler gekriegt, weil er mich nach Hause geschickt hat. Und – noch was – er war kein Ommafamm zu mir«, richtete ich auftragsgemäß aus. Dann fragte ich nach Barris.

»Ich habe Nachricht von ihm«, sagte Hanna. »Er schreibt von Panjebauern, bei denen er übernachtet hat. In einer Lehmkate ohne Fenster. Vorm Winter mummen sie ihre Hütte bis zum Kragen in Mist ein, um die Kälte abzuhalten. Wie sie eigentlich überleben, ist ihm unklar, denn das Land drumherum ist vom Krieg zerstört –« Und dann ein Aufschrei: »Mein Bügeleisen!« Der Hörer knallte ohne Abschied auf die Gabel.

22

Am 19. November 42 begann die Gegenoffensive der Russen und die Einkesselung deutscher Truppen in Stalingrad. Wochenschau-Berichte zeigten unsere Soldaten zwischen Ruinen gegen Feind und Kälte ankämpfend und möglichst nur tote Russen, keine Deutschen, und unsere Transportflugzeuge, die die Eingeschlossenen aus der Luft versorgten. Im lauwarmen Kino konnte man sich die ganze Erbarmungslosigkeit dieser monatelangen Schlacht kaum vorstellen. Anschließend gab es einen Revuefilm mit Marika Rökk.

Von den meisten Filmen erfuhr ich nie den Schluß, weil sie vorzeitig durch Alarm abgebrochen wurden. Seit November war ja nun auch Berlin das Ziel schwerer britischer Bombenangriffe. Das für Wannsee zuständige Kino befand sich im Dorf Stölpchensee. Bei normaler Gangart betrug der Weg von unserm Haus dorthin fünfundzwanzig Minuten. Bei Alarm schaffte ich den Rückweg in zwölf.

Als an diesem Abend Mitte November der langgezogene Ton des Voralarms die trällernde, beinchenschwingende Traumfabrik auf der Leinwand abrupt beendete und ich dem Ausgang zudrängte, sah ich plötzlich Jola neben mir.

Wir hatten uns seit Monaten nicht mehr gesprochen und wußten im ersten Augenblick nicht, ob wir uns bemerken sollten oder lieber nicht. Aber ich machte nicht den Anfang, ich hatte ja schließlich nicht unserer Freundschaft die Luft abgedreht, sondern sie und sagte: »Hallo, Jola.« Und sie, ganz überrascht, als ob sie mich nicht längst gesehen hätte: »Ach, Luise – du auch hier? Schöne Pleite.«

»Ja. Was machst denn du jetzt?«

»Warten, bis der Alarm vorbei ist. Und du?«

»Ich lauf nach Hause.«

»Du hast es ja auch näher«, sagte sie und ich: »Also tschüs. Mach's gut.« Und gab Gas.

Kurz vorm Einbiegen von der Chaussee- in die Königstraße hörte ich Schritte hinter mir und eine atemlose Stimme: »Luise –

kann ich mit zu euch?«

Über uns ein Dom von Scheinwerfern, das näherkommende schwere Brummen der Bomberverbände. Meine Mutter wartete bereits in der Haustür auf mich.

Gleichzeitig mit uns kam Bolle angewetzt, wer weiß woher. Das Knallen der Flak war ihm unheimlich und trieb ihn vorzeitig in den Schoß der Familie zurück.

»Ich habe Jola mitgebracht –«

Meine Mutter ließ sich ihre Überraschung nicht anmerken. »Wie nett, kommt rein.«

Mein Vater saß bereits vorm Radio im Luftschutzkeller und hörte den Drahtfunk. »Das wird mal wieder happig –« begrüßte er uns. »Tag, Jola. Setz dich.« Es war ihm nicht aufgefallen, daß sie uns seit bald einem Jahr nicht mehr besucht hatte. Was interessierten ihn Mädchengeschichten . . .

Der Drahtfunk unterbrach sein Ticken für die Meldung, daß sich weitere Bomberverbände im Raum Hannover-Braunschweig im Anflug auf Berlin befänden.

»Und wo bleiben die Jagdflieger, die ›Helden der Nation‹, he?« schimpfte mein Vater gezielt in meine Richtung. »Wo sind sie, wenn sie uns vor den Tommys schützen sollen?«

»Im Einsatz«, bellte ich gekränkt zurück.

»Ach nee, im Einsatz. Aber sie trauen sich wohl nicht nah genug an die Bomber heran, um sie abzuschießen?«

»Vati!« versuchte ihn meine Mutter zu beschwichtigen. »Jobst und die andern Flieger riskieren ihr Leben genau wie jeder Soldat.«

»Mag ja sein, man merkt bloß nichts davon.« Er wollte sich gerade beruhigen, da fiel ihm noch etwas ein, was seinen Ärger wieder in Schwung brachte: »Und nach dem Einsatz müssen die Helden nicht in ein lausigkaltes Erdloch zurück, nein, sie haben ja ihren gepflegten Fliegerhorst. Da können sie ein Bier trinken und duschen.«

Mir gegenüber saß Jola, zurückgelehnt, die Hände in den Manteltaschen und verkniff sich ein Lachen.

Sie trug die Haare länger als früher, in einer weichen Außenrolle aufspringend. Aber vor allem fiel mir auf, daß ihr Gesicht an Strenge verloren hatte. Sie war hübsch geworden – auf eine feine, zurückhaltende Art, die erst beim zweiten Hinsehen auffiel.

Jola fing meinen musternden Blick auf und wich ihm nicht aus, sondern lächelte fast bittend: Laß uns wieder gut sein. Unser stummes Vertragen wurde durch die Frage meines Vaters: »Hast du etwa auch einen Jagdflieger, Jola?« gestört.

»Nein«, sagte sie, »mein Freund ist Panzeroffizier.« Und strahlte mich an.

»Etwa Karl-Heinz Kühnhagen?« staunte ich.

»Ja.«

»Mensch!! Seit wann denn?«

»Ach, das fing ganz komisch an. Mein Vater und Karl-Heinz sind sich mitten in Rußland auf einem Hauptverbandsplatz begegnet und saßen einen Abend zusammen. Da haben sie auch von mir gesprochen und ne Karte an mich geschrieben. Als Karl-Heinz im Juli Urlaub hatte, rief er mich an. Ja, und dann haben wir uns wieder gesehen und einfach phantastisch verstanden. Seither gehören wir zusammen.«

»Und seine alte Freundin?«

»Das ist endgültig vorbei.«

Piepen, Pfeifen und Rauschen fuhr in unsere Unterhaltung. Mein Vater drehte am Radio. Er fand den englischen Sender BBC, meine Mutter stieß ihn warnend in die Seite: »Vati!!«

Das Abhören ausländischer Sender wurde mit Zuchthaus bestraft, und wenn Jola ihn auch nicht anzeigen würde – wissen mußte sie es ja schließlich nicht, daß er sich zuweilen gezielt im Kanal irrte.

Nach der Entwarnung brachte ich sie zur Bushaltestelle. Der Himmel über Berlin war rot.

Wir überschlugen uns vor Mitteilungen – es war ja soviel in diesem Jahr passiert, in dem unsere Freundschaft geruht hatte.

»Ich habe dir immer gesagt, daß ich den Karl-Heinz mal kriege. Du hast mich für verrückt erklärt. Nun habe ich ihn.«

Ja, nun hatte sie ihr Ziel erreicht: ihren Offizier aus streng protestantischer, preußischer Familie, aus der seit Generationen einerseits pflichtbewußte, korrekte, unbestechliche Beamte hervorgegangen waren, weshalb sie auch selten zu Wohlstand kamen, und andererseits Offiziere mit politisch eingeengtem Weitblick – durch Traditionsdünkel und Freude am Soldatenspiel. Hitler lehnten sie als Emporkömmling ab, hatten ihn aber dennoch 1933 gewählt, weil er eine neue starke Wehrmacht aufbauen wollte und den aktiven Offizieren aus Kaisers Zeiten wieder Rang, Ehre und Beschäftigung in ihrem alten Beruf versprach. Nazis wurden sie nicht.

Drei Veränderungen hatte die endlich erfüllte Liebe zu Karl-Heinz Kühnhagen bewirkt: Jola hatte ihre Strenge verloren, sie war weicher und fraulicher geworden.

Das Führerbild verschwand aus ihrem Zimmer.

Jeden Sonntag vormittag ging sie in die Kirche, die sie seit ihrer Konfirmation nicht mehr betreten hatte.

Am 31. Januar 43 mußte zum erstenmal eine entscheidende Kapitulation in den deutschen Nachrichten bekanntgegeben werden.

Stalingrad war gefallen. Was von der 6. Armee noch übrig war, schleppte sich ostwärts in russische Gefangenschaft.

»Heinrich meint auch, da muß ein strategischer Fehler in der Kriegsführung passiert sein«, sagte Tante Henny, bei Genthins zu Besuch.

Und Jola: »Oberster Kriegsherr ist der Führer, Tante!«

»Naundnaund? Der kann seine Augen auch nicht an allen Fronten gleichzeitig haben. Dieser General Paulus ist schuld.«

»Ja«, nickte Oma. »Warum hat er nicht schon Anfang Dezember kapituliert? Dann lebten jetzt noch Hunderttausende.«

»Also mit euch kann man wirklich nicht mehr reden«, erhob sich Henny verärgert. »Kaum verlieren wir mal eine Schlacht, schon fangt ihr an zu mosern und vergeßt darüber unsere jahrelangen, überwältigenden Siege.«

»Willst du schon gehen?« erschrak Großmutter Genthin. »Nun sei doch nicht eingeschnappt! Wir haben es ja nicht so gemeint – wir sind nur so erschüttert über die armen, armen Soldaten!« Sie ging ihr nach zur Tür. »Ein Glück, daß dein Horst in Griechenland stationiert ist –«

»Soll das etwa eine Spitze sein?« zischte Henny. »Nimmst du deinem Enkel etwa übel, daß er nicht in Stalingrad gefallen ist?«

»Ogott, Kind, wie kannst du so was sagen! Wie kannst du nur! Hauptsache, der Junge ist gesund. Nun bleib doch noch –« jammerte sie besorgt hinter ihrer Tochter her. »Es klappt doch mit dem Transporter, ja?« Und zu Jola zurückkehrend: »Hätten wir bloß unsern Schnabel gehalten. Allein schon wegen dem Transporter!«

Die Berliner Stadtwohnung ihres Sohnes Achim war in der vorletzten Nacht durch eine in der Nähe heruntergegangene Luftmine zerstört worden. Ihr Schwiegersohn Heinrich Bode, Hennys Mann, Ingenieur in einem Rüstungsbetrieb, hatte versprochen, einen Lieferwagen aus der Firma abzuziehen, um die noch brauchbaren Gegenstände nach Wannsee zu transportieren.

Großmutter schlief die halbe Nacht nicht vor Sorge, Henny könnte ihrem Mann etwas von ihren defätistischen Reden wiederholt haben und zur Strafe den Kleintransporter zurückhalten. Aber nein, dieser gute Mensch Heinrich fand sich pünktlich mit einem Fahrer vor dem zerstörten Hause ein, beseligt von Großmutter und Jola empfangen.

Gemeinsam stellten sie die noch brauchbaren Möbel zusammen, räumten Achim Genthins Wandschränke aus, seinen demolierten Schreibtisch, und dabei geriet in Heinrich Bodes Hände eine Mappe mit persönlichsten Erinnerungen.

Jola packte gerade ein Bild ein, als sie ihn kichern hörte: »Nu guckt euch diesen Schwerenöter an! Lauter Weiberfotos. Ne Französin hatte er auch. Alle Achtung – interessantes Weib. Und hier – ein Gedicht – von ihm selber. Hätte ich diesem trocknen Juristen gar nicht zugetraut. Wo habe ich denn mein Glas?«

Ehe er die Scherbe ins Auge schieben konnte, hatte ihm Großmutter Genthin die Mappe aus der Hand gerissen. Und hieb ihm dabei auch noch auf die Finger. »Schämst du dich nicht, Heinrich? Wie kommst du dazu, im Privatleben meines Sohnes rumzuschnüffeln?«

»Nun reg dich nicht auf, Mutter!« versuchte er ihren Zorn zu beschwichtigen.

»Ich reg mich auf, wann ich will! Eine Unverschämtheit ist das! Mach lieber, daß du an die Front kommst!« So hemmungslos hatte Jola ihre Großmutter noch nie erlebt.

Heinrich Bode, mitten im Zimmer stehend, dessen Außenwand fehlte, rückte an seinem Monokel, beorderte seinem Fahrer, der gerade zwei Empirestühle heruntertragen wollte: »Stellen Sie das Zeug ab. Wir fahren.« Und verließ die Trümmerstätte. Der Fahrer zuckte bedauernd die Achseln in Großmutters Richtung und ging ihm nach die Treppe hinunter.

»Heinrich –« jammerte sie auf, »so habe ich das nicht gemeint.« Und sich besinnend: »Aber ich hab's ja so gemeint!« Sie sah all die Maßanzüge ihres Sohnes, aus den Schränken gerissen, auf einem Sofa voll Mörtelstaub und Schutt übereinandergetürmt, schaute Jola hilflos an: »Was machen wir denn nun damit?«

»Wir packen alles ein, was wir tragen können, und denn komme ich mit Frau Schult und Luise noch mal her und hole die nächste Fuhre . . .«

»Wenn dann noch was da ist«, zweifelte Großmutter.

Sie buckelten sich zur S-Bahn, mußten ihre Lasten mehrmals absetzen, Großmutter hielt sich abwechselnd das Herz oder den Rücken, jammerte, japste, hauchte in ihre klammen Hände. Schielte immer wieder auf Achim Genthins persönliche Mappe, die in einer überquellenden Reisetasche obenauf lag.

»Dein Vater ist kein Schwerenöter. Er hat eben Frauen gekannt – das ist sein gutes Recht, nachdem ihn deine Mutter so schnöde verlassen hat.« Sie schob ihren verrutschten Hut zurecht. »Eine Französin hat er also auch gehabt – und ein Gedicht geschrieben. Versprich mir, daß du die Mappe nicht anrührst, Jolakind.«

»Du aber auch nicht, Oma.«

»Neinnein, natürlich nicht . . .«

Und danach hoben sie die schweren Taschen und Koffer vom Pflaster auf und schleppten sie dem S-Bahnhof zu.

»Was weiß ich eigentlich von meinem Sohn?« keuchte Großmutter, der der Inhalt der Mappe nicht aus dem Kopf ging. »Was weiß in dieser Familie eigentlich einer vom andern? Als dein Großvater gestorben ist und ich seinen Schreibtisch aufräumen mußte, was glaubst du, was ich da gefunden habe? Ein Parteibuch aus dem Jahre dreiunddreißig. Ist er doch damals gleich eingetreten und hat mir nie was davon gesagt! Wenn das der alte Steinberg gewußt hätte!«

Im selben Januar 1943 schrie Propagandaminister Goebbels die Frage »Wollt ihr den totalen Krieg?« in den vollbesetzten Sportpalast, und alle Anwesenden brüllten »Jaa« zurück.

Jola und ich saßen gemeinsam vorm Radio und hörten zu.

»Weißt du, woran mich das erinnert? An früher, als wir noch Kinder waren und Kasperle mit seinem Holzschwert vor dem roten Vorhang erschien und fragte: Wollt ihr, daß ich das böse Krokodil kaputt mache? Und wir riefen alle ›Jaaaa‹.«

Es war aber leider kein Kasperletheater, sondern das Klingelzeichen zum schrecklichsten Akt des europäischen Dramas.

23

Die Halenseer Wohnung wurde aus ihrem staubigen Dämmerschlaf gerissen: Jobst hatte Urlaub.

Nun turnten weiße Wölkchen und bunte Luftballons unter ihrer Stuckdecke, und Blumen blühten um unser Lager – siehst du sie?

»Nö, aber wenn du meinst, Lieschen . . .« Er hockte auf der Bettkante, mit dem Öffnen einer Flasche Dom Pérignon beschäftigt.

»Mein Vetter hat ne feste Dame im Rheinland. Bei der verbringt er seine Urlaube«, erzählte er dabei. »Hoffentlich hält das Verhältnis noch lange an.«

Ich malte Achten mit dem Fingernagel auf seinen muskulösen Rücken. »Warum?«

»Damit er nicht nach Berlin kommt.«

»Und warum soll er nicht kommen?«

»Wegen seinem ausgesoffenen Champagner. Dies ist die vorletzte Flasche.«

Der Korken schoß durchs Zimmer. Jobst drückte einen Handballen auf die übersprudelnde Flaschenöffnung und schrie nach Lieschen, weil er vergessen hatte, Gläser mitzubringen.

Lieschen flitzte in die Küche.

Als wir ihn am wenigsten gebrauchen konnten, kam Fliegeralarm.

»Scheiße«, fluchte mein Liebhaber, »die verdammten Tommys. Wir gehen nicht runter. Müssen die Sirene ja nicht gehört haben.«

»Wenn wir nicht runtergehen, dann kommen sie rauf und holen uns. Die Portierfrau hat uns gesehen. Die sieht alles!«

Er nahm mich noch einmal in die Arme, bevor er seine Socken vom Teppich aufsammelte und verbittert an seine Füße zerrte.

Wir kamen als letzte in den Luftschutzkeller.

Da saßen schon alle Vorder- und Gartenhausbewohner an den Wänden entlang mit greinenden Kindern und Koffern, verschlafen, verstimmt, in ihr Schicksal ergeben oder verängstigt zur Kellerdecke starrend. Über uns das dumpfe Dröhnen der Bomberverbände.

Jobst sagte: »Setz dich hin, Lieschen, ich geh wieder rauf. Hier unten kriege ich Platzangst.«

Die Portierfrau schaute mich wissend an: »Na, Frollein, sind woll jestört worden, wa?«

Ich schloß die Augen wie in Kinderzeiten, als ich mir noch einbildete: Wenn ich keinen sehe, sieht mich auch keiner.

»Wer ist das Fräulein?« hörte ich eine alte Dame fragen.

Und weil sie wohl schwerhörig war, brüllte die Portierfrau in ihr Ohr, daß der Fähnrich und ich des öfteren die Wohnung des Oberleutnants aus dem Gartenhaus benutzten.

Na schön, nun wußten es alle. Nun konnte ich beruhigt die Augen wieder aufmachen.

Im selben Augenblick wurde die Gastür des Kellers aufgerissen: »Es brennt!«

Im Luftschutz ausgebildete Männer und Frauen stülpten ihre Helme auf, griffen nach Feuerpatschen und stürmten an mir vorbei aus dem Keller. Ich nach.

Richtung Stadt loderte es rot und gelb. In dieser Straße brannte nur ein Dachstuhl. Und der gehörte leider zum Gartenhaus. Darunter lag die Wohnung des Vetters. Unsere Liebeslaube.

Ich rannte den anderen nach die vier Treppen hinauf, dem Prasseln entgegen. Die Wohnungstür stand offen.

Die vor mir eintrafen, füllten Wassereimer in der Küche, bildeten eine Eimerkette zum Dachstuhl hinauf. Alle hatten nasse Tücher über Nase und Mund gebunden. Ich fummelte tränend und hustend am Abwaschtisch herum, aber da war kein Tuch mehr.

Unser Kopfkissen fiel mir ein.

Im Schlafzimmer brannte noch das Licht, und weil wir die Tür geschlossen hatten, war hier die Rauchbildung nicht so stark.

Neblig erkannte ich das Bett, so wie wir es verlassen hatten, die halbgeleerten Sektgläser auf dem Nachttisch.

Über mir knackte und knisterte es. Ich zerrte den Bezug vom Kopfkissen, goß die Gläser drüber aus, wurstelte den nach Champagner riechenden Bezug um meine Nase und auf dem Hinterkopf zusammen, drehte mich dabei verstört im Kreise – ich mußte doch jetzt retten – was rette ich denn zuerst – eine Pferdebronze? Den Bettvorleger? Die Sektgläser? Dann sah ich meine Schultasche an einem Stuhlbein lehnen, griff nach ihr und nach einem silbernen Kerzenleuchter.

Das Knistern über mir hatte aufgehört. Dafür tropfte es durch die Decke.

Keine Eimerkette mehr. Auf dem Flur stellten Hustende ihre Feuerpatschen ab und stolperten die Treppe hinunter.

»Ist das Feuer gelöscht?« fragte ich hinter ihnen her.

Es kamen noch ein paar vom Dach – einer von ihnen war Jobst. Rußgeschwärzt, mit angesengten Haaren.

»Na, Lieschen? Was machst denn du hier?«

»Ich rette.«

Er zog den Rauchschutz ab, ging in die Küche und hängte seinen Kopf unter den Wasserhahn. »Das ist noch mal gutgegangen.«

Die Sirene heulte Entwarnung.

Jobst knipste alle Lichter aus und öffnete die Fenster weit – der Qualm zog ab, die Kälte kam herein, der beißende Gestank nach gelöschtem Verbrannten blieb.

Wir krochen mit allen Kleidern unter die Bettdecke und hielten uns umschlungen.

»Weißt du, Lieschen«, gähnte er, »früher war's lustiger ...«

Es war noch dunkel, als ich ihn zum Bahnhof Halensee brachte. Und doch nicht dunkel wegen dem Feuerschein. Es brannte ja noch immer in der Nähe, der Wind wehte Aschenfetzen auf uns zu.

Jobst zog einen Handschuh aus und strich Haarsträhnen aus meinem Gesicht.

»Paß bloß auf dich auf, Lieschen.«

»Du auch. Bitte, versprich mir das.«

»Mir passiert schon nichts«, beruhigte er mich. Und lachte. »Wenigstens kann ich meinem Vetter jetzt sagen, der Dom Pérignon wäre ausgebombt.«

Wir hörten den Zug kommen und hielten uns verzweifelt fest.

Das Abschiednehmen fiel immer schwerer.

Jobst fuhr zum Flughafen Gatow und flog von dort zu seinem Gefechtsstand nach Arnhem.

Ich mochte nicht mehr in die Wohnung zurück gehen, sondern trödelte durch die noch schlafenden Straßen des Grunewalds bis zum Schulbeginn.

Als es dämmerte, holte ich ein Heft aus der Mappe und rauchte halblaut französische Vokabeln in die Kälte.

Meinen Eltern hatte ich erzählt, daß ich bei einer Schulfreundin übernachten würde.

Am 1. April starb mein Vater an einer Lungenentzündung. Er hatte nicht lange leiden müssen. Und noch kurz vor seinem Tod die letzte edle Flasche aus seinem Weinkeller getrunken – einen Niersteiner Pettental Goldbeerauslese von 1921, was bekanntlich ein sehr guter Jahrgang gewesen sein muß.

Franz Hartwig hatte sich kein großes, aber ein freundliches Schicksal ausgesucht gehabt. Einen unendlich gütigen Vater. Ferien voller Abenteuer bei Onkel Wilhelm auf dem Lande. Eine fröhliche Münchner Studentenzeit. Während des Ersten Weltkriegs baute er Brücken da, wo kein Schuß fiel. In der Inflation wurde sein Gehalt in Dollars ausbezahlt. Zu jeder Zeit hatte er seinen Wein und seine Musik.

Spät entschloß er sich zur Heirat mit einer lieben, jungen Frau und überließ es ihr von Stund an, mit seinen Schwierigkeiten fertig zu werden.

Ehe das Leben in Berlin in einen Kriegszustand auszuarten begann, verabschiedete er sich mit einem schnellen, sanften Tod.

Mein Vater wurde auf dem neuen Friedhof in Wannsee beigesetzt, nicht weit ab von Großvater Genthin und Herrn Steinberg.

24

Kurz vor der Geburt seines ersten Kindes hatte sich Jolas Vetter Horst Bode, inzwischen Untersturmführer der SS, mit der Arbeitsdienstführerin Ulla Wilke ferntrauen lassen. Die Geburtsfeier fand am 6. Juni 1944 statt, am Tag der Invasion der Alliierten in der Normandie. Zwei Tage vorher hatten sie Rom besetzt. Im selben Monat brachen die Russen im Mittelabschnitt der Ostfront bis zur Weichsel durch. Es ging bergab mit dem Dritten Reich.

Horst Bode konnte an der Geburtsfeier seines Sohnes nicht teilnehmen. »Er ist jetzt in der Normandie völlig unabkömmlich, der tapfere Junge«, sagte Tante Henny wichtig.

Die Feier fand im Landhaus der Schwiegereltern Wilke in Caputh statt. Ich, als Jolas langjährige beste Freundin, war auch dazu eingeladen.

Caputh! Die Augen meiner Mutter leuchteten auf. Das lag beim Werderschen Obstanbaugebiet. Und wo es jetzt mit den Erdbeeren losging ... »Fahr bloß noch zu Hedwig rüber.« Sie packte mir aus ihren eisernen Vorräten Kerzen ein und ein Stück Seife für Frau Böckmann, Hedwigs Ziehmutter, inzwischen nicht mehr Obstpflückerin, sondern durch Erbschaft zur Plantagenbesitzerin aufgestiegen. »Aber laß dich ja nicht mit paar Pfund abspeisen, sonst bringst du die Kerzen wieder mit.«

Hedwig hatte früher meine abgelegten Kleider und Puppen geerbt. Heute hätte ich von ihr erben können. Böckmanns lebten im Luxus, seit die Berliner täglich mit jedem Zug zu Hunderten in Werder anrückten, um mit Geschenken um Obst und Gemüse zu werben.

Von der Zigarre über Parfüm, Strümpfe, Pelzkragen, Schokolade, Stoffe, ungebrannten Kaffee bis zum nutzlos gewordenen Smoking hatte man alles zu ihnen herausgetragen. Selbst die Güteklasse E, das mulsche Zeug, wurden Böckmanns an die Berliner mit Kußhand los.

Nicht nur ich, sondern auch Oma Genthin und Jola waren mit Körben und Tauschwaren beladen, als wir uns am Morgen der Geburtsfeier auf dem Bahnhof Wannsee trafen und – wie telefonisch abgesprochen – mit den Berliner Festteilnehmern im vorderen Nichtraucher-Abteil zweiter Klasse des S-Bahnzuges vereinigten.

Heinrich Bode und seine Frau Henny, die Großeltern, stiegen mit uns ein. Henny, in Silberfuchscape und passender Toque, wischte mit dem Taschentuch an ihren Transpirationspunkten herum.

»So ein Quatsch – Pelz im Juni«, moserte Oma. »Schadet dir gar nichts, wenn du schwitzt. Aber du mußt ja allen Armen auf der Taufe zeigen, was du besitzt!«

»Mutter, wie oft soll ich dir noch sagen, daß das keine Taufe ist, sondern eine Geburtsfeier für SS-Angehörige. Begreifst du das nicht?«

»Nein«, wehrte sich Oma stur. »So 'n heidnischer Humbug ohne Pfarrer und Orgel und kirchlichen Segen. Wozu dann überhaupt Taufe?«

»O Gott, Mutter! Du lernst es nicht!« stöhnte Henny.

»Wieso sagst du noch ›O Gott‹? Wieso nicht gleich ›O Wotan‹?« konterte Großmutter Genthin.

»Wenn du Stunk machen willst, kehr lieber um, Mutter«, schlug Heinrich Bode vor.

»Das könnte dir so passen. Aber den Gefallen tu ich dir nicht. Ich will sehen, was ihr mit meinem ersten Urenkel anstellt«, versicherte Großmutter und stand dann doch auf, aber nicht um auszusteigen. Sie setzte sich neben eine graue Maus auf der anderen Fensterseite, die sich um das Köfferchen auf ihrem Schoß zusammengekauert hatte. Sie paßte so gar nicht in den frisch ondulierten, festlich gekleideten Kreis.

»Wer ist das?« fragte ich Jola.

»Tante Röschen, Kusine von meinem Vater und Tante Henny. Sie ist heute nacht zum drittenmal ausgebombt worden. Was sie da auf dem Schoß hält, ist wohl das letzte, was sie noch besitzt.«

Ein absolutes Störnis, dieses Röschen, ach wäre sie doch lieber zu Hause geblieben – sah man Tante Henny an, und dann fiel ihr wohl ein, daß ihre Kusine kein Zuhause mehr hatte, in dem sie hätte bleiben können, und sie holte einen Riegel Schokolade aus der Tasche. »Nimm, Röschen, ich geb's dir gern.«

In Potsdam stiegen wir in den Bummelzug nach Werder.

Auf dem Perron stand ein Soldat auf Krücken.

»Mensch, Robby, so ein Zufall«, lief Jola auf ihn zu, »oder bist du etwa auch eingeladen?«

»Nee, nur Karl-Heinz, aber der ist ja nicht da. Habe ich mir gedacht, auf so nem Fest gibt's bestimmt gut zu essen. Gehst du für ihn hin. Geschenk hab ich auch. Faß mal in meine Rocktasche, in die linke.«

Jola zog einen mit einem verschlissenen Weihnachtsband dekorierten silbernen Kinderschieber hervor.

»Du hast wohl mal kurz in euer Buffet gegriffen«, ahnte sie.

Robby Kühnhagen – Karl-Heinz' älterer Bruder. Potsdamer Yachtclub, kurz nach der Regatta. Damals war noch Frieden, erinnerte ich mich.

Sein Begrüßungslächeln fand nur auf einer Gesichtshälfte statt, die andere war starr und zerstört. Er trug eine Augenklappe.

Die Festteilnehmer betrachteten ihn mitleidig. Armer Kerl, ist es nicht furchtbar, was der Krieg so manchem antut? Und muß doch mal so ein bildhübscher Junge gewesen sein, das sieht man ja noch an seinem heilen rechten Profil ...

Wir stiegen hinter ihm, der sich mühsam hochhangelte, in den Personenzug, brachten seine zweite Krücke mit. Bahnhof Charlottenhof. Wildpark. Umsteigen nach Caputh.

Ein mit bunten Bändern dekorierter Kremser, vor dem ein alter Klepper schlief, holte uns ab. Der Kutscher setzte ihn mit Peitschenknallen und lautem Hüüh in Gang.

Gemächliches Zuckeln unter schattigen Chausseebäumen. Ich liebe dieses stille märkische Land voller Seen mit grünen Ufern, aus denen ab und zu ein spitzer Kirchturm ragt.

Vor einem am Schwielow gelegenen Grundstück machte der Kutscher Brrr. Der Gaul hielt an und hängte seinen Kopf zwischen Scheuklappen in den nächsten Schlaf. Nur seine Ohren zuckten noch abwehrend gegen Fliegenbelästigung.

Im Gartentor erschien Schwiegervater Wilke, ein Hosenbein hochgebunden, das andere im blanken Reitstiefel, auf eine Krücke gestützt. Er hob die Hand zum deutschen Gruß. Henny und Heinrich Bode und andere Festgäste grüßten ebenso zurück, während ihnen der Kutscher vom Kremser half.

Als Robby Kühnhagen als letzter ausstieg, humpelte Wilke auf ihn zu. »Kamerad, kann ich Ihnen helfen?«

»Danke verbindlichst, Obersturmführer – es geht schon.« Und zu uns: »Wenn ein Lahmer dem andern hilft, fallen womöglich noch beide auf die Schnauze und gefährden die Taufe.«

»Nicht Taufe. Geburtsfeier«, verbesserte ihn Oma. »Sie lernen es auch nicht, Herr Kühnhagen.«

Am Ende eines langen, schmalen, von Stachelbeersträuchern eingefaßten Weges lag das Sommerhäuschen der Familie Wilke. Seit Bomben ihre Stadtwohnung zerstört hatten, lebten sie nun ganzjährig in dieser bienenumsummten Idylle.

An der Haustür empfingen uns Frau Wilke und ihre beiden Töchter, die eine in Arbeitsdienstuniform, die andere im weißen Volkstanzkleid mit besticktem Spenzer – ein Glaube-und-Schönheits-Modell.

»Ihr seid also die Schwägerinnen von meinem Enkel Horst«, versuchte sich Großmutter in den neuen, angeheirateten Familienverhältnissen zurechtzufinden.

»Heil Hitler, Oma Genthin«, riefen beide strahlend.

Zur Begrüßung gab es selbstgebrauten Johannisbeerwein.

Seit der Scheibe Kommißbrot mit Marmelade zum Frühstück hatten wir nichts im Magen. Der Johannisbeerwein fuhr uns in die Knie und in den Kopf sowieso. Ehe die Feier begann, waren wir duhn und suchten Halt auf den im Halbkreis aufgestellten Stühlen des Wohnzimmers.

In der angrenzenden Veranda wartete bereits das Orchester: zwei Blockflöten in Jungmädelkluft und eine Geige in der Hand eines Fähnleinführers der HJ, alles Verwandte der Wilkes. Ein großes, umkränztes Führerbild vorm Fenster beeinträchtigte den Blick auf den See. Zwischen Wohnzimmer und Veranda war der Altar aufgebaut, mit dreiarmigem Leuchter in Runenform und einer einzelnen Kerze. Rechts und links von ihm tönerne Bodenvasen voller Birkengrün.

Die Kapelle eröffnete die Feier mit einem altdeutschen Reigenlied. Danach humpelte der Großvater hinter den Altar und sprach uns an:

»Ich begrüße die Sippe und all ihre Freunde, die heute zu uns gekommen sind, um die Geburtsfeier unseres Neugeborenen, erstgeborenen Enkels, Achsensprosses und künftigen Weiterführers der Sippe mitzuerleben. Von fernher seid ihr zusammengekommen. Ich danke euch dafür. Wie wir hier beisammenstehen –«

Er hatte »stehen« gesagt, weshalb wir uns erhoben, bis auf Robby Kühnhagen.

»– wissen wir ganz: *Eines* sind wir, *ein* Leben in vielen. Das leuchtet uns wieder auf. Und des zum Zeichen entzünde ich als

Sippenältester in Stellvertretung des Kindesvaters, unseres lieben Horst, der zur Zeit in der Normandie tapfer für den Führer und unseres Vaterlandes Größe kämpft, die Sippenkerze.«

Das Dreimannorchester stimmte eine heroische Melodie an, zu deren Klängen Mutter Ulla mit dem Säugling auf dem Arm den Raum beschritt bis vor den Altar.

»Mein Herz ist voller Wünsche für dich, mein Kind. Jeder wird freiwillig, wie er werden muß. Denn keiner kann aus seiner Art«, begann sie mit heller, feierlicher Stimme, den Blick auf den Sippenarmleuchter gerichtet, und fuhr fort:

»Ehrwürdige Ahnen! Väter und Mütter unseres Blutes! Feierlich will ich vor euch und den Lebenden aussprechen, was ich dir, meinem Kinde, wünsche: Reiner als wir mögest du im Blut gefügt sein! Erfolgreicher als wir mögest du dadurch eines Tages in die Dinge deiner Tage eingreifen! Einst mögest du die Sippe finden, aus der du die rechte Braut erwählst, dir gleich an Herz und Sinn und Bildung des Leibes!«

Die Blockflöten versuchten sich an einer Fanfare, dann sprach Herr Wilke bewegt zum Säugling: »Bruno sollst du heißen, mein Enkelsohn, nach einem deiner Großväter, Bruno, der Gepanzerte, und Answald, der in Eintracht mit den Asen Waltende. Ich rufe dich zum erstenmal bei deinem schönen Namen: Bruno Answald! Heil dir, mein Enkel. Heil unserer Art.«

Robby Kühnhagen rutschte eine neben seinem Stuhl abgestellte Krücke aus und polterte zu Boden.

Aber es war weniger das Aufheben der Krücke, was ihm zu schaffen machte, als sein aus den Fugen geratenes einseitiges Mienenspiel, hinter dem ein kaum zu bändigender Lachkrampf wütete.

Selbiger sprang auf mich über, zündete meine mühsam bewahrte Haltung wie ein Fuder Heu an. Ich schluchzte in mein Taschentuch, während um mich herum das Lied »Viele alte Stämme ragen herauf in unsere Zeit, von Mann und Frau getragen wohl in Ewigkeit« gesungen wurde.

Kaum hatte ich mich notdürftig beruhigt, begegnete ich Robbys grinsendem Blick, und das Lachunglück fing von vorne an. Es war zum Verzweifeln. Ich stellte mir Jobsts Tod vor, den meiner Mutter, meinen eigenen – nichts half. Gebückt schlich ich aus dem Raum.

Als ich verheult, aber endlich beruhigt auf meinen Stuhl zurückkehrte, hatten sich gerade der Kreisleiter und die Gevattern des kleinen Bruno Answald, zu denen auch Jola gehörte, erhoben.

Heidrun Wilke im Volkstanzkleid sprach für die Gevattern: »Wie wir das Kindlein heute in die Arme nehmen, wollen wir es in Liebe hüten, wenn ihr Eltern ihm fehlen solltet. Und des zum Beweis schenke ich dir, lieber Bruno Answald, diesen silbernen Löffel. Mögest du damit ein langes Leben hindurch dein Süpplein essen und täglich das Zeichen in Händen halten, daß wir für dich bereit stehen. Wir, deine Sippe. Es steht aber etwas Größeres über uns: unser Volk! Es waltet noch eine höhere Treue über uns allen: unser Führer!«

Anschließend mußten sich alle an den Händen fassen und das Lied singen: »Wo immer das Leben erglommen, da will es als Flamme stehen –«, was ziemlich dürftig ausfiel, weil die meisten von uns den Text nicht kannten.

Robbys Krücke fiel ein zweites Mal zu Boden, ich hob sie auf, dabei raunte er mir zu: »Was gibt's denn zu Mittag?«, denn deshalb war er ja mitgekommen.

»Aal grün mit Gurkensalat und rote Grütze«, hatte uns Tante Henny bereits auf der Herfahrt erzählt.

»Köstlich«, stöhnte Robby, »und wo?«

»Im Restaurant in Baumgartenbrück.«

Aber noch war es nicht soweit.

Während die feierliche Eintragung der Kindsdaten und Gevatternamen ins Sippenbuch erfolgte und das Austeilen von künstlerisch gestalteten Erinnerungsblättern mit einem Führerspruch als Mittelpunkt, entstand ein Wispern in den letzten Stuhlreihen, eine »stille Post«, die sich von einem zum andern fortsetzte: Der Drahtfunk meldet schwere Bomberverbände im Anflug auf Berlin.

Das bedeutete auch Alarm für Caputh und keinen Aal grün für die nächsten Stunden, falls sich die da vorne nicht mit ihrer Zeremonie beeilten.

Wie sollten wir das nur unseren knurrenden Mägen beibringen? Jeglicher Anflug von unerwünschter Heiterkeit war in uns erloschen.

Oma Genthin sah sich verzweifelt nach mir um: Wir wollen ja auch noch in die Erdbeeren!

Aber die Feier brauchte ihren würdigen Abschluß: eine Gavotte mit Blockflötenspiel und Geigenkratzen – und mitten hinein die Sirene.

Während Herr Wilke seine Gäste zum nächsten Splittergraben führte, gab mir Jola ein Zeichen: »Komm . . .« Aus dem Geräteschuppen – sie kannte sich dank zweimaliger vorangegangener Besuche hier gut aus – holte sie Käscher und eine Kiepe. »Wir gehen Krebse fangen.«

Die Säume unserer Festkleider in den Gürtel geklemmt, plätscherten wir im seichten Wasser auf der Jagd nach Opfern. Robby Kühnhagen bemerkten wir erst, als er, auf seine Krücken gestützt, am Ufer stand und den krabbelnden, knispernden Inhalt der Kiepe betrachtete, in die wir unsere Fänge warfen.

»Bißchen mickrig«, meinte er. »Die haben ja viel zu kleine Scheren.«

»Dann halt mal den Finger dazwischen«, schlug Jola vor.

Er hatte übrigens ein Buch aus dem Wilkeschen Bücherschrank mitgebracht: Fontanes »Wanderungen durch die Mark Brandenburg«. Sich am Ufer niederlassend, las er uns daraus vor.

»Ist es hier schön zu allen Tageszeiten, so waltet hier ein besonderer Zauber um die sechste Stunde; dann schwimmen, kommend und gehend, aus dem Schwielow hinaus und in den Schwielow die Havelkähne in ganzen Geschwadern heran, und zwischen ihnen hindurch gleitet von Werder her der obstbeladene Dampfer. Die Zugbrücke steigt und fällt in beständigem Wechsel, bis mit dem Niedergehen der Sonne auch der Verkehr zu Ende geht . . .«

Friede einer vergangenen Zeit breitete sich mit seiner Stimme aus, übertönte das Dröhnen der Bombergeschwader in der Ferne.

An diesem frühen Nachmittag begann unsere Freundschaft mit Robby Kühnhagen.

Die Rückfahrt nach Wannsee fand in verschiedenen Abteilen statt, da sich Großmutter Genthin mit Henny und Heinrich Bode wegen der Geburtsfeier zerstritten hatte.

»Na schön, unser Pastor salbadert auch, aber doch nicht so ein verquastes Zeug, und wenn schon nach einem Großvater, dann hätten sie den Lütten ruhig auch nach dem andern nennen können, das muß ich Henny noch mal bei Gelegenheit sagen. Thh, thh, Bruno, der Gepanzerte – wie war noch der andere Name?« fragte sie abwärts, wo Jola und ich auf dem schmutzigen Boden des Abteils herumkrochen, um Krebse einzufangen, deren Fluchtversuche wir nicht rechtzeitig hatten verhindern können.

»Answald – der mit den Asen Waltende«, rief Jola herauf.

»Was sind denn nu wieder Asen? Und warum hast du eigentlich so furchtbar geheult, Luise?«

Ich stieß meine Freundin warnend an; »Sag's ihr lieber nicht, sie ist imstande und erzählt es Bodes!«

»Weil sie viel tiefer veranlagt ist, als du immer angenommen hast, Oma. Luise war richtig gerührt.«

»Naja«, Großmutter schien plötzlich unsicher, »vielleicht hätte ich auch geweint, wenn eine Orgel gespielt hätte. Aber bei der Katzenmusik, das war ja nicht zum Aushalten! Haben die denn vorher nicht ordentlich geübt?«

Mit uns im Abteil saß Röschen Kühnel, die ausgebombte Verwandte.

»Du bleibst jetzt bei uns und kriegst das Fremdenzimmer, Röschen. Kannst jeden Tag mit der S-Bahn ins Büro fahren und abends wieder in ein heiles Zuhause in guter Luft«, beschloß Großmutter.

Wir kamen übrigens mit leeren Körben zurück. Die Erdbeeren in Werder waren noch nicht reif genug zum Pflücken gewesen.

25

Früher klebte ich Fotos in mein Album. Inzwischen füllten sich seine Seiten mit aus der Zeitung geschnittenen Todesanzeigen, das Eiserne Kreuz links oben in der Ecke.

»Am 13. September 1941 fiel vor Leningrad, getreu seinem Glauben an den Führer und Deutschlands Zukunft unser jüngster Sohn im Alter von 19 Jahren. Er fand den Tod in tapferer, soldatischer Pflichterfüllung bei einem Stoßtruppunternehmen. In stolzer Trauer ...«

Stolze Trauer – was ist das eigentlich? Wie fühlt man die?

»Unser geliebter Sohn ist am 21. Dezember 1942 in Stalingrad gefallen.
Math. 5, 8.«

»Gott nahm unseren geliebten Sohn, Gefreiter in einem Panzerjägerregiment, in seinen ewigen Frieden. Wir werden ihn nie vergessen.«

»Nach Gottes Willen fiel am 4. März 1943 an der Ostfront unser inniggeliebter ältester Sohn, Leutnant und Adjutant in einem Kradschützenbataillon.
Sein Taufspruch 1. Kor. 16, 13.«

Es wurden immer mehr.

»Nun ist auch unser inniggeliebter dritter und letzter Sohn an der Ostfront gefallen. Mit ihm haben wir all unsere Hoffnungen begraben.«

Ein Album voller Todesanzeigen. Das ist geblieben von den Jungs, mit denen ich gespielt und mich geprügelt habe – getanzt, gesegelt und geflirtet ...

Eines Sonntagmorgens beim Lesen der Deutschen Allgemeinen Zeitung sah mich meine Mutter so merkwürdig über den Frühstückstisch hinweg an. »Hör mal, was hier steht: In Erfüllung seiner soldatischen Pflicht fiel im Luftkampf an der Ostfront unser einziger geliebter Sohn, mein Verlobter Hans Degner, Oberleutnant in einem Jagdgeschwader. – Mit dem warst du doch mal befreundet, Luise.«

Hans Degner. Die erste große Liebe.

Ich fuhr in den Grunewald und schaute auf das verspielte gelbe Haus, in dem er gelebt hatte. Seine Fenster im oberen Stock kannte ich. Als Junge ließ er von dort Papierflugzeuge fliegen ...

Es brach mir schon ein bißchen das Herz.

Einmal öffnete sich die Haustür, und eine große, schwarzgekleidete Blonde kam zum Gartentor und ging die Straße hinunter, auf deren gegenüberliegender Seite ich stand und ihr nachschaute. Das mochte wohl seine Verlobte gewesen sein – genauso nordisch, wie es sich seine Mutter gewünscht hatte.

Wenig später überfuhr ein Wehrmachtsauto unseren Hund Bolle. Ich trug seinen im Tod so schweren, noch warmen, über meine Arme hängenden Körper mit dem starr aufgerissenen Maul nach Hause und legte ihn in unserem Garten nieder. Und mich selber daneben.

Endlich konnte ich weinen. Das Gesicht in seinem Fell vergraben, heulte ich alles aus mir heraus, was sich seit dem Tode meines Vaters in mir angestaut hatte. Mochte gar nicht mehr aufhören.

26

Robby Kühnhagen, inzwischen von seiner Beinverwundung so weit geheilt, daß er sich ohne Krücken fortbewegen konnte, setzte sein Medizinstudium fort.

Jola und ich wollten auch studieren. Aber in unserer vom Staat vorbestimmten weiteren Laufbahn war nach dem Abitur der Reichsarbeitsdienst vorgesehen.

»Robby, wie kommen wir um den RAD herum?« bedrängten wir ihn. Er zerbrach sich für uns den Kopf. Krankheiten hatten wir nicht, also mußten welche erfunden werden. Für mich suchte er Gelenkrheumatismus aus, für Jola einen Herzfehler, mit dem sie unmöglich schwere Landarbeit leisten konnte.

Atteste von Privatärzten nützten uns wenig. Wir wurden zum Amtsarzt bestellt. Ich mußte meine »Krankheitssymptome« auswendig lernen und erhielt von Robby mehrere Spritzen vor dem gefürchteten Termin, die wirklich einen Rheumaanfall mit verdickten Gelenken auslösten. Jola würgte vier Tassen starken Mokka, zu dem wir alle verfügbaren Kaffeebohnen gestiftet hatten, in sich hinein und rauchte sieben Zigaretten – nicht paffen, inhalieren, kommandierte Großmutter unerbittlich, ausgerechnet sie, die Jola Ohrfeigen angedroht hatte, falls sie sie jemals mit einer Zigarette erwischen sollte.

Ich mit meinen schmerzenden Gelenken mußte das graugesichtige, halb vergiftete Wrack zum Bahnhof ziehen. Dort erbrach sich Jola.

»Bist du verrückt? Du kotzt ja die ganze Wirkung aus.«

Auf die Idee, daß anständige junge Mädchen genausolche rabiaten Tricks anwenden könnten wie Knaben vor der Musterung, kam der Amtsarzt nicht. Wir wurden vom RAD befreit und durften studieren, sofern wir uns verpflichteten, Lehrerinnen zu werden.

Die Luftschutzkeller der Humboldt-Universität lernten wir bald gründlicher kennen als die Hörsäle. Nach den Vorlesungen warteten wir auf Robby Kühnhagen, um gemeinsam das Unternehmen Heimreise anzutreten. Meist rannten wir durch brennende Straßen, halb blind vom Kalkstaub einstürzender Mauern, verfolgt von windigem Feuerprasseln, Aschenfetzen und Funkenregen. Dabei stolperte ich einmal über ein schwarzverkohltes Paket, das vor wenigen Stunden noch ein Mensch gewesen war.

Züge fuhren selten, weil Bomben die Gleise zerstört hatten. Robbys Bein hielt lange Fußmärsche nicht aus. Ihn nahmen Wehrmachtswagen mit, und wenn Platz war, durften auch wir mit aufsteigen bis zum nächsten Bahnhof, von dem noch ein Zug im Pendelverkehr Richtung Wannsee fuhr. Einmal holte uns dabei der nächste Angriff ein, wir waren mehrere Stunden in einem Keller verschüttet und erlebten eine Notgeburt mit. Es war Robbys erste in seiner medizinischen Laufbahn.

Trotz allem hatten Jola, Robby und ich auch viel Spaß miteinander. Wir waren jung in einer Zeit, die wir uns nicht ausgesucht hatten, aber es war nun mal unsere einzige Jugend, und so nahmen wir uns das Recht auf Fröhlichkeit, wann und wo immer es sich bot – so wie Kinder, die sich daran gewöhnen, zwischen Gräbern und Ruinen Verstecken zu spielen.

Nach einem Semester war unser Gastspiel an der Universität leider beendet. Wir wurden zum Kriegseinsatz »abgestellt«: Jola kam als Schreibkraft zum Sicherheitsdienst, auf mich wartete eine Rüstungsfabrik im Hinterland von Tempelhof. Der Abschied fiel uns dreien schwer. Wir hatten uns so sehr an unser Miteinander gewöhnt: gemeinsam arbeiten, gemeinsam zittern, gemeinsam lachen, gemeinsam um unser Leben rennen und vor allem gemeinsam reden. Nicht etwa über Politik oder den Krieg, nein, über Theater, Literatur, Architektur haben wir diskutiert und von Erdteilen gesprochen, so unendlich fern für uns ...

»Mensch, Lieschen! Deine Hände! Du hast vielleicht Pfoten«, staunte Jobst, sie von außen und innen betrachtend. Breitgewalzte Fingerkuppen, Blutergüsse, eiternde Wunden von glühenden Eisenspänen, schwarze Rillen, die Haut wie Schmirgelpapier, von den Nägeln gar nicht mehr zu reden. »Was machst du eigentlich damit?«

»Ich bohre.«

Er drückte auf je eine Hand einen Kuß und gab sie mir zurück. »Ich denke, du arbeitest in der Revision.«

»Ach, das war mal. Jetzt steh ich mit zwölf Russinnen im Maschinensaal. Da brauchen deutsche Frauen sonst nicht zu arbeiten, weil es für die zu schwere Arbeit ist.«

»Und was bist du?«

»Studentin.«

Wir hockten unter einer Decke und wärmten uns gegenseitig. Vor uns auf dem niedrigen Tisch zerfloß eine Kerze mit blakendem Docht zwischen Tassen mit erkaltetem Tee. Jobst hatte Kurzurlaub, nur zwei Tage.

»Ist die Arbeit sehr schlimm, Lieschen?«

»Vor allem stumpfsinnig. Eisenscheibe in die Leere pressen, Tropfen Kühlöl an den surrenden Bohrer, geschlossene Leere unterschieben, schweren Hebel runterdrücken. Der Bohrer knarzt. Eisenspäne auf Hände, Kühlöl ins Gesicht. Acht Löcher muß ich pro Scheibe bohren, dann gebohrte Scheibe in Korb schmeißen, nächste einschieben. Und wieder von vorne. Dann kommt Werkmeister, kontrolliert Scheiben in meinem Korb und versichert mir, was ich mal wieder für einen Scheißdreck gemacht habe. Ich bin nun mal kein Bohrgenie. Das Schlimmste ist die Müdigkeit. Zwei Alarme pro Nacht, um vier Uhr aufstehen, hab ja so nen weiten Weg nach Tempelhof. Von sieben bis sechs Fabrikarbeit. Und bis ich zu Hause bin . . . meistens komme ich gerade zum ersten Fliegeralarm zurecht.«

Jobst streichelte mein Gesicht an seiner Schulter. »Armes Lieschen.«

»Bin kein armes Lieschen. Hab ja noch 'n eigenes Bett und heile Wände.«

Ich hatte sein Profil sehr nah vor mir. Kantiger als früher, voll fadenschmaler Risse um Mund und Augen – kein Kindergesicht mehr. Kein Strahlen. Und wenig Zuversicht, wenn er sich unbeobachtet fühlte.

Früher hatte er mir von Flugübungen nach Dienstschluß erzählt, die in Kühejagen und Zeck um eine Wolke spielen ausarteten. Ich erinnerte mich auch an die lebhafte Schilderung eines Luftkampfes über der Stadt Schweinfurt mit ihren kriegswichtigen Kugellagerfabriken. Damals waren den amerikanischen Bombergeschwadern schwere Verluste durch die deutschen Jäger Me 109 zugefügt worden. Jobst hatte zwei Flying Fortress abgeschossen – und ein volles Weinglas im Tiefflug an der Bar, als er mir die Luftschlacht schilderte. Das ist ein Jahr her – oder länger? In einer Zeit, wo soviel geschieht, verliert man den Begriff für Zeit.

Er hatte sich vorgebeugt und knetete schon eine Weile am zerfließenden Kerzenwachs herum.

»He, wo bist du mit deinen Gedanken?« stubste ich ihn an.

»Von meiner alten Staffel bin ich als einziger noch übrig«, sagte er, »aber keine Sorge – mich kriegen sie nicht. Ich habe ja dich bei mir. Du fliegst immer mit. Kein Einsatz ohne Lieschens Foto.«

»Ach nee, ich immer mit.« Und versuchte, mir das vorzustellen. »Was machen wir, wenn sie uns runterholen?«

»Dann müssen wir eben rechtzeitig aussteigen.«

»Mit nem Fallschirm? Ja? Sind wir schon mal?«

»Hmhm.«

»Erzähle, wie war's?«

Jobst wandte mir sein Grinsen zu. »Unten empfing uns deine Mutter mit der Jodflasche.«

Ich spürte unendliche Zärtlichkeit für ihn, es tat beinah weh, so sehr. Er gehörte einfach zu mir. Ich mußte ihn einen Augenblick lang ganz festhalten, seinen Herzschlag spüren, seine Wärme, sein Leben . . .

Jetzt bloß nicht sentimental werden. »Hast du dir schon überlegt, was du machst, wenn endlich Frieden ist?«

»Kommt drauf an, was sie mit uns machen, wenn wir den Krieg verlieren. Aber eins verspreche ich dir, Lieschen, es kann noch Jahre dauern – aber dann kauf ich uns ne kleine Kiste, und mit der gurken wir rund um die Welt und landen überall, wo es uns Spaß macht.«

»Gib mir das schriftlich«, sagte ich.

Zum Abschied schenkte ich ihm eine selbstgebohrte Eisenscheibe, die ich einmal mit nach Hause gebracht hatte. Als Talisman.

Jobst küßte jede meiner demolierten Fingerkuppen. »Wie beruhigend zu wissen: Wenn ich mal keine Arbeit finde, habe ich wenigstens ne Frau, die uns durch Löcherbohren ernähren kann. – Tschüs, Lieschen!«

27

Der Tag fing ganz normal an.

Vier Uhr früh Weckerrasseln. Meine Mutter mit Pelzmantel überm Nachthemd in der Küche: »Nun trink wenigstens deinen Tee. Du mußt doch was Warmes in den Bauch kriegen.«

Frieren im Stockdunkeln an der Omnibushaltestelle. Frieren im fensterlosen Zugabteil nach Tempelhof. Vom Bahnhof bis zur Fabrik ein Dreißig-Minuten-Trab, dabei wurde ich endlich warm.

Den grauen Kittel anziehen, er war mir vier Nummern zu groß. (Wenn ich in ihm über den Hof rannte, sah ich aus wie ein Kaplan auf der Flucht.) Kopftuch umbinden und hinein in den zugigen, halbzerstörten Maschinensaal, wo mir Olinka, Natascha, Marija, Warwara, Lika und wie sie alle hießen, entgegenlachten.

Olinka arbeitete neben mir und paßte auf, daß ich vor Müdigkeit nicht in den Bohrer kippte.

Sie sangen mit schrillen, hohen Stimmen ihre Heimwehlieder in Moll gegen das Sausen der Maschinen an.

André, ein junger Franzose, der das Dach über uns reparierte, kam kurz herunter, um sich ein Stück Kommißbrot abzuholen, das ich ihm täglich mitbrachte – er wurde ja nie satt. Zum Dank bohrte er ein paar Scheiben für mich und sang mir dabei »Au clair de la lune, mon ami Pierrot« ins Ohr.

Not lehrt springen, weinen und Lieder singen, hatte Kind damals in Velden gesagt.

Hier wurde viel gesungen.

Wir – die jungen Russen, Polen, Franzosen, Belgier, Holländer und auch ich – waren Zwangsarbeiter. So was verbindet. Das begriff nur nicht die Werksleitung. Als deutsche Studentin hatte ich Abstand zu wahren. Was kümmerte mich die Werksleitung!

Diese stumpfsinnige Schwerarbeit war nur zu ertragen durch die Sympathie, die man mir entgegenbrachte.

Ich besaß inzwischen aller Vertrauen und kannte jeden Klatsch, vom Verhältnis des Chefs mit der Betriebsärztin bis hinunter zu Zicken-Annas drei Vorstrafen und ihrem neusten Tripper.

Kurz vor neun Uhr stellte ich den Bohrer ab und lief mit zugeklappten Ohren durch den angrenzenden Saal mit silbernen, aufgebockten Flugzeugrümpfen – das Geräusch des Nietens war mir unerträglich – auf den Hof hinaus.

Zwei Russen rollten Treibminen aus der Stanzerei. Im rohen Metall fing sich ein flüchtiger Sonnenstrahl, schon wieder aufgeschluckt von grauen Regenwolken.

»He – Frollein!«

Bertha aus der Revision trabte hinter mir her. Aus ihrem schwarzgefärbten Haar wuchs es weiß – es sah aus, als ob sie eine Glatze hätte. »Komm Se mit auf Tolette?«

Dort trafen sich um neun Uhr die deutschen Arbeiterinnen. Ich sah von weitem den Qualm ihrer Zigaretten aus zerbrochenen Fensterscheiben ziehen.

Wehe, ich nahm an ihrer Tabakrunde nicht teil, nachdem sie ihr anfängliches Mißtrauen gegen die Studentin abgebaut hatten. Es handelte sich bei ihnen hauptsächlich um vorzeitig entlassene Knastschwestern und Prostituierte. Inzwischen wurde in der Kriegswirtschaft jede Hand gebraucht, auch kriminelle und amoralische.

Rosa aus der Montage hatte heute Geburtstag und Kartoffelkrümeltorte mit Hagebuttenfüllung mitgebracht. Ich kriegte auch ein Stück ab. Mein Geschenk für Rosa war eine kleine Rizinusflasche mit Branntwein.

Wir sangen: »Hoch soll se leben, dreimal hoch.«

Das hörte die Aufseherin auf dem Hof und scheuchte uns aus dem Klo. Halbgerauchte Zigaretten wurden sorgsam ausgedrückt und in der oberen Kitteltasche verstaut.

Noch vorgestern war die Aufseherin eine von uns gewesen. Nun klafften ihre neuen Amtsbefugnisse und unser Mißtrauen ihr gegenüber zwischen uns.

Anschließend zweieinhalb Stunden Scheibenbohren. Dann stellte ich mich in die schwatzende Schlange vor der Kantine, Blechlöffel, Essensmarken und Jobsts letzten Feldpostbrief zwischen Eisenspänen in der Kitteltasche.

Es gab Graupensuppe mit Karotten und zum Nachtisch rosasynthetischen Pudding.

»Vorsicht!«-rufend balancierte ich mein Menu durch enge Tischreihen zu einem freien Platz und stieg von hinten über die Bank. »Mahlzeit.«

Das Tafelgespräch brach abrupt ab. Ebenso mißtrauische wie gutmütige Blicke – eine typisch Berliner Mischung – nahmen mich in ihre Runde auf.

»Donnawetta! Bei son junget Frollein schmeckt der Pamps noch mal so jut«, sagte mein Gegenüber. Erwin hatte einen tätowierten Pagenkopf auf dem Unterarm.

Vor lauter Bestreben, originell zu sein, wurde das Gespräch um mich herum immer eindeutiger.

»Nu kiek ma, se wird ja rot.«

Bertha aus der Stanzerei drängelte ihren breiten Hintern neben mich und warnte: »Nu laßt det Frollein mit eure dreckigen Sprüche ßufrieden, ja?«

Anschließend nahm sie einen einfältig grinsenden Jungen aufs Korn. »Na, Siechfried? Wat macht die Braut?«

»Hab ja keene«, lispelte er.

Daß man immer die Minderbemittelten mit Bräuten hänseln muß.

»Na, denn komm mal zu mich.« Bertha hieb ihren Löffel über den Tisch hinweg aufmunternd auf seine eingedrückte Nase. »Bei mich kannste wat lernen.«

Erwin warnte Siegfried: »Jeh bloß nich bei die olle Schickse. Bei die holste dir wat weg.«

Für mich waren diese Tischgespräche nicht so ganz einfach zu verdauen. Ich durfte nicht schockiert sein, konnte aber auch nicht dran teilnehmen. Darum schlang ich den Fraß so schnell wie möglich in mich hinein und stand auf. »Na, Frollein, arbeiten Sie auch so schnell, wie Sie essen?« fragte einer hinter mir her.

Auf dem Hof hockten Franzosen und Holländer auf einem Schutthaufen in einem wärmenden Sonnenstrahl. Manche schliefen, den Kopf im Arm vergraben.

Ich stellte mich zu ihnen und zog Jobsts Brief aus der Tasche.

»Ah, Mademoiselle – une lettre d'amour?« fragte mich einer, den sie Etienne nannten.

»Oui, une lettre d'amour.«

»Altes, doofes, liebes, fleißiges Lieschen, meins!

Bin gerade zwischen zwei Einsätzen zum Auftanken runtergekommen, habe Freund getroffen, der nach Berlin fliegt. Soll diesen Gruß an Dich mitnehmen. Bin okay. Du hoffentlich auch. Paß auf Dich auf, Lieschen. Hab irre Sehnsucht!!

Dein Jobst (in Eile).«

Die deutschen Arbeiter kehrten nach dem Mittagessen nicht an ihren Arbeitsplatz zurück, sondern verließen das Werksgelände Richtung öffentlichen Luftschutzbunker.

Die Ausländer standen auf dem Hof und schauten ihnen nach. Sie durften nicht mitgehen. Das gefiel mir nicht . . . Anscheinend hatte ich immer noch nicht begriffen, daß es Menschen erster, zweiter und dritter Klasse gab.

»Frollein, auf wat warten Se noch, komm Se mit«, rief mir Bertha zu.

Nein, diesmal kam ich nicht mit, schon aus Protest nicht. Ich blieb beim Freiwild und verkroch mich mit ihm in den abgestützten Kellern unterm Verwaltungsgebäude, dem einzigen auf dem Fabrikgelände, das nur wenig beschädigt war.

Mit Etienne und seinem Freund Guy – beide von der Schulbank zur Zwangsarbeit nach Deutschland deportiert – hielt ich mich nahe beim Ausgang. Wir sprachen über Antoine de Saint-Exupéry, Frankreichs großen humanen Dichter und Flieger. »Wind, Sand und Sterne« und »Nachtflug« gehörten zu meinen liebsten Büchern. Etienne erzählte mir von seinem neuesten, »Pilote de guerre«, das ein Jahr nach seinem Erscheinen von den Besatzern verboten worden war. Ich wollte ihn gerade fragen, ob er zufällig ein Exemplar nach Deutschland geschummelt hätte, als wir ein hohles Pfeifen durch den Luftschacht hörten.

Das letzte, was ich sah, war Etiennes Gesicht, leer vor Entsetzen so kurz vorm Einschlag.

Ein ungeheurer Luftdruck hob die Gastür aus den Angeln und schleuderte sie uns entgegen.

Ich spürte einen heftigen Schlag auf den Kopf. Dann mußte ich wohl eine Weile geschlafen haben.

Als ich zu mir kam, hustete mich eine Stimme durch eine graugelbe Staubwolke an: »Sind Sie verletzt?«

Wie bitte? Ob ich verletzt war? Keine Ahnung. Nur so taub auf den Ohren. Man führte mich auf den Hof hinaus. Da lagen Menschen, über denen andere schreiend knieten. Ich wischte Kalkkrümel aus den Augenwinkeln, danach waren meine Hände voller Blut, auch auf meinem Kittel war Blut. Ist das mein Blut?

Jemand schrie mir ins Ohr, daß eine Luftmine heruntergegangen wäre.

Ahja?

Ich versuchte mich zurechtzufinden – schaute nach links. Da

war nichts mehr. Schaute hoffnungsvoll nach rechts und verzagte. Halle A mit dem Maschinensaal hatte noch Mauerreste. So wie ich die hier kannte, würden sie bis morgen früh die Bohrmaschinen vom Schutt befreit haben.

»Ich mag nicht mehr bohren«, sagte ich zu dem, der mir in diesem gelbgrauen Nebel am nächsten stand, und erkannte das vom Zorn aufgerissene Gesicht der Betriebsärztin.

»Das haben Sie nun von Ihrem Trotz! Bei den Zwangsarbeitern bleiben! Anzeigen müßte ich Sie! Aber Ihre Strafe haben Sie ja weg. Kommen Sie mit. Sie bluten am Kopf.«

Ich ging nicht mit, sondern durch das brennende Tempelhof nach Hause, bloß nach Hause. Vier Stunden, glaube ich, habe ich für diese Odyssee gebraucht – mal fahrend – mal tippelnd – zuletzt in der S-Bahn. Alle Leute waren rührend zu mir, und ich war auch ganz reizend und höflich zu ihnen. Ich hörte mich reden, als ob ich neben mir stehen würde.

Leider gelang es mir nicht, das mitfühlende Interesse durch fundierte Auskünfte zu befriedigen. Mir fehlten ja so viele Meter Geschehen.

»Mann, hat die nen Triesel weg«, sagte jemand und meinte mich damit.

Als ich, den Bahnhof Wannsee verlassend, von der klaren, kalten Abendluft beinah ein zweites Mal an diesem Tag erschlagen wurde, hatte ich plötzlich keine Energie mehr für das letzte Ende Heimweg. Ich stolperte zu Genthins.

Die Haustür war angelehnt, wahrscheinlich waren Großmutter oder Frau Schult gerade hinausgegangen, um die Hühner und Karnickel zu füttern.

Ich fand Jola und Robby Kühnhagen am Kamin in der Bibliothek. Sie spielten Schach.

Schachspiel im flackernden Schein eines Kaminfeuers. Eine Oase nach endloser Wüstenwanderung.

»Na, ihr?«

Sie schauten auf und mich an und glaubten es nicht. Naja, ich trug noch meinen Arbeitskittel und war von Kopf bis Fuß mit Kalk und Blut beschmiert.

»Ach, mein Gott, Luise«, stand Robby auf und kam auf mich zu. Betastete meinen Kopf. »Ganz schönes Loch«, stellte er fest. »Tut's sehr weh?«

»Vor allem die Füße. Ich geh keinen Schritt mehr, nicht einen einzigen.«

Er führte mich zu einem Sessel, zog mir die Schuhe aus, schickte Jola nach abgekochtem Wasser, essigsaurer Tonerde, nach Jod und Papierverbänden, andere gab es nicht mehr.

Ich wehrte seine besorgten Hände ab. »Fummel mir bloß nicht am Kopf rum. Bring mir lieber was zu trinken. Ich hab den Mund voll Schutt.«

». . . und eine Gehirnerschütterung.«

»Ja, kann sein«, gähnte ich. Nun, da ich endlich angekommen war, ließ die Anspannung nach, und Erschöpfung setzte ein. Meine Zähne schnatterten aufeinander, ohne daß ich es verhindern konnte. Mein Kopf erwachte aus der dumpfen Betäubung des Schocks und fing an zu brüllen vor Schmerz. »Habt ihr mal nen Spiegel?« Und nachdem ich darin mein veilchenblau verschwollenes Gesicht betrachtet hatte, konnte ich mir Jobsts Kommentar vorstellen, wenn er mich jetzt sehen würde: »Schadet dir gar nichts, Lieschen, was läßte dich mit Max Schmeling ein!«

Robby verarztete meinen Kopf. Jola gab mir Tabletten, aufgelöst in einem Rest Tee. Dabei erzählte sie, daß sie gerade vorhin mit ihrer Mutter telefoniert hätte.

»Die Munitionsfabrik, in der sie arbeitet, hat es heute zum viertenmal erwischt. Sie machen trotzdem weiter.«

»So, jetzt stillhalten«, sagte Robby.

»Aua«, sagte ich, und dann fiel mir meine Mutter ein. »Ich muß sie unbedingt anrufen. Sie macht sich bestimmt große Sorgen.«

Jola holte den Telefonapparat heran, wählte die Nummer für mich – es war wunderbar, von Freunden umsorgt zu sein. »Hallo, Mutti. Ich bin noch bei Genthins. Aber ich komm bald nach Hause.« Hörte sie schluchzen. Diese Mutter machte sich ständig viel zuviel Sorgen um mich. »Was ist denn los?« fragte ich beinahe ungeduldig.

»Frau von Wahren hat angerufen. Mein armes, armes Kind . . .«

Da war plötzlich so ein seltsames Kribbeln, es stieg von den Füßen herauf über meine Knie bis in die Schultern.

»Nein«, sagte ich.

Nein, nein, das glaubte ich nicht. Ich hatte ja noch seine

Stimme im Ohr – sah ihn lebendig vor mir – spürte ihn in meinen Händen.

»Nein, Jobst kann nicht tot sein«, sagte ich zu Jola und Robby. »Ich hab ja auch noch 'n Brief von ihm gekriegt. Es ist bestimmt ein Irrtum.«

Robby wollte mich zurückhalten. Es war sinnlos. Was ging mich meine Gehirnerschütterung an.

Jola gab mir einen Mantel und begleitete mich zum Wahrenschen Haus am Kleinen Wannsee.

»Ich warte hier draußen auf dich.«

Jobsts Schwester Wutzi machte mir auf. Verstört. Verweint.

»Mami ist oben – in seinem Zimmer.«

Die runde Diele. Die geschwungene Treppe zum ersten Stock. Die zweite Tür rechts. Ich wußte ja Bescheid.

Sein fröhliches Zimmer, das noch immer so aussah wie zu seiner Kinderzeit. Er hatte keine Änderung gewollt, es sollte alles so sein wie früher, wenn er nach Hause kam. Nur ein zersplittertes Propellerstück war vor Monaten dazugekommen. Das hing über seinem Bett.

Die Tür zum Balkon stand offen. Seine Mutter lehnte über der Brüstung und schaute zwischen entlaubten Bäumen auf den See. Sie registrierte mich kurz. »Ach, Luise – schön, daß du gekommen bist.«

Keine große Umarmung, kein Gefühlsausbruch; es war uns nicht gegeben, unseren Kummer laut herauszuschreien. Von klein auf hatten wir Preußen gelernt, nie die Haltung zu verlieren. Mit Haltung leben, mit Haltung trauern, mit Haltung sterben.

Warzins, die hinter uns wohnten, hatten ganz ruhig um den Gartentisch gesessen und in der Bibel gelesen, als sie die Nachricht vom Tod ihres zweiten Sohnes erhalten hatten.

Ich wartete.

Nach einer langen Weile sagte sie: »Weißt du, was sein Kommandeur geschrieben hat? ›Seien Sie stolz auf Ihren Sohn. Er ist im todesmutigen Kampf gegen eine Übermacht von Feindflugzeugen gefallen.‹ Ich kann nicht stolz sein, Luise. Ich bin keine Heldenmutter. Ich möchte meinen Jungen wiederhaben.«

Ich auch. Ich möchte Jobst bittebitte wiederhaben.

»Da versucht man, einen anständigen Menschen aus ihm zu machen – stopft ihn voll Erziehung und Schulbildung – straft ihn für jeden Übermut ... und wofür? Aber das weiß man ja alles nicht vorher, und das ist auch gut so.« Und dann sagte sie noch: »Wenigstens hat er dich gehabt, Luise. Wenigstens hat er die Liebe erleben dürfen.«

Mit meiner Selbstdisziplin war es vorbei. Schluchzen verstärkte den rasenden Schmerz in meinem Schädel, dazu diese Übelkeit ... »Bitte, mir ist nicht gut.«

Zum erstenmal sah sie mich im Dunkeln an und erschrak, als sie mein verschwollenes Gesicht unter dem Kopfverband bemerkte.

»Du bist ja verletzt, Luise – und ich laß dich hier stehen – entschuldige – komm.« Sie führte mich behutsam ins Zimmer. »Leg dich hin.«

Die Wände kreisten um mich, es dauerte eine Weile, bis das Karussell langsam auslief und stillstand. Auch Frau von Wahren neben mir auf dem Bettrand drehte sich nicht mehr. »Es kommt bestimmt von der Gehirnerschütterung«, heulte ich.

»Du bleibst heute nacht hier. Ich rufe deine Mutter an.« Sie schien erleichtert, eine Aufgabe zu haben, die sie aus ihrer starren Trauer riß.

»Meine Freundin wartet draußen«, fiel mir ein.

»Ich sag ihr Bescheid.« Sie streichelte mein Gesicht. »Schön, daß du da bist. Ist sein Bett nicht so leer.«

Jobsts Bett – ich lag in seinem Bett, in seinem Zimmer. Wir fingen an, von ihm zu sprechen.

Später kam Wutzi dazu und ließ sich auf dem Teppich nieder. Und weil wir von Jobst sprachen, blieb es nicht aus, daß wir unter Tränen lachten. Darüber schlief ich ein.

Sirenen weckten mich. In meinem Kopf dröhnte es wie zuschlagende Eisentüren.

Das Zimmer war nun leer, die Nachttischlampe mit einem Tuch verdunkelt, damit sie mich nicht blendete. Daneben stand ein Glas Wasser. Jobst hatte immer Wasser getrunken, wenn er nachts aufwachte.

Und dann traf mich das Bewußtsein mit Keulen: Jobst ist tot.

Nie mehr seine Zärtlichkeit, nie mehr seine Leidenschaft, nie mehr sein unbedenkliches Lachen, das alles so einfach machte.

Mein Kumpel. Mein Vertrauter. Mein Liebster. Mein Henkel zum Festhalten in der Angst – »Mensch, Lieschen, mach dir nichts draus . . .«

Wie konnte er mich bloß allein lassen.

28

Mit einem stumpfen Fuchsschwanz schickten sie uns in den Wald, um ein Bäumchen zu sägen. »Aber laßt euch nicht dabei erwischen!«

Unter Fluchen im eisklammen Dunkel säbelten Jola und ich an einem Stamm herum, immer mit Herzpuckern, wenn es in der Nähe knackte. Aber dann war es nur ein Eichkater ohne Amtsgewalt und Strafzettel.

Heiligabend 1944 feierten meine Mutter und ich bei Genthins. Großmutter hatte den Eßtisch in den einzig warmen Raum, die Bibliothek, tragen lassen und ausgezogen, denn wir waren zwanzig Personen mit ihrer ausgebombten Einquartierung. Auf einem zweihundertjährigen Leinentuch mit eingewebter Hirschjagd hatte sie mit schwerem Silber und kostbarem Meißen noch einmal vergangene Zeiten erstehen lassen.

»Herrlich, Frau Genthin«, jubelte meine Mutter. »Bei diesem Anblick vergißt man unsere ganze Misere!«

Wir übrigen vergaßen sie nicht. Es lag ja nichts Erfreuliches zum Essen auf dieser hochherrschaftlichen Pracht. Die gegen eine Kammgarnhose (Friedensqualität!) eingetauschten Karpfen waren bereits so lange tot, daß sie sich nur noch zu einer Fischvergiftung eigneten. Und der »Friedenskuchen«, zu dem wir alle Marken gestiftet hatten, war gepökelt. Großmutter hatte beim Backen das Zucker- mit dem Salzfaß verwechselt. Ehe wir sie dafür erschlagen konnten, mußten wir sie davon abhalten, sich selbst das Leben zu nehmen.

Somit blieben uns Pellkartoffeln mit einem Klacks Butter und Kompott zum Nachtisch. Aber wenigstens puffte der Kamin Wärme in den Raum. Die ihm am nächsten saßen, hatten Bratäpfelgesichter.

Nachdem wir uns durch »Sti-hille Nacht« geschnaubt, die Rührung abgewischt und gegenseitig beschert hatten – Gestricktes aus aufgeräufelter Wolle, Kerzen aus Stummeln selbstgezogen, drei Zigaretten, ein antiquarisches Buch, ein selbstgemachtes Gedicht –, wurden Feldpostbriefe vorgelesen.

Achim Genthin hatte einen stimmungsvollen Bericht über die Kurländische Winterlandschaft verfaßt – kein Wort von den starken sowjetischen Vorstößen, um die Damen zu Hause nicht zu beunruhigen. Er schrieb, daß er am Heiligen Abend gern bei ihnen am Kamin sitzen und das Weihnachtsoratorium hören würde, ja, das wäre schön . . .

Anschließend las Frau Schmolke – ausgebombt in Berlin-Charlottenburg – einen Brief ihres Mannes vor.

»Liebes Ilseken, habe gerade festgestellt, daß ich seit vier Monaten in derselben Wäsche stecke, wir kommen ja nicht mehr aus den Klamotten. Schlamm, Hunger, Läuse, Erdlöcher zum Pennen, wenn überhaupt. Nun kommt auch noch der Eissturm und der Schnee, und die Pfoten erfrieren. Der Iwan macht uns fertig, Tag und Nacht. Es ist auch keine Ablösung in Sicht. Nun frage ich dich, mein liebes Ilseken, was soll der ganze Schlamassel? Hatten wir den nötig?«

Großmutter hinderte Frau Schmolke am Weiterlesen. Sie wollte sich ihren Heiligen Abend nicht verderben lassen.

Jola erlebte ich zum erstenmal nervös. Weder Karl-Heinz' Familie noch sie hatten seit Wochen einen Brief von ihm erhalten. Robby hatte versprochen, nach der Potsdamer Weihnachtsfeier noch in Wannsee vorbeizuschauen. Wenigstens Robby gab es noch.

Jola suchte meinen Blick über den Tisch hinweg. »Ich muß Mami anrufen. Willst du sie auch sprechen?«

Gemeinsam verließen wir die Bibliothek und liefen durch das ausgekühlte Haus zum zweiten Telefon in der Anrichte.

Im halbzerstörten Atelier von Hanna Barris waren an diesem Abend Freunde versammelt, die seit Jahren im Schatten vegetierten, weil sie unerwünscht waren. Frauen, deren Männer man abgeholt hatte und die seither verschollen waren. Nun erinnerten sie sich an Weihnachten von früher, und dieses mühsam errichtete Stützkorsett, das sie ein Jahr über aufrechthielt, brach entzwei.

»Haben Sie wenigstens von Ihrem Mann was gehört?« fragte ich Hanna, nachdem Jola den Hörer an mich weitergegeben und in die warme Bibliothek zurückgeflüchtet war.

»Ja, Luise, stell dir vor. Ich habe Nachricht von ihm. Er schreibt, er befinde sich auf dem Kaiser-Napoleon-Gedächtnismarsch aus Rußland heraus und sei der deutschen Ostgrenze nicht mehr fern. Und er läßt dich grüßen, und ich soll dir ein altes russisches Sprichwort ausrichten: Lieber eine Handvoll Glück als ein Haufen Verstand.«

Lieber eine Handvoll Glück als ein Haufen Verstand.

»Bist du noch dran?«

»Ja, ich habe nur über das Sprichwort nachgedacht.«

»Hier ist noch jemand, der dich sprechen möchte.«

»Guten Abend, Luise.«

Ich erkannte sofort seine Stimme – es war Kaspar Christ, der Ommafamm – und freute mich.

»Frohe Weihnacht, Herr Christ. Wie geht es Ihnen und Dr. Ross? Was macht der dicke Müller?«

»Bei dem Verein bin ich schon lange nicht mehr«, erzählte er. »Man hat mich an die Front versetzt. Ich wurde zu unbequem. Und unser lieber Freund Ross ist gestorben.«

»Ach, das tut mir leid. Ich hatte ihn so gern.« Ein Butterbrotpapier im Wald, da es beschneit wird, fühlt sich kalt ... und Tucholskys »Schloß Gripsholm« ... Dr. Ross hat mir in diesen vierzehn Lazarettagen viel geschenkt.

Im Grunde hatte ich eigentlich Glück, daß ich überall, wo ich hinkam, ein paar Menschen traf, die es gut mit mir meinten.

»Hanna hat mir von Ihrem Kummer erzählt«, sagte der Ommafamm. »Dieser Scheißkrieg ...«

»Ja –«

»Ich würde Sie gern wiedersehen, aber ich muß schon morgen ins Lazarett nach Breslau zurück, Luise.«

»Alles Gute für Sie«, sagte ich und: »Irgendwie denke ich gern an die Zeit damals zurück. Es war eine wichtige Erfahrung für mich ...«

Ältere Frauen erinnerten sich an Seereisen und an die Abendkleider, die sie irgendwann auf einem illustren Ball getragen hatten. Ich hörte ihnen staunend zu, ach, muß das schön gewesen sein! Aber ich beneidete sie nicht. Ich hatte ja auch meine Erinnerungen inzwischen – zum Beispiel an dieses neurologische Reservelazarett. Einen Dr. Ross und den dicken Müller hätte ich bestimmt nicht auf einer Seereise oder auf einem Ball getroffen ...

»Alles Gute auch für Sie, Luise. Bleiben Sie gesund und – bitte, bewahren Sie sich Ihre Fröhlichkeit.«

Ich und fröhlich – wie kam er denn darauf? Ich hatte wirklich keinen Grund, fröhlich zu sein, und hörte mich trotzdem manchmal herzhaft lachen.

Lachen unter Tränen – Tränenlachen – es war alles so nah beieinander. Fröhlichkeit entsprang wohl derselben Wurzel wie tiefe Trauer ...

Auf dem Weg zurück zur Weihnachtsfeier hörte ich Bummern an der Haustür und öffnete.

Vor mir standen Robby und Karl-Heinz Kühnhagen.

Karl-Heinz!! »Mensch – du hier?«

»Pschscht!« Er legte warnend einen Zeigefinger auf meine lautstarke Überraschung. »Ich will mich Jola selber bescheren. Darum hab ich ihr ja auch nicht geschrieben.«

»Am besten, wir binden ihm ne Schleife um mit Tannenzweig«, sagte Robby, meinen Arm nehmend. »Wo feiert ihr denn? Ach, ich höre schon.« Und mit einem Blick zurück auf seinen Bruder: »Du wartest hier. Wir schicken sie raus.«

In der Bibliothek prostete man sich gerade mit der Weihnachts-Schnapsration zu und redete gegeneinander mit seinen Erinnerungen an und heulte und lachte, und dann sah Jola uns in der Tür stehen und kam auf uns zu.

»Frohe Weihnacht, Robby. Magst du was trinken? Ich hab auch ein Geschenk für dich – ne ganze Kleinigkeit.«

»Ich hab auch ne Kleinigkeit für dich«, sagte er. »Sie steht draußen.«

Jola sah uns fragend an, erst Robby, dann mich, begegnete unserem erwartungsvollen Grinsen.

»Nun geh schon«, sagte er und schob sie zur Tür hinaus.

Während er seine Begrüßungstour von einem zum anderen begann, bemerkte ich Benita. Sie stand vor der Gardine zur Terrasse.

Ich ließ sie hinaus und mich dazu.

In dieser Nacht schwieg der Himmel, weil Weihnachten war. Weihnachten bedeutete Waffenruhe an allen Fronten. Atempause zwischen Mord und Totschlag. In allen Ländern, die an diesem Weltkrieg teilnahmen, beteten Freunde und Feinde um Sieg und Überleben und die Vernichtung des Gegners. Gebete kämpften gegen Gebete an, hoben sich gegenseitig auf ...

Ich dachte an das Wiedersehen zwischen Jola und Karl-Heinz. An das unbeschreibliche Glück, sich zu spüren und festzuhalten. Sich wiederzuhaben. Zusammenzugehören.

Und Jobst ist tot.

29

Noch nie war ein Frühling so überwuchernd farbig, duftend, so stark. Blühender Flieder und Rhododendron bereits Mitte April.

Wir schaukelten zu dritt auf einem übers Wasser hängenden Weidenast und ließen die Beine baumeln, das Gesicht in der Sonne.

Ein Sonntagsausflug mit Robby nach Kladow. Morgen wurde das Potsdamer Lazarett, in dem er jetzt arbeitete, nach Bayern verlegt. Abschied von unserer Dreierfreundschaft.

Wir redeten nicht viel, blinzelten manchmal auf den See, der uns vertrauter war und mehr Heimat als jede Stadt. Ließen Steinchen übers Wasser springen gegen die untergehende Sonne.

Und dann ein überfülltes, verqualmtes Gartenlokal mit gefühlvollen Heimatliedern auf einem verstimmten Klavier. »Wer weiß, wann wir uns wiedersehen am grünen Strand der Spree« und so was.

Immer rauf mit der Sentimentalität aufs Schlimme.

Es roch nach Fischtran und Ungewaschenheit.

An unserem Tisch saß ein Soldat mit seinem Mädchen im Arm. Ohne Gespräch. Ohne Blick. »Magst Klops, Hildchen?« fragte er irgendwann. Er hatte noch fünfzig Gramm auf seiner Lebensmittelkarte.

Am Nebentisch spielten Landser Skat.

Ein plattfüßiger alter Ober mit hocherhobenem Tablett wehrte sich gegen ungeduldige Rufe. »Nu man sachte, ich kann ja nicht hexen.«

»Das Bier schmeckt nach Pferdepisse«, stellte ein Skatbruder fest.

Robby schaute auf die Uhr. »In zehn Minuten geht unser Dampfer.«

Als wir den Anlegesteg erreichten, heulten die Sirenen.

Jola lief mit anderen verhinderten Dampferfahrern zum nächsten Splittergraben.

Robby und ich blieben unter einem Uferbaum stehen, auf dem die jungen Blätter aus ihrer klebrigen Schutzhülle sprangen. Ein

Junge in Uniform machte uns streng auf die Unverantwortlichkeit unseres Leichtsinns aufmerksam. Man hatte inzwischen die Sechzehnjährigen eingezogen, die Opas, die Schwerhörigen, die mit dem Magenkrebs und die Lahmen.

»Geh man schon vor, wir kommen gleich nach«, beruhigte Robby den Kindersoldaten.

Über uns war ein Dom von Scheinwerfern. Flak schoß rote Kugeln hoch, die als Christbäume niederschwebten. Es sah aus, als ob der Himmel blutete.

Bombergeschwader dröhnten über uns hinweg und warfen ihre tödliche Last in die noch vom Morgenangriff brennenden Wunden der Stadt. Sie antwortete mit einem Ächzen. Aus den Kiefernsilhouetten des gegenüberliegenden Ufers schossen Flammen, sanken zurück, schossen wieder auf, breiter und wütender und höher züngelnd. Schwefelgelbe Wolken buckelten sich übereinander, schwarze, violette quollen nach ... Vor uns sirrten Flaksplitter in den See wie eiserne Regentropfen.

Robby öffnete seinen Uniformmantel und legte ihn schützend um mein Unbehagen. Und ich legte die Arme um ihn. Endlich einmal wieder ein warmer Körper zum Anlehnen – auch für ihn. Sein Mädchen hatte ihn vor einem Jahr verlassen. Sie ertrug nicht länger die halbzerstörte Seite seines Gesichts.

»Und auf die Dauer konnte sie ja nicht an der anderen Seite gehen, wo mein Gesicht noch so aussah wie damals, als sie sich in mich verliebt hat. Auf die Dauer ging es nicht einseitig ...«, hatte er mir einmal erzählt.

Seither hatte Robby kein Mädchen mehr angerührt, aus Angst vor diesem mitleidigen Entsetzen, mit dem sie ihn anschauten, wenn sie glaubten, er merkte es nicht.

Ich spürte seine Lippen auf meinem Haar – sehr scheu – einfach der Wunsch, Mädchenhaare zu berühren.

Er war nicht verliebt in mich und ich nicht in ihn, aber wir waren beide sehr allein.

Nach der Entwarnung fuhren wir schweigsam über den See nach Hause.

Maschinen stoppten, die Schiffsglocke bimmelte. Der Dampfer rammte den Anlegesteg. Quietschen – Kettenklirren – die Brücke wurde ausgeworfen.

Jola und ich brachten Robby zum Bahnhof.

Bemüht um einen heiteren Abgang, sagte er: »So, jetzt werdet ihr zwei euren Platzhirsch los.«

»Und wenn wir uns wiedersehen, ist endlich Frieden«, sagte ich. »Stellt euch mal vor! Frieden!«

»Aber was für einer«, überlegte Jola.

»Hauptsache Frieden.«

Und dann fuhr der Zug ein, eine letzte Umarmung – macht's gut – du auch – tschüs, bis bald! Die Abteiltür schloß sich. Robbys Hand winkte zwischen Fensterscherben aus dem anfahrenden Zug.

Wir standen einen Augenblick verloren auf dem Bahnsteig.

»Nun sind wir den auch los«, sagte Jola schließlich.

Zehn kleine Negerlein fielen mir ein – dann waren es nur noch zwei.

»Mensch, wir zwei«, sagte ich, als wir zur Treppe gingen.

30

Dresden war ausgelöscht.

Am 14. April stand ich auf unserem Hausdach und sah auf den Feuerschein, in dem das alte Potsdam unterging.

Stadtschloß – Garnisonkirche – Heiliggeistkirche – Rathaus –

»Nun ist Preußen endgültig im Eimer«, stellten wir fest, als wir am nächsten Tag durch Trümmerfelder irrten. Potsdam, so nah bei Wannsee, unsere zweite Heimat, noch gestern früh eine unberührte Garnisonstadt voll strenger Schönheit – jetzt fanden wir uns zwischen den rauchenden Trümmern nicht mehr zurecht auf der Suche nach dem Kühnhagenschen Haus, das zum alten Stadtkern gehörte. Ein schmales, einstöckiges Haus mit Biedermeierkränzen über den Fenstern. Wir erkannten es schließlich am Nummernschild überm Hauseingang.

Hauseingänge sind meistens das einzige, was einen Einsturz überlebt, zwar zugeschüttet, aber aufrecht. Trümmerhaufen mit Torbogen. Wir kletterten über Steinbrocken, zersplittertes Holz und halbe Wände mit gestreiften Tapetenresten in den kleinen hinteren Garten.

Jola sah sich schaudernd um. »Das hat meine Schwiegermutter nie und nimmer überlebt. Furchtbar – wenn ich mir vorstelle – die liegt nun da irgendwo drunter – total zerschmettert . . .«

»Kann's einen grausen«, nickte ich.

»Irrtum«, sagte eine erschöpfte, doch immer noch herrische Stimme hinter uns, »ich lebe.«

Unser Schreck war hörbar – war Kreischen, als ob uns ein Geist angefaßt hätte, wir fuhren herum. Frau Kühnhagen saß auf einer gußeisernen Bank vor ihrem ehemaligen Rosenrondell, links zu ihren Füßen einen Koffer und rechts neben sich eine Bucht mit einem weißen Karnickel, dem sie Brotkrumen durch das Drahtgitter schob.

Da saß Potsdam, aufrecht, mit grauem Mittelscheitel, mit zerzaustem Dutt, die Granatbrosche am Hals, die großen Füße in soliden Tretern mit ausgebeulten Ballen korrekt nebeneinander aufgebaut.

»Mama!« Jola lief auf sie zu. »Was bin ich froh –!«

»Ich war nicht zu Hause, als es passierte«, verhinderte Frau Kühnhagen sachlich-kühl einen schwiegertöchterlichen Gefühlsüberschwang. »Aber nett, daß du nach mir gucken kommst. – Wer ist das?« Sie zeigte auf mich.

»Entschuldige, ich habe vergessen vorzustellen – das ist Luise Hartwig, meine Freundin.«

Jetzt fehlte bloß noch ein Handkuß.

Frau Kühnhagen betrachtete mich mit einem Anflug von Sympathie. »Mein Sohn Robert hat mir von Ihnen erzählt.«

»Du kommst natürlich zu uns, Mama«, beschloß Jola, das war sie Karl-Heinz und Robby schuldig.

Ihr Angebot wurde mit Befremden registriert. »Nach Wannsee?« Als ob das in der Wüste Sahara läge. »Ich nach Wannsee –? Sehr liebenswürdig, aber ich bleibe in Potsdam. Wenn ihr was für mich tun wollt, dann helft mir, meine paar Sachen zu meiner Schwester in die Neue Königstraße zu bringen. Sofern ihr Haus noch steht.«

Während Jola eine Schubkarre unter dem zusammengefallenen Geräteschuppen hervorzerrte, half ich Frau Kühnhagen beim Packen der Gegenstände, die sie in den Trümmern gefunden hatte – zwei Kleiderbügel, das Zifferblatt einer alten Standuhr, einen durchlöcherten Stich von der Garnisonkirche, einen kalkgrauen Hut und noch ein paar Fragmente. »Alles aus der Garderobe.«

»Das muß furchtbar für Sie sein«, sagte ich.

»Es war überflüssig, unser schönes Potsdam noch so kurz vor Toresschluß zu zerstören. Wir Deutschen haben ja auch Paris und Gent, Antwerpen und Brügges historische Bauten verschont«, gab sie mir zur Antwort.

Die beladene Karre hoben wir über die Trümmer auf die Straße. Frau Kühnhagen sah sich noch einmal um, sah auf Fenster im ersten Stock, die es nicht mehr gab, zog ihren Schlüsselbund aus der Manteltasche, überlegte, ob sie ihn fortwerfen sollte, und steckte ihn wieder ein.

»Fahren wir«, sagte sie kurz. Und sprach kaum ein Wort mit uns auf dem Irrweg zur Neuen Königstraße, zum Haus ihrer Schwester, in dem man gerade dabei war, zerbrochene Fenster zu verpappen.

Sie forderte uns nicht auf, mit hineinzukommen, obgleich wir dringend damit gerechnet hatten – ich hatte Durst, und Jola mußte aufs Klo.

»Dank für eure Hilfe.« Sie gab uns die Hand. »Bitte versteht, daß ich allein sein möchte. Ich bin etwas müde. Und kommt gut nach Hause.«

»Darf ich dich mal besuchen, Mama?« fragte Jola.

»Ja, ich würde mich freuen, aber nur, wenn es nicht gefährlich für dich ist. Bleib gesund, Jolande, und grüß deine Großmutter von mir. Auf Wiedersehen – wenn nicht vorher, dann nach dem Krieg.«

Wir trabten weiter Richtung Glienicker Brücke. »Also, vor der Schwiegermutter hätte ich irgendwie Schiß«, konnte ich mir nicht verkneifen und dachte an Jobsts Mutter, die mir nach seinem Tod eine Freundin geworden war, mit der ich ohne Scheu reden konnte. Ich vermißte sie sehr, seit sie das Haus am Kleinen Wannsee verlassen und mit Wutzi zu Verwandten nach Schleswig-Holstein gezogen war. Jobsts Vater und sein jüngerer Bruder Christoph waren an der Front.

»Ich hab auch Schiß vor ihr«, gestand Jola, »und im Grunde bin ich heilfroh, daß sie nicht mit nach Wannsee kommt. Irgendwie stehe ich immer stramm, wenn ich ihr begegne. Karl-Heinz und Robby übrigens auch, sie machen sich selber drüber lustig – aber wehe, du sagst was gegen ihre Mutter.«

Schon wieder Fliegeralarm.

Wir verbrachten ihn unter den Pfosten der Glienicker Brücke mit Blick auf den Jungfernsee. Sahen die Havel träge fließen. Ich zerzirbelte junge Blättchen zwischen den Fingern und atmete ihren grünen Duft ein.

»Meine Schwiegermutter läßt sich ja nichts anmerken«, sagte Jola nachdenklich, »aber ich glaube, die Zerstörung Potsdams hat sie ebenso schwer getroffen wie der Tod ihres Mannes, vielleicht noch mehr. Für sie ist gestern abend ihre Welt untergegangen. Und für Karl-Heinz wahrscheinlich auch, wenn wir den Krieg verlieren. Schließlich ist er aktiver Offizier aus einer traditionsreichen Potsdamer Familie.«

»Na und, muß er eben was Neues lernen.«

»Es geht nicht ums Umlernen, sondern ums Umdenken – aber das kapierst du nicht, Luise.«

»Nee, ehrlich nicht«, versicherte ich ihr. »Wenn ihm nichts Schlimmeres passiert, als daß er seine Tradition ausziehen muß, hat er einen Riesenmassel gehabt.«

Manchmal konnte ich Jola wirklich nicht geistig folgen. Von

Osten stieß der Russe auf Berlin zu, stand schon bei Frankfurt/Oder, von Westen und Süden die Alliierten; vier-, fünfmal am Tag wurde Berlin von Tausenden von amerikanischen Bombern systematisch vernichtet, und sie machte sich Gedanken um das Ende einer Offizierskarriere.

»Deine Sorgen möchte ich haben«, sagte ich.

»Wenn Jobst noch lebte, würdest du anders urteilen.«

»Nee, niemals. Jobst war kein Typ, der Verlorenem nachtrauert. Und Tradition war ihm schnuppe. Höchstens die Fliegerei hätte er vermißt. Aber er hatte das Leben so gern – dem hätte es auch als Arbeiter gefallen.«

»Naja«, sagte Jola, »ein großer Nachdenker war er wohl nie. Und er kann deinen Glauben auch nicht mehr enttäuschen. Er kommt ja nicht zurück. Bewahr dir deine Illusionen, Luise.«

»Danke, Tante«, sagte ich verstimmt.

31

Aus Hitlers Tagesbefehl an die Ostfrontkämpfer:

»Zum letzten Mal ist der jüdisch-bolschewistische Todfeind mit seinen Massen zum Angriff angetreten. Der Bolschewist wird dieses Mal das alte Schicksal Asiens erleben, er wird und muß vor der Hauptstadt des Deutschen Reiches verbluten.

Berlin bleibt deutsch, Wien wird wieder deutsch!«

Dennoch hörte man jede Nacht Autotüren klappen und schwerbeladene Wagen abfahren. Die Zurückbleibenden sprachen voll Verachtung von den Bonzen, die kalte Füße kriegten und sich Richtung Westen aus dem Staube machten. Aber war es wirklich nur Verachtung? War nicht auch ein bißchen Neid der Besitzlosen dabei, die keine Autos und kein Benzin hatten, um zu fliehen? Im Grunde wollten wir ja gar nicht fort, warum auch und wohin? Es fiel nur manchmal schwer, sich mit dem Zurückbleiben abzufinden. Inzwischen kämpften die Russen in den östlichen Vororten Berlins.

Großmutter Genthin saß in ihrem großen kalten Haus, ein ehemaliges kariertes Autoplaid über den Schultern, und legte Patiencen, die nicht aufgehen wollten, selbst nach mehrmaligem Schummeln nicht, als Heinrich und Henny Bode voll alarmierender Wichtigkeit hereinstürmten.

»Ach, Kinder, wie nett, daß ihr vorbeikommt. Möchtet ihr einen Tee?«

Nein, gar nichts wollten sie, nur der Ordnung halber mitteilen, daß sie morgen früh um sieben mit dem Wagen gen Westen zu starten gedachten. »Und da wir einmal beschlossen haben, das Kriegsende gemeinsam durchzustehen, wollten wir euch auffordern, mit uns zu kommen.«

Oma legte die Karten aus der Hand, betrachtete Hennys hektisch rote Wangen und Heinrichs Monokelkampf zwischen Augenbraue und Tränensack.

»Ihr seid ja betrunken«, stellte sie fest.

»Aber niemals – wieso kommst du darauf? Riecht man das?«

»Und ihr wollt fliehen? Warum eigentlich? Glaubt ihr etwa nicht mehr an den Endsieg?«

»Natürlich glauben wir, Mutter, wie kannst du daran zweifeln!« entrüstete sich Henny.

»Und warum flieht ihr dann?«

»Wir fliehen nicht, wir verlagern uns nur. Heinrichs Herz verträgt die Aufregungen nicht mehr.‹

»Du meinst, es ist ihm in die Hose gerutscht.«

»Mutter, wir wollen uns weder von dir beleidigen lassen noch nutzlose Diskussionen führen. Wir wollen nur wissen – kommt ihr nun mit oder nicht?«

»Wohin?«

»Nach Wesermünde.«

Großmutter überlegte. »Da war ich noch nie. Da haben wir auch keine Verwandten. Und womit wollen wir türmen?«

»Wir dachten an Achims Horch«, sagte Henny. »Wozu steht er nutzlos in der Garage herum?«

»Aber der ist doch seit Jahren nicht benutzt worden«, erinnerte Jola, aus dem Garten kommend.

»Bis morgen früh wird er startbereit sein«, versicherte Henny. »Alles ist arrangiert. Heinrich hat mit einem Tankstellenbesitzer gesprochen. Er kriegt zwei Pfund Zucker und hält dafür den nächstbesten Laster an, der uns abschleppt.«

»So einfach ist das also«, staunte Oma. »Und wer steuert?«

Auf diese Frage entstand eine längere Pause. »Naja«, sagte Heinrich, einen Rülpser diskret verdrückend, »ich hatte immer einen Chauffeur, Henny ist technisch völlig unbegabt. Wir dachten, daß Jola . . .«

Jola, inzwischen auf Omas Sessellehne hockend, lachte hell. »Ich? Wie kommt ihr denn darauf?« Diese Flucht fing an, sie zu interessieren.

»Na, weil du so gut Rad fährst«, sagte Henny, und Heinrich: »Es ist ganz einfach, glaub mir, du mußt nur steuern und bremsen – schließlich wird der Wagen an einen LKW gehängt.«

Großmutter begriff plötzlich – dieser Fluchtplan war keine Schnapsidee, sondern ernst gemeint. Sie wurde blaß um die Nase. »Und wir sollen mit?«

»Gesetzt den Fall, die Russen brechen wirklich durch bis Wannsee, dann bringen sie euch alle um. Vor allem die Plutokraten, die in so großen Villen wohnen.« Henny sah sich anzüglich um.

Großmutter sah sich ebenfalls um. »Und ich soll das alles hier im Stich lassen?«

»Viel Platz haben wir nicht. Das beste ist, du packst nur deinen Schmuck ein, Großvaters Münzsammlung und etwas Silber. Und vielleicht schneidest du den Liebermann aus dem Rahmen. Kann sein, daß er mal wieder was wert wird.«

»Bestimmt nicht, wir haben ja seine Signatur überpinselt, und das war deine Idee, Henny«, erinnerte Großmutter.

»Jaja, Mutter, ist ja gut. Nun kochen wir erst mal einen schönen, starken Mokka und trinken einen französischen Cognac dazu. Wir haben alles mitgebracht.«

»Woher?«

»War in einer Kiste, die Freunde bei uns untergestellt haben. Und nun hoppla an die Arbeit. Den Wagen flottmachen!« schlug Heinrich aufmunternd die Hände zusammen.

»Aber das ist doch der helle Wahnsinn«, jammerte Oma auf. »Jolakind, was sagst denn du dazu?«

Jolakind war bereits am Telefon und rief mich an. »Komm sofort rüber, Luise. Wir fliehen!«

Ich schwang mich umgehend auf mein Rad und fuhr zwischen Flüchtlingstrecks über die Königstraße.

Alle hundert Meter bemühten sich müde, zerlumpte Menschen, ein umgekipptes Wägelchen wieder aufzurichten. Unter der Last der Kisten, Betten und Koffer brachen die Achsen, Räder rollten an den Straßenrand. Manchmal saß eine Greisin, ein Kind mit wundgelaufenen Füßen, eine stöhnende, schwangere Frau auf den Leiterwagen, vor die skelettmagere Pferde, Ochsen oder ein paar Menschen gespannt waren. An den Seitensprossen baumelten Bratpfannen, Kochtöpfe, Schirme, Nachtgeschirre. Je länger der Weg, den die Flüchtlinge schon hinter sich gebracht hatten, je gebeugter waren ihre Rücken, je schmaler die Habe auf den Karren. Viele wanderten auf bloßen Füßen oder in aufgeschnittenen Schuhen, einen Rucksack auf dem Buckel.

Dazwischen hupten sich Wehrmachtautos und schwerbeladene Fluchtwagen den Weg frei, unzählige Radfahrer klingelten ungeduldig.

Wenn man die Flüchtenden aus dem Osten fragte: »Wo wollt ihr denn hin?«, sagten sie: »Nach Potsdam zu.«

»Aber in Potsdam ist doch schon der Russe.«

»So – na, is egal. Bloß weg hier . . .«

Und die Flüchtlinge aus dem Westen waren zu erschöpft und abgestumpft, um zu erfassen, daß sie sich Richtung Berlin in eine Bombenhölle und feindlichen Artilleriebeschuß begaben.

Kopflose Herden, die vor einer Gefahr in die noch größere flüchteten.

Heinrich Bode empfing mich mit einem halbgefüllten Wasserglas voll Cognac. »Nu trink erst mal einen, Luise. Das gibt Kraft.«

Großmutter Genthin saß verstört auf der kleinen Mauer zum Gemüsegarten, zwischen den Knien die Kurbel der rumpelnden Kaffeemühle drehend.

Aus dem Hause eilten Jola und Frau Schult herbei. »Wir haben ihn!«

»Wen?« fragte ich.

»Den Garagenschlüssel.«

Außer Großmutter kam mir hier keiner mehr nüchtern vor.

»Nun trink schon, Luise, das ist ein edler Tropfen.«

Cognac auf leeren Magen. Erst wollte ich meine Seele aushusten, dann war mir plötzlich völlig klar: Es muß geflohen werden.

Jola schloß die Garage auf, die Türen klemmten, wir zerrten zu viert, da fielen sie endlich auseinander und wir in die umliegenden Beete. Großmutter schaute als erste von der Mauer her in die Garage und sagte: »Achgottchen!«

Da stand der edle Horch auf Zementblöcken aufgebockt, bedrängt von ausrangierten Gartenstühlen, Flaschenkisten und Spinnweben.

Nach der ersten Verblüffung munterte Heinrich Bode uns auf: »Was steht ihr rum? Keine Müdigkeit vorschützen. Nun mal ran.«

Jola und ich kletterten bis zum Kühler vor. Oma, Frau Schult und Henny begannen, das Gerümpel rechts und links vom Wagen auf den Hof zu räumen.

Heinrich dirigierte mit der Cognacflasche.

In der Luft brummten Aufklärer, in der Ferne grummelte Geschützdonner. Langsam wurde es dämmrig.

Röschen Kühnel und drei Frauen von der inzwischen auf zwanzig Personen angestiegenen Genthinschen Einquartierung kamen aus dem Haus, um zu sehen, wer da in der Garage herumrumorte. Das war ein Fehler. Heinrich zwang sie zur Mitarbeit. Aber Cognac kriegten sie nicht.

Im Stockdunkeln versuchten wir, den schweren Horch von den

Zementblöcken zu schlagen, gegen zehn Uhr hatten wir es endlich geschafft.

»Seine Reifen sind platt«, registrierte ich.

»Das macht nichts«, versicherte Henny, »die kann man wieder aufblasen.«

»Die Batterie ist leer«, stellte Ingenieur Bode fest. »Wir müssen sie ausbauen und zur Tankstelle bringen, damit sie über Nacht aufgeladen wird. Für Zucker geht alles, glaubt mir.«

Oma Genthin heulte: »Das ist doch Wahnsinn! Der sichere Tod!« Und zerrte dennoch verbissen an einem Schutzblech. Frau Schult schenkte Mokka aus, nun hatten wir Herzflattern, aber auch neuen Auftrieb. Wäre ja gelacht, wenn wir den Wagen nicht aus der Garage kriegten.

Gegen elf Uhr war das Werk vollbracht. Der Horch stand lang, traurig und plattfüßig auf dem Hof, und wir – minus der einquartierten Helfer, die sich still verdrückt hatten – standen kreuzlahm um ihn herum.

Frau Schult wischte mit ihrer Schürze den Staub von den Scheinwerfern, »damit er wieder gucken kann«.

Großmutter erinnerte sich an die letzte Ausfahrt mit ihm nach Wildpark: »Die Chausseebäume über uns wie ein Kirchendach und Achim am Steuer mit Schweinslederhandschuhen . . .«

»Tja«, sagte Heinrich Bode, der unter Katererscheinungen litt, »dann wollen wir mal nach Hause gehen. Heute nacht können wir doch nichts mehr tun. Aber gleich morgen früh besorge ich einen Automechaniker, der den Wagen flott macht und dann . . .«

». . . dann fahren wir mit Jola am Steuer gegen den nächsten Baum«, vollendete Großmutter Genthin, wie aus einem Alptraum erwachend. »Ja, haben wir denn alle den Kopf verloren? Wie kamt ihr bloß auf solche Wahnsinnsidee – und ich habe auch noch mitgemacht!!!«

»Mutter, werde bitte nicht hysterisch«, warnte Heinrich. Das hätte er lieber lassen sollen, denn nun holte Großmutter tief Luft und kippte jahrelang angestaute Verachtung über ihren Schwiegersohn aus.

»Du Maulheld! Große Töne spucken, das kannst du! Unsere Feinde mit Stumpf und Stiel ausrotten! Wer nicht an den Endsieg glaubt, ist ein Volksverräter und gehört aufgehängt! Ja, alles deine Worte. Kämpfen bis zum letzten Mann! Auch die Frauen und Kinder müssen ran! Bloß du nicht. Wenn's auf dich ankommt, legst du dich ins Bett – Kamillentee und Herztropfen! Und immer andere für dich schuften lassen, so wie heute. Und nun will ich dir mal eins sagen, Heinrich Bode – selbst wenn du morgen mit deinen Zuckertütchen einen Mechaniker auftreibst und einen Chauffeur – ich bleibe hier. Und dieser Wagen gehört meinem Sohn Achim. Morgen kommt er wieder in die Garage. Und jetzt gehe ich schlafen – oh, mein Rücken –, aber schadet mir gar nichts, wenn ich morgen nicht krauchen kann. Gute Nacht.« Sie entfernte sich stöhnend Richtung Haus, drehte sich noch mal um: »Vergiß nicht abzuschließen, Jolakind.«

Bodes henkelten sich unter und verließen schimpfend – »Muß ich mir das bieten lassen? Deine Mutter! Gehört von Rechts wegen angezeigt.« – das Grundstück.

»Ich fahre jetzt auch«, sagte ich.

»Bleib noch ein bißchen.« Jola öffnete die Wagentür und setzte sich hinters Steuer. »Komm, steig auch ein. Ist es nicht phantastisch, mal wieder in so einem Auto zu sitzen? Befühl mal das Leder –«

Ich befühlte. »Da könnte man Schuhe draus machen.«

»Wollen wir das Verdeck öffnen?«

»Das klemmt bestimmt.« Nach dieser sinnlosen Schufterei fürchtete ich mich vor einem neuen Kraftakt, stieg dennoch aus und riß mir beim Aufmachen beinah die Finger ab, aber es lohnte sich.

Den Nacken im kühlen Polster, schauten wir in den Wolkenhimmel über uns. Die laue Nachtluft duftete nach Frühling. In der Ferne grummelte der Krieg.

Ich beobachtete die ziehenden Wolkenkarawanen – manchmal tauchte der Mond zwischen ihnen auf und ein paar Sterne.

»Glaubst du an ein Leben nach dem Tod?«

»Wie kommst'n darauf?«

»Ich glaube, daß man sich irgendwann da oben wiedersieht.«

»So'n Quatsch«, sagte Jola. »Überleg doch mal, wieviel Billiarden Tote im Weltall rumgeistern würden, wenn's wirklich so wäre. Und in dem Gedränge willst du Jobst wiederfinden? Oder glaubst du etwa an Petrus an der Himmelspforte, und da hockt der Bursche auf ner Wolke und wartet, bis du endlich raufkommst?«

Irgendwie hatte ich mir das wirklich so vorgestellt. Oder mehr wie eine Begegnung im Traum. Der Tod verlor an Einsamkeit und Kälte durch diese Wunschvorstellung des Wiedersehens irgendwann einmal. Ammenmärchen, Bilderbuchpetrus, christlicher

Glaube und Fromme Helene, die am Schluß ja auch ihren Franz in der Hölle wiedertraf, hatten an dieser Hoffnung mitgewirkt. Es war so tröstend, sich vorzustellen: Irgendwo da oben ist Jobst und schaut auf mich runter und paßt auf mich auf.

»Und selbst wenn es ein Wiedersehen nach dem Tod gäbe«, überlegte Jola. »Hast du schon mal daran gedacht, daß er jung gestorben ist und ewig jung bleibt? Und dann kommst du nach fünfzig, sechzig Jahren zu ihm in euren Himmel. Stell dir mal seinen Schock vor! Er erwartet das Mädchen Luise von damals, und was kommt? Ne olle Oma.«

Jola fand das auch noch komisch. Blöde Gans.

»Aber es sind ja nur die Seelen, die sich wiederbegegnen, und die altern nicht«, sagte ich.

»Aber Luise! Ich hätte dich wirklich für intelligenter gehalten.«

»Ich will aber nicht intelligent sein. Ich will mein bißchen Hoffnung. Wenn dein Karl-Heinz morgen fallen würde und hätte kein Grab und nichts, dann fingst du auch an, in den Himmel zu gukken.«

»Mag sein, aber er fällt nicht. Er kommt wieder, das weiß ich ganz genau«, sagte Jola. Ihre Überzeugung klang absolut.

»Ich muß jetzt nach Hause.« Und stieg aus dem wunderschönen, plattfüßigen Auto. »Ich müßte schon längst zu Hause sein. Nacht.«

Am Tor holte sie mich ein. »Es tut mir leid, Luise.«

»Mensch, kannst du manchmal gemein sein«, sagte ich und radelte davon.

Der Flüchtlingstreck auf der Königstraße stand nun still. Auf den Bürgersteigen und auf den Leiterwagen schliefen Erschöpfte, mit Mänteln und Betten zugedeckt. Ein Baby wimmerte, ein Pferd purrte, jemand heulte im Schlaf auf . . . es war so furchtbar traurig.

Gegen Abend des nächsten Tages geschah etwas, womit niemand gerechnet hatte. Heinrich und Henny Bode hielten mit einem DKW vorm Genthinschen Hausportal. Am Steuer ein alter, invalider Mann, aber mit Führerschein. Benzin im Tank für 200 Kilometer. Heinrich wieder großspurig, mit Monokel und beigefarbenem Borsalino, Henny so elegant, als ob sie zur Kur nach Baden-Baden wollte.

»Heinrich ist bereit, dir zu verzeihen, Mutter. Uns allen entgleisen mal die Nerven in diesen schweren Zeiten«, sagte sie großmütig zur staunenden Oma. »Und deshalb sind wir auch noch mal vorbeigekommen, um zu fragen, ob nicht wenigstens Jola mit uns fahren möchte. Schließlich ist sie ein junges Mädchen und mit einem deutschen Offizier verlobt. Er wird sie bestimmt verachten, wenn er nach dem Krieg zurückkommt und erfährt, daß sie von zehn Mongolen vergewaltigt worden ist.«

»Das laßt man meine Sorge sein«, sagte Jola kühl. »Wenigstens vielen Dank, daß ihr an mich gedacht habt. Ich bleibe hier.«

»Wie du meinst.« Henny sah ihren Mann betreten an. Da lief etwas schief. Ihrer Enkelin hätte Großmutter sicher ihren Schmuck mitgegeben. Und das Silber. Ihnen – Bodes – bestimmt nicht.

»Tja – dann fahren wir also allein.« Heinrich dachte nach. »Das ist aber schade. Können wir nicht wenigstens was für dich in Sicherheit bringen, Mutter?«

»In Sicherheit – Heinrich, wo gibt's die denn noch? Wir buddeln alles im Garten ein.«

»Wo?« fragte Henny.

»Da, wo früher eure Schaukel stand.« Und dann faßte Oma Genthin einen Entschluß. »Wartet mal.« Sie lahmte, ihr Kreuz haltend, ins Haus zurück – noch immer unter den Strapazen der vergangenen Nacht leidend.

Bodes und Jola standen im warmen Nieselregen.

»Du wirst noch bereuen, daß du nicht mitkommst«, sagte Henny unheilschwanger.

Jola antwortete nicht darauf, sondern wandte sich ab und rief nach dem Hund, der eine Katze durch das Grundstück jagte.

Dann kam Großmutter zurück, in der Hand einen flachen, länglichen, in Zeitungspapier gewickelten Gegenstand.

»Hier sind meine doppelreihige Perlenkette und die passenden Ohrringe drin. Die solltest du sowieso mal erben. Und falls wir uns nicht wiedersehen ...«

Henny brach weinend an ihrem Hals zusammen, und auch Großmutter schluchzte.

Schließlich waren sie – trotz aller Streitigkeiten – Mutter und Tochter, die voneinander Abschied nahmen.

Jola ging rasch ins Haus. Sie wollte dem abfahrenden DKW – ihrer letzten Chance, dem Kriegsende in Wannsee zu entgehen – nicht nachschauen. Denn wenn die Greuelpropaganda stimmte, wenn der Sieger sich so furchtbar für angetanes Leid an der deutschen Bevölkerung rächen sollte ...

Es gab in diesem Anflug von Angst nur einen Trost: Luise bleibt ja auch hier.

Luise und Jolande. Jola und Lieschen –.

Wenn wir uns heute kennenlernen würden, käme keine von uns beiden auf die Idee, in der anderen eine mögliche Freundin zu sehen. Dazu waren wir viel zu verschieden. Aber wir kennen uns ja schon so lange. Wir waren kleine Mädchen zusammen. Wir haben inzwischen soviel miteinander erlebt. Wir sind wie eine alte Ehe – viel streitend, aber dennoch wie Kletten aneinander hängend. Keine von uns hat inzwischen eine bessere Freundin gefunden.

Wenn Jola nicht gewußt hätte, daß ich auch in Wannsee blieb, wäre sie vielleicht doch mit Bodes mitgefahren. Sie machte es mir zum Vorwurf. Und ich nahm ihr übel, daß ich einen Platz in einem Fluchtauto einen Tag später ausschlug, weil ich ohne sie nicht türmen wollte.

Wie kam unsere Freundschaft dazu, unser Schicksal zu bestimmen!?

32

Im lämmerwölkchenblauen Himmel kreisen russische Tiefflieger wie Raubvögel auf der Suche nach versprengten Soldatentrupps. Sie zielen auch gern in unsere Fenster. Gegen den Geschützdonner singen Amseln an.

Nach der wochenlangen Gefühlsduselei – diesem innerlichen Abschiednehmen von allem, woran man einmal gehangen hat, und der Angst vor dem, was auf uns zukommt – ist jetzt das Nachdenken ausgeschaltet. Wir stecken mittendrin, wie eine Frau bei der Geburt, sagt meine Mutter. Es tut weh, aber sie kann nicht mehr zurück und hat nur einen Wunsch – daß es bald vorbei ist.

Unser Erdgeschoß ist von Soldaten besetzt. Im Keller wütet ein Spezialkrieg zwischen zehn Frauen und zwei Kindern mit Sack und Pack, darunter eine dicke Italienerin, die früher Köchin beim Botschafter war und den Rosenkranz nur zum Essen aus der Hand legt. Einziger welker Hahn in diesem Hühnerstall ist ihr Lebensgefährte Guido. Einer beschuldigt den andern wegen seiner Kopflosigkeit, wegen Schnarchen, verschwundenem Kunsthonig, zu langen Sitzungen auf dem Klo. Zehn Frauen streiten am provisorischen Herd in der Waschküche.

Meine Mutter sagt, das hält sie nicht länger aus. Krieg plus Weiberkleinkrieg ist zuviel. Wenn das so weitergeht, zieht sie aus ihrem eigenen Haus aus.

Wenigstens vormittags herrscht Frieden im Keller, weil alle vor den Kaufmannsläden anstehen, wo Lebensmittel, Schnaps und Kaffee ausgegeben werden, damit nichts den Russen in die Hände fällt.

In die Hamsterschlangen zielen Tiefflieger. Alle werfen sich hin, manche stehen nicht mehr auf und müssen abtransportiert werden. Es wird trotzdem weiter angestanden. Auch die Lager der Organisation Todt dürfen geräumt werden.

In unserem Keller türmen sich Leinenballen, Bratpfannen zu Dutzenden, Herrensocken, Quirle, dreißig Dosen Fußschweißpuder und genügend Insektenpulver, um eine Division zu entlausen. Und wohin nun mit dem ganzen Krempel? Das kann doch nicht hierbleiben, wie soll man denn noch treten, sage ich auf dem

Wege zum Luftschutzkeller, die Arme voll Lebensmitteln und französischem Cognac. Und stolpere über einen Koffer und falle lang hin. Keiner kümmert sich um mich, bloß um die zerbrochene Flasche, achgottachgott, der schöne Cognac, da fließt er hin.

Guido legt sich lang auf den Zementboden und leckt den Cognac samt Glassplittern auf. Anschließend vertrimmt er seine Lebensgefährtin.

Meine Mutter, die sowieso nicht schlafen kann, hört in der Nacht Schritte und Räderquietschen im Garten. »Meine Hühner!« springt sie auf und rennt die Kellertreppe hinauf aus dem Haus.

Aber da will keiner ihre Hühner stehlen. Im Scheine einer Taschenlampe ist die Gattin eines hohen Nazis aus der Nachbarschaft dabei, Pistolen, Orden- und Ehrenzeichen der Partei, eine braune Galauniform und eine bronzene Hitlerbüste in unserer Jauchegrube zu versenken.

»Wieso in unserer Grube!« protestiert meine Mutter. »Unsere Grube bleibt sauber!«

Sie zittert vor Empörung, als sie auf ihr Matratzenlager neben mir zurückkehrt. »Ach, Luise, es ist alles so furchtbar, und du lachst auch noch!«

Am nächsten Tag läuft die Toilette über, und keiner will es gewesen sein, der sie verstopft hat. Meine Mutter als Eigentümerin soll in der Scheiße stochern, damit sie abläuft.

Meine Mutter hat genug von ihrem Haus. »Komm, Luise, hier ist kein Platz mehr für uns. Wir ziehen zu Frau Bellmann rüber, sie hat's mir angeboten.«

Frau Bellmann ist Arztwitwe mit nur vierköpfiger, masurischer Flüchtlingsfamilie im Keller. Ein Paradies!

Der Arzt, der die Bellmannsche Praxis übernehmen sollte, ist nicht gekommen. Viele Ärzte setzen sich bei Nacht und Nebel Richtung Westen ab. Im Lazarett am Kleinen Wannsee ist der Chirurg mit sämtlichen Instrumenten im einzig verfügbaren Sanitätswagen geflohen, erzählen uns zwei ältliche Sanitäter, die sich durch den Beschuß zu uns durchgerobbt haben.

Frau Bellmann gibt ihnen alle Instrumente mit, die sie entbehren kann. Und weil sie früher Sprechstundenhilfe ihres Mannes war, übernimmt sie nun die Praxis. Mir gibt sie auch einen weißen Kittel. »Du wirst mir von jetzt an assistieren, Luise.«

Früher konnte sie mich nicht leiden wegen meiner lauten Jazzplatten bei geöffneten Fenstern. Früher konnte ich auch kein Blut sehen. In der Not ergeben Frau Bellmann und ich ein brauchbares Gespann.

Wir übernehmen die leichten Verwundungen, die schweren Fälle schicken wir weiter an die Lazarette.

Zum erstenmal habe ich eine lebenswichtige Aufgabe, auch wenn die Verbände, die ich anlege, anfangs verheddert sind. Aber die Patienten schauen mich dabei so gläubig an, weil sie mein Mitleid spüren. Ich komme mir vor wie ein Kurpfuscher – aber einer mit schlechtem Gewissen.

Vorm Bellmannschen Haus blühen Krokusse. Ich sitze mittendrin, das Gesicht in der Mittagssonne. Und denke an Genthins. Früher konnte ich wenigstens mit Jola telefonieren, wenn wir keine Zeit hatten, uns zu treffen. Nun funktioniert gar nichts mehr. Jeder lebt auf seinem Mond.

Sie da drüben am andern Ufer werden bald Frontgebiet sein. Wir wissen nichts. Es gibt keine Nachrichten, nur Gerüchte. Denen zufolge ist Hitler tot, im Bunker in Wannsee und gleichzeitig in Oberbayern. Die Amerikaner stehen nicht mehr an der Elbe, sondern kurz vor Potsdam, die Wunderwaffe ist endlich eingesetzt worden, es soll was mit Preßluft sein und hat die Russen aus Berlin vertrieben. Bloß ihr Geschützdonner und die Einschläge ihrer Granaten rücken immer näher.

Mein Freund vom Verbandsplatz in unserer Straße, Sanitätsfeldwebel Mittag, kommt zum Plaudern vorbei. Kommt in meine lila und gelben Krokusse. Zieht die Schuhe aus, rekelt seine kaputten Füße. Auch ihm ist der leitende Arzt durchgegangen. Nun führt er allein den Verbandsplatz und schimpft über die zivilen Selbstmörder, zu denen er gerufen wird. Es werden immer mehr. Diese zusätzlichen Scherereien. Als ob er nicht genug mit seinen Verwundeten zu tun hätte. Er bietet mir eine Zigarette an. »Rauchen Sie, Mädchen, das beruhigt die Nerven.«

Bisher ist mir gar nicht aufgefallen, daß ich Nerven habe. Aber durchs Rauchen werde ich bestimmt noch welche kriegen.

Mittag schiebt sein Gesicht in die Sonne. »Die einzig warme Bude, die wir haben, ist der Garten.«

Vor uns auf der Straße zieht ein Mann eine längliche Holzkiste auf einem Leiterwagen zum Friedhof hinauf. Forsythienzweige liegen auf dem Deckel. Eine junge Frau mit einem fröhlich hüpfenden Kind an der Hand geht hinterher.

»Wo hat denn der noch Bretter für'n Sarg her?« wundert sich Mittag. »Wir können unsere Toten bloß zum Friedhof karren und darauf hoffen, daß sie einer eingräbt.«

Und dann sehe ich eine schmale – ach, was heißt schmal: den Schatten einer Frau mit einem Koffer in der Hand. Sie geht auf dem gegenüberliegenden Bürgersteig, hat Mühe mit jedem Schritt. Bleibt vor unserem Gartentor stehen.

»Wollen Sie zu Hartwigs?« rufe ich ihr zu. »Wir wohnen jetzt hier.«

Sie dreht sich um, schiebt das Kopftuch aus dem verrußten Gesicht, lächelt ausgehöhlt.

»Luise!«

Jetzt erkenne ich: »Frau Barris!« Und renne auf sie zu.

»Ich weiß nicht mehr, wohin, Luise. Kann ich bei euch bleiben? Wenigstens für eine Nacht?«

Ich nehme ihr den Koffer ab. Mittag, der mir gefolgt ist, holt seine Zigarettenschachtel aus der Hosentasche. Er erkennt sofort, was Hanna braucht.

Hanna im Sessel des Bellmannschen Wohnzimmers, zu kraftlos, um sich gegen unsere Hilfsbereitschaft zu wehren. Nein, nichts essen – waschen gerne, später – einen Kaffee? – wenn es nicht zuviel Mühe macht – eine Zigarette? Ja, bitte.

Sie inhalierte, ohne die Hand vom Mund zu nehmen, kippte vornüber, fing sich.

Keiner von uns kam auf die Idee, sie erst einmal schlafen zu lassen.

Frau Bellmann wollte wissen, wie es in Berlin aussah und wo die Front stattfand.

»Und was macht unser lieber alter Grunewald?« erkundigte sich meine Mutter. »Ist er schon besetzt? Steht das Haus noch, wo wir mal gewohnt haben?«

»Ausgebrannt.«

»Achherrje.«

»Und Ihr Atelier?« fragte ich.

»Nicht mehr bewohnbar.« Hanna fiel das Reden schwer. »Ich kampiere seit Wochen bei Freunden herum – wurde beinah jeden Tag woanders ausgebombt – es – es war die Hölle. Da, wo ich zuletzt unterkam, sind die Russen durchgebrochen – und schwere Straßenkämpfe. Ich hatte bloß noch einen Gedanken – Wannsee.

Und hab mich hierher durchgeschlagen – ich wollte zu Jola – aber dann hatte ich plötzlich keinen Mut mehr wegen Großmutter Genthin – und da bin ich – zu euch – bitte – darf ich jetzt ...« Ihr langer, dünner Hals sank wie abgeknickt auf die Sessellehne. Sie schlief.

»Die arme Person«, sagte Frau Bellmann. »Ich hole mal eine Decke.« Und ließ anschließend die Jalousien herunter, damit kein russischer Tiefflieger auf die Idee kam, die schlafende Hanna Barris als Zielscheibe zu wählen.

Vor dem Haus hielt ein Sanitätskraftwagen.

»Ham S' hier noch an Arzt?« rief der Fahrer mir zu.

»Schwer?« fragte ich, er nickte. »Dann fahren Sie zum Hauptverbandsplatz.«

Er hatte keine Ahnung, wo sich der befand. Darum stieg ich aufs Trittbrett des Sankas und zeigte ihm den Weg durch kurvige Villenstraßen, über deren Zäune der Flieder blühte, Apfelbäume und Forsythien. Was für ein Frühling!

Der Hauptverbandsplatz am Großen Wannsee war in einem ehemaligen Yachtclub untergebracht. An den getäfelten Wänden des Operationssaales hingen noch Wimpel, Fotografien und Schiffsgemälde, auf dem Konzertflügel stapelten sich Medikamente. Die leitende Ärztin stand am Fenster und sah zu, wie ein schweres Geschütz neben dem Lazarett aufgefahren wurde.

»Soll das hier etwa bleiben?« fragte ich erschrocken.

Sie zuckte resigniert die Achseln. »Was glauben Sie, wie ich mich dagegen gewehrt habe. Aber diese Kerle haben doch keinen Funken Vernunft mehr im Kopf.«

Ja, das war mir auch schon aufgefallen. Mit den Männern war nicht mehr zu rechnen. Dabei dachte ich nicht an Maulhelden wie Heinrich Bode, sondern an die Verantwortlichen an diesem Krieg, die wußten, daß ihre große heroische Zeit vorüber war, und nicht allein untergehen wollten. Wir sollten alle mit ins Verderben. Ich dachte auch an die Ärzte, die getürmt waren, ohne Rücksicht auf ihre Verwundeten.

Ich rannte auf die Straße hinaus und erwischte gerade noch den Sankafahrer, bevor er Gas gab.

»Können Sie mich zum Bahnhof bringen?«

»Was wollen S' denn dort, Madl? Steht eh ois unter Beschuß!«

»Mir egal, ich muß hin.«

Er brachte mich bis zur Brücke. Von da ab rannte ich geduckt, mit kniefälligen Einlagen, unter Artilleriebeschuß zum Genthinschen Grundstück – in Normalzeiten ein Fußweg von zehn Minuten. Jetzt kam es mir vor wie bis nach Frankfurt an der Oder.

Aber dann war ich endlich da.

Die Turmvilla lag mit zerschossenen Fensteraugen friedlich besonnt im hellen Grün. Den Rittern am Hausportal hatte Oma Säcke über die Helme gestülpt und die Lanzen abgeschraubt. Damit sie nicht mehr so aggressiv historisch wirkten, bloß noch wie pensionierte Türwächter. An was besorgte alte Damen alles dachten.

Ich sah sie mit Luftschutzhelm und leerer Futterschüssel von den Karnickelbuchten zum Hauseingang zurückschleichen.

»Frau Genthin.«

»Ach, Luischen, wie nett, daß du uns mal besuchst! Jola ist im Gartenzimmer und schreibt einen Brief an ihren Karl-Heinz, den er ja doch nicht mehr kriegt. Aber es lenkt sie ab.«

Aus der Haustür kam Benita auf mich zugeschossen. Ihre Wiedersehensfreude abfangend, sagte ich zu Oma: »Frau Barris ist bei uns.«

Sie begriff das nicht. »Wieso bei euch? Wieso ist sie nicht zu uns gekommen? Wäre doch näher gewesen.«

Eine Granate, die nicht sehr weit von uns einschlug, riß sie aus ihren Überlegungen zu Boden. Und mich dazu.

Wir wurden von den Ausläufern einer Sandfontäne paniert.

»Das war aber nah«, meinte Großmutter, sich aufrappelnd, mittlerweile an solche Zwischenfälle gewöhnt. »Es geht so auf die Ohren.« Und steckte zwei schüttelnde Zeigefinger hinein. Riß gleichzeitig den Mund auf, versuchte ein Gähnen. War danach wieder ganz präsent.

»Ist Frau Barris meinetwegen nicht hergekommen?«

»Ich glaube, ja.«

»Aber jetzt spielt die Vergangenheit doch keine Rolle mehr. Ich hätte sie aufgenommen wie jeden anderen Flüchtling, der keine Bleibe hat.«

Ich wollte weiter zu Jola ins Gartenzimmer gehen, Großmutters Hand hielt mich auf.

»Ich habe kein gutes Gefühl«, sagte sie.

»Aber das hat doch keiner von uns mehr«, beruhigte ich sie.

»Trotzdem. Manchmal stehe ich am Fenster und schaue auf euer Ufer hinüber und denke: Vielleicht wäre Jolakind drüben besser untergebracht. Vielleicht ist der Krieg zu Ende, bevor ihr Frontgebiet werdet.«

Wir betraten das Haus, Oma hängte ihren Luftschutzhelm an einen Garderobehaken und rief nach Jola.

»Mensch, Luise – du?« freute sie sich. »Ich wollte dich auch schon besuchen, aber Großmutter läßt mich ja nicht.«

»Deine Mutter ist bei Hartwigs«, sagte Frau Genthin. »Und ich wünsche, daß du ebenfalls rübergehst.«

»Aber Oma, ich kann dich doch nicht allein lassen«, erschrak Jola.

»Ich bin nicht allein. Ich habe das ganze Haus voll Beistand. Also bitte keine Diskussionen. Pack dein Zeug!«

Jola drehte sich hilflos in ihrem Zimmer, sah alles an – wußte nicht, was sie einpacken sollte – sah mich an, die Benita kraulte – sah Oma und Frau Schult an der Tür lehnen.

»Nimm ja deine Steppdecke mit«, riet ich ihr. »Wir müssen uns eine Matratze teilen, und ich will nicht mit kalten Knien aufwachen, weil du mir die Decke wegziehst.« Ich hatte da so meine Erfahrungen mit Jola in einem Bett.

Ein paar Kleidungsstücke, ihr Luftschutzgepäck, Lebensmittel – ein letzter Blick aus dem Fenster auf den silbriggekräuselten heiteren See. »Aber ich bin ja bald wieder hier«, tröstete sie sich.

Der Abschied von den beiden alten Frauen fiel schwer. Sie standen in ihren Schürzen, mit zerknüllten Taschentüchern am Gartentor, Benita zurückhaltend, die uns folgen wollte.

»Geht mit Gott«, rief Großmutter hinter uns her. »Und beeilt euch – ist gerade Gefechtspause.«

So kehrte Jola zu ihrer Mutter zurück.

Hanna Barris schlief noch, als Jola das dämmrige Zimmer betrat. Sie holte sich einen Stuhl heran und betrachtete ihre Mutter lange. Hanna wog höchstens noch siebzig Pfund. Ihr Haar war versengt. Unter der grauen Haut zeichnete sich der Schädel ab, die Augen in tiefen, bläulichen Höhlen. Selbst im Schlaf hielt sie ihre Tasche fest. So arm, so zerbrechlich der Hals im viel zu weiten, schmutzigen Kragen.

Jola empfand plötzlich ein starkes Bedürfnis, sie zu beschützen.

Tiefflieger knatterten ums Haus, das in seinen Grundfesten erbebte, als das Flakgeschütz dreißig Meter entfernt zu schießen begann.

Hanna fuhr verschreckt hoch und begriff nicht, wo sie war.

»Mami«, sagte Jola, setzte sich zu ihr und nahm sie in den Arm. »Ich bleib jetzt hier und paß auf dich auf.«

Hanna suchte ihre Hand und legte sie an ihre Wange. Und fing an zu weinen. »Entschuldige, aber ich – ich habe keine Nerven mehr ...«

»Pschscht – ist ja alles gut ...«

So hatte Hanna früher ihre kleine Tochter getröstet, wenn sie aus einem Alptraum erwachte.

Frau Bellmann war nicht allzu enthusiasmiert über den Neuzugang in ihrem Keller. An sich hatte sie nur meine Mutter und mich zu sich eingeladen. Inzwischen waren eine zusätzliche Mutter und Tochter hinzugekommen. Aber wenigstens hatte Jola Genthin Betten mitgebracht. Außerdem handelte es sich bei den beiden um gebildete Menschen, die nicht laut pupen würden wie die Flüchtlingsfamilie Kaunap auf der gegenüberliegenden Kellerseite. Dabei war das Pupen auch unter Gebildeten kaum zu vermeiden, wenn sie nach stundenlangem Anstehen vorm Bäckerladen das heiße, klitschige dunkelbraune Brot bereits beim Heimrobben zur Hälfte auffutterten.

Herr Kaunap, ebenso breit wie kurz, mit einem Kugelkopf, gehörte der Organisation Todt an und ging jeden Morgen mit Thermoskanne und Stullenpaket die Königstraße hinunter Richtung Bahnhof an die Front. Bei nicht allzu starkem Beschuß kam er zum Mittagessen nach Hause. Dann beschwor seine lautlos huschende, sich im ständigen Zustand der Verängstigung befindende Frau die Kartoffeln auf der Feuerstelle, endlich gar zu werden. Sie war Dienerin ihres Gebieters, seine Befehle an die Familie klangen wie Fußtritte.

Uns gegenüber spielte er sich als galanter Beschützer auf. »Meine Damen! Aus kompetenter Quelle habe ich soeben erfahren, daß zwei deutsche Armeen von Fürstenwalde und Belzig im Anmarsch auf Berlin sind, um uns zu befreien. Es kann sich nur noch um wenige Tage handeln. Inzwischen halten wir die Stellung. Jeden Brückenkopf, den die Russen auf der Insel bilden, zerschlagen wir wie nichts.« Seine Frau sah ihn demütig-bewundernd an.

Wannsee gehörte wohl zum Letzten, was die sowjetischen Truppen noch nicht erobert hatten. Und Wannsee kriegten sie auch nicht, solange Kaunap jeden Morgen zur Front marschierte und abends auf seine Matratze zurückkehrte, um sich von seinem Heldentum auszuruhen. Es war so grotesk. So unwahrscheinlich.

Der Beschuß wurde immer stärker, Tag und Nacht. Tiefflieger flogen manchmal dreißig Angriffe pro Stunde, schossen nun auch mit Leuchtmunition Häuser in Brand. Sie prasselten ungelöscht nieder, denn es gab kein Wasser mehr. Das mußten wir eimerweise von einer entfernten Pumpe holen.

Das Bummern an unserer Haustür hörte nicht mehr auf. Ständig wurden Verwundete gebracht – Zivilpersonen und uralte, klapprige Volkssturmmänner, Kinder in schlotternden Uniformjacken. Einem wollte Frau Bellmann einen Anzug von ihren Söhnen geben, mit dem mütterlichen Rat: »Hau ab, Junge, versteck dich.«

Er beschimpfte sie für diese ungeheuerliche Zumutung. Wollte sie anzeigen. War ganz wild darauf, wieder an die Front zu kommen.

Inzwischen trug auch Jola einen Kittel mit Rotkreuzbinde und arbeitete in der Praxis mit. Ruhig, geschickt, umsichtig – Frau Bellmann lobte sie mehrmals täglich, mich seltener. Aber ständiger Einsatz machte auch aus mir eine brauchbare Laienschwester. Die überlasteten Sanitäter rechneten inzwischen auf unsere Hilfe.

Nach jedem Artillerieangriff holten sie uns auf die Straße, um Verwundete zu bergen. Angst kannten wir nicht. Unsere bedenkenlose Einsatzbereitschaft beruhte dennoch weniger auf Mut als auf Ahnungslosigkeit. Wir lebten ja erst ein paar Tage im Frontgebiet.

Seitdem sich unsere Mütter über die Wirkung der berüchtigten Stalinorgeln hatten aufklären lassen – gegen sie gab es keinen Schutz, wenn man sich im Freien befand –, wachten sie wie Löwinnen über ihre Brut, am liebsten hätten sie uns im Keller eingesperrt. Ärzte türmten. Immer mehr Soldaten setzten sich ab. Kein Zivilist ließ sich mehr auf der Straße sehen außer dem katholischen Kaplan und ihren Töchtern. Wieso ausgerechnet ihre Töchter? Hatten sie den Krieg bisher heil überstanden, sollten sie nun noch in letzter Minute draufgehen?

Wir entwischten ihnen trotzdem immer wieder, denn nichts ist unerträglicher, als tatenlos im Keller zu hocken.

Auf meinem Fahrrad – ich trampelte, Jola hockte auf dem Gepäckständer – machten wir Besuche in der Nachbarschaft, um Neuigkeiten zu erfahren, kamen auch am Friedhof vorbei und beschlossen, nach den Gräbern der drei alten Herren Genthin, Hartwig und Steinberg zu sehen.

Vergaßen die Gräber über den vielen toten Soldaten. Ordentlich ausgerichtet lagen sie nebeneinander in einer langen Reihe. Einigen hatte man die Schuhe ausgezogen, die noch zu tragen lohnten. Die meisten waren sehr jung. Wir erkannten den Knaben wieder, der Frau Bellmann anzeigen wollte, weil sie ihm vorgeschlagen hatte, in Zivilkleidung zu türmen.

Über ihrer Stille sangen Amseln in hohen Bäumen. Ich mußte plötzlich sehr stark an Jobst denken und fing an, Zweige zu rupfen, für jeden Toten einen.

»Komm! Damit hilfst du ihnen auch nicht mehr. Wir müssen nach Hause«, drängte Jola.

Aber ich konnte doch nicht nur den einen und den anderen nicht . . . das war ungerecht. Sie sollten alle Zweige haben.

Und darüber brach die Hölle los. Wir stürzten auf die nächstbeste Tür zu, verriegelten sie mit zitternden Händen.

Ein unendliches Fortrollen von Einschlägen. Die Erde bebt. In der Luft krepiert, tanzt, pfeift es, springt wie hunderttausend Bälle, klappert mit Kochtopfdeckeln.

Trommelfeuer.

Wir klammern uns aneinander, vergessen das Atmen. Das ist das Ende.

Aber wie oft haben wir das schon gedacht – verschüttet in Luftschutzkellern, in U-Bahnschächten.

»Du bist schuld, wenn wir jetzt sterben. Und bis sie uns hier finden! Wer sucht uns denn im Kirchenklo!«

Jola wenigstens kann sich durch Vorwürfe von ihrer Todesangst erleichtern.

Es hört so plötzlich auf, wie es begonnen hat. Die Stille danach ist ähnlich der Stille früher nach einem Feuerwerk, wenn der Himmel erschöpft schweigt.

Mit schlotternden Knien radeln wir nach Hause. Ein Lastwagen begegnet uns, beladen mit toten Soldaten, auf dem Wege zum Friedhof.

Unsere Mütter erwarten uns in der Haustür, verhärmt und grüngesichtig vor Angst.

»Luise mußte noch unbedingt Zweige pflücken«, petzt Jola.

Meiner Mutter sehe ich an, daß sie mir am liebsten eine herunterhauen möchte.

Immer bin ich schuld, das kenne ich schon. »Aber wenn ich nicht gepfückt hätte, dann hätte uns das Trommelfeuer auf dem Heimweg erwischt. Dann wären wir jetzt tot. So!« verteidige ich mich.

Wir kommen nicht mehr zum Schlafen. Granaten zerfetzen den Garten. Frau Bellmann wundert sich, wieso ihr Haus noch steht. Im Schein einer Kerze, die auf einen Dokumentenkoffer tröpfelt, stopfen sie und meine Mutter auf Socken herum. Frau Kaunap hockt, in jedem Arm ein wimmerndes Kind, bei uns. Ihr Mann ist auf Nachtschicht an der Front.

Hanna Barris versucht mit einem Kamm, ihre seit Wochen ungewaschenen Haare zu entfilzen. Meine Mutter guckt kurz von ihrem Stopfpilz auf. »Am 5. Mai bin ich zur Dauerwelle angemeldet«, fällt ihr dabei ein. »Welchen haben wir eigentlich heute?«

Keiner weiß ein genaues Datum. Es könnte der 1. Mai sein.

Jola denkt an Großmutter Genthin in russischer Hand. Wie mag es ihr wohl gehen und Frau Schult und Benita . . .

Das andere Seeufer gehört längst nicht mehr zu unserer kleinen Welt. Sie ist auf ein paar Straßen zusammengeschrumpft.

Die Russen kämpfen bereits auf der Insel – an der Brücke zwischen Kleinem und Großem Wannsee, auf dem Golfplatz, in den Wäldern, in die sich die Flüchtlingstrecks »gerettet« haben. Auf dem See lauern russische Schwimmpanzer und antworten mit Feuerstößen auf jeden Schuß von unserer Seite. Das Lazarett am Großen Wannsee soll abgebrannt sein, die Ärztin, die es geleitet hat, verwundet. Was aus ihren Patienten geworden ist, weiß niemand. Gar nichts wissen wir, außer, daß wir nur noch einen Liter Wasser für zehn Personen haben. Morgen muß sich unbedingt einer zur Pumpe durchschlagen, um Nachschub zu holen.

»Wann wird denn nun endlich kapituliert?« fragt meine Mutter. »Soll's denn noch so weit kommen, bis Frau Bellmanns Haus Westfront ist und meins Ostfront?«

Frau Bellmann legt ihr sinnloses Gestopfe aus der Hand und

holt ihre letzte Flasche Wein gegen den Durst.

Sie reicht aus, um fünf Frauen aus den Angeln ihrer mühsam aufgebauten Selbstdisziplin zu heben. Mutlosigkeit breitet sich aus. Weltuntergangsstimmung. Erinnerungen werden wach. Frau Kaunap weint vor Heimweh nach ihrem kleinen masurischen Dorf.

Frau Bellmann und meine Mutter sprechen von der Zeit, als ihre Männer noch lebten.

Jola holt das Foto von Karl-Heinz aus ihrem Luftschutzgepäck. Es ist zerknittert und eselsohrig vor lauter Abgegriffenheit. »Aber er kommt ganz bestimmt wieder, das weiß ich«, beruhigt sie sich.

Ich denke an Jobst. Vielleicht braucht er nun doch nicht fünfzig Jahre oder mehr auf mich zu warten, bis ich zu ihm heraufkomme. Vielleicht habe ich das Leben schon hinter mir.

Hanna Barris fragt, ob sie eine Zigarette rauchen darf, was im Luftschutzkeller verboten ist. Niemand hat heute nacht etwas dagegen.

Auf einmal fängt sie an zu reden. Von Vernichtungslagern, in denen Hunderttausende von Antifaschisten und Juden umgebracht worden sind.

Unsere erste Reaktion darauf ist Grauen, die zweite Ungläubigkeit. Nein, nein, nein, so gemein können Deutsche nicht sein. Und wenn es so was gäbe, hätten wir sicher davon gehört.

»Wer hat dir denn das erzählt, Mami?« fragt Jola und gibt sich gleich selbst die Antwort. »Natürlich Barris.«

»Ich weiß es von Kaspar Christ«, versichert Hanna, spürt, wie die Frauen voll Unbehagen von ihr abrücken, sucht wenigstens Verständnis bei mir. »Warum glaubst du wohl, haben sie Christ damals an die Front versetzt? Weil er sich vor seine Patienten gestellt und versucht hat zu verhindern, daß sie in eine andere Anstalt verlegt wurden. Weil sie diese ›besondere‹ Anstalt nicht überlebt hätten. Weil sie lebensunwert waren.«

»Sie meinen Euthanasie?« fragt Frau Bellmann beklommen.

»Mami, hör bitte mit deinen Greuelmärchen auf«, sagt Jola scharf. »Wenn das wahr wäre, dann wüßte Karl-Heinz davon. Und so was hätte er als gläubiger Christ und Offizier nie und nimmer zugelassen!«

»Nein, er bestimmt nicht, aber –« Hanna bricht ab. Spürt, daß es sinnlos ist, noch mehr zu sagen.

»Der Beschuß hat aufgehört«, sagt meine Mutter. Steigt über die Matratzen hinweg und öffnet das Kellerfenster.

Die Nacht ist rot von Bränden, aber kein Schuß mehr, nicht einer ... Daß Stille so unheimlich klingen kann!

»Was hat das zu bedeuten?«

»Vielleicht sollten wir versuchen, ein bißchen zu schlafen«, überlegte Frau Bellmann.

Ehe die Kerze ausgeblasen wird, stippt jede von uns noch ihre Zahnbürste in ihre Tasse Pfefferminztee, um den pelzigen Belag von den Zähnen zu schrubben. Wir wünschen uns eine gute Nacht und rollen uns schweigend in unsere Decken.

Aber es wird keine gute Nacht. Niemand von uns kann einschlafen, nicht einmal ich, von der Jola behauptet, ich würde noch einmal meinen Tod verpennen.

Frau Bellmann und meine Mutter wälzen sich ruhelos herum. Jola kaut Nägel, ich kenne inzwischen das Geräusch.

Wenn das wirklich stimmen sollte, was Hanna Barris gesagt hat! Wenn das wirklich wahr sein sollte, dann trifft uns jetzt die Strafe für all das Unvorstellbare. Aber wieso uns? Wir sind doch nicht schuldig. Aber die es getroffen hat, waren auch nicht schuldig. Lieber Gott ...

Die Gastür quietscht. Kaunap ist nach Hause gekommen. Seine Frau zündet eine Kerze an. In ihrem Flackerschein sehe ich, daß er weder Gewehr noch Koppel noch Mütze mit heimgebracht hat. Hastig strampelt er sich aus seiner Uniform, rennt ziellos in langer Unterhose und Unterhemd herum.

»Der sieht jetzt aus wie'n Bäcker«, stellt Jola neben mir fest.

Kaunap rafft seine Uniform zusammen, weiß nicht, wohin mit ihr, stopft sie schließlich unter seine Matratze.

Seine Frau, mit aufgelösten Haaren, eine Strickjacke um ihre Schulter ziehend, flüstert erschrocken: »Hermannchen – nu sag doch!«

Er haut sich auf seine Matratze, stülpt die Decke über den Kopf, ist nicht mehr vorhanden.

Das hat er sich so gedacht.

»Was ist los, Herr Kaunap?« wollen wir alle wissen.

»Nu«, sagt er schließlich, »die Russen sind da.«

Draußen wird es schon hell, und die Vögel fangen an zu zwitschern.

Nun ist es also soweit. Jeder von uns wird mit dieser Endgültigkeit allein fertig.

»Ja, dann werden wir mal Kaffee kochen«, sagt meine Mutter.

»Frau Barris, zünden Sie bitte die Kerze an, Sie haben die Streichhölzer.«

Hannas Hand zittert ein bißchen dabei.

Eng aneinandergepreßt sehen wir Mädchen zu, wie sie in ihre verbeulten Röcke steigen, ihre Schuhe anziehen. Von der Straße her ruft jemand nach einem Arzt. Frau Bellmann zieht ihren Kittel mit der Rotkreuzbinde an, nimmt ihre Verbandstasche auf und sagt zu uns: »Bleibt ihr man liegen. Ich rufe schon, wenn ich euch brauche.«

»Ja, schlaft noch ein bißchen«, sagt meine Mutter. »Wir wekken euch, wenn der Kaffee fertig ist.«

Sie sprechen mit uns, als ob das ein ganz normaler Kellermorgen wäre. Ihre Stimmen klingen so beruhigend, fast heiter.

»Mensch, bin ich froh, daß Mami da ist«, sagt Jola.

In dieser Stunde zwischen Dämmerung und Morgen, zwischen noch Krieg und noch nicht Frieden, unserer Ausweg- und Schutzlosigkeit bewußt, möchten wir einen verzagten Augenblick lang in den Mutterleib zurückkriechen.

In dieser Stunde geht unser behütetes Höhere-Töchter-Dasein endgültig zu Ende.

Wir ziehen noch einmal die Decken bis zum Hals herauf wie früher, wenn der Wecker klingelte – letzte, kostbare Minuten vorm Aufstehen, in denen das warme Bett zur Verführung wird.

»Ich stehe jetzt auf«, sagt Jola und bleibt liegen. Sucht meine Hand.

»Hast du Angst?« frage ich.

»Nö. Und du?«

»Ich wünschte bloß, es wäre morgen.«

»Warum?«

»Dann wäre heute schon vorüber.«

»Karl-Heinz sagt, man darf sich als Besiegter nie seine Angst anmerken lassen.«

»Glaubst du, das nützt was?«

»Wir können es ja mal versuchen«, meint sie ungewiß. Und schlägt gleich darauf mit einem Ruck das Deckbett zurück. Wir stehen endgültig auf. Steigen in unsere Skihosen, ziehen den verschmutzten Arztkittel über die Bluse, binden unsere Kopftücher wie Russinnen.

Nun stehen wir am geöffneten Kellerfenster und schauen auf die leere Straße im Morgensonnenschein, auf unser gegenüberliegendes, zerschossenes Haus.

»Es waren einmal zwei kleine Mädchen, die hießen Luise und Jolande«, beginnt Jola plötzlich unser altes Spiel, Geschichten mit verteilten Rollen zu erzählen. Und schaut mich herausfordernd an. »Nun du!«

Ich denke nach, aber es fällt mir nichts ein. Mein Kopf ist blind. Die Gedanken stehen still wie die Zeit.

»Neun waren wir, nicht wahr, als ich in eure Klasse kam«, erinnert sie sich. »Jetzt sind wir zwanzig. Stell dir mal vor – so lange – und was wir alles zusammen erlebt haben ...«

»Ja, o ja.«

»Das werden wir bestimmt mit keiner anderen Freundin mehr.«

»Hoffentlich nicht«, sage ich und muß an Jobst denken. »Aber manchmal war's auch sehr, sehr schön.«

Ein Mercedes-Cabriolet gleitet, von der Königstraße kommend, unsere Straße herauf. Auf seinem Kühler balanciert ein junger deutscher Offizier mit Reitstiefeln, in denen sich die Morgensonne spiegelt. Er schwenkt eine weiße Fahne. Hinten auf dem zusammengelegten Verdeck hockt ein russischer Kommissar mit flacher Ledermütze.

»Die fahren bestimmt zum Hochbunker, unsern Befehlsstab zur Übergabe auffordern«, überlege ich.

»Wie dem wohl zumute sein mag«, sagt Jola, heiser vor Beklommenheit.

»Ziemlich mulmig«, sage ich, »wenn der Fahrer Gas gibt, rutscht er samt Fahne vom Kühler runter.«

»Das meine ich nicht«, fährt sie mich ärgerlich an.

Und jetzt begreife ich endlich.

Für sie sitzt nicht irgendein Leutnant, sondern Karl-Heinz Kühnhagen auf dem Wagen auf seiner letzten Fahrt als deutscher Offizier.

»Ach, Scheiße«, sagt sie vor sich hin.

Ich höre indessen die Vögel singen und den Morgenwind in den Weiden und versuche, mir Frieden vorzustellen, aber meine Phantasie läßt mich im Stich. Sie ist damit beschäftigt, sich die erste Begegnung mit den Eroberern auszumalen.

Die Tür zur Waschküche geht auf.

»Kaffee ist fertig«, ruft Hanna Barris.

Seit Tagen konnten wir unsere Tassen nicht waschen – womit denn? Es gab ja nicht mal Regenwasser. Vom letzten, streng gehüteten Liter hat meine Mutter Kaffee gekocht und schenkt ihn jetzt aus. Dazu gibt es Kommißbrot mit Kunsthonig. Ich streue mir Salz drauf, weil ich endlich einmal wieder etwas Deftiges essen möchte.

Frau Bellmann, die Hände an ihrer Tasse wärmend, denkt an ihre drei Soldatensöhne. »Hoffentlich spielen sie nicht noch in letzter Minute die Helden«, sorgt sie sich.

Was man von Herrn Kaunap nicht behaupten kann. Er hockt – zivil und sooo klein – auf einer Kohlenkiste und spielt mit seiner Tochter Schnippchen.

Schnippchen spielt der Held a. D.

Seine Frau wieselt händeringend um uns herum: »Sie werden uns totmachen – die Bolschewiki machen uns alle tot!«

»Hören Sie auf zu jammern«, fährt meine Mutter sie an. »Ist ja nicht zum Aushalten. Uns bringt schon keiner um – im Gegenteil – jetzt hört das sinnlose Töten endlich auf!«

»Ich kann's noch gar nicht fassen«, lächelte Hanna Barris erlöst vor sich hin. »Unsere Freunde kommen frei – das Schattendasein hört auf – und Barris! Ich muß so schnell wie möglich in die Teplitzer Straße und meine neue Adresse an die Hauswand schreiben, damit er mich auch findet.«

Hanna freut sich auf Barris' Wiederkehr, Frau Bellmann auf ihre drei Söhne. Jola wartet auf Karl-Heinz und ich –

(»Ach, Lieschen, mach dir nichts draus. Wird schon werden . . .«)

»Ich freu mich auf die Zukunft«, sage ich, »und auf ein heißes Bad.«

Inzwischen hat sich die Straße belebt. Motorbrummen. Ächzen und Rumpeln von Leiterwagen. Immer mehr russische Stimmen werden laut. Knirschen von Panzerketten. Kommandos. Dazwischen das freundliche Wiehern und Getrappel der Panjepferdchen.

Kolbenschläge an der Haustür.

Frau Bellmann steht auf.

Auch meine Mutter erhebt sich. »Wird Zeit, daß ich in mein Haus rübergehe. Möchte nicht wissen, was in unserm Keller los ist.«

»Warten Sie, ich komme mit«, sagt Hanna Barris, und zu uns Mädchen gewandt: »Ihr zwei bleibt erst mal hier und laßt euch nicht blicken, verstanden?«

Ehe sie die Waschküche verlassen, wendet sich meine Mutter

an den verschüchterten Schnippchenspieler: »Sie können doch russisch, Herr Kaunap. Was heißt ›Guten Morgen‹?«

Quelle für die Geburtsfeier in Kapitel 24 ist die Schrift »Die Feier«, Herausgeber: Der Reichsführer SS, zweite Ausgabe, 1943.